IL CIMITERO DI PRAGA

布拉格公墓

〔意〕翁贝托·埃科 著

文铮 娄翼俊 译

上海译文出版社

由于具体情节也非常重要，甚至构成了历史故事的主要内容，因此，我们在故事里加上了一百名在广场上被执行绞刑的市民、两名被执行火刑的修士、天际出现的一颗彗星，以及所有比上百场骑马比武还要热闹的描写，这些情节的好处在于，可以让读者的思想最大程度地偏离主题。

——卡洛·滕卡[1]《犬宅》

① Carlo Tenca(1816—1883)，意大利作家、记者、政治家。

目　录

一

阴霾晨曦中的行人

在一八九七年三月那个阴霾的清晨，假如有一个行人壮着胆子穿过莫贝尔广场，也就是被恶人们称为“莫”的那个地方(早在中世纪，这儿曾是大学生活的中心，常常有大批在稻草街或福阿尔街读艺术学院的学生在此集会，后来，这儿又成为处决自由思想传播者的刑场，比如艾蒂安·多雷[①]就死在这儿)，就会来到一片在奥斯曼男爵[②]的改造工程中幸免的街区。这样的街区在巴黎已经是屈指可数了。一条条散发着恶臭的小巷横七竖八地密布于此，比埃夫勒河也从这里穿过，将其截为两段。虽然这条河很久以前就被埋到了城市的地下，但它那腐臭变质、蚊蝇滋生的河水依然从这儿冒出来，注入近在咫尺的塞纳河。从如今被圣日耳曼大道一分为二的莫贝尔广场一直向前，又是一片破旧的街区，街巷交错，如蛛网一般，其中包括大阿尔伯特街、圣塞弗兰街、加兰德街、比舍里街、穷人圣朱利安街，直到于歇特街。街上遍布肮脏的旅店，店主通常是奥弗涅人，都出了名的贪婪，住他们的店第一晚需要付一个法郎，之后每晚还得交四十个生丁（如果需要床单，还得再付二十个子儿）。

如果这个行人来到索东街，那时候这里还被叫作安布瓦兹街，就会发现一条死胡同，正好位于一家打着啤酒屋幌子的妓院和一家供应两个子儿一顿午饭外加一杯劣质酒的小酒馆之间（这个价格在当时已经相当便宜了，但也只有离此不远的索邦大学的学生们才承受得起）。起先这里被称为安布瓦兹死胡同，如今则改为莫贝尔死胡同。早些年，这儿曾是“自由之毯”（流氓的黑话，指的是下等饭馆、最次的旅店，老板通常是有前科的人，而上门的客人也都是刚刑满释放的苦役犯）的所在地，十八世纪的时候还有三个著名的研究毒药的女人在这儿设立了实验室，但有一天她们吸入了自己在炉子上蒸馏的毒药，被发现时已经窒息而亡了，这条死胡同也因她们的不幸遭遇出了名。

行人完全不会注意胡同中间一爿旧货店的橱窗，还有那块褪了色的招牌，上面写着“上等旧货行”几个字——橱窗的玻璃每块二十厘米见方，被固定在窗格里，透过它们本来就看不到多少陈列的商品和店铺内的景象，何况如今上面还落了厚厚的一层灰，使得橱窗更加模糊不清了。在橱窗旁还能看到一扇总是关着的门，门边有一条门铃绳，以及一块告示牌，告诉顾客店主暂时离开。

---

① Étienne Dolet（1509—1546），法国语言学家、印刷商、人文主义者，因无神论者的罪名于一五四六年八月三日在莫贝尔广场被处以绞刑和火刑。

② Baron Georges-Eugène Haussmann（1809—1891），法国城市规划师，受拿破仑三世的委托主持了巴黎的大规模改造和重建工作。

这扇门极少有开着的时候。一旦走进去，借着这间陋室内若明若暗的灯光，就会看到许多商品杂乱地堆放在几个摇摇晃晃的货架上，或者堆在一些同样不稳的桌子上。这些东西乍一看可能会惹人心动，但经不起仔细打量，更何况其标价与商品本身一样坑人，实在对不起任何一位诚心购买的顾客。举例来说，那儿有一对与任何壁炉都不匹配的木炭架，一只蓝色珐琅壳已经剥落的座钟，几个也许颜色曾经鲜艳过的绣花靠垫，几只画有裸体小孩图案的开裂的陶瓷大盘（盘子里面还盛着花），几张快要散架且样式古怪的茶几，一只锈迹斑斑的铁皮文件柜，一些以烙画作装饰的稀奇古怪的盒子，几柄画着中国画的镶螺钿扇子，一串似乎是用琥珀制成的项链，一双小号白色羊毛鞋，鞋扣上镶着细小的爱尔兰钻石，一尊边缘破损的拿破仑半身像，几枚压在开裂的玻璃下的蝴蝶标本，一堆用彩色大理石雕成的水果，被罩在一个已经发乌的玻璃罩子下面，几只椰子壳，几本破旧的水彩花卉画册，画技不敢恭维，几部达盖尔木箱照相机（在那个年代完全看不出它们哪儿像古董）——都是些从破产家庭中收来抵债的旧物件。即使有人不可救药地看上了这些蹩脚商品中的某一件，向那个疑神疑鬼的店主打听价格，就会发现开价离谱得连对古玩有着畸形趣味的最恶俗的收藏者都会望而却步。

最后，这位行人如果获准进入隔开底层店铺和二楼的那道门，沿着晃晃悠悠的旋转楼梯拾级而上（这种楼梯是巴黎这类房屋所特有的，房子的前脸和正门一样宽，家家户户的大门都东倒西歪地扎着堆），就会进入一间宽敞的大厅。不同于楼下的那堆旧货，这儿陈列的物品所表现的完全是另一个层次的工艺：一张拿破仑时代式样的小桌，三只桌脚上都装饰着鹰头；一张靠墙摆放的蜗形腿台桌，底座做成了一只有翼的斯芬克司；一口十七世纪的衣橱；一只桃花心木书架，上面惹眼地排列着一百多部用摩洛哥羊皮包裹的精装书；一张被称为美国式样的写字台，带有圆柱锁和许多小抽屉，看起来和法国那种有文件格的写字台差不多。如果走进旁边的卧室，还会看见一张豪华的带顶棚的床，一个简易搁物架上摆放着一些塞夫尔瓷器、一只土耳其水烟筒、一只巨大的雪花石膏高脚杯和一只水晶花瓶。在卧室尽头的那面墙上，装饰着几块绘有神话故事的嵌板，还有两块巨大的帷幕，上面描绘着掌管历史和喜剧的两位缪斯女神。其他几面墙上随意挂着几件阿拉伯长袍、一些东方的山羊绒服饰和一只古旧的朝圣者水壶。此外，房间里还有一个脸盆架，架子的搁板上摆放着用贵重材料制成的各种洗漱用品。总之，这儿尽是些稀奇古怪、价格不菲的东西。也许它们说明不了主人的如一而高雅的情趣，但无疑能让人们看到一种炫富的意图。

回到底层的时候，行人会发现，这里只有唯一一扇窗子能透入死胡同里那一点点微弱的光亮，在窗前，有一位穿着睡衣的老人坐在桌旁，正在写我们即将读到的这个故事。他写得如此忘我，以至于行人完全可以站在他身后窥视他的手稿。有时，为了不使读者感到厌烦，行人在讲述这个故事时，对其中的一些事情会一笔带过。

读者不必期待行人在叙事过程中会告诉他们，他本人惊奇地发现故事里的某个人物在前面已经出现过了，因为（这个故事才刚刚开始）根本没有人在之前出现过，就连叙述者本人都还不知道这位神秘作者的真实身份,他打算(和读者一起)去探个究竟。此时此刻,双方都潜入了老人的家中,好奇地窥探着,注视着他手中的笔在纸上写下一个又一个字符。

二

我是谁

一八九七年三月二十四日

在动笔前我感到有些尴尬，似乎是要把自己的灵魂完全公之于众，这都是在一个德国(也许是奥地利，反正都一样)犹太人的命令下——不，该死！应该说是建议下——写的。我是谁呢？也许问我爱什么比问我实际的生活更有价值。我爱什么呢？我脑子里浮现不出值得我爱的面孔。我知道自己只爱珍馐美味：只要一听到人家提起巴黎银塔餐厅的名字，我就会感到浑身颤抖。这算是爱吗？

我讨厌什么呢？那得说是犹太人了，而现在我却在那位奥地利(或者德国)大夫的教唆下做出如此唯唯诺诺的让步，因为他说，我没有任何理由讨厌犹太人。

关于犹太人，我知道的仅限于我爷爷教给我的那点儿东西，他总是教育我说，他们是一个典型的不信神的民族，他们处世的出发点是，好事要趁今生来完成，不要等到坟墓里去实现。所以他们的一切行为都只是为了征服眼下这个世界。

我童年的岁月在犹太人的幻影中凋敝。我爷爷总是向我描述那些暗中窥视的眼神：那些眼神虚伪之极，足以吓得你脸色发青，那些油滑的笑容，那些鬣狗般凸出的嘴唇，那些阴沉、恶毒、丧失理性的目光，那些因仇恨而经常在鼻唇之间泛起的褶皱，还有他们的大鼻子，活像南半球一种鸟的喙……还有眼睛，对，眼睛……眼球在眼眶里激烈地转动，颜色就像是烤焦了的面包，这是肝病的征兆，他们的眼睛混浊不堪，充斥着一千八百年来因仇恨而产生的分泌物。随着年龄的增长，无数细碎的皱纹就会堆积在他们眼睛周围，他们的身形也日渐佝偻，才刚二十岁的犹太人，就已经显得老态龙钟了。当他们笑的时候，肿胀的眼皮会让他们的眼睛眯成一道几乎看不出的缝隙，有人说，这说明他们是狡诈、好色之徒，我爷爷对此坚信不疑……当我长大懂事以后，我爷爷总是提醒我说，犹太人不仅像西班牙人一样虚荣自负，像克罗地亚人一样愚昧无知，像地中海东岸人一样贪得无厌，像马耳他人一样忘恩负义，像吉卜赛人一样蛮横无理，像英格兰人一样肮脏龌龊，像卡尔梅克人[1]一样虚情假意，像普鲁士人一样独断专行，像阿斯蒂人一样造谣中伤，还会因为无法遏制的性欲而沦为奸夫——他们的性欲源自包皮环切术，这使犹太人具有更强的勃起功能，他们侏儒般的身材和他们那个硕大却有些残缺的突起物相比，比例简直严重失衡。

犹太人，我每天晚上都会梦见他们，年复一年。

幸好我从没接触过他们，除了在我小的时候，在都灵犹太人聚居区里遇到的那个小妓女（但我和她说的话不超过两句），再有

---

① Kalmouk，分布在东欧和西伯利亚地区的蒙古人的一支。

……犹太人，我每天晚上都会梦见他们，
年复一年……

就是这位奥地利大夫(或者德国大夫,反正都一样)。

我很了解德国人,我甚至给他们干过活,在可以被理解的民族中,他们位居最后。一个德国人排泄的粪便平均是一个法国人的两倍。他们超强的肠功能不利于大脑的运转,这反映出他们生理结构的低劣。在蛮族入侵的年代里,一群群日耳曼人所经之处,遍布着大得出奇的粪堆。此外,即便是在最近几百年里,一个法国旅行者也能通过沿途遗留的非同寻常的大粪堆,马上判断出自己已经越过了阿尔萨斯人的边境。别提了,德国人的狐臭非常典型,也就是那股让人恶心的汗臭味,这完全证明了一个德国人的尿液里所含的氮有百分之二十,而其他种族则只有百分之十五。

德国人永远受着肠功能的困扰,这是饮用过量的啤酒和吞下过量的猪肉香肠所致。在唯一一次慕尼黑之旅中,我就在一天晚上看见过那些德国人:他们聚集在那些已改为俗用的大教堂里,室内烟雾弥漫,就像是英国的港口,还散发着猪血和猪油的腥臭味,一对对男女手里紧握着大杯的啤酒,就像是为了解渴一样。一群粗壮而又呆头呆脑的家伙脸凑得很近,极为亲昵地交谈着,就像两只狗在相互嗅闻对方的气味。他们放肆地哄堂大笑,喉咙里叽里呱啦地传达出快乐的声音,没完没了吃下的油亮的肥肉让他们的脸和四肢都沾满了油污,就像古代竞技场上在皮肤上涂满了油的运动员。

那些德国人往嘴里灌着他们的 Geist,这个词在德语里是“精神”的意思,但只不过是燕麦啤酒的精神,它让德国人从年轻时起就晕头晕脑的,这也说明为什么在莱茵河的那边,除了几幅画

……他们一本正经地尊奉像马丁·路德这样既贪恋美食又贪恋美色的僧侣(他能娶一个修女为妻吗),只因他毁掉了《圣经》——把《圣经》翻译成了他们的语言……

着令人作呕的丑陋面孔的油画和能把人烦死的诗歌以外，就从没有创造出任何有意思的东西。他们的音乐就更别提了，且不说瓦格纳的喧嚣和哀丧如今也使法国人变愚钝了，仅就我听过的那一点德国音乐而言，他们那位巴赫的作品完全没有和谐的乐音，冷冰冰的就像寒冷的冬夜一样，而那个贝多芬的交响乐简直就是粗鄙不堪的狂欢。

过量的啤酒让他们一点也意识不到自己的粗俗，而这种粗俗的最高境界就是不以自己是德国人为耻。他们一本正经地尊奉像马丁·路德这样既贪恋美食又贪恋美色的僧侣（他能娶一个修女为妻吗），只因他毁掉了《圣经》——把《圣经》翻译成了他们的语言。德国人滥用了欧洲最强劲的两种麻醉剂——酒精和基督教，这句话是谁说的呢？

他们自以为深刻，那是因为他们的语言含混不清，没有法语那么清晰明了。德语从不确切地说出应该说的东西，以致没有一个德国人知道自己想说什么，并错把这种不确定当成深奥。所以和德国人相处就像和女人相处一样，永远无法深入。更不幸的是，这种语言缺乏表达能力，阅读的时候要瞪着眼睛急切地寻找动词，因为那些动词从来不在自己应在的位置上。我爷爷要我从小就学习德语——这没什么可大惊小怪的，拥护奥地利统治的意大利人都是这样。因此我讨厌这门语言，也讨厌那个教我德语、还用小棍打我手心的耶稣会士。

自从戈宾诺写了那本关于人种不平等理论的书以后，似乎一个人说另一个民族的坏话，就是因为这个人认为自己的民族比对方的优越。我是没有任何偏见的。自从我成为法国人之后(由于我母亲的缘故,我已经是半个法国人了),我才了解到我的这些新同胞是何等懒惰并善于欺骗和怨恨,而且还嫉妒成性、傲气十足,他们的这些特性都到了无以复加的地步,以至于他们认为,但凡不是法国人,那就一定是野蛮人,他们是无法接受别人指责的。但是我也知道,要想让一个法国人承认他们种族的缺陷,只要当着他们的面说一个民族的坏话就够了,比如“我们波兰人有这样或那样的缺点”之类的话,因为法国人绝不甘居人后,即便是在坏事上。他们会立刻做出反应,说:“噢,不,在我们法国会更糟。”接着就讲起法国人的坏话,直到落入别人的圈套还浑然不觉。

他们不喜欢自己的同类,即便在能从对方身上获取利益的情况下。没有比法国小酒店老板更没有教养的人了,他们的脸上总是挂着憎恨顾客的表情(也许真是那样),他们希望没有这些顾客(但这不是事实,因为法国人贪婪之极)。他们整天抱怨。如果你去问他们一些事情,他们总会回答“sais pas, moi”[①],嘴唇噘着,就像在放屁一样。

法国人很坏,他们因烦闷无聊而大开杀戒。他们是唯一长期致力于让本国公民互砍脑袋的民族,幸好拿破仑将法国人的怒火转移到了其他民族身上,把法国人编成一列列的纵队去摧毁全欧洲。

法国人为拥有一个自视强大的国家而感到骄傲,但他们又耗费时日,想方设法将这个国家搞垮:要论暴动,谁也比不上法国

① 法语,我不知道。读 moi 这个词时,嘴唇要向前伸。

人，他们暴动的理由比比皆是，只要有风吹草动他们就会揭竿而起，经常连为什么都不知道，就在大街上被地痞流氓拉走了。法国人不太清楚自己想要什么，只是非常清楚地知道他们不想要那些已经拥有的东西。一言以蔽之，他们除了唱歌，什么也不会。

他们认为全世界都讲法语。因此，几十年前才发生了卢卡斯那件事，那是一个天才：他从法国国家图书馆的古书上裁下衬页，在这些偷来的纸上用各种字体伪造了三万多份手稿，尽管他的技术可能还不如我高超……他把这些文件——我不知道具体有多少——以极高的价格卖给了沙勒那个白痴（据说沙勒是个伟大的数学家，科学院院士，但实际上是个大笨蛋）。结果不光是沙勒，还有他在科学院的很多同事都相信古罗马皇帝卡利古拉、埃及艳后克娄巴特拉和恺撒大帝都是用法语写信的，而帕斯卡、牛顿和伽利略也无一例外用法语通信。其实连小孩都知道，在那些年代有学问的人都是用拉丁语写东西的。然而法国的学者们却根本意识不到其他民族操着与法语不同的语言。此外，那些伪造的信件上还说，帕斯卡比牛顿早二十年发现了万有引力，这足以迷惑那些被盲目的民族自信心冲昏头脑的索邦大学师生。

或许这种无知是他们吝啬的结果——这是法国人的通病，他们甚至还以此为荣，称之为“有所节制”。只有在这样一个国家里，人们才能围绕一个守财奴编出一部完整的喜剧。更何况主人翁是那位葛朗台老爷呢。

法国人的吝啬表现在他们落满尘埃的居室里，表现在他们从未更换过的壁纸上，表现在那些祖传的浴缸上，也表现在那些为了利用一点狭小的空间而艰难盘曲的、快要散架的木制旋转楼梯上。如果把一个法国人和一个犹太人(最好是德裔)像嫁接植物一样结合在一起,你就会拥有我们所拥有的一切——第三共和国[①]……

我让自己成为法国人是因为我不能容忍自己是意大利人。作为皮埃蒙特(我出生在那里)人,我感觉自己仅仅是漫画上的一只公鸡,创意受到很大的局限。这些皮埃蒙特人,每一则新闻都会让他们呆若木鸡,任何突发事件都能让他们惊恐万分,要想让他们远赴两西西里(在加里波第的志愿军里,皮埃蒙特人少得可怜),还得靠两个利古里亚人,一个是加里波第这样的狂徒,一个是马志尼这样的丧门星。至于我被派往巴勒莫时的所见所闻(那是什么时候的事来着?我必须回忆起来),我们不说也罢。只有那个自以为是的大仲马喜欢这些地方的人,或许因为这些人比法国人更会拍他的马屁,而法国人则一向把他视为混血的杂种[②]。那不勒斯人和西西里人都喜欢大仲马,他们这些黑白混血儿并不是当婊子的母亲犯下的一时之错,而是祖祖辈辈历史演进的结果,他们是那些靠不住的地中海东岸人、有汗臭的阿拉伯人和退化了的东哥特人生下的杂种,而这些父母又秉承了各自杂种祖先最糟糕的缺点,比如萨拉森人的懒惰、瑞典人的残暴、希腊人的无能和嘴上功夫——他们一开口,简直能把一根头发劈成四瓣。此外,只要看看那不勒斯那些吸引外国人目光的顽童就足够了,他

---

① 即法兰西第三共和国(1870—1940)。

② 大仲马的祖母是一名黑奴,所以他是黑白混血儿,这一点使他一生都饱受种族主义的困扰。

们用手往嘴里塞着面条，噎得几乎喘不过气来，还沾了一身的番茄酱。虽然我没见过他们，但我相信，我说的没错。

意大利人是靠不住的，他们谎话连篇、卑鄙怯懦、背信弃义，他们觉得匕首比刀剑更合手，毒药比良药更有效，他们处事圆滑狡诈，只有在见风使舵这一点上才能始终如一——我曾亲眼看到加里波第冒险分子和皮埃蒙特的将领们刚出现的时候，那些波旁王朝将领们的遭遇。

意大利人只听神父的话，他们唯一真正的政府自从古罗马那个变态的末代皇帝被蛮族人鸡奸后就不复存在了，因为基督教削弱了他们古老的民族自信心。

至于那些神父……我是怎么认识他们的呢？似乎是在我爷爷家里，我模模糊糊地记得那些游移的眼神，满口的烂牙，沉重的呼吸和那汗津津的、企图抚摸我脖子的脏手。真叫人恶心！这些人无所事事，就像小偷和流浪汉一样，属于最危险的阶层。那些当神父或僧侣的人只是为了过上慵懒的生活，而这种慵懒又由于他们人数众多而得到了保障。比方说，如果一千人中只有一个神父，那么他就没时间悠闲地坐在那里吃阉鸡了。政府会从最不称职的神父中选出最愚蠢的人，任命他们为主教。

你一来到人世，就要与他们为伍，让他们为你施洗礼。上学以后，如果你的父母过分虔诚，把你托付给他们，那么你还会遇到这些人，这以后你还要领第一次圣礼，学习教理，领坚信礼。等你结婚的那一天，神父会告诉你在婚房里该怎么做，第二天做忏悔的时候，神父会在忏悔室的格栅后面问你做了多少次才让自己兴奋起来。他们会以敬畏的口吻和你谈论性，但是你会看见他们天天从乱伦的床上爬下来，连手都未曾洗过，就去吃他们上主的肉，喝他们上主的血[①]，然后再把上主当屎尿排泄出去。

神父们常说，他们的王国不在这个世界上，可他们染指一切能够攫取到的东西。直到世界上最后一座教堂的最后一块石头落在最后一个神父的头上之后，人类文明才会臻于完美，世界才会从这帮人的手里解放出来。

共产主义者说宗教是世界人民的鸦片。的确如此，因为宗教起到了约束老百姓欲望的作用，假如没有宗教的约束，上街造反的人会多上一倍，然而在闹巴黎公社的那些日子里，平民百姓并不是太多，而且没过多久就被摆平了。但后来我又听那位奥地利大夫谈起哥伦比亚毒品的好处，在我看来，宗教也是世界人民的可卡因，因为宗教曾经并仍然在促发战争，造成对异己的杀戮，这对于基督徒、穆斯林和其他信徒而言都是有利的，假如非洲黑人原来仅限于自相残杀，那么在传教士对他们进行教化之后，他们就变成了殖民者的军队，这支军队极其适合到两军阵前去送死，或是在攻陷城市以后糟蹋白人妇女。人类为宗教信仰作恶时，要比任何时候都更加不遗余力、热情高涨。

神父中最糟糕的当然要数那些耶稣会士。印象中，我自己曾经戏弄过他们几次，要么就是他们欺负过我，我记不起来了。或许是他们的同胞兄弟，那些共济会会员，这些人也和耶稣会士差不多，只是更加混乱一些。耶稣会士至少还有他们的一套神学理

---

① 这里指天主教领圣餐的圣事。

论，并且知道如何操纵这套理论，共济会会员却有太多的神学理论，并为此而晕头转向。我爷爷总和我讲共济会会员的事。耶稣会、共济会和犹太人一道砍掉了法国国王的脑袋，还培养出了烧炭党人。共济会会员还要愚蠢一点，因为有一回他们害自己吃了枪子儿，后来又因为制造炸弹而掉了脑袋，或者是他们变成了巴黎公社的社员。后来，所有人都被处决了。干得好，梯也尔①！

这些共济会会员和耶稣会士！其实耶稣会士就是穿着女人衣服的共济会会员。

我对女人知之甚少，却很厌恶她们。我曾多年受那些女子啤酒屋的折磨，那是形形色色的坏人聚集的场所，比妓院还要龌龊，因为妓院至少会因为周边居民的反对而难以立足，那些啤酒屋却可以开得到处都是，因为人们说那只是喝酒的去处罢了。只不过喝酒是在啤酒屋的一楼，楼上各层则是卖淫的场所。每一家啤酒屋都有自己的主题，女孩子们的工作服都与这个主题相符，在这里你会看到德国的招待女郎，在法院大厦的对面，女服务员们都穿着律师的长袍。另外，这些啤酒屋的名字都能让你一目了然，什么“动屁股啤酒屋”“摩洛哥美人啤酒屋”或者“十四臀啤酒屋”，就在离索邦大学不远的地方。这些啤酒屋几乎都是德国人开的，这是一种蚕食法国人道德的方式。在巴黎五区和六区之间，至少有六十家这样的啤酒屋，而在全巴黎差不多有二百家，而且所有的啤酒屋都向特别年轻的孩子开放。孩子们最初走进

---

① Louis Adolphe Thiers(1797—1877)，法国政治家和历史学家，曾血腥镇压巴黎公社起义。

……其实耶稣会士就是穿着女人衣服的共济会会员……

啤酒屋是出于好奇，然后就恶习难改，最后都染上了淋病——在他们人生得意的时候。如果啤酒屋临近学校，学生出了校门就会去透过啤酒屋的门窥视那些招待女郎。我去啤酒屋是为了喝酒，也是为了透过啤酒屋的门窥视门外那些向里窥探的学生。其实不只是学生，人们在这里学会了很多成年人的习惯和日常经验，而且终生受用。

最让我开心的就是琢磨那些在桌边等待机会的皮条客，他们中有的是靠老婆吃饭的男人，这些人混在所有的皮条客中间，衣冠楚楚，一边抽烟，一边玩着纸牌，啤酒屋老板和女招待提起他们就如同提起戴绿帽子的人。但在拉丁区，皮条客很多都是以前上过学的破产者，他们总是害怕会有人让他们赔上老本，所以动辄拔刀相向。最安静的是那些小偷和杀人犯，他们总是进进出出，因为要当心自己被打击报复。他们知道女招待们不敢出卖他们，否则第二天她们的尸体就会漂在比埃夫勒河上。

这里也有一些同性恋者，他们专门寻觅男女同性恋者，以提供那些最龌龊的服务。他们也到皇宫或香榭丽舍大街上去招揽客人，用那些惯常的手法来吸引路人。他们经常让同伙乔装成警察闯入他们的房间，然后威胁脱得只剩下内裤的嫖客说要将其逮捕，嫖客只好苦苦哀求，并掏出一沓钱来消灾。

每当我进入这些风月场所的时候，总是万分小心，因为我知道自己会遇到什么事。如果进来的客人显得很有钱，老板就会做个手势，让一个姑娘过来，一点一点地劝客人把所有的姑娘都请到桌边，消费最昂贵的东西（姑娘们为了不把自己灌醉，只喝最高级的茴香酒或黑加仑汁，而客人则要为这些带颜色的水支付高昂的费用)。接着,这些姑娘会想方设法让你玩纸牌,当然她们会做手脚让你输掉,而你则要掏钱请她们以及老板和老板娘吃晚饭。假如你设法拒绝,姑娘们就会建议你不要玩赌钱的游戏,而是每赢一把牌就让一个姑娘脱掉一件衣服……随着每件花边内衣的滑落,那些令人作呕的嫩肉、豪乳和臭得让你崩溃的黑色腋窝就会显露出来……

我从来没有上过楼。有人曾说女人只是手淫的替代品,只不过后者需要更多的想象力。于是我回到家,半夜里梦见了她们,我又不是木头人,更何况是她们先来勾引我的。

我读过提梭医生的书,我知道女人即便不在我们身边,也会对我们造成危害。我们不知道原始冲动和性液是不是一码事,但可以肯定的是,这两种流动不定的东西具有某种相似性,在长期梦遗之后,人们不仅丧失了气力,还会日渐消瘦、面色苍白、记忆力减退、视力模糊、声音沙哑、睡眠受到噩梦的搅扰,并且眼睛干涩,脸上出现红斑,有人还会咳痰,并感到心悸、胸闷、眩晕,还有人则抱怨自己便秘,或是排便越来越臭,甚至最终还会失明。

或许是我夸大其词。我从小就长了满脸的痘,但这似乎是那个年龄段的特征,或许所有的男孩都会去追求这种快感,有的人做得比较过头,没日没夜地手淫。后来,我学会了自我调节,我只有晚上在啤酒屋喝完酒以后才会辗转反侧、难以入眠,但我从不会像很多人那样,看到一条诱人的裙子就会立刻勃起。我的工作约束着我,让我远离那些放纵的行为。

但是为什么要讲大道理,而不是让事实重现呢?大概是因为我需要知道的不仅是我昨天之前做了什么，而且还要知道我的内心是怎样的。我姑且承认自己有这样一个内心世界。人们说心灵只不过是你的所作所为而已，但假如我恨一个人，我就会让这种仇恨在心中孕育，感谢上帝，这就意味着真的存在一个内心世界！有位哲学家是怎么说来的？我恨故我在[①]。

不久前，楼下有人拉响门铃，我担心有人会愚蠢到想找我买什么东西，但是那个家伙马上告诉我说，是提梭让他来的——为什么我选了这句话作为暗号呢？他想要一封亲笔遗嘱，立遗嘱的人名叫博纳富瓦，而受益人则是一个叫吉洛的人（当然就是他自己）。他带来了那个博纳富瓦常用的（或是以前常用的）空白信笺，还有一份笔迹样本。我让吉洛上楼到我书房里来，然后选了一支钢笔和合适的墨水，我连练都没练一下，就制造出了那份文件，可谓天衣无缝。这个吉洛就像是知道行情一样，把与遗嘱相匹配的佣金递到了我手里。

那么这就是我的工作吗？凭空捏造一份公证文书，炮制一封可以乱真的信件，精心伪造一份犯罪供词，编造一份能把某人拉下水的文件——多有意思啊！这手艺可不是闹着玩的……要犒劳我的话，去那家英国咖啡馆就行了。

我对那里的记忆都储存在鼻子里，但在我印象里，我好像有几个世纪没有闻到那些菜肴的香味了：女王酥饼、威尼斯酱鲽鱼柳、奶酪焦皮比目鱼片、布列塔尼酱蚕豆泥配烤羊排（或羊脊

① 对法国哲学家笛卡儿"我思故我在"观点的戏仿。

肉)……作为前菜,要么吃葡式烤填鸡,要么吃热鹌鹑肉酱馅饼,要么吃巴黎式龙虾冷盘,或者三种都要;作为主菜,我知道有鲁昂血鸭和烤圃鹀;作为餐末菜,有西班牙茄盒、新鲜芦笋和奶油炖芦笋土豆……至于葡萄酒,我不敢肯定,可能是玛歌酒庄的酒,或者是拉图酒庄的,要么就是拉菲酒庄的,这要看当年的收成。最后,还要来一份冰淇淋作为甜点。

美食总是比性爱更能让我得到满足——或许这是那些神父给我留下的烙印。

我总感觉有一片浮云飘在我的记忆里,让我无法回顾往昔。我穿着贝尔加马斯基神父的袍子,逃到碧琪琳咖啡馆的场景猛然出现在我的记忆里,可这是为什么呢?我已经完全记不起贝尔加马斯基神父了,他是谁呢?我喜欢听凭本能的驱遣,让手中的钢笔任意划动。那位奥地利大夫认为,我终将面临一段极为痛苦的回忆,这也就解释了我为什么会一下子抹去了记忆中的很多东西。

昨天,也就是我认为的三月二十二日星期二,我从睡梦中醒来,就像是很清楚自己是谁一样:西莫尼尼上尉,年逾六十七岁,但看上去要年轻得多(我有点发福,但仍然属于那种能被人称为美男子的状态),我在法国冠上的这个职衔是为了纪念我爷爷,我声称自己在加里波第红衫军中立过一些军功,在这个加里波第要比在意大利更受人敬爱的国家里,这为我带来了些许威望。西莫内·西莫尼尼,生于都灵,父亲是都灵人,母亲是法国人(或者说是萨伏依人，因为在她出生后没几年，撒丁王国就把萨伏依拱手让给了法国）。

我还躺在床上浮想联翩……鉴于我和俄罗斯人的过节（俄罗斯人？），最好别让他们看见我在自己最喜欢的餐馆里转悠。我应该给自己做点吃的。用几个小时的时间烹制一道美味佳肴对我来说是一种放松，比如富瓦约烤小牛排：取一块至少四厘米厚的牛肉，要够两个人享用的量，以及两只大小适中的洋葱头，五十克面包，七十五克格鲁耶尔奶酪丝，五十克黄油；先将面包碾成屑，与奶酪混合均匀，然后剥开洋葱切碎；在一只小平底锅里熔化四十克黄油，同时在另一只锅里放入洋葱，再将余下的黄油放入锅里用文火熔化；取一半洋葱铺在一只空盘子里，放入用盐和胡椒粉腌好的牛肉，将剩下的洋葱撒在牛肉一侧作为配菜，再在盘子里撒上一层奶酪面包屑，使牛肉充分吸收熔化的黄油，完全附着在盘底，并用手将牛肉轻轻压扁，然后再撒上一层奶酪面包屑，直至盘子里形成一个圆丘；把另一只锅里熔化的黄油倒入盘子里，均匀洒上白葡萄酒和高汤，但不要超过牛肉厚度的一半。把盘子放入烤炉烤制约半小时，其间要不断淋洒葡萄酒和高汤，最后放入炒过的菜花佐味。

虽然这要花点时间，但是烹饪的乐趣总是先于饕餮的乐趣，做菜的过程就意味着提前享受了美食，就像我现在虽然舒舒服服地躺在床上，却已享受到了乐趣一样。愚蠢的男人需要与女人或娈童同床共枕才能消除孤寂，殊不知让自己流口水比让自己勃起要好得多。

我在家里万事俱备，只差格鲁耶尔奶酪和牛肉了。要买肉的话，也许得改日了，等莫贝尔广场的那家肉铺开门再说，天晓得那里为什么星期二关门。我还知道另一家肉铺，就在圣日耳曼大道上，距第一家有二百米远，这么一小段路应该不会让我出什么岔子。我穿好衣服，出门前对着挂在面盆上的镜子，把那两撇常用的小黑胡和那副漂亮的络腮胡都贴在了脸上。然后我戴上假发，把梳子在水里蘸了一下，在假发的正中分出一道缝来。我穿上礼服外套，把一只银壳怀表塞进西装马甲的小口袋里，表链非常显眼。为了显得更像一位退役的上尉，我喜欢在和别人说话的时候手里摆弄一只玳瑁小盒子，盒子里装满了甘草润喉糖，在盒盖内侧有一幅女人的肖像，模样很丑，但穿得很讲究，毫无疑问是一位亡故的佳人。我会时不时放一粒润喉糖到嘴里，让它在舌头的两侧来回滑动，这样可以让我的说话速度放慢——如果听你说话的人只注意你嘴唇的动作，就不会那么注意你说些什么了。这样做的结果就是让我看起来要比一般人弱智。

我来到街上，拐弯走进索东街，我强迫自己不要在啤酒屋门前驻足，从一大早，那里就传出了妓女们肆无忌惮的叫声。

莫贝尔广场已不再是我三十五年前初到巴黎时的那个鱼龙混杂之地了，当时这里全是倒卖回收烟草的商贩，那些粗大的烟叶是从抽剩的雪茄和烟斗里弄出来的，而那些精细的烟叶则来自刚吸完的上等卷烟的烟蒂，价格是粗烟叶每磅一法郎二十生丁，细烟叶每磅从一法郎五十生丁到一法郎六十生丁不等（当时这种生意并不怎么赚钱，到现在也是如此，如果这些倒卖烟草的小贩将其辛苦收入的一部分结结实实地花在某间酒馆里，到了晚上就会连住旅店的钱都付不起）。那时候，这里还聚集着很多“保护人”，他们至少要睡到下午两点才肯起床，然后就像许多虽然退休却有身份的人那样靠在墙边吸烟，以度过白天里最后的时光。然后，他们就会像牧羊犬一样在夜幕降临时开始行动，从事盗贼的营生，他们甚至沦落到相互偷窃的地步，因为没有一个市民（除非是从城郊来这里闲逛的人）敢横穿这个广场，我要不是走路时迈着军人的步伐，而且还挥舞着手杖的话，那么也会成为他们理想的猎物。其实，这个地方的扒手都认识我，甚至有些扒手还会和我打招呼，称呼我“上尉”，他们觉得在某种程度上我和他们是一伙的，因此不会自相鱼肉。那些风姿不再的妓女也会聚集在广场上，因为要是她们仍然受宠的话，就会在那些女子啤酒屋里谋生了，所以在这里她们只能接待收破烂的小贩、地痞和讨厌的二手烟草贩子，但是当她们看见一位先生穿着得体、头上的礼帽刷得簇新时，就会大胆地贴上去，或者直接抓住你的一只胳膊，凑到你身边，以至于你都能闻到她们身上令人作呕的廉价香水味和其中掺杂的汗味。这种经历一定会让人特别反感（我可不想半夜梦见那些妓女），因此每当我看见有妓女向我靠近时，都会抡圆手杖，仿佛在自己周围辟出一个外人难以靠近的保护区，她们见状会立刻明白我的用意，因为她们已习惯于受人摆布，不敢无视这样一根手杖。

此外，还有警察署的密探混迹在那群人中间，他们是到这里招募告密者或眼线的，要么就是针对正在策划的流氓犯罪行为，以最快的速度收集最有价值的情报——总会有人把这种事偷偷摸摸地告诉另一个人，只是他们的嗓门太大，因为他们以为自己的声音会淹没在周围的一片嘈杂之中。但这些人一眼就能被识破，因为他们的相貌都凶神恶煞一般。没有一个真正的坏蛋看上去像个坏蛋，但他们是例外。

如今，连有轨电车都从这个广场穿过，这里已不再给人以家的感觉了，然而那些能让你一眼就认出的家伙依然在那里，依然可以识别，他们或倚靠在某个角落里，或在大阿尔伯特咖啡馆门口，或在附近的一条小巷里。但不管怎么说，自打从每个角落都能远远望见像卷笔刀一样矗立的埃菲尔铁塔那一刻起，巴黎就不再是从前的样子了。

算了吧，我又不是一个多愁善感的人，巴黎仍然有一些地方总能让我弄到我需要的东西。昨天早上我需要牛肉和奶酪，莫贝尔广场就满足了我的需要。

买完奶酪，我从常去的那家肉铺门前走过，看见那里居然开着门。

“怎么星期二还开门?”我边问边走了进去。

“可今天是星期三啊，上尉。”那个人笑着回答我。我连忙道歉说自己搞错了，又说年纪大了，总爱忘事，那人却说我还是和小伙子一样，还说如果起得太早，谁都会犯晕。我选好了肉，付了钱，丝毫没有讨价还价——这是赢得商家尊重的唯一办法。

我回到家，心里寻思着今天究竟是星期几。我想摘掉假胡子，就像平常自己在家时那样，于是我走进了卧室。直到这个时候，我才发觉好像有什么东西不对劲：在斗柜旁边的一个衣帽架上挂着一件衣服，毫无疑问是一件神父的教袍。我走过去，看见斗柜的搁板上还放着一顶栗色的假发，颜色很浅，几近金黄色。

当我意识到自己也化了装时，便不断反问自己，前几天究竟是把哪个流浪艺人留宿在家里了，因为我戴的那些假胡子根本不是我的。难道这意味着我曾经乔装成阔绰的绅士，还曾经假扮过教士吗？可究竟为什么我把对自己这种第二身份的记忆删除得一干二净呢？要么就是出于某种原因（或许是为了逃避一道拘捕令），我才给自己贴上了胡子，而与此同时我又在家里留宿了一个乔装成修道院院长的人？但如果这个假修道院院长（因为真院长是不会戴假发的）和我住在一起，他又睡在了什么地方呢？我家里可只有一张床啊！要么他没住在我家，而是出于某种目的，在此前一天又从我这里逃走啦？然后他脱去伪装，跑到只有上帝才知道的地方，做只有上帝才知道的事……

我脑子里一片空白，仿佛看见了我本该记得但又没有记住的东西，我的意思是，仿佛这些都是别人的记忆。我相信，“别人的记忆”是一种很恰当的表达方式。在那一刻，我感觉自己变成了一个置身事外的旁观者。有人在一旁注视着西莫尼尼，而西莫尼尼本人却突然不知道自己究竟是谁了。

别忙，先理一理头绪，我对自己说。对于一个打着卖旧货的名号伪造文件、选择住在巴黎最不适于居住的街区的人来说，收留个把参与阴谋诡计的人是不足为怪的。然而奇怪的是，我居然想不起自己收留的是什么人，这一点听起来就不合常理了。

我觉得需要防患于未然，我自己的家一下子变成了一个与我不相干的地方，也许其中还隐藏着别的秘密。我开始仔细检查这座房子，就好像这是别人的住处一样。从厨房出来，右边是卧室，左边是客厅，里边摆放的是日常的家具。我一个个地拉开书桌抽屉，抽屉里放着我干活的工具，有各种钢笔、装着各色墨水的墨水瓶，还有各个时代、各种规格的白纸（或发黄的纸）。在书架上，除了书籍，还有一些我存放文件的盒子和一个旧桃木做的圣龛。就在我努力回忆这座房子的用途时，忽然听到楼下有人拉门铃。我走下楼，想要赶走这个不识趣的讨厌鬼，却看见了一位似曾相识的老妇人。她隔着玻璃对我说："是提梭让我来的。"我必须让她进来，天晓得我为什么选了这么一个暗号。

老妇人进了门，解开紧贴在胸前的一个包袱，取出二十几块圣体饼给我看。

"修道院的达拉·皮科拉院长告诉我，您对这个感兴趣。"

我很吃惊自己竟然回答"当然"，然后问她多少钱。老妇人回答说十法郎一个。

"您疯了吗？"我对她说，完全是出于商人的本能。

"您才疯了呢，在这儿做黑弥撒[①]。您觉得三天里跑二十座教堂去领圣餐是件容易事吗？事先得尽量让嘴里保持干燥，跪在那里用双手遮住脸，尽量让圣体饼从嘴里吐出来的时候别沾上唾沫，然后把它们放进我贴胸带的小包里，这样一来教士和旁边的人就都发现不了了。至于亵渎圣物的罪过和等我去下的地狱就更别提了。所以，您要是想要，就给二百法郎，要么我就去找布朗

① 撒旦教派的一种宗教仪式。自中世纪以来，撒旦一直被视为邪恶的化身，因此该教派也被视为邪教。

院长。”

“布朗院长死了，可见您有段时间没去他那儿送圣体饼了。”我近乎机械地对那老妇人说。随后我决定，鉴于我脑子里一团糟，我应该相信直觉，而不要过于理性。

“算了，这些圣体饼我要了。”说罢，我付了钱。我知道，我应该把这些圣体饼存放在我书房的圣龛里，等待那些老顾客登门。反正这件事也没什么大不了的。

总之，对我来说，一切事都显得那么普通，那么平常。然而我又觉得，这些事围绕在我的身边，仿佛散发着灾祸的气味，但我什么也记不起来了。

我又上楼回到书房，这时我才注意到，在书房的另一头还有一扇门，被一道门帘遮着。我一打开门就知道，自己将进入一条伸手不见五指的走廊，需要拿一盏灯才能通过。这条走廊就像剧院后台的道具间，或是寺庙里旧货商的储藏室。走廊的墙上挂着各式各样的衣服：有农民的衣服、烧炭工人的服装、勤杂工的工装、乞丐服，以及一身军装，在这些衣服旁边还有与之相配套的各种头饰。在一个木托板上，整整齐齐地摆放着十来个头部模型，每个上面都有一顶假发。在走廊的尽头放着一个梳妆台，就像喜剧演员化装间里用的那种，上面摆满了装着铅白和胭脂的小瓶、黑色和深蓝色的眉笔、腮红刷、粉扑、毛刷和发刷。

走廊在某处拐了一个直角，尽头还有一扇门，通向另一个房间，比我的房间要明亮得多，因为它能从另一条街上采到阳光，而不是面对那条狭窄的莫贝尔死胡同。我从房间的一扇窗子探出头去张望了一下，发现它朝向大阿尔伯特街。

这个房间只有一道小楼梯通向大街，仅此而已。这是一个单间，风格介于单人公寓和卧室之间，家具是深颜色的，很简朴：一张桌子，一条跪拜用的垫凳和一张床。房门边上有一间小厨房，楼梯口是带洗脸池的马桶间。

这显然是一位教士的临时寓所。既然这里和我的房子是相通的，我应该感到熟悉才对。但是，尽管这一切似乎让我想起了什么，我还是感觉像首次来访一样。

我来到桌前，看见一沓装在信封里的信件，所有的信都是写给同一个人的：致最尊敬的，或非常尊敬的达拉·皮科拉院长先生。在信的旁边，我看到几张直纹纸，上面的字迹端庄清秀，近乎女人的笔体，与我的书法风格迥异。这些信的内容没有什么特别之处，无外乎是为某件礼物而表示感谢，或是定一个约会之类。但最上面一页纸上的文字写得有些混乱，好像是一边写，一边记录下思考的要点。我有些费劲地读了一遍：

> 一切都显得不真实，就好像我是另一个人，在窥视我自己。写在纸上以确定这是真的。
>
> 今天是三月二十二日。
>
> 教袍和假发到哪儿去了？
>
> 我昨晚干了什么？我脑子里好像有一团迷雾。
>
> 我也不记得房间尽头的那扇门是通向哪里的了。
>
> 我发现了一条走廊（以前从未看见过？），里面全是服装、假发、油膏和油彩，就像是演员用的东西。

衣帽钩上挂着一件上好的教袍，在一个架子上我不仅发现了一顶很好的假发，还找到了假眉毛。脸上打上赭色的粉底，两颊略施胭红，我又变回了我自认为是的那个人，面色惨白，微微有些发热。苦行僧。就是我。那我又是谁呢？

我知道自己是修道院院长达拉·皮科拉。或者说，是那个被全世界认做修道院院长达拉·皮科拉的人。但显然我不是那个人，因为要看起来像他的话，我必须乔装改扮。

那条走廊通向何处呢？不敢一直走下去。

重读上面这些笔记。倘若上面写的东西真是我写的，那么这些事就的确在我身上发生过。相信这些书面材料。

难道有人给我灌了迷药吗？是那个布朗吗？极有可能。要么就是那些耶稣会士？或者是那些共济会会员？可我和他们有什么瓜葛呢？

是犹太人！只可能是他们。

在这里我没有安全感。或许半夜会有人进来，偷走我的那些衣服，而更糟的是偷看了我的这些笔记。没准现在正有人在巴黎走街串巷，让大家相信他就是修道院院长达拉·皮科拉。

我必须逃到奥特伊去。也许蒂安娜知道。可蒂安娜又是谁呢？

达拉·皮科拉院长的笔记至此为止，令人奇怪的是如此机密的文件他竟然没有随身带走，这说明他的确被焦虑的情绪所困扰。我对他的了解仅限于此。

我回到了莫贝尔死胡同的寓所中，坐在我的写字台前。我与达拉·皮科拉院长的生活又是如何产生交集的呢？

当然，我不得不做出一个最为合理的假设。我和达拉·皮科拉院长是同一个人，如果是这样的话，那么这两套连在一起的房子就完全可以解释清楚了，可能是我穿着达拉·皮科拉的衣服进入了那套属于西莫尼尼的房子，在那里脱下教袍，摘掉假发，然后睡着了。只是有一个细节我还搞不懂：假如西莫尼尼就是达拉·皮科拉，那为什么我对达拉·皮科拉一无所知，也感觉不到自己就是他呢？而达拉·皮科拉也对西莫尼尼毫无印象。甚至我只能通过阅读这些笔记才能了解达拉·皮科拉的想法和情感。再者，如果我真是达拉·皮科拉，我现在就应该在奥特伊才对，住在那座他似乎了如指掌的房子里，而我（西莫尼尼）则对那里一无所知。此外，蒂安娜又是谁呢？

除非我一会儿是忘掉了达拉·皮科拉的西莫尼尼，一会儿又是忘掉了西莫尼尼的达拉·皮科拉。这并不算什么新鲜事。是谁向我提起那些关于双重人格的事呢？蒂安娜是否也是这样呢？可蒂安娜究竟是谁呢？

我打算理出个头绪来。我知道自己带了一个记事的笔记本，于是在本子上发现了如下的记录：

三月二十一日，弥撒

三月二十二日，塔克希尔

三月二十三日，吉洛要博纳富瓦的遗嘱

三月二十四日，去找德吕蒙？

为什么我二十一日要去做弥撒呢？我不知道，我相信自己不是信徒。如果一个人是信徒的话，他应该信些什么才对，可我信什么呢？好像什么都不信。所以我是个没有信仰的人，这才符合逻辑。还是别管那么多了，有时候人们去做弥撒是出于各种原因，与信仰无关。

更加肯定的是，在我认为是星期二，但实际是三月二十三日星期三的那一天，那个叫吉洛的人来找我伪造那份博纳富瓦的遗嘱。那天本来是二十三日，可我却以为是二十二日。那么二十二日发生了什么事呢？塔克希尔是什么人或是什么东西呢？

至于星期四要去拜访那位德吕蒙的事就更是无从谈起了。在我连自己是谁都不知道的情况下，又怎能去见人呢？我应该藏起来才对，直到弄明白自己是谁为止。德吕蒙……我反复告诉自己，我一定非常熟悉这个人，但当我努力想起他时，脑子里却像灌了酒一样，迷迷糊糊的。

我们来做些假设，我对自己说。首先，达拉·皮科拉是另外一个人，他出于某些神秘的原因经常光顾我家，我们两家通过一条多少有些神秘的走廊相连。三月二十一日晚间，他来到我这套位于莫贝尔死胡同里的寓所，脱掉他的教袍（为什么呢？），然后回到自己家里去睡觉，第二天早上一觉醒来之后就失忆了。同样，自那以后的第三天早上，当我醒来时，也失去了记忆。如此说来，假如我是二十三日早上醒来时丧失记忆的，那么二十二日星期二我做了什么呢？到底为什么达拉·皮科拉要在我家脱掉教袍，然后再回到他自己家呢？那又是在几点钟呢？恐惧曾一度向我袭来——他可能是在我的床上度过了那天的前半夜……我的天啊，女人的确让我厌恶，但和一个修道院院长睡觉也许会更糟。我可是个正经人，不是个堕落的家伙……

要么我和达拉·皮科拉是同一个人。由于我在自己的房间里发现了那件教袍，因此我很可能是在弥撒日（二十一日）之后进入位于莫贝尔死胡同里的寓所的，而且打扮成了达拉·皮科拉的样子（如果我要去做弥撒的话，以修道院院长的身份出面会更加可信），然后我脱掉教袍，摘掉假发，稍后又到修道院院长的房子里去睡觉（我忘记自己已经把那件教袍脱在了西莫尼尼家里）。第二天一早，也就是三月二十二日星期二，我以达拉·皮科拉的身份醒来，我不仅会发现自己失去了记忆，也会发现在床脚找不到那件教袍。作为失去了记忆的达拉·皮科拉，我会在走廊里发现一件备用的教袍，也会利用时机在当天就逃到奥特伊去，除非我在天黑之前又改变了主意，重新鼓起勇气，于当天很晚的时候返回了巴黎莫贝尔死胡同的寓所，把身上的教袍挂在了卧室的衣帽钩上，而当我再次醒来的时候，又一次失去了记忆，这次却是以西莫尼尼的身份，那已经是星期三了，我却认为仍然是星期二。因此，我告诉自己，达拉·皮科拉于三月二十二日失忆了一整天，然后在二十三日又变成了失忆的西莫尼尼。这没有什么特别的，我曾经从樊尚诊所的那个大夫那儿听说过……那个大夫叫什么来着？

但是还有一个小问题。我反反复复看了自己的笔记，如果事情真是这样，那么二十三日早上西莫尼尼就会在卧室里发现两件，而不是一件教袍，也就是他在二十一日夜里留下的那件和在二十二日夜里留下的那件。而实际上，那里只有一件教袍。

不对，我真蠢。达拉·皮科拉在二十二日晚上从奥特伊回到大阿尔伯特街的寓所，在那里脱下他的教袍，然后再到莫贝尔死胡同这边的寓所里来睡觉，第二天一早（二十三日），当他作为西莫尼尼醒来的时候，只能在衣帽钩上发现一件教袍。事实上，如果事情真的是这样，那么在二十三日早上，当我进入达拉·皮科拉家时，就应该在他的房间里发现那件他于二十二日晚间脱下的教袍。但他应该可以把教袍重新挂回到走廊里，只消去看一眼就能搞明白了。

我当时是借着灯光穿过那条走廊的，心里有些恐惧。假如达拉·皮科拉不是我的话，我自言自语道，那么我就能亲眼看见他出现在那条走廊的另一端，很可能他也将一盏灯擎在胸前……幸好这一幕没有出现。我于是在走廊的尽头发现了那件挂着的教袍。

也许，也许……假如达拉·皮科拉从奥特伊回来后脱掉了教袍，然后穿过走廊，进入了我的房间，他毫不迟疑地躺在了我的床上，那是因为在那一刻他想起了我，他知道在我这儿睡觉就像在他自己那儿一样，因为我们就是同一个人。就这样，达拉·皮科拉上床的时候知道自己是西莫尼尼，然而第二天一早，当西莫尼尼醒来的时候，却不知道自己就是达拉·皮科拉。也就是说，首先是达拉·皮科拉失去了记忆，但又失而复得，等他一觉醒来后，又把健忘症传给了西莫尼尼。

健忘症……这个词的意思就是记忆缺失，它出现在我的面前，就像是在迷雾中撕开了一道口子，而这团迷雾正是那些被我遗忘了的时间。十多年前，我经常在马尼餐厅议论那些健忘的人，我就在那里和布鲁、布洛，以及迪穆里耶还有那位奥地利大夫一起议论他们。

三

马尼餐厅

一八九七年三月二十五日黎明

马尼餐厅……我知道自己是一个酷爱美食的人，因此我还记得在孔特斯卡普-多芬大街上的那家餐馆里，每个人的消费不超过十法郎，而菜品的质量也与这个价格相符。总不能每天都去富瓦约餐厅吧。在过去那些年里，很多人都跑到马尼餐厅去远远地瞻仰那些业已成名的作家，比如戈蒂埃或福楼拜，先前还有那位患上肺结核的波兰钢琴家，供养他的是一个成天穿着长裤四处乱转的放荡女人①。一天晚上，我瞥了他们一眼，然后就匆匆出去了。那些艺术家，即便是远远地看上去，也让人难以忍受，他们环顾四周，想知道我们是否因为认出了他们而对他们表示敬意。

后来，那些"大人物"离开了马尼餐厅，迁移到位于布瓦索尼埃尔大道的布雷邦小牛咖啡馆去了，那里吃得要好一些，价格也更贵，但是"作诗是可以换来面包的"，在马尼餐厅因此而得以清静之后，我也曾去过几次，那是从一八八〇年代开始的。

我看到一些搞科学的人也经常光顾这里，比如像贝特洛[2]那样大名鼎鼎的化学家，以及很多萨尔佩提耶尔医院[3]的医生。那家医院离这里并不太近，或许是那些临床大夫想体会一下在拉丁区短暂散步的惬意，而不想在那些脏兮兮的、病人家属经常光顾的小饭馆里吃饭。大夫们谈论的话题很有意思，因为总涉及他人的缺点，在马尼餐厅，为了克服噪声的干扰，所有人都要提高嗓门说话，于是一只训练有素的耳朵就经常能捕捉到一些有趣的信息。留意别人谈话并不意味着要设法知道某个确切的消息。所有这一切，即使是毫无意义，也会给那一天带来乐趣，重要的是能知道那些别人不知道你知道的东西。

如果说文学家和艺术家通常是围坐在一起吃饭的话，那么搞科学的人就会像我这样独自一人进餐。然而，在相邻的餐桌坐过几次之后，大家也开始彼此熟识了。我认识的第一个人是迪穆里耶医生，一个极其讨厌的家伙，他真该扪心自问，像他这样一位面目可憎的精神病医生，怎么能让患者产生信任。他长了一张妒忌的脸，面色铁青，在世人眼中，这种面相属于那种永远屈居第二的人。他在樊尚开了一家专门接收神经患者的小诊所，但是他非常清楚，这家诊所永远不会像更有名望的布朗什医生开的那家诊所一样，既享有盛誉又有稳定的收入。然而迪穆里耶私下里总用讽刺挖苦的口吻说，三十年前在他的诊所里住过一个叫奈瓦尔的人（在他看来这是一位了不起的诗人），鼎鼎大名的布朗什诊所对此

① 此处指肖邦和法国女作家乔治·桑。
② Marcellin Berthelot(1827—1907)，法国化学家、历史学家、政治家。
③ Salpêtrière，当时欧洲最著名的精神病研究与治疗中心。

人的治疗却导致了他自杀。

我和同桌用餐的另外两个人关系十分融洽，他们是布鲁和布洛两位医生，这两个人非常特别，就像是一个模子刻出来的双胞胎。他们总穿一身黑衣，衣服的款式几乎一模一样，他们俩的嘴唇上都留着同样的小黑胡子，下巴却刮得一干二净，他们衬衫的领口总是略微有点脏，这在所难免，因为他们实际上就职于罗什福尔①医学院，他们是来巴黎出差的，每个月只来首都几天，为的是列席夏尔科教授②的实验。

“怎么，今天没有大葱吗？”一天，布鲁气呼呼地问道。布洛也同样气愤地问：“没有大葱吗？”

在侍者表示歉意的时候，我在一旁的餐桌上插话道：“可是今天有上好的鸦葱啊，和大葱相比，我更喜欢鸦葱。”接着我便微笑着哼唱起来：“各色的蔬菜啊/皎洁的月光/我们是多么欢畅/引来过往行人的目光。/泡菜啊/围起圈来跳舞/鸦葱啊/也悄悄地跳起舞来……”

这两个邻桌吃饭的人被我说服了，也点了鸦葱。从那以后，我们每个月都会有两天坐在一起热烈地交谈。

“您看，西莫尼尼先生，”布鲁对我说，“夏尔科医生正在对歇斯底里症进行深入的研究，这是神经官能症的一种形式，表现为精神运动、感官和植物神经的各种反应。以前人们认为只有女性才会出现这种症状，是子宫机能紊乱所致，然而夏尔科医生

---

① Rochefort，法国西部大西洋沿岸城市。

② 即让-马丁·夏尔科(Jean-Martin Charcot，1825—1893)，法国神经学家、解剖病理学教授。

……以前人们认为只有女性才会出现这种症状，
是子宫机能紊乱所致……

的直觉却告诉他，无论男女都同样会出现歇斯底里的症状，其中可能包括瘫痪，癫痫，失明或失聪，呼吸、言语或吞咽困难的现象。”

这时布洛插话道：“我这位同事还没有说夏尔科医生自诩已经发现了一种能治愈这些症状的疗法。”

“我正要说这件事呢，”布鲁生气地说，“夏尔科医生选择了催眠术，然而直到昨天为止，这种方法还只有像麦斯麦[①]那样的江湖郎中才会使用。被催眠的患者应该能回忆起所受的创伤，正是这些创伤导致了歇斯底里症的发作，并能在意识到这些症状后获得痊愈。”

“他们痊愈了吗？”

“您算问到点子上了，西莫尼尼先生，”布鲁说，“在我们看来，在萨尔佩提耶尔医院经常上演的那些实验更像是戏剧，而不是精神病临床治疗。咱们先说清楚啊，这可不是在质疑这位大师万无一失的诊断技术……”

“对，并非质疑他的诊断技术，”布洛重申，“只是催眠术本身有点儿……”

布鲁和布洛给我讲解了各种催眠方法，从修道院院长法里亚使用的江湖骗术（这个大仲马笔下的名字让我支起了耳朵，但众所周知，大仲马也会抄袭史实）一直到布雷德[②]医生——一位真正的先驱——创造的科学催眠方法。

---

① 即弗朗兹·安东·麦斯麦(Franz Anton Mesmer，1734—1815)，奥地利医生。

② James Braid(1795—1860)，英国外科医生，催眠术的先导者，在他的倡导下，对催眠术的研究转向了心理学领域。

……夏尔科医生选择了催眠术，然而直到昨天为止，这种方法还只有像麦斯麦那样的江湖郎中才会使用……

布洛接着说:“如今,那些优秀的通磁术催眠师都已经用上了更加简便的方法。”

“而且更加灵验。”布鲁肯定地说,“在患者面前摆动一枚纪念章或一把钥匙,让他目不转睛地盯着摆动的物体,在一至三分钟的时间里,被催眠者的眼球就会跟着摆动起来,脉搏下降,双眼闭合,脸上出现睡意,一觉甚至能睡上二十分钟。”

“应当说,”布洛更正道,“这要取决于被催眠者本人,因为通磁术催眠法并不是依靠某些神秘液体的流动(那只是麦斯麦的无稽之谈而已),而是取决于自我暗示。这和印度苦行僧凝视自己的鼻尖或阿陀斯山①的僧侣盯着自己的肚脐眼所得到的效果是一样的。”

“我们不是特别相信这些自我暗示的形式,”布洛补充道,“然而在我们完全相信新的催眠术之前,只能把夏尔科个人的直觉付诸实践。但眼下我们担心的是会出现人格分裂的病例,也就是那些今天认为自己是这个人,明天又认为自己是另一个人的病人,然而这两个身份又彼此互不知晓。去年就有一个叫路易的病人来到了我们的医院。”

“这是一个很有意思的病例,”布鲁解释说,“患者主诉症状包括:瘫痪、麻木、挛缩、肌肉痉挛、感觉过敏、失语症、皮疹、出血、咳嗽、恶心呕吐、癫痫发作、过度紧张、梦游、圣维特斯舞蹈症、语言系统紊乱……”

“有时他认为自己是一条狗,”布洛补充道,“或是一辆蒸汽机

① Athos,希腊的一座圣山,山上的阿陀斯山修道院是东正教最古老的修道院之一。

车。此外，他还有被害妄想症，视域局限，味觉、嗅觉和视觉错觉，假性肺结核充血，头痛，胃痛，便秘，厌食症，贪食症，嗜睡症，盗窃癖……”

“总之，”布鲁总结道，“这是一个典型病例。但我们现在并没有采取新的催眠方法，而是在这个病人的右臂上绑了一根钢条，这样一来就像变魔术一样，出现了一个全新的人物。瘫痪和麻木的症状从身体右侧完全消失，转移到了左侧。”

“所以我们要面对另外一个人，”布洛肯定地说，“他一点儿也不记得片刻之前自己是谁。这个路易一会儿是一个滴酒不沾的人，一会儿又会变成嗜酒如命的醉鬼。”

“请您注意，”布鲁说，“通磁术催眠法即使在一定距离之外也能发挥效力。比如，在被催眠者不知情的情况下，在他的椅子下面放一个装有含酒精物质的小瓶，那么他在梦游的状态下就会表现出醉酒后的一切症状。”

“您知道，我们的实践是非常注重患者心理的完整性的，”布洛总结道，“新的催眠术是让被催眠者丧失意识，而用通磁术催眠法则不会对人体的某一器官产生强烈刺激，只是逐渐增加神经丛的负荷而已。”

通过与布鲁和布洛的交谈，我确信他们两个就是白痴，用会让人产生痛痒的东西折磨那些可怜的精神病人，当我看到邻桌正在听我们谈话的迪穆里耶医生频频摇头时，就更加坚定了自己的信念。

“亲爱的朋友，”两天后，迪穆里耶对我说，“无论是夏尔科，还是罗什福尔医院的那两个家伙，他们都没有去分析那些患者的经历,或探究何谓人格分裂,而是考虑究竟应该对他们实施新的催眠术,还是用通磁术的金属条。问题在于,在很多患者身上,从一种人格向另一种人格的转化是自发进行的,其方式和时间都难以掌控。我们可以称之为自我催眠。在我看来,夏尔科和他的这两位弟子都没有充分考虑阿扎姆医生的经验和那个费里达的病例。对这些现象我们还知之甚少,因记忆而产生的困扰可能是由于大脑的某一未知区域供血不足所引起的,而歇斯底里的症状则可能是血管暂时性收缩的诱因。但是在丧失记忆的时候,是哪里缺少血液的流动呢?"

"是哪里呢?"

"这是问题的关键。您知道,我们的大脑有两个半球,或许某些患者有的时候用完整的半球思考,有的时候则用不完整的半球思考,而那里恰恰没有记忆功能。我在临床就遇到过与费里达非常相似的病例。一个二十岁出头的姑娘,名叫蒂安娜。"

说到这里,迪穆里耶迟疑了片刻,好像是担心泄露什么机密似的。

"两年前,病人的一个亲戚把这姑娘托付给我,不久后他就死了,显然费用也没人支付了,我又能怎么办呢?总不能把这姑娘赶到大街上去吧。我对她的过去知之甚少,但据她本人讲,好像从少女时代起,每隔五六天,在一阵兴奋过后,她就会感到头痛,然后就昏睡过去。她所谓的昏睡其实就是歇斯底里症发作。当她苏醒过来或平静下来以后,就会和之前判若两人,也就是进入了被阿扎姆医生称作'第二身份'的状态。在那种将被我们定义为正常状态的情况下,蒂安娜表现得就像某一共济会组织的成员一样……您千万别误会我的意思，我本人也参加了大东方社[1]，应该说在共济会里是有好人的，但是您也许知道，也有各种各样传统的'清规戒律'以及对神秘学的古怪嗜好，还有一些人（当然是些无足轻重之辈，幸好如此）热衷于撒旦教派的仪式。在那种必须要被认定为'正常'的状态下，蒂安娜认为自己是撒旦教派或类似教派的信徒，她散布荒淫的言论，讲述情节淫秽的故事，企图诱惑男护士乃至我本人，我很抱歉提及这样一件令人尴尬的事，这也是因为蒂安娜属于那种人们常说的富于魅力的女人。我认为在那种状态下，她受到了自己在少女时代遭受的创伤的影响，并时常通过进入自己第二状态的方式，努力逃避这些回忆。在第二状态下，蒂安娜俨然一个温良贤淑、天真无邪的姑娘，一个善良的天主教徒，总是要读她的祈祷书，还想出门去望弥撒。然而那种出现在费里达身上的奇特现象，也同样出现在蒂安娜的第二状态中，当她是温良贤淑的蒂安娜时，会清晰地回忆起自己在正常状态时的样子，并为此懊恼不已，她反问自己为什么会那样邪恶，还穿苦行衣来惩罚自己，因此她把自己的第二状态叫作她的'理性状态'，而在回忆起她的正常状态时，则认为那时她陷入了幻觉之中。但是，蒂安娜在正常状态时却无法记起自己在第二状态时的所作所为。这两种状态以难以确定的时间间隔相互交替，使得蒂安娜时而在一种状态中生活几天，时而又在另一种状态中生活几天。我真的快要相信阿扎姆医生所谓'完美梦游'的论断了。其实不只是梦游的人，那些吸食毒品、大麻、颠茄、鸦片或是酗酒的

① Grand Orient，共济会的一个重要分支。

人，都会在清醒后忘记自己此前做过的事。”

我不知道为什么这段对蒂安娜病情的叙述会让我如此纠结，我只记得自己对迪穆里耶说：“我会把这件事告诉我的一个熟人，他专管这样的可怜人，知道哪里可以收留一个父母双亡的女孩。我会让达拉·皮科拉院长出面处理此事，那是一位在慈善界颇有影响的宗教人士。”

因此，在我和迪穆里耶谈话的过程中，那一瞬间，我起码是知道达拉·皮科拉这个名字的。可为什么我对那个蒂安娜会如此上心呢？

连续几个小时，我一直在写个不停，连大拇指都写疼了，通常我只在我的写字台上用餐，在面包上抹上鹅肝酱和黄油，再喝几杯拉图酒庄的葡萄酒，以激活记忆。

我本想犒劳一下自己，没错，那就是光顾一下布雷邦小牛咖啡馆，但是在我知道自己究竟是谁之前，我不能让别人看见我四处走动。也许迟早我要冒险再去一趟莫贝尔广场，好带些吃的回家。

现在别再胡思乱想了，还是接着往下写吧。

就是在那些年（我觉得好像是一八八五年或一八八六年），我在马尼餐厅认识了那位至今让我念念不忘的奥地利（或者德国）大夫，我想起他的名字了，他叫弗洛伊德（我想是这么写吧），一位三十来岁的医生，当时正在夏尔科那里做学徒，他当然要来马尼餐厅吃饭，因为他去不起更好的地方。此人通常坐我旁边的桌子，最初我们仅限于彬彬有礼地点头致意。据我判断，他是个生性忧郁的人，有点儿拘谨，羞涩地盼望着有人能听取他的心声，从而稍稍缓解内心的忧虑。有那么两三次，他试图和我搭讪以便聊上几句，但我始终保持矜持，未置一语。

虽然弗洛伊德这个名字在我听来不像斯坦纳或罗森伯格那么地道，但我还是知道，所有在巴黎生活和发财的犹太人都有一个德文名字，而且，我对他的鹰钩鼻产生了怀疑，有一天，我就此询问迪穆里耶，他做了一个莫名其妙的手势，随即说道："我不太清楚，但无论如何我还是敬而远之的好，德国犹太人是混血，我不喜欢。"

"难道他不是奥地利人吗？"我问道。

"那还不是一样？语言一样，思维方式也一样。我还没有忘记普鲁士人沿着香榭丽舍大街游行的情景。"

"有人告诉我，医生是犹太人最喜欢从事的职业之一，就像他们喜欢放高利贷一样。所以，最好永远别缺钱，也永远别生病。"

"但医生里也有天主教徒啊！"迪穆里耶冷笑道。

我说了一句蠢话。

在巴黎的知识分子中间，在对犹太人表示反感之前，有些人总会承认在他们最要好的朋友里就有一些希伯来人。虚伪！我就没有犹太朋友（上帝保佑），我这辈子总是避免与犹太人接触。或许我避开他们是出于本能，因为犹太人（无独有偶，德国人也一样）的身上都散发着臭味（就连维克多·雨果也这么说，所谓"犹太人的恶臭"），这能把他们同别人区分开来，就像鸡奸者身上都有这样或那样的痕迹一样。我爷爷经常提醒我，犹太人身上的味道来自他们过量食用的大蒜和洋葱，抑或是山羊肉和鹅肉，黏黏糊糊的糖汁加重了这些东西的口味，让他们变得“味道鲜明”。但是这股味道也取决于他们的种族、被污染的血液和过度疲劳的腰部。他们都是共产主义者，关于这一点，我认识的那些耶稣会士曾说得非常正确。

我之所以总能避开犹太人，也是因为我非常注重别人的姓氏。那些奥地利犹太人一旦发财，就会花钱买下那些雅致的姓氏，诸如花卉、宝石或贵重金属的名称，就像西尔伯曼（银）或戈德茨坦（金）之类，而最穷的人则买下格林斯潘（铜锈）这样的姓氏。在法国和在意大利一样，犹太人都改名换姓，用城市或地方的名字作为姓氏来伪装自己，诸如拉韦纳、摩德纳、皮卡第、弗拉芒之类，有的时候还能从共和历[①]上得到启发（比如姓弗洛芒、阿瓦纳或洛里尔[②]）——因为他们的父辈都曾是弑君的神秘工匠。不过也要注意，他们自身的姓氏中有时已经隐藏着犹太血统了，比如莫里斯来自摩西，伊西多尔来自以撒，爱德华来自亚伦，雅克来自雅各，阿方斯来自亚当，诸如此类。

西格蒙德是犹太人的名字吗？我当时下意识地决定不要和这位江湖郎中走得太近。然而有一天，弗洛伊德在伸手取盐时，碰翻了桌上的盐瓶。作为邻桌，总还是有一些礼仪需要奉行的，我于是把自己桌上的盐瓶递给他，并告诉他，在一些国家，将盐撒

① 法国共和历或称法国大革命历法，是法兰西第一共和国时期的革命历法，在法国大革命时期被采用，目的在于割断历法与宗教的联系，排除天主教在人民生活中的影响，同时增加劳动时间。

② 这三个姓氏的法文分别是小麦、燕麦和月桂的意思。

落在地被视为不祥之兆,他却笑着对我说自己并不迷信。从那天起,我们就能聊上两句了。弗洛伊德的法语,意思表达得非常清楚,但是说得很费劲,为此他向我表示歉意。这些犹太人有着居无定所的恶习,因此需要熟悉各种语言。我礼貌地对他说:"您只要再提高一下听力就行了。"他感激地朝我微笑——这份感激也是黏黏糊糊的。

从犹太人的角度来看,弗洛伊德也是个不老实的人。我一直听说那些犹太人应当只吃用他们的方法烹饪的特殊的食物,为此他们总是待在犹太人聚居区里。然而弗洛伊德对于马尼餐厅推荐的菜肴无一例外都要美美地吃上一口,而且也毫不在意每一餐都佐以一杯啤酒。

然而有天晚上,弗洛伊德似乎是想一醉方休了。起初他要了两杯啤酒,甜点过后,他一边局促不安地抽着烟,一边又要了第三杯。就在他挥着手说话的时候,他突然又把盐瓶碰翻了。

"真不是我笨手笨脚的缘故,"他抱歉地说,"实在是因为我太烦躁了。我已经有三天没有收到我未婚妻的来信了。我自己天天给她写信,虽不指望她也会这么对我,可这么久没有她的消息实在让我焦虑不安。我的未婚妻身体不好,我却不能陪在她的身边,真是让人揪心。此外,我也需要她对我做的一切事情表示支持。我想要知道她对于我去夏尔科家吃晚饭这件事是怎么看的。您要知道,西莫尼尼先生,几天前的晚上,我可是应这位大人物的邀请去他家赴宴的啊。并不是每一位年轻的大夫都有这样的机会,更何况我还是个外国人。"

"瞧,"我心想,"这个小小的犹太新贵想跻身有名望的家族,实现发迹。他因未婚妻而产生的紧张情绪丝毫不离犹太人的好色淫荡的天性，不是吗？这些人脑子里只有性。你是在晚上想她的吧？你想她的时候，一边在手淫也说不定。你也该读读提梭医生的书。”不过我还是让他继续说下去。

“一同受邀的都是些有头有脸的人，有都德的儿子、施特劳斯大夫、巴斯德的助手、法兰西研究院的贝克教授和意大利大画家埃米利奥·托法诺。为了这顿晚宴我花费了十四个法郎，买了一个汉堡产的漂亮的黑色领结、一副白手套、一件新衬衣，还有一件燕尾服——这可是我平生第一次穿。我还平生第一次剃了个法国式的胡子。为了克服腼腆，使自己更为健谈，我还服用了少量可卡因。”

“可卡因？那不是一种毒药吗？”

“任何东西只要过量摄入都会有毒，酒也不例外。我研究这种神奇的物质已经有两年了。您知道，可卡因是从美洲的一种植物叶子里提取出来的生物碱。美洲土著咀嚼这种叶子，用来抵抗安第斯山脉的高原反应。可卡因不同于鸦片和酒精，在引发大脑兴奋的同时不会产生任何副作用，最适合作为止痛药使用，尤其是在眼病和气喘病的治疗领域。此外它还能够有效抑制酒精和毒品上瘾，对于晕船和糖尿病的治疗效果也很好，能将饥饿感、困倦感和疲劳感奇迹般地一扫而空，是烟草的上佳替代品，还能治愈消化不良、胃肠胀气、腹痛、胃痛、疑病症、脊柱炎、枯草热，也是治疗肺结核和偏头痛的良药。蛀牙引起急性牙痛时，将棉球用百分之四浓度的可卡因溶液浸湿后塞入牙洞里，就能立即止痛。可卡因最惊人的功效是能使抑郁症患者重拾信心，振作精神，变得更为积极乐观。”

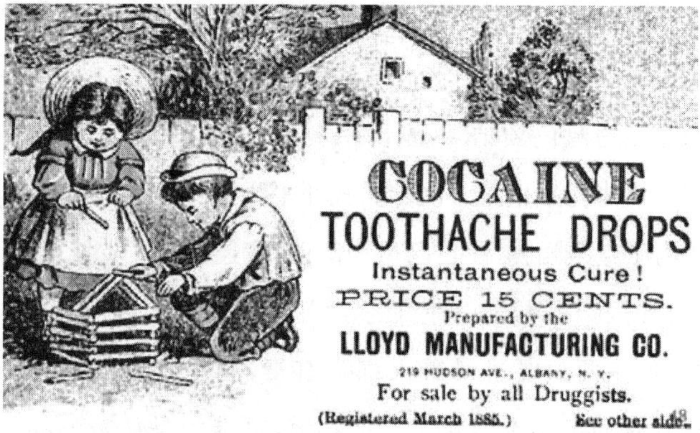

……蛀牙引起急性牙痛时,将棉球用百分之四浓度的
可卡因溶液浸湿后塞入牙洞里,就能立即止痛……

他显然是在借酒浇愁，这会儿已经喝到第四杯了。他凑近我，就好像要忏悔似的。

“就像我总是对心爱的玛莎说的那样，对于我这样一个自认魅力不足，年轻时不像年轻人，现在年过三十却又无法变得成熟的人来说，服用可卡因再适合不过了。有一阵我满怀雄心壮志，发奋学习，可宅心仁厚的造物主在赋予世人天才印记的时候，从没有考虑过我，日复一日我就消沉了下来。”

他突然停了下来，那神情就好像意识到自己已经把灵魂完全公之于众了。“这个怨天尤人的犹太小子。”我暗自想，决定窘他一下。

“人们不是说可卡因就是春药吗？”我问道。

弗洛伊德涨红了脸，说：“也有这方面的功效吧，至少我觉得是……但我没有这方面的经验。身为男人，我这方面的欲望并不强烈，而身为大夫，性不是一个吸引我的课题，尽管在萨尔佩提耶尔医院人们已经开始广泛谈论性的问题了。夏尔科教授发现，他的一个名叫奥古斯蒂娜的病人在歇斯底里症发作到一个严重的阶段时，会透露出自己所受的创伤来自幼年时遭受的一次性侵。当然，我不否认在引发歇斯底里症的创伤之中，会有一些与性相关，可并非全都如此。我认为把一切都归结为性实在是言过其实。不过也许是我这个小市民在假正经吧，使自己和这些问题保持距离。”

“不，”我心里暗暗说道，“你不是在假正经，而是像你那些受过割礼的同胞一样，为性所着魔，但又企图去忘记它。我倒要看看你这个淫秽的人什么时候对你的玛莎下手，让她生下一窝小犹太崽子，还让她因为疲劳过度而染上肺结核……”

此时，弗洛伊德又说道：“问题是我手头的可卡因已经用完了，我又重新被忧郁所困扰。古代的大夫们也许会说我的黑胆汁过量。我一度买到了默克的药剂，但现在他们因为只能买到劣质的原料而不得不停产了。新鲜的古柯叶只能在美国加工，目前最好的货源来自底特律的派德药厂，他们的产品颜色洁白，气味芬芳，溶解度更高。我曾经有过一批这样的可卡因，但在巴黎，我不知道要从谁那儿才能买到。”

对于我这样一个对莫贝尔广场及其周边地区的全部秘密了如指掌的人来说，这种事简直是小菜一碟。我认识一些家伙，只要和他们提上一句，别说是可卡因了，就是一颗钻石、一个狮子标本或是一坛子硫酸，他们也能在第二天给你送过来，但不能问他们是从哪儿搞到的。“在我看来，可卡因是一种毒药，”我心想，“不过用它来毒死一个犹太人未尝不是一件令人愉快的事。”于是我告诉弗洛伊德大夫，不出几天我就能让他得到足量的可卡因。弗洛伊德当然没有怀疑我对他提供帮助的动机。“您要知道，”我对他说，“我们买卖古玩这一行，人脉广得很。”

所有这些都和我自己的问题没有什么关系，只是为了说明我们究竟是怎样熟识起来并且聊了些什么。弗洛伊德健谈而幽默，也许我把他误认为犹太人了。相比布鲁和布洛，我和弗洛伊德更能聊得开。有一次我和弗洛伊德谈到了他们二人的实验，并由此提到了迪穆里耶的那位女病人。

“您相信布鲁和布洛的通磁术能治好这样一位病人吗?”我问道。

“亲爱的朋友,”弗洛伊德回答说,“在我们研究的很多病例中,大夫往往过分看重对身体的治疗,而没有意识到病源极有可能是精神上的问题。如果病因是精神方面的,需要治疗的就是患者的精神,而不是身体。创伤型神经官能症的真正病因不是肉体的病变,这种病变本身通常是微不足道的,而是最初的精神创伤。人高度兴奋的时候,不也是会晕厥吗?所以,对于主攻神经疾病的大夫来说,要解决的问题不是人是怎么晕厥的,而是什么事导致人兴奋到晕厥的地步。”

“可是怎么才能知道哪件事是兴奋源呢?”

“您瞧,亲爱的朋友,如果病人表现出明显的歇斯底里症状,就像迪穆里耶的那位病人一样,那么使用催眠法就可以人为地触发这些症状,使病人重新回忆起当初所经受的创伤。但其他一些病人由于自己的经历过于不堪,以至于他们决心抹去这段回忆,就好像把它埋在了心灵中一个无法触及的地带。这个地带太过深入,即使采用催眠法也不足以抵达。再者,为什么在催眠状态下我们的大脑活动能比清醒时更加活跃呢?”

“那我们难道永远无法知道……”

“我无法给您一个明确的回答,因为我告诉您的这些都还是不成形的构想。有时我在想,是不是只有在睡梦中才能抵达那个地带。古时候人们就已经知道,梦是能揭示现实的。我觉得,如果一个病人能够把自己的想法表达出来,年复一年、日复一日地和一个懂得倾听他说话的人交谈,也许在他描述梦境的时候,那个最初的创伤就会一下子浮出水面，昭然若揭了。这在英国被称为'谈话治疗'。您会发现，在您向别人叙述很久以前的事情的过程中，您会回想起一些已经遗忘的细节，或者说您以为已经遗忘的细节，但其实它们被保存在大脑的某个隐秘的沟回中。我相信，这种重建记忆的工作越细致，所能拾回的记忆片段也就越多。不过，纵然是一件微不足道的事，一点点苗头，也会造成强烈的精神不适，使人难以忍受，最终要对记忆进行……怎么说的来着？……切除？"

"瞧，这个犹太人露出马脚了。"我心想，我相信自己这时肯定满脑子都是犹太人的种种阴谋和计划，"这个民族想让自己的子孙后代成为医生和药剂师，从而在身体上和精神上同时控制基督徒。如果我病了，你是不是想让我把自己交到你手上，将我所有的事情，连同那些我自己都不知道的事统统说给你听，好让你成为我灵魂的主人？这比向耶稣会神父作忏悔还要糟，因为那时起码可以躲在忏悔室的格栅后面，说的也是人人都做的事情，因此所有人忏悔时的用词都如出一辙，几近专业化：我偷了东西，我和别人私通了，我对父母不敬。犹太人，你的用词把你给出卖了。你谈到切除术的时候，就好像要对我的大脑实施环切术似的……"

但此时弗洛伊德笑了起来，又要了一杯啤酒。

"您可别对我说的话信以为真啊，这不过是我这个空想者的幻想。等回到奥地利以后我就结婚，然后为了养家糊口我得开一家诊所。那时我会好好使用夏尔科教我的催眠术。我不是女巫，不会去窥探我的病人的梦境。我想知道，如果迪穆里耶的那位女病人服用些可卡因，病情会不会有所好转？”

我和弗洛伊德的交谈就此告一段落。这段对话在我的记忆里印象很浅，但现在我从头至尾都回想起来了，因为即使我无法达到蒂安娜那样的境地，也起码能做到像一个仅仅丧失了部分记忆的近乎正常的人一样存在。除了弗洛伊德已经不见踪影这个事实，我也无论如何不会去向大夫诉说自己的生平，不管他是犹太人还是善良的基督徒。以我所从事的职业（什么职业？）而言，我可以有偿谈论别人的事情，但会不惜一切代价避而不谈自己的事情。不过，我可以把我的故事说给自己听。我记得布鲁（或是布洛）告诉过我，有些苦行僧能通过凝视自己的肚脐进行自我催眠。

鉴于此，我决定写下这部日记。这意味着要追溯到很久以前，不过在叙述的过程中，我会逐渐回忆起自己的过去，包括那些最无足轻重的小事，直到引起创伤的那个因素（怎么说来着？）露头为止。靠自己了。我想凭一己之力痊愈，决不把自己交到那些负责治疗女精神病人的大夫手上。

在动笔前（其实这会儿已经在写了，是从昨天开始的），为了把自己调整到适于自我催眠的精神状态，我会很乐意去一趟蒙托格伊街上的菲利普餐厅。我会平静地坐下来，对着菜单凝视许久。菜单上的菜肴从晚上六点一直供应到午夜。我会点克雷西素羹、比目鱼配刺山柑酱、牛脊肉和卤牛舌，最后还要一份黑樱桃酒冰淇淋和花式糕点，整个晚餐再配上两瓶勃艮第陈酿大喝一通。

吃完时可能已经是午夜了，这时我会研究一下夜宵菜单，点一份海龟汤(我脑中闪过了大仲马提到过的美味的海龟汤——这么说我认识大仲马?)和一份小洋葱三文鱼配爪哇胡椒洋蓟，最后来一份朗姆酒冰淇淋和英国香料蛋糕。到了后半夜，我会享用晨菜中的美食，即洋葱浓汤。我会欣然混迹于巴黎中央菜市场的装卸工中间，和他们一起品味这道菜。然后，我会喝上一杯特浓咖啡和一小杯混合了白兰地和樱桃酒的餐末烧酒，为一个忙碌的上午做好准备。

说实话，我会感觉昏昏沉沉，但我的精神会得到放松。

唉！我享受不了这么美好的休闲时光了。“我现在是个失忆的人，”我提醒自己，“如果在餐馆里碰上某个人认出了我，我却认不出他来，那时该怎么办?”

我还在思量，如果有人来旧货店找我，我该如何应对。那个要博纳富瓦遗嘱的人和那个送圣体饼的老妇人都被顺利打发走了，但一切都有可能朝更坏的方向发展。我挂出了一块告示牌，上面写着“店主离开一个月”，想必不会有人知道这一个月从什么时候开始，又到什么时候结束。在我搞清楚更多的事情之前，我得躲在家里，只为了买吃的才偶尔出去一趟。禁食对我来说也许不错，我所遭受的这一切，未尝不可能是某顿过于丰盛的晚宴造成的。我恐怕是在宴会上饮食无度了……那是什么时候呢?那个神秘古怪的二十一日晚上吗?

另外，我如果要重新审视自己的过去，需要照布鲁(或是布洛)所说的那样凝视自己的肚脐。不过，既然我的肚子已经有我的岁数那么大了，外加又是酒足饭饱之后，要开始回忆，我得从镜子里凝视自己的肚脐了。

但从昨天起，我就开始回忆了。我专心地坐在写字台前，笔耕不辍，偶尔慢慢咀嚼几口食物。至于饮酒，我倒是毫不克制，这栋房子的最大优点就是它有一间储备充足的酒窖。

四

爷爷的年代

一八九七年三月二十六日

我的童年时代。都灵……在波河的那头有一座小山，我在阳台上，母亲在我的身旁。随即母亲不见了。日落时分，父亲坐在阳台上，面朝小山哭泣。爷爷说，这一切都是上帝的旨意。

和所有出身正统的皮埃蒙特人一样，我用法语和母亲交谈（我在巴黎这儿交谈时，发觉自己的法语就像是向格勒诺布尔人学来的，最为地道纯正，不像巴黎人那么喋喋不休、废话连篇）。从小我就感觉自己相比意大利人而言，更像是法国人——但凡皮埃蒙特人都会这么觉得。因为这个缘故，我很讨厌法国人。

我的童年中更多的是有关我爷爷的记忆，远胜于我的父亲和母亲。我恨我的母亲，恨她一言不发便离我而去；我恨我的父亲，恨他无力留住离去的母亲；我恨上帝，恨他产生那样的旨意；我也恨我的爷爷，恨他说上帝的旨意如此很是平常。我父亲总是在别的什么地方——用他的说法——创建意大利。后来意大利让他把性命也赔了进去。

乔瓦尼·巴蒂斯塔·西莫尼尼，我的爷爷，早先曾是萨伏依王国的一名军官。我依稀记得，在拿破仑入侵的岁月里，爷爷开了小差，转而加入了佛罗伦萨的波旁王朝的军队。后来，当托斯卡纳也被划归那个波拿巴之后，爷爷以上尉的军衔退役，满心痛苦地回到了都灵。

长满脓包的鼻子——当爷爷把我拉近他时，我满眼只有他那只鼻子，同时感到他的唾沫都飞溅到了我的脸上。他是法国人口中的“旧贵族”，古老政体的怀旧者，不愿向大革命屈服。他坚持穿没膝的短裤——还一直绑着小腿——膝盖下的裤腿用金质的扣环束口，锃亮的皮鞋上的带扣也是同样的质地。身着一色黑的西装马甲、外衣和领结，爷爷看起来真有几分像个教士。尽管按照上个时代的审美标准，戴上一顶搽粉的假发会显得更为高贵，但他早已不用那玩意儿了，因为他说，连罗伯斯庇尔那样的恶棍居然都用搽粉的假发来装扮自己。

爷爷是否富有，这我并不清楚，不过可以肯定的是，他对珍馐美味向来是来者不拒的。在对童年和对爷爷的记忆中，我印象尤为深刻的是一道被称为“热水浴”的菜肴：在一只陶锅中放入鳀鱼、大蒜和黄油，置于炭炉上加热，等到锅里的油咝咝作响的时候，加入刺菜蓟（要先用凉水或柠檬汁浸泡一下——这是一些人的做法，但爷爷不这么做，他用牛奶浸）、生的或烤过的青椒、甘蓝的白叶部分、姜块和鲜嫩的菜花——或者（但爷爷说这是穷人的吃法）煨过的蔬菜、洋葱、甜菜、土豆或胡萝卜。我好吃，爷爷欢喜地看着我像小猪一样(他用亲热的口吻说)越长越胖。

爷爷一面朝我喷洒着飞沫，一面向我阐述他的至理名言："我的孩子，大革命的结果，就是我们都被一个不信神的国家所奴役，亲朋好友被逼反目成仇，人与人之间更不平等，变得一个比一个心狠手辣。太过自由并非好事，衣食无忧也绝非有益。我们的父辈比我们贫穷，却更幸福，因为他们始终亲近自然。现代世界给我们带来了蒸汽机和机械织布机，前者污染了乡村，后者夺去了无数可怜人的饭碗，却再也生产不出像样的布料。人这种生物，自从上帝将他们驱赶到人间任其自生自灭以后，太不适合拥有自由。他们所需的那点儿自由应当由国王来保障。"

不过爷爷最津津乐道的是有关修道院院长巴吕埃尔的故事。我把思绪拉回自己的孩童时代，似乎看见了巴吕埃尔院长，他当时好像就住在家里，虽然我知道，那时他已过世多年了。

"听着，我的孩子，"我听见爷爷对我说，"当大革命的疯狂席卷了整个欧洲的时候，人们听见了一个声音，指出大革命不过是圣殿骑士团发动的最新一场或最近一轮举世阴谋，其目的是推翻王权和教权，也就是推翻所有的国王——尤其是法国国王——和我们至高无上的天主教会……这就是巴吕埃尔院长的呼喊，他在上世纪末还写就了《雅各宾主义发展史回忆录》……"

"可是，敬爱的爷爷，这和圣殿骑士团有什么关系呢?"我当时问道。其实我那时对这个故事早已烂熟于胸，只是想让爷爷重温他最爱的话题。

"孩子，圣殿骑士团曾经是最为强大的骑士团体。法国国王为了侵占他们的财富而毁灭了这个组织，把它的大部分成员都送

……似乎看见了巴吕埃尔院长，他当时好像就住在家里，虽然我知道，那时他已过世多年了……

上了火刑架。但幸存的骑士团成员组建了一个秘密团体，以向法国国王复仇为己任。事实上，当断头台的铡刀砍落路易十六的脑袋的时候，有一位无名之士登上了行刑台，提起那颗倒霉的头颅高声呼喊：‘雅克·德·莫莱，汝仇报矣！’而莫莱就是被法国国王以火刑处死在西岱岛[1]最尖端的圣殿骑士团大团长。”

“可这个叫莫莱的人是哪一年被烧死的呢？”

“一三一四年。”

“敬爱的爷爷，让我好好算算，这差不多是大革命之前五百年的事了。在这五百年中，圣殿骑士团的成员是怎样隐藏踪迹的呢？”

“他们潜入古老的教堂石匠公会，从那儿诞生了英国的共济会。它的成员自称为free mason，也就是自由石匠。”

“那石匠们为什么要闹革命呢？”

“巴吕埃尔认识到，最初那些圣殿骑士团成员和自由石匠们都被巴伐利亚光照派给征服和收买了！光照派是一个可怕的教派，由一个叫作魏萨普[2]的人创建，它的每一名成员都只和自己的直接上级联系，完全不认识更高等级的成员，也不了解教会的宗旨。光照派不仅意在摧毁王权和教权，还想要建立一个法律和道德都荡然无存的社会，在那里，一切财富，甚至是女人，都是人们共同分享的。愿上帝饶恕我对一个孩子说了这些话，不过还是有必要识别撒旦的阴谋。和巴伐利亚光照派形影不离的还有那些编撰了臭名昭著的《百科全书》的无神论者，我指的是以伏尔泰、

---

① Île de la Cité，巴黎塞纳河中的一座岛屿，为巴黎旧城所在地。

② Adam Weishaupt(1748—1830)，德国哲学家，巴伐利亚光照派的创始人。

达朗贝尔和狄德罗为首的这帮人，他们效仿光照派，在法国大谈启蒙，秘密集会，阴谋推翻各国的国王，最后还促使了雅各宾俱乐部的诞生。而‘雅各宾’这个词正是由雅克·德·莫莱的名字而来的。正是这些人阴谋策划，在法国引发了大革命！”

“这个巴吕埃尔把一切都预料到了啊……”

“他没有预料到，崇尚基督的骑士中坚力量是如何成长为一个仇视基督的教派的。你要知道，这就好比面团中的酵母，缺少了它，面团就发不起来，不会变得膨松，你就做不成面包。圣殿骑士团和自由石匠公会的健康躯体中无疑也被人，抑或是被天命或魔鬼注入了一种酵母，因此才发酵成了有史以来最邪恶的教派，可这种酵母是什么呢？”

讲到这里，爷爷停顿了一下，握紧了十指，像是为了更好地集中精神似的，得意的微笑中透着胜利者伪装的谦虚：“第一个有勇气说出这番话的人是你的爷爷，乖孙子。我读到巴吕埃尔的著作之后，毫不犹豫给他写了一封信。去那儿走到底，孩子，把上面那个首饰盒拿过来。”

我照办了。爷爷用挂在脖子上的一把镀金钥匙打开首饰盒，取出一张已经保存了四十个年头的发黄的纸。“这就是我那封信的原件，写完后我又精心誊抄了一份寄给了巴吕埃尔。”

我抬起头看着爷爷，听他用激动的声调抑扬顿挫地读了起来。

“院长大人，请接受身为军人的鄙人对贵著作的最诚挚的祝贺，称它为本世纪最杰出的作品也毫不为过。哦！您揭穿了这些卑鄙无耻的教派，这是多么伟大！它们为敌基督的时代铺路，不仅是基督教的死敌，也是所有宗教、所有会社、所有修会不共戴天的仇人。但有一种宗教您却点到即止。也许您是有意为之，因为它最为人所熟知、因而也是最不为人所惧怕的宗教。然而，依在下愚见，如果考虑到它在几乎所有欧洲国家享有的巨额财富和受到的保护，它已是如今最可怕的一股力量。院长大人，您不会不知道，我所说的正是犹太教。它表面上完全孤立并敌视其他宗教，但其实不然。事实上，只要任何一个教派对基督表现出厌恶之情，就能得到犹太人的支持、赞助和庇护。难道我们没有发觉这一点，也没有看到他们为了支持和领导现代的诡辩派、共济会、雅各宾派和光照派而挥霍自己的金银财宝吗？总而言之，犹太人和所有教派的信徒联合为一个统一的集团，为的是在时机成熟的时候毁灭基督之名。院长大人，请不要认为我是在夸大其词，我在此讲述的事情是那些犹太人亲口告诉我的……”

“您是如何从犹太人口中得知这些事的呢？”

“当拿破仑入侵撒丁王国的时候，我才二十岁出头，是萨伏依军队的一名年轻军官。我们在米莱西莫战败后，皮埃蒙特被割让给了法国。这是波拿巴主义者不借助上帝的帮助所取得的一场全胜。他们四下搜捕我们这些效力于国王的军官，企图绞死我们。人们都说不应继续穿着军装四处转悠，而要我说，连看都别让人看见自己在转悠。我父亲那时做着买卖，和一个放高利贷的犹太人有来往。我不知道他欠了我父亲什么样的人情，总之在他的帮助之下，我被允许——以极高的价格，这是必然的——在犹太人聚居区的一个小房间里住了几个星期，直到局势平息下来，我得以逃出城，去佛罗伦萨投靠一些亲戚。那间屋子就在离我们这栋房子不远的地方，位于圣菲利普街和罗西内街之间。我很不喜欢和那些贱民混在一起，但那是唯一不会有人想到要去搜查的地方。犹太人无法从里面出来，警察也会离那儿远远的。”

爷爷用手捂住了双眼，仿佛要将那幅不堪回首的景象从眼前驱除：“于是，我住进了那些肮脏下流的阴沟，等待风暴平息。那儿有时一间屋子里会住上八个人，合烧一个炉灶，同睡一张床铺，共用一只马桶。他们全都被贫血症折磨得形容憔悴，面色蜡黄，隐隐透着些塞夫尔瓷器的那种蓝色，眼睛永远在专注地搜寻那些只有一丁点亮光的隐秘的角落。他们没有半点血色，暗黄的皮肤，鱼胶色的头发，微微发红的胡子，在黑暗中活像一件褪了色的旧礼服……我受不了房间里的那股恶臭，所以每天在五个大院子里闲逛，我记得很清楚，它们是格朗德院、普雷提院、维特院、特维尔纳院和特拉扎院，通过被称为‘黑暗柱廊’的阴森的室内回廊相连通。如今你在卡利纳广场也能见到犹太人了，可以说他们已经到了随处可见的地步，全是因为萨伏依家族不断屈服造成的后果。而在当时，犹太人只是在那些不见阳光的胡同里抱成一团。身处那群油腻腻、脏兮兮的人中间，我都没有勇气（并不是因为我害怕波拿巴分子）再坚持下去……”

爷爷喘了口气，用一块手绢润了润嘴唇，似乎要从嘴边除去一股令人厌恶的味道，他说：“我的性命竟是靠他们救回来的，这真是莫大的耻辱。但他们如果察觉到我们这些信奉基督的人对他们的蔑视，就完全不会给我们好脸色看，相反，他们会憎恨我们，就和他们现在对我们所做的一样。明白这些以后，我开始杜撰自己的身世，说自己出生于里窝那一个犹太人家庭，很小的时候不幸抚养我的亲属施了洗礼，但在我的体内跳动着的依然是一颗犹太人的心。这些肺腑之言似乎没能打动他们，因为——我被告知——他们中有太多人有和我相同的遭遇，这在当时已经见怪不怪了。但我的故事为我赢得了一位老人的信任。特拉扎院里有一个炉子，用于烘烤未经发酵的面包，他就住在离炉子不远的地方。”

爷爷这时激动地讲述着那次会面，还模仿起那个犹太老人说话时的眼神和手势。看来，这个叫末底改的犹太人出生于叙利亚，在大马士革被卷入了一件惨案。城中有一个阿拉伯男孩失踪了。起初，没有人怀疑这是犹太人所为，因为觉得他们的仪式只会用皈依了基督教的孩子做祭品。但后来人们在一条水沟里发现了小男孩的碎尸，他应当是被剁成许多块以后又被丢入石臼里捣碎的，谋杀的手法和通常归咎于犹太人的罪行惊人的相似，以至于宪兵们开始认为，随着复活节的临近，犹太人需要用基督徒的血来做面包，在抓不到基督徒的情况下，他们就抓了一个阿拉伯男孩，给他施洗礼后就把他残害了。

“你知道，”爷爷评论说，“无论谁来主持洗礼，只要他意在遵从罗马教廷的旨意，就一定是有效的。奸邪的犹太人很清楚这一点，还厚颜无耻地说：‘我按基督徒所做的那样为你施洗礼，但施礼的过程中，基督徒会全心全意忠于自己的信仰，而我对他们的教义却一点都不信。’就这样，那个可怜的小殉教者起码有机会进了天堂，虽然这还多亏了魔鬼的一臂之力。”

末底改很快就受到了怀疑。宪兵为了让他招供，把他的双手反绑在背后，给他的脚上捆上重物，十余次用滑轮将他吊离地面，然后让他自由坠落。随后，他们又用硫黄对着他的鼻子熏，还将他扔进冰冷刺骨的水中，每当他露出水面时就把他的头按回去，直到他供认罪行方才罢手。也就是说，为了结束所受的痛苦，这个可怜人供出了五个与此事毫不相干的犹太人，任由这些人被处死，而他自己则带着脱臼的四肢重获自由。他疯了，几个好心人把他送上了一条驶往热那亚的商船，免得他被其他犹太人用石头砸死。有人甚至说他在船上受到了一位巴尔纳伯会修士的蛊惑，被劝服皈依基督教，但他为了上岸后能在撒丁王国获得帮助，接受洗礼的同时在内心还是虔诚地信奉着他的祖辈们的信仰。他因此成为基督徒所说的叛教的犹太人。只是在抵达都灵后，他又去犹太人聚居区寻求庇护，否认自己转变过信仰，可是许多人认为他是假冒的犹太人，内心深处坚持着对新皈依的基督教的信仰——于是，他就成了所谓的双重叛教者。好在没有人能够证实那些来自海外的传言，出于对他这个疯子的怜悯，人们极为吝啬地施舍给他一些用于维持生计的东西，打发他住进一间连本区居民都不敢入住的破屋子。

在爷爷看来，无论在大马士革发生了什么，那个老人都不曾精神错乱过，他不过是由于对基督教的不共戴天的仇恨而情绪激动罢了。在那间没有窗的破屋子里，老人用颤抖的手握着爷爷的手腕，直勾勾地盯着他，双眼在黑暗中闪烁，他对爷爷说，自己从此会用毕生的精力去复仇。他还告诉爷爷，《塔木德》如何要求犹太人与基督徒为敌，以及为了腐蚀基督徒，他们这些犹太人是如何创建了共济会。他本人也成了其中一位隐姓埋名的高级会员，领导着从那不勒斯到伦敦一带的所有共济会支部，只不过需要隐蔽在暗处，过着与世隔绝的生活，以躲避怀揣匕首满世界追杀他的耶稣会士们。

老人边说边四下环顾，唯恐从某个昏暗的角落突然跳出个手持匕首的耶稣会士来。随后他大声地擤着鼻涕，时而哭诉自己的悲惨境遇，时而露出狡黠的复仇式的笑容，体味着整个世界都不了解他的可怕力量的事实，他用油腻的手抚摸着爷爷的手，继续着自己的幻想。他还说，如果爷爷愿意的话，他们的教派很乐意吸收他入会，使他加入最隐秘的共济会支部。

老人还透露，摩尼教的先知摩尼和恶名昭著的山中老人也都是犹太血统，后者用麻药麻醉手下的刺客后，派他们去刺杀信奉基督教的君王；共济会和光照派是由两个犹太人建立的；所有反对基督的教派都起源于犹太教，它们当前在全世界的数目如此之多，以至于男女信徒的总数达到了数百万人。这些人来自不同的国家，隶属不同的阶层，从事着不同的职业，其中不乏教士和牧师，甚至还有一些红衣主教，并指望在不久的将来拥有一位站在自己阵营的教皇（在后来的日子里，爷爷会说初登教皇之位的庇护九世是个很可疑的人，这件事看起来也就并非如此不切实际了）；为了更好地蒙骗基督徒，他们常常伪装成基督徒的样子，携带从腐化的教区牧师手中购得的伪造的洗礼证书在各国之间旅行和穿梭，希望能从各国政府手中购买或骗得居民的身份，正如他们正在各个国家所做的那样；一旦和别人一样拥有了公民权，他们就开始广置房产和地产，并通过放高利贷掠夺基督徒的土地和财产，觊觎在百年之内成为世界的主人，废除其他一切教派，使犹太教一家独大，建造和基督教教堂数目同样多的犹太教堂，奴役全天下的人。

“就是这个样子，”爷爷总结道，“我就是把这些透露给了巴吕埃尔院长。我也许有些夸大其词，把一个犹太人吐露的阴谋说成是从所有的犹太人那儿了解到的，但我当时确信、现在也深信老人对我说的是实话。于是我就这样写了下去，让我把信读完吧。”

爷爷重新读起信来：

> “院长大人，这就是我亲耳听到的犹太民族的阴险计划……因此，热切地盼望文笔卓绝、笔势刚劲的您能使上述政府擦亮眼睛，引导他们把这个民族打回他们原本卑鄙下流的面目，对于这一点，比我们更有手腕、洞察更敏锐的先辈们一直做得非常出色。为此，院长大人，我以个人名义恳求您，请您原谅在下这名意大利军人在此信中的种种过失。愿上帝因您为教会添彩的光辉作品而给您以最丰硕的回报，使所有读到它的人向您致以最崇高的敬意，而我也有幸成为其中的一员，院长大人。您最谦卑、最顺从的仆人，乔瓦尼·巴蒂斯塔·西莫尼尼。”

每次听到这里，我总会看着爷爷把那封信放回首饰盒，然后问他：“巴吕埃尔院长在回信中说了些什么呢？”

“他根本就不屑于给我回信。但因为我在罗马教廷有几个关系不错的朋友，所以了解到那个胆小鬼害怕真相公布后会激起对犹太人的大屠杀，同时又认为在犹太人中间有无辜者存在，因而没有勇气说出真相。此外，当时正值拿破仑决定接见犹太最高议会的代表，以获取犹太人对其野心的支持，在法国的犹太人的一些阴谋无疑也制造了压力——很可能有人告诉巴吕埃尔院长不宜把水搅浑。不过巴吕埃尔也并不想对此保持缄默，就把我的去信的原件呈献给教皇庇护七世，并抄写了副本寄给好些主教。这件事并没有就此结束，因为他还把我的信寄给了当时的法国首席主教——红衣主教费什，为的是让拿破仑也洞悉犹太人的阴谋。同样收到那封信的还有巴黎的警察局局长。我听说，巴黎警察为查明我的证词是否可信，在罗马教廷中开展了一次调查——像我这么精明强干的人所说的事，那些枢机主教当然无法否认了！总之，巴吕埃尔引爆了火药桶，却藏起了那只点燃导火索的手。他不愿让此事捅出一个比他的著作更大的马蜂窝来，但一面装作缄口不语，一面把我揭露的事传遍了半个世界。你要知道，巴吕埃尔自幼接受的是耶稣会的教育。路易十五将耶稣会士从法国驱逐后，巴吕埃尔领受了教区神父的圣职，可一旦教皇庇护七世重新赋予耶稣会完全的合法地位，他又摇身一变，重新成为了耶稣会士。你现在知道了，我是一个热诚的天主教徒，对任何穿教袍的人都会表现出最崇高的敬意，但耶稣会士终究是耶稣会士，说着这件事做着那件事，说着那件事做着这件事，巴吕埃尔也表现得无异啊……”

爷爷冷笑着，没剩几颗牙的口腔向外喷溅着唾沫，对自己那恶毒而放肆的言辞颇感得意。“哎，我的小西莫内，”他最后说道，“我已经老了，不再有激情用在沙漠里呼救的嗓门大声疾呼了，如果人们不愿听信我的话，就让他们去上帝面前负责吧。但对于你们年轻人，我把证明的火炬传给你们。如今，该死的犹太人变得越来越强大，而我们怯懦的国王卡洛·阿尔贝托却对他们表现得越来越宽容，迟早有一天会被他们的阴谋推翻的……”

“犹太人也在都灵这儿策划阴谋吗？”我问道。

爷爷环顾四周，好像担心有人在偷听似的。此时已是日暮时分，升起的暗影一点一点吞噬着屋内的光亮。“不光这儿，到处都是。他们是被诅咒的民族。能读懂《塔木德》的人都能证实，它要求犹太人每天诅咒基督徒三次，祈求上帝摧毁和消灭他们。如果一个犹太人在悬崖上遇到了一个基督徒，就必须把他推下去。你知道你为什么叫西莫内吗？我让你的父母给你起这个名字，是为了纪念在遥远的十五世纪殉教的圣小西莫内。犹太人在特伦托劫走并杀害了这个小男孩，把他剁碎，同样是为了用他的血来完成他们的仪式。”

“如果你不做个乖孩子，现在不立刻去睡觉，那个可怕的末底改今晚就会来找你。”爷爷就是这么吓唬我的。我待在屋顶下自己的小阁楼里，竖起耳朵捕捉老房子发出的任何一点嘎吱声，久久不能入睡。我隐约听到那个来抓我的面目可憎的末底改踩着小木梯上楼的脚步声，害怕他把我拽回他那间阴森的破屋，让我吃沾有殉教婴孩之血的未经发酵的面包。我的脑海中掺杂着从特雷莎大妈那儿听来的其他故事（她是家里的老女仆，曾经

……我隐约听到那个来抓我的面目可憎的末底改踩着小木梯上楼的脚步声，害怕他把我拽回他那间阴森的破屋，让我吃沾有殉教婴孩之血的未经发酵的面包……

当过我父亲的乳母，那时候总是在家中趿拉着鞋子行走)，我听见末底改淫荡地翻搅唾液的咕哝声:“小鬼啊小鬼，我闻到基督教小鬼的气味啦。”

我快满十四岁了，数次被诱惑着走进犹太人聚居区。它如今已经洇过了古老的边界，因为皮埃蒙特正在取消对犹太人的诸多限制。也许，当我在那个被禁锢的世界边缘闲逛时，会遇到一些犹太人，但我听说他们中很多人都已摒弃了古老的装扮。他们改头换面——这是爷爷说的——他们乔装打扮，与我们擦肩而过，而我们竟毫无所知。也是在边缘地带闲逛的时候，我遇到了一个黑头发的女孩，她每天上午经过卡利纳广场，把盖着布的一篮不知什么东西送到一家邻近的店铺。炽热的目光，天鹅绒般的双眼，褐色的肌肤……她不可能是犹太人，爷爷给我描述的那些面如猛禽、目光恶毒的残暴的年长一辈犹太人不可能生得出那样的女孩。她真的不可能来自犹太人聚居区。

这是我第一次注视特雷莎大妈之外的女人。我在那里度过了一个又一个上午，每当我远远地见到她，便觉怦然心动。没有见到她的早上，我会满广场地瞎转，像是在寻觅逃跑的道路，却又无处可寻。直到爷爷坐在餐桌旁，气鼓鼓地嚼着碎面包等我回家时，我还在广场上徘徊。

一天早上，我鼓起勇气拦住她，低垂着双眼，问是否可以帮她提篮子。她用方言傲慢地回答我说，她自己完全可以提那个篮子。她没有称我为“先生”，而是叫我“小孩”。我再也没有追求过她，再也没有去看她一眼。我被一个犹太人的女儿羞辱了。难道是因为我长得胖的缘故吗？事实上，那正是我和女人之间战争的开始。

整个童年，爷爷始终不同意送我去国立学校上学，因为他说那儿教出来的不是烧炭党人就是共和派。那些年我都是在家中度过的，独自一人，满怀怨恨地看着其他孩子在河边嬉戏，一看就是数小时，好像属于自己的东西被他们夺去了似的。除此之外，我都被关在一间屋子里，跟着一位耶稣会士学习。爷爷总是根据我的年龄，从围在他身旁的"黑箩筐"中给我选择一位老师。我恨这些轮值的老师，不仅仅因为他们上课时会用小棍打我的手，还因为我的父亲（极少数的那几次，他不经意间和我谈起）逐渐给我灌输了对神父的憎恶。

"可我的老师们不是神父，他们是耶稣会士。"我对他说。

"那更糟，"父亲驳斥道，"永远不要相信耶稣会的人。你知道一位受人敬仰的神父（我说的是神父，听好了，不是人们所说的我加入的共济会、烧炭党和撒旦光明会的成员，而是一位如天使般慈爱的神父，修道院院长焦贝蒂）是怎么说的吗？是阴险虚伪的耶稣会在败坏、干扰、折磨、中伤、迫害和毁灭拥有自由精神的人；是阴险虚伪的耶稣会把正直能干之士赶出了公职机构，以奸邪卑鄙之徒取而代之；是阴险虚伪的耶稣会变着法儿减缓、羁绊、干扰、妨碍、削弱、败坏公共教育和私立教育，在个人间、家庭间、阶级间、国家间、政府间、人民间播种怨气、猜忌、敌意、仇恨、争执、表面的和暗地里的不和；是阴险虚伪的耶稣会打压了人类的才智，使内心和意志为慵懒所制约，用散漫的训练消磨年轻人的战斗力，以动摇而伪善的道德准则使成年人腐化堕落，还打击、淡化和浇灭友情、亲情、子女对父母之爱以及广大公民对祖国的崇高的热爱……世上再没有一个像耶稣会这样如此丧尽天良（焦贝蒂院长这么说的），在涉及其利益时如此冷酷无情的教派了。在和善悦人的面孔、甜蜜动听的话语和亲切和蔼的手势背后，是一个遵从教规和上级指示的铁石心肠的耶稣会士，不为任何神圣的和高尚的情感所动。他将马基雅弗利的训诫严格地付诸实践，因而在商议复国之举时，绝不考虑自己的行为是正义还是邪恶，是慈悲还是残忍。因为马基雅弗利的理论，犹太人从小就进入寄宿学校接收教育，为的是把亲情拒之门外；而为了泯灭友情，他们连最亲密的伙伴所犯的一点微小的错误，也毫不犹豫地向上级告发。他们抑制一切内心的冲动，对组织绝对服从，即使牺牲性命也在所不惜。焦贝蒂说，印度的行刑者们向他们的神明献祭敌人的身体时，会用绞绳或砍刀将其杀死。意大利的耶稣会士则用蛇信子一般的舌头或笔杆扼杀意大利人的灵魂。”

“不过这些话总会让我发笑，”父亲最后说道，“因为焦贝蒂的一些看法是从一年前出版的欧仁·苏的小说《流浪的犹太人》里借来的二手观点。”

我父亲。家中最可怕的人。听爷爷说，他深陷于烧炭党人的团体中不能自拔。当他提及爷爷的主张时，只会低声对我说不要去听爷爷的胡言乱语。但不知是因为羞怯，还是因为对他父亲的看法的尊重，或是因为对我的漠不关心，他对自己的理想避而不谈。对我来说，我只需竖起耳朵听爷爷和他的耶稣会士的交谈，以及特雷莎大妈和门房的闲话，便知道了父亲所加入的那帮人不仅支持大革命和拿破仑，还甚至扬言要使意大利摆脱奥地利帝国、波旁王朝和教皇的统治，成为一个（下面这个词绝对不能当着爷爷的面说出来）“国家”。

我的启蒙教育来自贝尔图索神父。他长得像一只貂，是第一个教我学习我们这个时代的历史的人（而之前时代的历史则是爷爷教的）。

后来，有关烧炭党人暴动的头一批传闻流传开来——这是我从送来的报纸上得知的，这些报纸原本是寄给不在家中的父亲的，我赶在爷爷有机会销毁以前截留了下来——我记得那时我应该是在贝尔加马斯基神父的教导下学习拉丁语和德语。他和爷爷的关系如此亲密，以至于在家中还为他留了一个小房间，就在离我的那间不远的地方。贝尔加马斯基神父……与贝尔图索神父不同，他年纪不大，容貌俊朗，长着一头卷曲的头发和一张棱角分明的脸，谈吐很有魅力，穿着一件较新的教袍，至少在家中还是以严肃的形象出现。浮现在我脑海中的是他那雪白的双手、尖细的手指和比人们心目中的神职人员所具有的略长一些的指甲。

当他看见我伏案学习时，常常喜欢坐在我身后，抚摸我的头，教我提防会对纯真的年轻人不利的种种危险，并给我解释烧炭党如何只是共产主义的改头换面。

“直到昨天，共产主义者好像还并不可怕，”他说道，“可如今那个马克思（似乎是这么读的）发表了他的那份宣言以后，我们就有必要揭露他们的阴谋了。你对因特拉肯的芭贝特一无所知。她是魏萨普的得意后人，被瑞士的共产主义者称为伟大的贞女。”

天知道贝尔加马斯基神父为什么似乎尤为那件事所烦扰，而不去担心那些日子里议论于街头巷尾的米兰起义或维也纳起义，或是发生在瑞士的天主教徒和新教徒间的宗教冲突。

“芭贝特生于一个从事走私的家庭，在荒淫、偷盗、抢劫和杀人流血的伴随下成长。她反复亵渎上帝之际，才是她唯一承认上帝之时。在琉森州的小规模战斗中，当森林州的一些天主教徒被激进分子杀害后，是芭贝特捣碎了他们的心脏，挖出了他们的眼球。她那一头有如巴比伦大淫妇般的金色长发迎风飘舞，迷人的外表下是一个秘密团体的使者，一个能为秘密团体提供一切阴谋诡计的恶魔。她像鬼怪一样来无影去无踪，知晓最核心的秘密，能在不破坏封印的情况下窃取外交信函的内容，像角蝰一样穿梭于维也纳、柏林乃至圣彼得堡最隐秘的内阁办公室之间，伪造票据和护照号码，早在少女时期就掌握了毒药术，并依照教派的指令前去下毒。她仿佛撒旦附体，要不然为什么会有如此似火的激情和如电的目光。”

我瞪大了眼睛，试图听而不闻，但夜里我梦见了因特拉肯的芭贝特。半醒半睡之间，我努力从脑海中抹去那个金发恶魔的形象。她是个魔鬼般的精灵，浑身散发着芳香，两肩无疑是裸露着的，又软又长的头发披在肩上，胸口因不信教者的罪恶的兽欲而急促地起伏着。我出神地望着她，就像在凝视一个绘画模特——然而我感到一阵恐惧，仅仅是因为产生了用手指去触摸她的欲望。她是个神通广大的密探，能伪造护照号码，把自己的男性

……我瞪大了眼睛，试图听而不闻，但夜里我梦见了因特拉肯的芭贝特……

受害者推进堕落的深渊。我感到了一种想成为她的渴望。

我的老师们都对饮食很讲究，想必在我成年后，这种恶习也遗留在了我身上。我记得同桌进餐的神父们谈论起爷爷烹调的什锦炖肉有多棒时，即便不是欣喜若狂，也至少是心驰神往的。

那道菜至少需要五百克牛腱、一条牛尾、一块牛臀肉、一些小香肠、一条牛舌、一块牛头肉、一根新鲜香肠、一只母鸡、一个洋葱、两根胡萝卜、两束芹菜，以及一把欧芹，按照肉类的不同配比灵活掌握炖的时长。不过——正如我爷爷说的，贝尔加马斯基神父也对此一个劲地点头赞同——把炖肉盛入盘中后，要立即撒上一把粗盐，并浇上几勺滚烫的肉汤，把香味重新逼出来。配菜无需太多，只需一些土豆，更为重要的是调味的酱汁，包括葡萄芥末调味酱、萝卜沙司、水果芥末调味酱，但主要是（爷爷对此从不让步）翡翠沙司：一把欧芹、四片鳀鱼、一些面包屑、一勺刺山柑、一瓣蒜、一个煮好的蛋黄，把它们细细捣碎后用橄榄油和食醋调味。

这就是我记忆中的童年和少年时的乐事。除此之外，我还能有什么样的追求呢？

闷热的下午。我在学习。贝尔加马斯基神父静静地坐在我身后，一只手牢牢地搭在我的颈部。我听到他低声对我说，像我这样一个如此虔诚、如此正直的孩子，如果想躲避女性的毒害和诱惑，他不仅能给予我慈父般的友谊，还能让我感受到一个成熟男人的情感和热度。

从那以后，我再不许神父们碰我。难道说，我乔装成修道院院长达拉·皮科拉，是为了能让自己去触碰别人吗？

我快十八岁的时候，爷爷希望我成为律师（在皮埃蒙特，人们管所有学过法律的人都叫律师），终于放我出了家门，送我去大学学习。那是我平生第一次与同龄人相处，但一切都来得太晚，我在怀疑中度过了那些日子。我无法理解他们谈论女人或翻阅印着恶心的版画的法文书时发出的闷笑和彼此交换的心照不宣的眼神。我更喜欢一个人待着。我父亲从巴黎订阅了一份叫《立宪党人》的报纸，上面连载着欧仁·苏的小说《流浪的犹太人》，自然全被我拿来如饥似渴地阅读，我也因此了解到，万恶的耶稣会为了夺取一份遗产而践踏贫苦大众和善良的人的权利，干得出最令人发指的罪行。除了使我对耶稣会士产生戒心外，那些读物还培养了我对连载小说的兴趣：在阁楼里，我发现了一口盛书的箱子，显然是我父亲为了避开爷爷的检查而藏在那儿的（我也力图不让爷爷发现自己的这种孤僻的恶习），我在那里度过了一个又一个下午，读完了《巴黎的秘密》《三个火枪手》《基督山伯爵》，直到把视力也搭了进去……

转眼就进入了奇迹迭出的一八四八年。每一位学生都为红衣主教马斯塔伊-费雷提，也就是庇护九世荣登教皇宝座而欢呼雀跃，两年前，这位红衣主教对政治犯实行大赦。这一年在米兰的首次反奥地利运动中拉开了序幕。米兰市民为了将皇家帝国政府拖入财政危机，开始抵制烟草（对我的都灵同胞来说，这些米兰同胞就像英雄一般，面对抽着香气浓郁的雪茄的士兵和警官的引诱，即使脸上被一口口地喷烟圈也能硬生生地挺住）。当月，在两西西里王国爆发了革命起义，国王费迪南多二世被迫颁布了《宪法》。然而，正当二月里巴黎的人民起义推翻了国王路易·菲利普，宣告成立（终于又成立了！）共和国——废除对政治犯的死刑和奴隶制，创立普选制——三月，教皇不仅颁布了《宪法》，还宣布了出版自由，并把聚居区的犹太人从诸多羞辱性的礼节和奴役中解放了出来。同一时期颁布《宪法》的还有托斯卡纳大公，而卡洛·阿尔贝托也在撒丁王国颁布了《阿尔贝托法令》。终于，维也纳、波希米亚和匈牙利爆发了革命起义，米兰也暴动了五天，把奥地利人驱逐了出去。皮埃蒙特为了将解放后的米兰并入自己的领土，也派军队参加了战斗。我的同学们私下谈论着共产主义者的一份宣言问世。不过，欢欣鼓舞的并不仅仅是学生们，还有很多劳动者和穷苦人，所有人都深信，用不了多久，最后一位神父就会被最后一位国王的肠子绞死。

但并非所有的消息都是振奋人心的，因为卡洛·阿尔贝托正在节节败退，还被米兰人和几乎所有爱国者宣布为叛徒；庇护九世手下的一位大臣遇刺[1]，他惊恐万分，逃往两西西里国王统治下的加埃塔避难，并且在引爆了火药桶，却藏起了那只点燃导火索的手之后，表现得不再像刚即位时那么宽容，撤销了很多已颁布的法令……但与此同时，加里波第和马志尼党的爱国者赶到了罗马，于第二年年初宣告了罗马共和国成立。

三月时，家中彻底没了父亲的踪影。特雷莎大妈信誓旦旦地说，他和米兰的起义者会合去了。但在十二月来临之际，家中的

---

① 一八四八年十一月十五日，教皇国的司法大臣佩雷戈利诺·罗西（Pellegrino Rossi）被刺杀。

一位耶稣会神父得到了消息，说他赶上了跑去守卫罗马共和国的马志尼党人。心灰意冷中，爷爷冲我大发耸人听闻的预言，足能把“奇迹迭出的一年”说成“多灾多难的一年”。没想到真是这样。就在那几个月里，皮埃蒙特政府取缔了耶稣会，充公了他们的财产，同时，为了对他们实行焦土政策，还取缔了耶稣会的嫡系教派，包括圣卡洛隐修会、万福马利亚隐修会和圣救主会。

“我们进入了一个敌基督的时代。”爷爷抱怨道。当然，他把这一切都归咎于犹太人的阴谋，因为看到末底改的最不幸的预言都成了现实。

爷爷收容那些试图躲避愤怒的民众、伺机复职为教区神父的耶稣会士。一八四九年的头几个月里，一大批耶稣会神父从罗马秘密逃来，带来了骇人听闻的消息。

帕奇神父。读了欧仁·苏的《流浪的犹太人》后，帕奇神父在我眼中就是书中罗丹神父的化身——一个暗中作恶的奸邪的耶稣会士，为了教派的全胜能够背弃一切道德信条——也许是因为他和罗丹神父一样穿着便服，隐藏自己的真实身份。他的外衣已经磨破了，衣领上布满陈年的汗渍，上面又覆着一层头屑，领结处代以一方手巾，黑色的粗呢西服马甲上露着线头，肥大的鞋子上总是结着一层泥垢，被他不经意地搁在我家簇新的地毯上。他长着一张尖瘦的脸，面色苍白，灰白的头发上搽着油，一直沾到鬓角，两只眼睛绿豆一般大小，嘴唇薄而发紫。

他坐在同桌用餐便足以令大家厌恶，但他并不满足于此，还操着神父的神圣腔调和措辞讲述令人毛骨悚然的故事，令所有在场的人听得反胃。“我的朋友们，”他的声音让我哆嗦，“你们也应当了解一下这些事情。道德败坏在巴黎愈演愈烈，因为路易·菲利普固然不是救世主，但也起码是阻挡无政府主义者的一道防线。我亲眼看见了这些日子里的罗马民众！可他们真的是罗马城的市民吗？都是些衣衫褴褛、蓬头垢面、形迹可疑的家伙，是该进监狱的坏蛋，为了一杯酒就能背叛天堂。他们并非平民，而是贱民，和来自意大利和外国城市的最卑鄙无耻的渣滓——加里波第的红衫军和马志尼党人——纠集在罗马城，是丧失理智的作恶工具。你们不知道共和分子犯下了多么可耻的罪行。他们冲进教堂，打碎殉教者的骨灰瓮，把骨灰迎风丢弃，还拿骨灰瓮当便盆使。他们把圣石从祭坛上拆下后涂上粪便，用匕首刮圣母像，剜去圣像的眼睛，用炭笔在上面涂写淫秽的言辞。有一个神父宣称反对共和国，被他们拖着猛撞一扇大门，用短剑刺穿身体，挖出眼睛，割下舌头，最后开膛破肚，被自己的肠子缠在脖子上活活勒死。你们可能不会相信，罗马也将要被解放了，已经有传闻说法国可能会前来支援，马志尼党人就快被打败了。他们是被意大利的各个省份所唾弃和驱赶的败类，奸诈而狡猾，虚伪而阴险，狠心而妄为，隐忍而顽固。他们日复一日地在城中最隐秘的巢穴纠集，凭借欺瞒和伪善打入了内阁、警察局、军队、舰队和城堡中的核心地位。”

“我的儿子就在他们中间啊，”爷爷哭诉道，“从肉体到心智都被摧毁了。”

说罢，他的面前送上了一盘喷香的巴罗洛红酒焖肉。

“我儿子再也体会不到这道菜的美味了。”他说，“把牛肉和洋

……有一个神父宣称反对共和国，被他们拖着猛撞一扇大门，
用短剑刺穿身体，挖出眼睛，割下舌头……

葱、胡萝卜、芹菜、鼠尾草、迷迭香、月桂、丁香蕊、桂皮、刺柏、盐、胡椒、黄油、橄榄油一起焖，当然还要倒入一整瓶巴罗洛红葡萄酒，配上波伦塔或土豆泥一起食用。闹吧，你们闹革命吧……把生活的乐趣都丢得一干二净。你们为了吃上尼斯风味的普罗旺斯鱼汤，就想赶走教皇，这和加里波第那个渔夫将会强加给我们的没什么两样……没得治了。”

贝尔加马斯基神父常常穿着便装出门，说自己要离开几天——既没说怎么走，也没说为什么离开。那时候，我就会进入他的房间，霸占他的教袍，穿着它来到镜子跟前，摆出舞者的姿势，就好像我是——上帝饶恕我——一个女人，或是在模仿这件袍子的主人。如果到头来发现修道院院长达拉·皮科拉就是我自己，那这会儿应该是我由来已久的对乔装的爱好的起源。

我在教袍的口袋里发现了一些钱（很显然是贝尔加马斯基神父忘了的），决定让自己放纵一把，既享一享口福，又探索一下我常有耳闻的城中的热闹去处。

我就以那样一身行头扎进了巴隆市场蜿蜒曲折的小路，丝毫没有意识到在那时如此穿戴已然是一种挑衅。那是宫殿门所在的城区，当时那里居住着都灵人中的渣滓，是最卑劣的恶棍组成的专门劫掠市镇的军队的征兵地。但时值节日，巴隆市场人头攒动，热闹非凡，人们推着挤着将货摊团团围住，女仆们成群结队地拥入肉铺，孩子们在果仁饼摊前驻足，出神地看着果仁饼的制作，饕餮们物色着中意的家禽、野味和猪肉食品，餐馆内座无虚席。我穿着教袍，一阵风掠过，吹动起女性的衣裙，我双眼虔诚地盯着合十的双手，但眼角的余光瞥见了她们头上戴着的小帽、宽檐帽、纱巾和手巾。川流不息的马车、手推车，汇集在一处的呼喊、叫嚷和喧闹声使我惊呆了。

也许是出于截然不同的理由，爷爷和父亲直到那时都还对我隐瞒着那儿的盛况。我沉醉在那样的火爆场面中，一溜烟来到了都灵当时最具传奇色彩的地方之一。身着耶稣会士的教袍，我得意地享受着自己招致的惊愕目光，赶去离圣母大教堂不远的碧琪琳咖啡馆，喝上一杯装在带耳的金属杯里的混合了牛奶、可可、咖啡和其他香料的香浓饮料。我当时还不知道连我的偶像之一大仲马几年后也会写到这种叫"碧琪琳"的饮料，但对那家奇妙的咖啡馆光顾了不过两三次后，我便了解了关于那杯仙露的一切，知道它起源于巴伐利亚，在那里，牛奶、咖啡和巧克力是搅拌均匀后出售的，不过在碧琪琳，它们被分开存放（保温的），这样客人既可以点一杯咖啡加牛奶碧琪琳，又可以选择咖啡加巧克力，还可以每样都来一点。

那是我的极乐世界，咖啡馆的门面上能见到铁质的上楣，两边架着画着广告的嵌板，还有细柱和生铁制成的柱头，屋内是装饰着镜子的细木护壁，大理石制成的茶几，柜台后面存放着散发着杏仁香味的罐子，里面盛着四十种蜜饯……我尤其喜欢在星期日露面，因为在圣餐仪式斋戒之后，碧琪琳对于走出圣母大教堂寻求快慰的人来说，就是一杯甘露——四旬斋守斋时碧琪琳也大受追捧，因为巧克力饮料不被认为是食物。真虚伪。

除了咖啡和巧克力带来的愉悦，还有另一件事使我心满意足：没有人知晓我的真实身份的事实带给我一份优越感。我掌握着一个秘密。

……除了咖啡和巧克力带来的愉悦，还有另一件事使我心满意足：
没有人知晓我的真实身份的事实带给我一份优越感……

我后来不得不克制自己，逐渐停止那种冒险活动，因为担心会被同学撞见。他们当然料想不到我会如此伪善，还以为我被他们所表现出的烧炭党人的热忱感染得同样激情高涨。

这些渴望祖国觉醒的人通常相约在金虾酒馆。酒馆开在一条狭窄昏暗的街上，在一处更加昏暗的入口上方挂着一块招牌，上面有一只金色的大虾招揽道："来金虾酒馆，有好酒相伴。"进门就是一间门厅，酒桌和厨房都设在那里，大家因而就着猪肉和洋葱的气味下酒，有时会玩猜拳，但更多的时候是拿不出阴谋的阴谋家，在对起义的幻想中度过整个夜晚。爷爷的美食使我习惯于做一个讲究吃喝的人，但在金虾酒馆至多能(如果不挑食的话)填饱肚子罢了。不过我也需要拥有自己的社交生活，并且避开家中的耶稣会神父，所以这样想来，与一些年轻朋友共享金虾酒馆的油垢，总好过家中沉闷的晚餐。

黎明时分，所有人都带着满嘴的蒜味、怀着满腔的爱国热情走出酒馆，消失在一层溟蒙的雾霭之中，在这雾气的绝妙掩护下甩掉密探和警察追随的目光。有时我们会走山路到波河的那头去，从高处眺望平原上朦胧的雾气中浮现的屋顶和钟楼，看远处已沐浴着晨曦的苏佩尔加大教堂像一座灯塔在雾海中闪耀。

但身为学生的我们所谈的不只是将来的"国家"。和每个同龄人一样，我们也谈论女人。所有人眼中都散发着兴奋的光芒，轮番回忆起凝望阳台时捕捉到的一抹微笑，从大台阶上翩翩而下时触到的一只玉手，从弥撒书中落下的一朵干枯的花朵，俯拾的那一刻(出自自吹者之口)还能闻到把它夹进书页的那只手余留的芳香。我愤愤地退出他们的讨论，从此获得了"品行正直作风严肃的马志尼党人”的称号。

只有一个晚上，最荒淫的那位同学悄悄告诉大家，他在阁楼的一口箱子里发现了他那放荡享乐的父亲费心藏掖的几部当时在都灵被形容为 cochon[①] 的书籍。他不敢带来放在金虾酒馆的油腻餐桌上展示，决定私下借给我们传阅。当它们传到我手上的时候，我竟无法拒绝。

就这样，在夜阑人静之时，我翻阅了那些应该算比较珍贵同时也价格不菲的大部头书，它们用摩洛哥羊皮装订而成，书脊上有横向的脊垄和红色的贴面，书页是金黄色的，金色的花叶纹饰有的绘在圆形的背景中，还有的绘在纹章上，书名为《一个年轻姑娘的一夜》或《啊！大人，要是托马看到我们这样该多好》。我翻看着书页，浑身颤抖不止，书中的版画更是看得我头上冒出成串的汗珠，顺着头发滚下，滑过面颊，流进衣领……

我不记得那个群魔乱舞的夜晚是如何结束的，性以其最骇人的面貌呈现在了我的面前（用宗教术语来说，就像一阵惊雷，和神圣的情感一道引发了对魔鬼和渎圣的畏惧）。我所能记得的，唯有自己挣脱了那段狂乱的经历之后，诵经似的低声重复着多年前贝尔图索神父逼我牢记的一段话，现在已忘了它出自哪位大作家之笔：“人体之美尽在皮肤。事实上，如果男性能看到皮肤之下的东西，那么对女性仅仅看上一眼就能令他作呕：优雅的女性不过是一堆烂肉、血液、体液和胆汁。你们想一想那些没有看到的东西，它们隐藏在鼻孔里、喉咙中、肚子里……我们哪怕仅用指尖也

① 法语，下流的、色情的。

不敢去触碰呕吐物和粪便，又怎么会产生把一大团排泄物拥抱在怀里的欲望呢？”

我在那个年纪还相信会有天谴，于是把第二天发生的一切都归为那个混乱之夜的报应。我发现爷爷仰面瘫倒在扶手椅里，双手攥着一张揉皱的信纸，奄奄一息。我们叫来了医生。我捡起那封信，读后才知道，在乌迪诺将军奉拿破仑三世之命、前去从马志尼党人和加里波第志愿军手中解救圣座的一八四九年的那个六月，我父亲在保卫罗马共和国的战斗中，被法军射出的一颗致命的子弹击中。

爷爷活了下来，虽然在八十多岁的高龄还遭受到如此大的打击。只是他终日笼罩在一股忿恨的沉默中，不知他憎恨的是夺去他儿子性命的法国人和教皇派、不知死活地敢和他们对抗的儿子，还是把他的儿子领向毁灭之路的全体爱国者。他不时发出哀痛的啜泣声，并暗指说，正如在五十年前参与了搅乱法国的阴谋那样，在这次震动意大利的事件中，犹太人也定是逃脱不了干系。

也许是为了追忆我的父亲，我长久地待在阁楼里阅读他留下的小说。我还成功截留了邮寄来的大仲马的小说《约瑟夫·巴尔萨莫》，而父亲再也无法读到了。

这部神奇的小说讲述了卡里奥斯特罗的冒险经历，以及他如何策划了“王后的项链”事件，一出手便给了红衣主教罗昂一记致命的经济上的重击，同时损害了王后的名誉，揭露了整个宫廷的丑陋，使得许多人深信卡里奥斯特罗的骗局严重削弱了王室的威望，为一七八九年大革命的爆发营造了氛围。

不过大仲马更进一步，他认为卡里奥斯特罗——也就是约瑟夫·巴尔萨莫——精心策划的并不是一场骗局，而是在遍布全世界的共济会支持之下的一场政治阴谋。

小说的开场深深地吸引了我。地点：雷鸣山。在莱茵河的左岸，离沃尔姆斯不远的地方，耸立着一座座荒无人烟的山峰：御座峰，鹰栖岩，蛇盘岭，那最高的一座便是雷鸣山。一七七〇年五月六日（也就是注定要爆发的大革命前约二十年），正当西沉的太阳被斯特拉斯堡大教堂的尖顶切成两个火红的半球之时，一位来自美因茨的无名侠走在了雷鸣山的山坡上，登山途中甚至还丢下了自己的坐骑。突然间，一些蒙面人抓住了他，用布条蒙住他的眼睛，带着他穿过丛林，来到了林中的一片空地。在那里等待他的是三百个包着裹尸布的佩剑的幽灵，开始对他实施严酷的审讯。

你有什么愿望？看到光明。你准备好起誓了吗？接下来是一系列的考验，比如喝下刚被处决的叛徒的鲜血，为考验他的服从力而让他用手枪对准自己的脑袋开火，诸如此类，都是大仲马的读者再熟悉不过的共济会的入会仪式，直到那个赶路人决定打断他们，傲慢地向他们所有人宣称，自己知道他们的所有仪式和把戏。他们因而停下了对他所玩的把戏，因为他位列他们所有人之上，是遍布全球的共济会的领袖，拥有天神赋予的权力。

他召集了斯德哥尔摩、伦敦、纽约、苏黎世、马德里、华沙和亚洲各国的共济会支部的会员，要向他们发布命令。很显然，那些人已然赶到了雷鸣山。

为什么全世界的共济会会员要在那里聚集呢？无名侠向他们作了解释：他需要铁手、火剑和钻石秤来驱除大地上的邪恶，也就是推翻和摧毁人类的两个最大的敌人——王权和教权（爷爷也告诉过我，那个无耻的伏尔泰的格言是“踩死这些败类”）。像当时所有的优秀术士一样，无名侠随即回忆起自己经历的多次人生，最远能追溯到摩西或是亚述巴尼拔之前，说自己从东方赶来宣布一个时刻的降临。所有的民族组成一个巨大的方阵，日夜兼程地向光明进军。法国是这个方阵的先锋，要把这次行军的真正火炬交到它的手上，让火炬为世界点燃新的光芒。统治法国的是一位年迈而昏庸的国王，只剩下几年的寿命。尽管其中一个与会者——后来发现是杰出的相面术士拉瓦泰——试图告诉无名侠，法国的两位年轻的继承者（未来的路易十六和他的妻子玛丽·安托瓦内特）的面容揭示出他们温良宽厚的秉性，无名侠（读到这里，读者们也许已经认出他就是在书中还未被提及的约瑟夫·巴尔萨莫）提醒他，当关系到推动进步的火炬前行时，不应心怀仁慈和怜悯，应当在二十年内从大地上抹去法国的王权。

听到这里，来自各个国家共济会支部的所有代表走上前来，提供人力，捐献财富，誓为共济会的共和事业大获全胜踏烂和摧毁法国的百合花。

为了改变法国的政体而策划一个遍及五大洲的阴谋，是不是太过火了？我没有去思考这个问题。事实上，对当时的皮埃蒙特人而言，世界上只有法国，当然还有奥地利，也许在很远很远的地方还有交趾支那，此外便再无值得费神去记的国家，除了近在眼前的教皇国。读着大仲马（我崇拜这位伟大的作家）书中上演的情节，我寻思那位先知在述说自己的阴谋的过程中，是否发现了所有潜在的阴谋的通用模式。

让我们忘了雷鸣山、莱茵河左岸和时代背景——我心想。让我们把注意力集中到来自世界各个角落的阴谋者身上，他们象征着自己教派的触手已延伸至所有的国家。让我们把他们聚集在林中空地、山洞、城堡、公墓或教堂的地下墓穴中，只要那里够阴暗就行，让他们中的一员发表透露其阴谋和表达统治世界意愿的演说……在我认识的人当中，总有一些人会为某个隐形的敌人的阴谋而担惊受怕，就如犹太人之于爷爷，共济会之于耶稣会，耶稣会之于我那加入了加里波第志愿军的父亲，烧炭党人之于半个欧洲的国王，受神父教唆的国王之于我的马志尼党同学，巴伐利亚光照派之于半个世界的警察，不胜枚举，天知道这世上还有多少人在担心受到阴谋的威胁。这，就是他的阴谋模式，可以向里面随心所欲地加上针对任何人的阴谋。

大仲马不愧在解读人类思想的领域拥有深厚的造诣。人类渴求什么？什么东西令人类求之愈渴，却愈会加剧自己的不幸，离幸福渐行渐远？是唾手可得的金钱、权力（如命令和羞辱你的同类时的畅快）和对所受的一切冤屈（每个人在一生中多少会受到过冤屈，即使它再不起眼）进行报复。这不，大仲马就让你在《基督山伯爵》里看到了这种可能：获得一笔堆积如山的财富，凭借它享有至高无上的权力，报复所有对你犯下过罪行的敌人。然而，人人都会问，为什么我得不到好运的眷顾（或至少不如我所期盼的那么走运)？为什么我得不到的好处，比我更不够格的人却能得到？正因为没有人会把他的不幸归结于自身的缺陷，这就需要寻找一个造成这一切的罪人。大仲马为所有遭受挫折的人(为个人同样也为民众)解释了他们失败的原因：某个在雷鸣山上参加集会的人促成了你的毁灭……

细细考量之下，大仲马其实不曾杜撰任何内容：他不过是为修道院院长巴吕埃尔揭露的事情(爷爷是这么认为的)披上了故事的外衣。我从中领悟到，如果想要卖出一份揭发阴谋的告密书，就不应向买主提供任何原本的信息，而只需提供并且专门提供那些他们已经知道或通过其他渠道也能轻松获悉的信息。人们只肯相信那些他们已经知道的事情，而这就是阴谋的通用模式的美丽所在。

转眼到了一八五五年，我如今二十五岁了，已从法律专业毕业，还不知道以什么为生。我和老同学常有往来，但没有被他们的革命激情过多地感染，而是抱着怀疑的态度，提前几个月就预料到他们的沮丧：一会儿教皇收复了罗马，庇护九世从一个改革派摇身一变成了有史以来最保守的教皇；一会儿希望卡洛·阿尔贝托成为意大利统一的主心骨的梦想——因为他的不幸或怯懦——破灭了；一会儿群情激昂的社会党人暴动排山倒海般结束后，法国又恢复了帝国统治；一会儿皮埃蒙特的新政府不去解放意大利，却把士兵送去克里米亚参加徒劳的战斗……

至于那些让我受益匪浅的小说，在比家中的耶稣会神父更好地充当了我的教师之后，也成了一种回忆，因为，不知何故挤进了三位大主教和一位主教的法国大学理事会颁布了所谓的《里昂西修正案》，向所有刊登长篇连载小说的报纸征收每份五生丁的税款。对于不了解报刊生意的人来说，这是个无足轻重的消息，但我和我的同学立刻意识到了它的重要意义：那项税款的惩罚性太过强烈，法国的报纸不得不对小说忍痛割爱；以欧仁·苏和大仲马为首的痛斥社会黑暗的作家，被永远地堵上了嘴。

而爷爷，虽然时而表现得疯癫，其他时候却清醒得很，洞悉周围发生的所有事情，抱怨皮埃蒙特政府自从落入了达泽里奥和加富尔之流的共济会会员之手，就变成了一个信奉撒旦的犹太教堂。

“你知道，我的孩子，”他说，“那个西卡尔迪提出的法律废除了所谓的神职人员的特权。为什么要废除圣所的庇护权？难道教堂的权力还不如宪兵队的吗？为什么废除用于审判犯下普通罪行的神职人员的宗教法庭？难道教会无权审判自己人吗？为什么废除针对出版物的宗教预审制度？难道现在人人都能不加克制、不遵守信仰和道德、随心所欲地发表言论吗？而当我们的弗朗索尼大主教对都灵的神职人员下令，要求他们抵制这些规定时，竟被当作犯人逮捕，并被判入狱一个月！现在甚至开始镇压托钵修会和默观修会了，差不多有六千名修士，政府没收了他们的财产，还说用这些钱来支付本堂神父的薪俸，但如果把这些教派的所有财产聚为一处，所达到的数目，要我说，是王国内所有神父的薪俸总和的十倍乃至上百倍之多。政府把这些钱拿去建公立学校，教那些穷人他们用不着的东西，或用来给犹太人聚居

……而当我们的弗朗索尼大主教对都灵的神职人员下令，
要求他们抵制这些规定时，竟被当作犯人
逮捕，并被判入狱一个月！……

区铺路！这一切都是因为‘自由国家中的自由教会’这句话，在那种自由国家里，真正有自由滥用职权的只有国家而已。真正的自由是人类遵循上帝的律法的权利和被判入天堂或下地狱的权利。如今，人们却把随自己意愿选择信仰和发表主张的机会当成自由，其实信什么都一样——对政府来说，你是共济会会员，还是基督徒、犹太教徒或苏丹的信徒，都没有什么分别。如此一来，所有人都对天主启示的真理漠不关心了。”

“所以啊，我的孩子，”一天夜里，爷爷痛哭过后，气喘吁吁地一面呻吟一面对我说道，他此时虚弱的身形在我看来和父亲无异，“大家都要走了，拉特兰牧师，圣埃吉迪奥牧师，穿鞋的和跣足的加尔默罗会修士，加尔都西会修士，卡西诺山的本笃会隐修士，西多会修士，橄榄山隐修会修士，最小兄弟会修士，方济各住院会修士，方济各会修士，嘉布遣会修士，圣母献主会教友，受难会修士，多明我会修士，仁慈圣母会教友，圣母忠仆会教友，奥拉托利会神父，还有贫穷修女会教友，圣十字会修会，穿浅蓝色或深蓝色教袍的圣母领报修女会教友，以及浸礼会教友。”

他像诵念玫瑰经一般背诵那份名单，神情越来越激动，到最后似乎都忘了喘气。其间，他让人把一份用猪油、黄油、面粉、欧芹、半升巴贝拉红葡萄酒、一只切成鸡蛋大小的肉块的野兔、兔心和兔肝、小洋葱、盐、胡椒、香料及糖一同烹调的酒汁炖兔肉端上了餐桌，他似乎从美食中得到了快慰。吃到正酣处，他突然瞪大了眼睛，随着喉头里发出的一声轻微的哽噎，他眼中的光芒熄灭了。

挂钟敲响了午夜的钟声，我这才发现，自己已经几乎不间断地写作了太久。这会儿，不管我如何努力，都无法再回忆起爷爷去世后的头几年里发生的任何事情了。

我感到天旋地转。

五

烧炭党人小西莫内

一八九七年三月二十七日夜

西莫尼尼上尉，请原谅我闯入了您的日记，擅自留言。我实在做不到对它视而不见。今天早晨我竟然在您的床上醒来，对此我也感到莫名其妙。想必您已经知道了，我就是(或至少我认为自己是)修道院院长达拉·皮科拉。

我睁开眼睛后，发现自己躺在别人的床上，身处一间陌生的寓所，我的黑色教袍和假发都不见了踪影，床边只有一副假络腮胡须。一副假络腮胡须？

几天前我已经碰上过这样的事情，醒来后不知道自己是谁，只是那一次发生在我的寓所里，今天早晨却是在别人家中。我感到眼中似乎充满了眼眵，舌头也很疼，好像被自己咬了一口似的。

从窗子向外望去，我发现这个房间正对莫贝尔死胡同，正好位于我所居住的大阿尔伯特街的街角。

我开始在屋子里四下察看。住在这里的似乎是一位世俗之人，很显然戴一副假络腮胡须，因而（您得原谅我说这话）人品值得怀疑。我走进一间书房，里面的陈设有一种炫耀的意味；在书房的另一头，我在一道门帘后面发现了一扇小门，由此进入一条走廊。走廊里就像是剧院的后台，挂满了衣服和假发，和我几天前找到一件教袍的那个地方一模一样。我这才意识到，这条走廊通向我的住处，那天我曾经朝着相反的方向在里面行走。

我在自己的桌上找到了一叠笔记，按照您的日记中的说法，应该是我于三月二十二日写的。和今天早晨的情形一样，我那天醒来后也失去了记忆。可是，我不禁问自己，我那天写的有关奥特伊和蒂安娜的最后一句话是什么意思呢？蒂安娜究竟是谁？

这真是诡异。您怀疑我俩是同一个人，然而您对自己的记忆有如泉涌，而在我的脑海中自己的过去却近乎空白。另外，从您的日记中能够看出，您对我一无所知，但我却发觉自己正在回忆起您所经历的其他事来，数量还不少——看情形——恰恰是一些您似乎没能想起来的事。既然我能够记起有关您的许多事情，我是否能够说我就是您？

也许并非如此，也许我们是两个不同的人，只不过因为某些莫名的原因，彼此的生活纠缠在了一起。事实上，我是一名神职人员，对您的了解也许来自您在格栅后面对我所做的忏悔。要不然，会不会是我把弗洛伊德大夫的理论化为了实践，在您不知情的情况下从您的内心深处挖掘出了您试图深埋的那些记忆？

不管我是以什么方式得知的那些事情，作为一名神父，我有责任帮您记起您在老西莫尼尼先生过世后的那段经历。愿上帝收留您爷爷的灵魂，让他得以安息，但如果您此刻即将离开人世，上帝必定会将您拒于天堂的大门之外，因为我认为，您对自己同胞的所作所为甚为恶劣，也许正是因为这个原因，您始终不愿回忆起那些令您蒙羞的记忆片段。

其实，达拉·皮科拉留给西莫尼尼的不过是一些干巴巴的事件的罗列，全篇用瘦小的字体写成，和西莫尼尼的书法风格迥然不同。但也正是靠着那寥寥数语的提醒，西莫尼尼的记忆深处仿佛一下子被撕开了一道缺口，过往的情景和话语都汩汩地涌进脑海中来。叙述者会尝试对那些回忆概括地加以叙述，在有的地方还会作适当的补充，以使那场提醒和回应的游戏显得更为连贯，同时也使读者不必忍受达拉·皮科拉院长以一副假仁假义的口吻，一面帮西莫尼尼唤回记忆，一面用过分偏激的言辞对自己的另一个自我所犯的种种过失严加责难。

看样子，别说是跣足的加尔默罗会被取缔的消息，就连爷爷的去世都没能让西莫内的内心有太大的震动。他或许是爱爷爷的，然而，他的家仿佛是专门为了压得他喘不过气而存在的。被封闭在那样的家中，在爷爷和穿黑色教袍的老师们的终日影响下度过了童年和少年时代后，他对这个世界的怀疑、怨尤和愤恨之情日益加剧，以致除了滋生暴躁自私的性情之外，再也无法生发出其他的情感，而自私自利的个性又使他逐渐表现得达观、冷静和泰然自若。

爷爷的葬礼上有不少有头有脸的神职人员到场，当地最有名望的神父也位列其中，他们在旧制度下一度属于皮埃蒙特的贵族阶层。料理完丧事后，西莫尼尼见到了为家族效力多年的一个名叫勒博当戈的公证人，听他宣读了爷爷的遗嘱。勒博当戈（似乎颇为高兴地）告诉西莫尼尼，尽管他是爷爷全部财产的继承人，但由于可敬的老人签署了许多抵押字据，参与的各项投资又均以失败告终，因此他的遗产已经一分不剩了。就连他的房子，连同里面的所有家具，也将被债主们收得一干二净——可敬的老绅士在世时，债主们出于对他应有的尊重，将还债之事暂时压下，但此刻面对孤身一人的孙子，索债时便不再有丝毫的迟疑了。

“您看，亲爱的律师，”公证人对西莫尼尼说道，“凡事都会向好的方向发展，不会永远停留在过去。不过，即使是名门望族的后代，也有需要屈尊劳动的时候。如果您愿意接受这个着实会有损颜面的选择，我可以为您提供一份我事务所里的工作。像您这样一位懂得不少法律知识的年轻人，会给我的工作提供不少方便。您也明白，我支付给您的薪酬自然无法和您的才华相匹配，但也应该够您再找一间住处安顿下来，勉强过上体面的生活。”

西莫内当即怀疑，公证人侵吞了爷爷的大量财产，却骗得爷爷以为是因为投资不慎而损失殆尽。可是，眼下缺乏相关的证据，同时也为生计所迫，他因而心想，只要留在公证人身边工作，总有一天能够以怨报怨，把公证人从爷爷身上掠得的不义之财尽数夺回。就这样，西莫内开始为吝啬、专横、多疑的勒博当戈工作——后者很快不再用“律师”或“您”称呼他，而是叫他“西莫尼尼”，这足以使人明白究竟谁才是主人。西莫内在巴尔巴鲁街租下了一间两居室，适应了新的生活，微薄的薪酬使他连那些被他的同学们用作聚会场所的各类下等酒馆也极少光顾。在几年的工作中，他取得了法律认可的（正如人们常说的）公证人资格，渐渐赢得了雇主的谨慎的信任，但他同时也发现，勒博当戈并不像普通的公证人那样，从事的是公证遗嘱、捐赠、买卖和其他契约之类的业务，更确切地说，他从来就没有对捐赠、买卖、遗嘱和契约进行过公证。换言之，公证人勒博当戈以公道的价格出售伪造的公证书，必要时还能模仿别人的笔迹，并且提供证人——都是从附近的下等酒馆里招募的。

“你要知道，亲爱的西莫内，”勒博当戈向他解释道，“我已经把这份手艺传给了你。我制作的并不是伪造的文书，而是真实文件的最新副本。这些文件有的已经散失，有的因为普通的意外从未露面过，但能够也应当是有效的。如果我起草一份洗礼证明，上面写道——抱歉我举这样一个例子——你的母亲是小奥达兰戈镇上的一名妓女（他顾自窃笑，对这个恶毒的假设感到很得意），那我就犯下了伪造罪。我是一个重视名誉的人，绝不敢做出任何违反法律的事情。但假如你有一个仇敌——我只是打个比方——觊觎你所继承的遗产，你知道那个家伙绝非你的父亲或母亲所生，而是小奥达兰戈镇一位名妓的孽种，为了抢夺你的财富而销毁了自己的洗礼证明，你因而要求我制作那份遗失的洗礼证明，想把那个恶棍打回原形。可以说，我会为真相效劳，为那些我们所

……“你要知道，亲爱的西莫内，”勒博当戈向
他解释道，“我已经把这份手艺传给了你。
我制作的并不是伪造的文书，而是真实文件的最新副本。
这些文件有的已经散失，有的因为普通的意外从未露面过，
但能够也应当是有效的。”……

知道的真实情况出具证明，对此我问心无愧。”

“话是这么说不错，可您又是如何知道那个家伙究竟是谁生的呢？”

“这不是你告诉我的嘛！你对这个问题一清二楚。”

“那您就相信我说的话啰？”

“我永远信任我的顾客，因为我只为正派人提供服务。”

“可要是顾客对您撒谎呢？”

“那样的话，犯罪的是他，不是我。如果我还需要提防顾客对我撒谎，那就干脆别干这行了。这份工作是建立在信任的基础上的。”

公证人的解释并没能使西莫内完全信服，因为他觉得勒博当戈的生财之道在别人眼中未必会被打上“正当”二字。但自从获悉了事务所的秘密之后，他也参与了伪造文件的工作，并很快超越了他的师傅，展现出了精湛的模仿字迹的才华。

不知是为了对自己的出言不逊表示歉意，还是因为发现了自己的合作者的软肋，公证人还不时邀请小西莫内去高档餐馆用餐，比如坎比奥餐厅（加富尔也是它的座上宾），带他见识了长礼服综合炖菜的奥妙之处：鸡冠，小牛的内脏、大脑和睾丸，牛里脊，牛肝菌，半杯马尔萨拉白葡萄酒，面粉，盐，调味油和黄油，用定量的醋调制出微涩的口感，演奏出一曲味觉的交响乐——为了能如愿享受它的美味，前去用餐的客人不免要身着所谓的长礼服，与菜名吻合得天衣无缝。

一直以来，除了父亲，再也没有人给小西莫内的脑中灌输过英雄主义和牺牲精神。可是在几顿那样的晚餐过后，他居然萌生了至死效忠勒博当戈的决心——即便没能坚持到自己过世的那一天，也至少效忠到勒博当戈的死期来临，正如在后文将会看到的那样。

在此期间，他的薪酬也获得了提升，虽说还是不见太大的起色——这也是因为公证人正在飞速地老去，老眼昏花，手也不听使唤，西莫内很快就成了他不可或缺的依靠。但正因为如今拥有了更多的闲暇可供挥霍，同时经不住都灵所有知名餐馆的诱惑（噢，皮埃蒙特风味的饺子，以烤白肉、烤红肉、清炖牛肉、去骨的清炖母鸡、煮甘蓝叶配烤肉、四只整鸡蛋、帕尔马干酪、肉豆蔻、盐和胡椒粉为馅料，而肉汁用烤肉、黄油、一瓣蒜和一小枝迷迭香熬制而成，美味极了），对美食的热爱正在逐渐成为年轻的西莫尼尼最强烈的世俗之欲。为了获得舌尖上的满足，他需要出入那些奢华的餐厅，再穿自己破旧的衣服无疑是不合适的。因此，随着收入的提升，他的需求也在不断地增长。

在为公证人卖命的日子里，西莫内发现那个家伙并非只为私人顾客提供见不得人的服务，他居然还为警局的人提供帮助——也许是希望当局万一获悉他的并不完全合法的业务，也能对他网开一面——因为他常说，为了能通过合法程序给一名嫌犯定罪，必须向法官出示一些有力的书面证据，以充分证明警察的推论并不是没有根据的。出于这个原因，公证人和一些身份不明的要人搭上了关系。那些人时常在事务所现身，他们在公证人的字典里被称为"公署的先生们"。至于这个公署究竟是什么地方，为谁服务，不用费多大劲就能猜到：那是处理只有政府才有权了解的机密事务的地方。

比安科骑士便是其中一位“公署的先生”，曾经对西莫内炮制的一份不容辩驳的文件大加赞赏。他多半是那种和别人接触前会事先把对方的底细摸得一清二楚的家伙，因为有一天他把西莫内拉到一边，询问他是否还经常光顾碧琪琳咖啡馆，并约他在那里进行一场所谓的私人会谈。他对西莫内说：

“亲爱的律师，您的爷爷是国王陛下最忠诚的子民，为此您受过良好的教育，这一点我们心中非常清楚。我们同样也知道，您的父亲为他的行为赔上了性命，我们也觉得他所做的事情是正义的，只是，换句话说，他的行动太过提前了。您也看到了，我们过去对您表现得非常宽容，因为长期以来我们完全可以指控您和公证人勒博当戈从事并不完全值得褒奖的活动。因此，我们有理由相信，您愿意同时也会诚心与我们合作。我们知道您和朋友们常有来往，都是些志同道合的同学、精神上的伙伴，也可以说，那些马志尼党人、加里波第红衫军和烧炭党人。这是很正常的，似乎每一代年轻人都爱这么干。但问题在于：我们不希望这些年轻人有什么头脑发热的举动，或至少要等时机成熟以后，需要他们这么做的时候再行动。皮萨卡内的疯狂行为让我们的政府已然感到头疼。几个月前，他和另外二十四名颠覆分子登船出海，在庞扎挥舞着三色旗登陆，放走了岛上的三百名犯人，随后又启程前往萨普里，自以为会遇上等待他的武装的当地居民。最偏袒他的人说他是个高尚的人，而抱最强烈的怀疑态度的人则说他是个傻子。事实上，他就是个空想家，和自己的追随者一道被那些他本想去解放的粗人杀了个精光。所以您瞧，要是不注意实际情况，好的出发点能导致什么样的结局。”

“我明白了，”西莫内说，“您需要我做什么？”

“那么，是这样的。如果我们要阻止那些年轻人犯错误，最好的办法是把他们以危害国家的罪名投进监狱，关上一阵子，等到了确实需要高尚的人的时候，再把他们放出来。为此，必须让他们在密谋不容辩驳的罪行时被当场抓获。您一定知道他们会对哪些起义首领言听计从，只需以其中一人的名义给他们去一封信，把他们召集到一个指定的地方，让他们全副武装，再带上徽章、旗帜和其他一切能被认定为武装起义的烧炭党人的玩意儿。警察很快就会赶到，把他们全部逮捕，一切就都结束了。”

“可是，如果我那时和他们在一块儿，警察会把我也一道抓走；如果我不在那儿，他们会明白是我出卖了他们。”

“哦，不会的，我的先生，我们不是考虑不周的人，不至于连这个问题也没有想到。”

正如我们将会看到的那样，比安科计划得非常周密。但同样拥有思想家一般的天才头脑的还有我们的西莫内。他仔细地听取了比安科提出的方案后，想到了一种绝妙的报酬形式，并告诉了比安科，自己希望从国王那里得到什么样的慷慨赏赐。

“您看，骑士先生，在我进入事务所和公证人勒博当戈合作以前，他就已经犯下许多违法的罪行。我只需找出其中两三件留有确凿证据的案子，牵连的不会是任何真正显要的人物，最好是某个已经过世的家伙。然后我通过您的热心协助，以匿名的方式把所有的告发材料递交给公共法官就行了。你们将会有充分的证据指控公证人多次犯下伪造公文罪，足以将他关上个说得过去的年数，只要长到使自然的力量有时间完成余下的事情就够了，当然，鉴于那个老家伙的身体状况，也用不着太久。”

“然后呢？”

“然后，一旦公证人进了监狱，我会出示一份契约，签署的日期恰恰是他被捕的几天前。契约上显示，我向他分批付清了所有的款项后，已经从他的手中彻底买下了事务所，成了事务所的主人。至于那笔我声称已经支付给他的钱款，所有人都会认为我从爷爷那里继承的遗产远大于那个数目。唯一知道真相的只有勒博当戈而已。”

“有意思，”比安科说道，“可是法官会对您支付给公证人的那笔钱的去向产生怀疑。”

“勒博当戈信不过银行，他把所有的财物都存放在事务所的一只保险柜里。当然喽，我知道怎么打开它，因为他只是转过身去背对我，当我不在他的视线里时，他便认为我没有看到他在做什么。不过，警局的人肯定会设法打开保险柜，却发现里面空空如也。我可以作证说，勒博当戈将事务所转手的想法来得近乎突然，我本人也对他的开价之低感到诧异，甚至怀疑他是不是有特别的原因才要从自己的生意中抽身。事实上，除了空荡荡的保险柜，警察们还会在小壁炉里找到天知道是哪份文件的灰烬，在公证人的写字台的抽屉里找到一封来自那不勒斯的一家旅店的确认函，确认公证人在旅店成功预订了一间客房。到了那时，一切都会真相大白：勒博当戈感到自己已经被警察盯上，意欲逃脱法网，前往波旁王朝统治的地区享受自己的财富，或许已经把自己的钱转移到了那里。”

“不过，在法官面前，勒博当戈如果知道了您的这张契约，会矢口否认的……”

“谁知道他还会否认别的什么事情，法官一定不会相信他。”

“真是个高明的计划。我喜欢您，律师。您比勒博当戈更老练，更有心计，更敢下手，换言之，您比他更是个多面手。那么，您把那群烧炭党人交到我们手上以后，我们会料理好勒博当戈的。”

逮捕烧炭党人的行动就好像一场猫捉老鼠的游戏，虽说老鼠正是那群烧炭党的热心崇拜者，只有在自己满怀豪情的睡梦中才算得上烧炭党人。长期以来，西莫内心知自己透露的所有消息都会被认为是从自己的英雄父亲口中听来的，所以在纯粹的虚荣心的驱使下，他把贝尔加马斯基神父低声对他说过的一些谎言也套在了烧炭党人的头上。那个耶稣会士一直教导西莫内提防来自多方的阴谋，包括烧炭党人、共济会会员、马志尼党人、共和派，还有伪装成爱国者的犹太人，他们为了躲避全世界警察的盯梢，乔装成经营煤炭生意的商人，并以进行商品买卖为借口，在隐秘的场所集会。

“所有烧炭党人都听从最高经营会的指示。最高经营会由四十名会员组成，大都是（说来真让人感到可怕）罗马贵族中的精英——不消说，其中有些人必然是犹太血统。会长名叫努比乌斯，是一个大人物，堕落到足以被判处终身监禁的地步，但他凭借自己的名望和财富在罗马赢得了一席之地，拥有了一个不会引起任何人怀疑的安全身份。在巴黎，博那罗蒂[1]、拉法耶特侯爵[2]和

① Filippo Buonarroti(1761—1837)，法籍意大利革命家、记者、作家。
② Marquis de La Fayette(1757—1834)，法国政治家。

圣西门向他求教时，就像是在德尔斐[1]请求神谕一般。在慕尼黑有如在德累斯顿，在柏林有如在维也纳乃至圣彼得堡，常安尔、埃曼、雅各比、柯兹克、利埃文、穆拉维埃夫、施特劳斯、帕拉维西尼、德里耶斯坦、贝姆、巴蒂亚尼、奥本海姆、克洛斯和卡洛鲁斯等各个主要经营会的会长无不请他明示前行的道路。努比乌斯在世时一直掌管着最高经营会，直到一八四四年来临之际被人用托法娜仙液[2]毒死为止。你别以为这是我们耶稣会干的。人们怀疑凶手是马志尼，因为他无时无刻不在梦想成为烧炭党的最高领袖，并获得犹太人的支持。如今，继承努比乌斯之位的是皮科洛·蒂格雷，一个犹太人。和努比乌斯一样，他为了煽动人们与基督教为敌，也不停地四下奔走。可是，最高经营会的成员身份和集会地点从来都是谜。所有人都无权知道接受总会的领导和支持的各个支部的信息，就连最高经营会的四十名会员也从不知道需要传达或执行的命令是从哪儿下达的。人们说耶稣会士是他们上司的奴仆，其实这话应该用来形容烧炭党人才是。他们那位不愿现身的首领兴许是一位年迈的权贵，在暗中指挥着那个遍布全欧的地下组织。”

西莫内把出自贝尔加马斯基神父之口的哥特小说式的故事情节用叙事诗的形式加以再现，选取努比乌斯作为故事的主角，使他看起来几乎就是男版的因特拉肯的芭贝特，听得他的同学们

---

① Delphi，所有古希腊城邦共同的圣地，供奉阿波罗神，古时候人们在德尔斐请求阿波罗的神谕。

② Aque Tofana，一种含有剧毒的液体，极易与水、酒等混合。十七世纪时，巴勒莫的朱利亚·托法娜(Giulia Tofana)发明了这种毒药，并大量销售，买者均为希望毒杀丈夫的女性。

……所有烧炭党人都听从最高经营会的指示。
最高经营会由四十名会员组成，大都是
（说来真让人感到可怕）罗马贵族中的精英——
不消说，其中有些人必然是犹太血统……

大为着迷。只不过，他隐瞒了一个可以忽略的细节：努比乌斯早已不在这个世上了。

终于有一天，他带来了一封不费吹灰之力炮制而成的信件。在信中，努比乌斯预言一场起义很快会席卷皮埃蒙特，点燃一个又一个城市。西莫内所在的小组接到了一项危险而刺激的任务：如果他们在一个指定的早晨在金虾酒馆的院子里集结，会在那里找到刀剑、步枪和四辆装着旧家具和床垫的手推车。取得那些装备后，他们需要赶去巴尔巴鲁街的入口处筑起一道街垒，阻断进入城堡广场的道路，并在那里等候进一步的指示。

再没有比这更能让那二十来个学生热情高涨的了。在那个在劫难逃的早晨，他们聚集在酒馆的院子里，按计划在一些废弃的木桶中找到了武器。正当他们四下环顾，寻找装有家具的手推车时，院子里突然涌入了五十多名宪兵，举枪向他们瞄准。学生们都还没想过要把手中的步枪装弹上膛，自然无力抵抗，只能束手就擒，被宪兵们缴械后押解出院门，在大门两侧面墙而立。“往前走！混账东西，把手举高！不准说话！”一个穿便服的凶神恶煞的长官向他们吼道。

就在密谋的学生们被看似随意地集中到院门外的时候，两个宪兵把西莫内排在队尾，恰好位于小巷的拐角处。某一刻，他们听见长官的叫喊，便离开犯人，向院门走去。这就是(约定的)脱身时机。西莫内转过头对离他最近的同学低声说了几句话，两人瞥了一眼已经走远的宪兵，便一跃消失在了小巷的拐角后面，开始撒腿狂奔。

“不好，有人跑啦！”有人喊道。两人一面跑，一面听见同样绕过巷角追来的宪兵的脚步声和叫喊声。西莫内听见了两声枪响：一枪击中了他的朋友，但西莫内未曾担心过那个同学是死是活。对他来说，另一枪只要是依照约定朝天射击便可以放心了。

这会儿，他已经悠闲地走在了另一条街道上，随后又拐入了第二条街道。他能听见从远处传来的追捕他的宪兵们的叫嚷，他们依照命令，跑进了错误的道路。没过多久，西莫内便像一个普通市民一样，穿过城堡广场，回到了自己家中。此时，他的同学们正被生拉硬拽带离酒馆，而他已经顺利脱身。又因为他们被捕时人数众多，而且很快被要求背对宪兵站立，所以很显然没有哪个警务人员记得他的长相。因此，他完全不必离开都灵，大可重新开展自己的工作，甚至去被捕的朋友家中安慰他们的家人。

接下来只剩下和公证人勒博当戈的清算了，一切都按照计划进行。一年后，老公证人在狱中心碎而亡，但西莫尼尼不觉得自己对此负有任何责任：他俩扯平了，他为公证人当了几年狗，换来了公证人传授的一份手艺；公证人害得爷爷倾家荡产，而西莫内也让公证人尝到了这种滋味。

这就是修道院院长达拉·皮科拉透露给西莫尼尼的事情。想必达拉·皮科拉在写下了所有这些回忆之后也感到心力交瘁，因为他对日记的贡献骤然止于一句尚未完成的句子，就好像，他写着写着，突然间陷入了昏迷。

六

为秘密警察效力

一八九七年三月二十八日

院长先生，

我很好奇，为什么一部好端端的日记（只有它的作者才有资格阅读）竟然变成交换信件的媒介。但您瞧，我也正在给您写一封信，我几乎可以确信，您有朝一日会再次来到这里并读到它。

您对我的事知道得太多了。您是个让人厌恶到极点的见证人，而且还严厉得过了头。

没错，我承认一切都是我干的，在对待我那些梦想成为烧炭党人的同学以及勒博当戈的事情上，我的做法有违您大力鼓吹的仁义道德。不过让我们实话实说吧：勒博当戈是个恶棍，如果让我在脑海中把我在那之后的所作所为也全部过一遍，我认为自己只是在对付恶棍的时候才会使出恶棍的手段。至于那些年轻人，他们都是狂热分子，而狂热分子是社会的渣滓，因为他们热衷于自己的活动，或为了一些我无意指名道姓的君主的事业而干劲冲天，而那些事业到头来都化作了战争和革命。因为我已经明白，在这个世界上，狂热分子的数量永远不会减少，所以我最好从他们的狂热中获取自己的利益。

请允许我重新开始我的回忆。我记起来了，我接管了已故的勒博当戈的事务所，而从前和勒博当戈一起伪造公证书的经历并不让我感到吃惊，因为这正是我如今在巴黎还在从事的工作。

现在我对比安科骑士也记得一清二楚了。有一天他对我说："您看，律师，耶稣会士被驱逐出了撒丁王国，但人人都知道他们继续在暗地里活动，发展信徒，这样的事情在所有对他们下达驱逐令的国家均有发生。我还在一份外国报纸上看到过一幅有趣的漫画，画的是一群耶稣会士每年都假装想要回归故土（不消说，他们都被挡在了边境上），为的是不让人发觉他们的会友早已伪装成其他教派的信徒，自由地生活在那个国家。所以说，耶稣会士依然遍布整个王国，而我们必须把他们全都找出来。我们已经了解到，从罗马共和国那会儿起，您爷爷的府上就经常有耶稣会士出入，所以我们认为您很难说没有和他们中的一些人保持联系。因此，我们要求您打探他们的想法和意图，因为我们发觉，耶稣会在法国再次成为一个强大的教派，发生在法国的事情好像也在都灵上演过。"

要说我和那些"善良的"神父还有联系，那纯属胡扯，不过我倒是从可靠人士那里了解到耶稣会士的许多事情。在那些年里，欧仁·苏的最后一部大作《人民的秘密》问世了。那时，他因为长期以来和社会主义者关系紧密，同时还坚决反对路易-拿破仑[1]即位和成立帝国，所以正在萨伏依地区的阿讷西接受流放，而全书刚好赶在他去世前完稿。由于《里昂西修正案》使得报纸无法再刊登长篇连载小说，所以苏的最后一部作品被分割成一套小册子出版。每一本小册子都遭到了各方的严格审查，在皮埃蒙特也不例外，要集齐一整套因此更是难上加难。我还记得自己当时追随故事情节的焦急心情。书中讲述了两个家族的故事，一个是高卢家族，另一个是法兰克家族，从史前时期一直叙述到拿破仑三世时期，这其中，法兰克人是凶恶的统治者，而高卢人似乎从维钦托利时代起就个个都是社会主义者。不过，苏和所有的空想家一样，写书时已经摆脱不了一个特定的魔咒了。

作品的最后一些章节显然是在流放时写成的，当时，路易-拿破仑正在一步步攫取权力，向皇帝的宝座攀登。为了激起人民对路易-拿破仑计划的仇恨，苏想到了一个绝妙的主意：既然从大革命时代起耶稣会就是法兰西共和国的大敌，只需披露路易-拿破仑是如何在耶稣会士的唆使和指导下夺取权力即可。一八三〇年七月革命过后，法国确实也驱逐了耶稣会士，但其实仍有耶稣会士暗中潜伏在法国，而且，自从路易-拿破仑开始他的登帝之路起，人数反而比过去更多了，因为路易-拿破仑为了和教皇保持友好的关系，对耶稣会士采取了宽容政策。

于是，苏在书中编撰了罗丹神父（在《流浪的犹太人》中已经出现过）写给耶稣会会长罗特汉神父的一封万字长信，他在信中

---

① 即拿破仑三世，全名夏尔-路易-拿破仑·波拿巴，是拿破仑一世的侄子。

一五一十地披露了他们的阴谋。小说的情节发展至社会党人和共和党人反对路易-拿破仑政变的最后一次抵抗运动,但苏却设法使读者认为,罗丹神父在写那封信时,路易-拿破仑后来在现实中付诸实现的事情尚处于计划阶段。当读者读到此处时,所有的预言都已经应验,信中的阴谋从而变得越发令人震惊。

我不由得想到了大仲马的小说《约瑟夫·巴尔萨莫》的开头:只需把雷鸣山换成某个更能和教士扯上关系的地方,比如一座古老的修道院的地下室,把聚集在那儿的共济会会员变成来自世界各地的罗耀拉[①]的信徒,再让罗丹神父取代巴尔萨莫发表演说,就大功告成了。瞧,举世阴谋的古老模式在今天也同样适用。

我于是意识到,我所能卖给比安科的不能仅仅是在大街上竖起耳朵听来的闲言碎语,而是从耶稣会士手中窃取的一份完整的文件。当然了,我得做些修改,删掉罗丹神父的名字,改成贝尔加马斯基神父来赌一把,因为没准会有人记得罗丹神父是个小说人物,而贝尔加马斯基神父虽然早已不知所踪,但是在都灵肯定有人听说过他。此外,当苏写作《人民的秘密》时,耶稣会会长还是罗特汉神父,而现在,据说一个叫贝克斯的神父已经取代了他。

这份文件看上去必须像是几乎一字不漏地誊写了某位可信的披露者的消息,而那位披露者绝不能以告密者的姿态出现(因为谁都知道,耶稣会士绝不会背叛耶稣会),倒不如说他是我爷爷的一位老朋友,为了证明他们教派的伟大和无敌而向我爷爷透露

① Ignacio de Loyola(1491—1556),耶稣会创始人。

了那些事情。

我本想让犹太人也出现在故事里，作为对爷爷的缅怀和致敬，只可惜苏在书中对他们只字未提，而我也没法把他们和耶稣会士放在一块儿——况且在那个年代的皮埃蒙特，犹太人完全不是什么大不了的事，没必要给政府的秘密警察的脑中灌输太多的情报，他们需要的只是简洁明了的信息，黑是黑，白是白，好是好，坏是坏，一目了然，而且坏人只能有一个。

然而我不想就此放过犹太人，于是我让他们出现在了故事的背景里。这多少也是一个引起比安科对犹太人怀疑的途径。

我打算设计一桩在巴黎发生、在都灵恶化，但最终能得到控制的事件。我需要把我的耶稣会士们聚集到一个隐秘的场所，就连皮埃蒙特的秘密警察也不太能找到那里，只能打听到一些谣传。与此同时，耶稣会士——这些上帝的息肉——却无处不在，甚至把他们钩子一般的魔爪也伸向了信奉新教的国家。

要想从事伪造文件这一行就必须不断地收集资料，我频繁出入图书馆的原因正在于此。图书馆对我有很大的吸引力：有时我觉得自己仿佛身处火车站的站台棚下，阅读介绍异域风情的书籍时，就仿佛在朝着遥远的国度旅行。就这样，我得以在一本书中发现了几幅描绘布拉格犹太人公墓的精美版画。公墓早已被废弃，在那块弹丸之地上立着大约一万两千块墓碑，不过坟墓的数量应该远不止于此，因为数个世纪以来，最初的地表之上覆盖了一层又一层泥土。公墓遭废弃后，一些坟墓被人加高过，墓碑也随之升高，从而呈现一种石碑参差不齐、东倒西歪的景象（也许是犹太人不经意把它们摆成那样的，因为他们不具备任何美感和秩序感）。

我能用得上那个废弃的公墓的另一个原因是它的不合理性：耶稣会到底在策划什么阴谋，以至于决定在一个犹太人的神圣场所集会？他们如何控制了那个被世人遗忘的、也许没人能找到的场所？所有的问题都没有答案，但这会使我的故事更加可信，因为我知道，比安科坚信，如果所有的事情都完全能解释得通，那这个故事就一定是捏造的。

作为大仲马的忠实读者，我欣然把那个夜晚和那场盛会描述得阴森恐怖，阴暗的墓地在一轮新月惨白的月光照耀下露出了轮廓，耶稣会士围成一个半圆，他们都戴着黑色的宽檐帽，从高处看去，地面上就好像爬满了蟑螂——或者，我还可以形容一下贝克斯神父在宣布他们这些人类的敌人的阴险意图时发出的魔鬼般的嗤笑（我父亲的在天之灵会为此感到高兴的，唉！我在说什么呢，父亲应该在地狱的最底层，上帝很可能让马志尼党人和共和派都下了地狱），然后再描写一下罪恶的耶稣会使者们，他们拥出公墓，向他们建立在世界各地的所有教堂宣布全新的征服世界的恶魔方案，如同一群黑色的乌鸦，在经历了一夜的暴风雨后于黎明的苍白天色中动身起飞。

不过我应当写得简洁精练，符合秘密报告的风格，因为谁都知道，秘密警察不比文学家，看报告从来翻不过两三页。

那么，根据我虚构的披露者的陈述，在那个夜晚，从各个国家赶来的耶稣会代表聚集在布拉格，听取贝克斯神父的讲话。他向在场的所有人介绍了贝尔加马斯基神父，后者经过上帝安排的一系列事件，已然当上了路易-拿破仑的顾问。

……或者，我还可以形容一下贝克斯神父在宣布他们
这些人类的敌人的阴险意图时发出的魔鬼般的嗤笑
（我父亲的在天之灵会为此感到高兴的，唉！
我在说什么呢，父亲应该在地狱的最底层，上帝
很可能让马志尼党人和共和派都下了地狱）……

贝尔加马斯基神父汇报了路易-拿破仑·波拿巴正在以行动证明的对耶稣会指令的服从情况。

“我们应当为波拿巴鼓掌叫好，”贝尔加马斯基神父说，“因为他利用诡计欺骗了革命党人，假装接受了他们的学说；他凭借自己的才干密谋推翻了路易·菲利普，促成了那个不信神的政府的垮台；而且他忠实地履行我们的决议，一八四八年，他以真诚的共和派的形象出现在选民面前，使自己顺利当选为法兰西共和国的总统。我们也不应该忘记他在毁灭马志尼的罗马共和国和恢复教皇的地位中所做的贡献。”

“拿破仑，”贝尔加马斯基神父继续说道，“为了彻底消灭社会主义者、革命党人、哲学家、无神论者和所有鼓吹国家主权、审查自由、宗教自由、政治自由和社会自由的无耻理性主义者，打算解散立法议会；以阴谋罪的名义逮捕人民代表；颁布巴黎的戒严令；不经审讯就枪决在街垒处抓到的持有武器的人；把最危险的人全部送往卡宴[①]；取缔出版自由和结社自由；把部队撤回要塞，从那里炮轰首都，将巴黎彻底摧毁、烧为灰烬；最后，在现代的奢华糜烂的巴比伦淫城的废墟上迎接天主教的、罗马教皇的教会的凯旋。在那之后，他会召集人民进行普选，从而将自己的总统任期延长十年，并随后把共和国改造成面目一新的帝国——普选是对抗民主的唯一手段，因为它能让农民也参与其中，而这些人目前依然遵从他们的本堂神父的教诲。”

① Cayenne，法国历史上政治犯流放处刑地，位于法属圭亚那。

最有意思的是贝尔加马斯基神父在结束时说的话，和皮埃蒙特的政策有关。我在此处借贝尔加马斯基神父之口宣布耶稣会今后的意图，不过，在我撰写他的汇报之时，这些意图已经完全变为现实了。

“维托里奥·埃马努埃莱这个懦弱的国王梦想着建立意大利王国，而他的大臣加富尔则大力支持他的梦想。他们二人不仅打算把奥地利人从半岛上赶出去，还企图粉碎教皇的俗权。由于他们向法国寻求支持，因此只要许诺帮助他们对抗奥地利人，同时索要萨伏依地区和尼斯作为回报，就能轻易将他们拖入一场对抗俄国人的战争。之后皇帝佯装支援皮埃蒙特人，但是——在经历了几场微不足道的局部胜利后——又与奥地利人私下议和，保留他们在意大利剩余的领地，并支持建立一个由教皇统治的、奥地利也参与其中的意大利联邦。如此一来，半岛上仅存的皮埃蒙特自由政府就会受到法国和罗马的双重统治，处于占领罗马的和驻扎在萨伏依地区的法国军队的控制之下。”

文件制作完成了。我不知道控诉拿破仑三世是撒丁王国的敌人能让皮埃蒙特政府有多高兴，但我凭直觉知道，对秘密警察而言，一份能用来敲诈政府成员或引发恐慌甚至颠覆时局的文件即便目前并非立即用得着，也总是有用的。我后来的经历也证实了这一点。

事实是，比安科仔细地阅读了报告。他把目光从那些纸上抬起来，盯着我的脸，对我说那是最重要的材料。我又一次确信，当间谍出售某个未曾公开的消息时，只应讲述在任何一本旧书里都能找到的故事。

不过，尽管这份文件里没有多少文学作品的痕迹，但因为比安科对我太过了解，所以他又带着阴险的神情补充道："这肯定全是您捏造的。"

"拜托！"我愤愤地说道。但是他抬起一只手打断我，说："您别激动，律师。即使这份文件是您本人的作品，我和我的长官也都会认为应该把它当作真实的文件上交给政府，有件事您可能听说过，因为它已经是'教皇发表祝福——尽人皆知'了。我们的加富尔大臣深信自己牢牢掌握了拿破仑三世，因为他使了美人计，派卡斯蒂利奥奈伯爵夫人去勾引拿破仑三世。她是一位美艳的夫人，这一点谁也不能否认，拿破仑三世这个法国佬不费吹灰之力就能尽享她的美貌。然而后来大家发觉，拿破仑三世并没有照加富尔的想法去做，而卡斯蒂利奥奈伯爵夫人被白白占了便宜却到头来一事无成。或许她自己觉得很享受，但我们不能让国家事务依赖于一位不太正经的夫人的生理欲望。当务之急是让我们的国王陛下对波拿巴起疑心。现在就能预料到，过不了多久，加里波第或马志尼或他们两人一起就会组织一场赶赴那不勒斯王国[①]的远征。一旦这项事业取得成功，皮埃蒙特政府就必须进行干预，以防那些土地落入疯狂的共和派之手，而那样做就需要沿着大靴子通过教皇的领地。因此，使我们的国王对教皇产生怀疑和怨恨，并使其对拿破仑三世的建议不予以太大的重视，是实现这个目标的必要条件。您将会明白，亲爱的律师，多数情况下，决

① 一八一六年起，那不勒斯王国和西西里王国合并为两西西里王国，那不勒斯国王也是两西西里国王。

定方针政策的是我们这些地位卑微的国家公职人员，而不是人民眼中的治国者……”

那份报告是我第一份真正花费了心思的作品。不同于胡乱涂两笔后卖给某个人作私用的遗嘱，我这次制作的是一份加入了复杂的政治元素、也许有利于撒丁王国的决策的文件。我记得自己当时对它颇为得意。

在此期间，我们迎来了一八六〇年那道坎儿。“坎儿”是对国家而言的，和我没有太大的关系，我仅仅是漠然地注意着发生的事件，在咖啡馆里偷听别人的闲谈，因为我的直觉告诉我，我很可能需要一直和政治打交道。我认为用于伪造文件的最有价值的消息将会是闲人们热衷的话题，而经蹩脚的记者转述的那些看似查明的事件却不足为信。

我由此知道了托斯卡纳大公国、摩德纳公国和帕尔马公国的人民都推翻了他们各自的国王；所谓的艾米利亚-罗马涅教皇国北部辖地摆脱了教皇的统治；所有国家都要求并入撒丁王国；一八六〇年四月，在帕尔马爆发了起义；马志尼给起义首领去信说，加里波第将会赶去支援他们；人们私下里议论，说加里波第在为他的远征召集人马，筹集资金和武器，而波旁王朝的海军则已经开始在西西里海域巡逻，以阻止敌人的一切远征行动。

“您知道吗？加富尔派了他的一个叫拉法利纳的心腹去监视加里波第。”

“您在瞎说些什么呢？总理批准并签署了一项购买一万两千

支步枪的决议，正是买给加里波第志愿军的。”

“不管怎么说，武器的运送被封锁了，是谁干的？是皇家宪兵！”

“哪有被封锁，加富尔给武器的运送提供了方便，这让我感到很高兴，真的。”

“没错，只不过那些不是加里波第期待的精良的恩菲尔德步枪，而是一堆废铜烂铁，英雄大人至多只能用它们来打云雀！”

“我听王宫的人说的，您别问我是谁说的，听说拉法利纳提供给加里波第八千里拉和一千支步枪。”

“是的，可是原本应该有三千支步枪，却被热那亚总督扣下了两千支。”

“和热那亚有什么关系？”

“因为热那亚总督一点儿也不希望加里波第骑着骡子去西西里。他签署了一份购买两艘船的契约，红衫军应该会从热那亚或附近的港口启程。你们知道谁为付款提供了担保？是共济会，确切地说是共济会的一个热那亚支部。”

“哪来的什么支部，共济会是耶稣会士捏造出来的！”

“您快住口吧，别说是共济会干的，不然谁都知道了！”

“轻点声。我从可靠人士那里得知契约上的签名中有（说话者的声音此时变成了私语）里卡尔迪律师和内格里·圣弗龙将军……”

“这些占督雅[1]是什么人？”

---

① Gianduja，意大利艺术喜剧中的一种面具。此处指里卡尔迪和内格里对提问者来说就好像是戴着占督雅面具的都灵人，其真实身份不得而知。

……“哪来的什么支部，共济会是耶稣会士捏造出来的！”
“您快住口吧，别说是共济会干的，不然谁都知道了！”……

“您不知道吗？（声音轻得快听不见了）他们是特务局的头头，或者称为高级政治监管局更恰当些，它是总理的情报部门……他们的权力很大，比总理还显得重要，瞧瞧他们是什么人，当然是共济会会员。”

“我没听错吧？可以既加入特务局，又加入共济会吗？得了，饶了我吧。”

五月五日，加里波第率领一千名志愿军出海驶往西西里岛的消息成了众所周知的消息。在红衫军中，皮埃蒙特人不过才十来个，外国人也有一些，律师、医生、药剂师、工程师和地主占了很大的比重，平民百姓则很少。

五月十一日，加里波第红衫军在马尔萨拉登陆。波旁王朝的海军上哪儿防守去了？可能他们被停泊在马尔萨拉港内的两艘英国军舰吓跑了。英国人在马尔萨拉的名贵葡萄酒贸易非常红火，英国军舰名义上是在保护他们同胞的财产，但有没有可能是在协助加里波第呢？

总之，在短短几天的时间里，加里波第的千人军（传闻已经这么称呼他们了）在卡拉塔菲米击溃了波旁王朝的军队，并且得到了当地志愿军的支援，人数大增。加里波第以维托里奥·埃马努埃莱二世的名义宣布自己为西西里的独裁官。五月底，千人军又攻下了巴勒莫。

而法国呢，法国有什么反应？法国似乎在谨慎地观望，但有一个如今比加里波第还知名的法国人——伟大的小说家亚历山大·仲马——也携带金钱和武器，乘坐他的私人船只“爱玛号”赶去和解放者会合。

因为那不勒斯军将领的变节，红衫军在多处取得了胜利，这让身处那不勒斯的可怜的两西西里国王弗朗切斯科二世惊恐不已。弗朗切斯科赶紧向政治犯颁布了大赦令，并将已被废除的一八四八年《宪法》重新提上了议程，但为时已晚，就连他的王国的首都也有随时爆发人民暴动的危险。

六月初，我收到了比安科骑士的一张便条，要我于当天午夜在我的事务所门前等候一辆马车。虽说是一次单独会面，但我怀疑这里头非同寻常。当时都灵正被酷暑所笼罩，深夜里，我挥着汗站在事务所门前，等来了一辆车厢紧闭、窗帘拉上的马车。车夫是一位陌生男子，他领我去了某个地方——似乎离市中心不太远，我甚至觉得马车在兜圈子，有两三次走了同样的道路。

马车在一幢陈旧的平民公寓的庭院中停了下来。庭院已经荒废，破旧得只剩下断裂的围栏。我被带着穿过一扇小门，进入门后的一条长走廊，然后从走廊尽头的另一扇小门走进了一幢完全是另外一番景象的楼房的门廊。门廊通往一部宽大的楼梯，不过我们没从那儿上楼，而是由门廊尽头的一部小楼梯而上，最后进入了一间会客室。会客室的四壁装饰着锦缎，最里边的那面墙上挂着国王的巨幅肖像，有四个人围坐在一张铺着绿毯的桌旁，比安科骑士便是其中之一，他把我介绍给了其他几位先生。所有人都没有和我握手的意思，仅仅冲我点了点头。

“请坐，律师。您右手边的这位是内格里·圣弗龙将军，您左手边的这位是里卡尔迪律师，坐在您正对面的是波吉奥教授，他是瓦兰扎波选区的众议员。”

据我从咖啡馆中听来的议论，我认出头两位要员就是高级政治监管局的顶层人物，(据《人民的声音》称)将会帮助加里波第志愿军购买那两艘大名鼎鼎的船只。至于第三位要员，我只对他的名字有印象：他是一位记者，才三十岁便已经是法学教授和众议员，与加富尔一直走得很近。他长着一张红通通的面孔，上面装饰着两撇八字胡，戴的单片眼镜就好像杯子底儿，看起来像是世界上最善良的人。然而在座其他人对他表现出的尊敬态度揭示了他在政府中的权威地位。

内格里·圣弗龙首先开口说道："亲爱的律师，鉴于您收集情报的能力和在处理情报时的细致慎重的态度，我们打算委托您前去加里波第将军新近征服的地区执行一项极为艰巨的任务。您别摆出一副担忧的表情，我们并没有打算委托您带领红衫军发动进攻。您所要做的是给我们输送消息。但为了让您知道哪些是政府感兴趣的信息，我们必须告诉您一些会被我毫不犹豫地定性为国家机密的事情，您因而会明白，从今夜起直至您完成任务的那一天，甚至在再往后的日子里，您需要表现得有多谨慎，换句话说，您必须保护好自己的人身安全，这自然也是我们非常重视的问题。”

再没有比这番话更有策略的用词了。圣弗龙极其重视我的人身安全，为此他警告我说，如果我四处传播接下来我将要听到的事情，就是在拿我的人身安全作极大的冒险。但这段开场白让我预感到我将要面对的事情的严重性和任务的重要性。因此，我恭恭敬敬地点了下头表示认可，示意圣弗龙继续说下去。

“波吉奥众议员是向您解释情况的最佳人选，这也是因为他所获得的情报和要求都来自和他的关系非常亲近的最高层。教授，请说吧……”

“您瞧，律师，”波吉奥开始说道，“在皮埃蒙特，没有人比我更钦佩那个正直高尚的人，也就是加里波第将军。他在西西里率领一小队勇士迎战欧洲装备最精良的军队之一，他所做的那些事情真的是奇迹。”

波吉奥这段开场白足以使我认为，他是加里波第最凶恶的敌人，但是我决定安静地听下去。

“然而，”波吉奥继续说道，“即便加里波第真的代表我们的国王维托里奥·埃马努埃莱二世担任占领区的独裁官，那些在他后面支持他的人也完全不会赞同他的这个决定。马志尼不断给加里波第煽风点火，好通过南部的大规模起义促成共和国的成立。我们清楚这位马志尼先生有多么强大的说服力，他自己在国外享清福，却说服了许多蠢货去送死。在将军最亲密的战友中有两个名叫克里斯皮和尼克泰拉的人，他们是最正统的马志尼党人，给将军造成了恶劣的影响，让他意识不到别人的恶毒用意。好，我们挑明了说吧：加里波第马不停蹄地向墨西拿海峡进军，想尽快渡过海峡进入卡拉布里亚。他是个高明的战略家，手下有一群热情高涨的志愿军，许多西西里的岛民不知是因为爱国热情的驱使还是为了投机而和他们联合在一起，而许多波旁王朝的将领却表现得太过缺乏指挥能力，不禁使人怀疑暗中的贿赂导致他们的军事才能衰退。我们无法告诉您我们怀疑这批贿款出自谁之手，反止肯定不会是我们的政府。如今西西里岛已经在加里波第手中，如果卡拉布里亚和那不勒斯也落入他之手，他在马志尼党人与共和派的支持下将会拥有一个有九百万人口的王国的所有资源，并在人民中享有不可抵挡的威望，从而比我们的国王更加强大。为了避免这场灾祸发生，我们的国王只有一种选择：率军南下，以某种和平的方式经过教皇国，赶在加里波第之前抵达那不勒斯。您明白了吗？”

“明白了。但我不知道自己怎么能够……”

“您别急。加里波第的远征是受爱国热情的鼓舞，但为了介入远征对其进行管束，或者更确切地说，对它进行压制，我们必须有能力通过广为传播的言论和报上的文章证明，远征已经被虚伪、堕落的人腐蚀，这样皮埃蒙特政府的干预才会显得有必要。”

“总之，”一直没有开口的里卡尔迪律师说，“还有一些问题您需要注意。没有必要损害民众对加里波第远征的信心，但要削弱革命政府已获得的人心。加富尔伯爵把拉法利纳派去了西西里。他是个了不起的西西里爱国者，本应被流放，因此应该能赢得加里波第的信任，但他同时也是我们的政府长期以来可靠的合作者，他组建了意大利民族协会，主张将两西西里王国并入一个统一的意大利王国。拉法利纳负责查清一些已经传到我们耳中的令人无比担忧的传闻。看起来，加里波第似乎出于好意和自认不够格，正在那边建立一个和所有政府截然相悖的政府。将军显然控制不了一切，他的正直是不容置疑的，但他会把那个共和国交到谁的手中？加富尔在等待拉法利纳带回一份关于一切可能存在的盗用公款行为的完整报告，然而马志尼党人千方百计地将他与人民隔离，也就是说，不让他接触最容易从中收集到有关丑闻的实时消息的那些阶层。”

“我们局无论如何也只会在一定程度上信任拉法利纳，”波吉奥插话道，“我不是要批评他，没有的事，但他也是个西西里人。虽说西西里人也可能正直，但和我们总是有差别的，您觉得呢？我们会给您一封写给拉法利纳的介绍信，您可以找他帮忙，但您有较大的行动自由，不要仅限于收集证据，而是（和您过去常做的那样）当证据不足时自己也能制作出相关的证据。”

“我以什么形式、什么身份去那里呢？”

“和往常一样，我们把一切都考虑到了，”波吉奥笑着说，“有一位著名的小说家您可能有所耳闻，就是大仲马先生，他正乘坐他的私人船只‘爱玛号’赶去巴勒莫和加里波第会合。我们不太清楚他去那儿做什么，也许他不过是想写一些有关加里波第远征的故事，也许他是个虚荣的人，想炫耀他和英雄的交情。总而言之，我们了解到在大约两天后他的船会停靠撒丁岛的阿尔扎凯纳湾，那里是我们的地盘。您后天天一亮就动身，去热那亚乘我们的一艘小船前往撒丁岛，在那里您会赶上大仲马，而他会对您所持有的委派函的签发人满怀感激和信任之情。您的身份是波吉奥教授主持的报纸的特派记者，被派往西西里岛去撰写歌颂大仲马以及加里波第事业的文章。这样一来您就加入了这位小说家的随从队伍，和他一起在巴勒莫登陆。相比独自到达巴勒莫，和大仲马一起到达会增加您的声望，给您带来意想不到的效果。在那里，您既可以在红衫军内部活动，也可以和当地人进行交往。还有一封信是由一位受人尊敬的知名人士所写，您可以凭借它获得涅沃[1]上尉的信任。他是一位年轻的红衫军军官，应该已被加里波第任命为副总军需官。您瞧，早在‘伦巴第号’和‘皮埃蒙特号’这两条将加里波第送往马尔萨拉的船只起航时，涅沃便负责管理作为远征经费的九万里拉中的一万四千里拉。我们不太明白为什么恰恰是涅沃被委以这样的管理工作，因为我们听说他是个文人，不过似乎外界评价他是一个极为廉洁的人。他会很乐意与一位为报纸撰稿，而且和著名的大仲马交朋友的人交谈。”

在那晚剩余的时间里，我们商定了这项任务的技术性问题和报酬。第二天，我关闭了事务所，使其进入不定期歇业状态，随后收拾了一些亟须的破玩意儿，又灵机一动，把贝尔加马斯基神父的教袍也随身带上。这件教袍被它的主人遗留在了我爷爷的屋子里，我赶在债主们收走所有东西前把它抢救了出来。

---

① Ippolito Nievo(1831—1861)，意大利作家，青年时代即献身于民族解放运动。代表作有《一个意大利人的自白》等。

七

追随千人军

一八九七年三月二十九日

昨天夜里，我在楼下旧货店里一只五斗柜深处的旧纸堆里翻到一捆卷起的纸，上面记录着一八六〇年六月至一八六一年三月之间我的西西里之行的流水账，很可能是为了向都灵的委托人提交一份详细的报告而留存的草稿。要不然，我真不确定自己是否能够想起所有的事来，尤其是那次旅行的体会。笔记并不完整，肯定是因为我只记下了我认为重要或我想要使其显得重要的信息。至于我没有提到的事情，我一概记不得了。

六月六日，我登上了“爱玛号”，受到了大仲马极为热烈的欢迎。他身着一件质地柔软的浅褐色礼服，看起来无疑像——也的确是——一个混血的杂种：黄褐色的皮肤，肥厚肉感的双唇向外凸出，一头和非洲的原始人一般的鬈发。除此之外，他给我的印象是有神而嘲弄的目光、亲切的微笑和美食家一样的浑圆体型……我想起了有关他的许多传闻：在巴黎，一个花花公子当着他的面恶毒地提起研究原始人和低等生物之间联系的最新学说。大仲马回答说："是的，先生，我的祖先是猴子。但您，先生，猴子是您的祖先！"

大仲马向我介绍了船长博格朗、二副布雷蒙和舵手波迪马塔斯（这个家伙长得像野猪一样，浑身长满了毛，满脸都是纠结在一块儿的胡子和头发，让人觉得他刮胡子的时候只刮了眼白），并特别介绍了厨师让·布瓦耶——从大仲马的身形来看，我觉得厨师是船员中最重要的人物。大仲马出行时总会带着一大群随从，和从前的贵族一个样。

在陪我前往船舱的路上，波迪马塔斯告诉我，布瓦耶的拿手菜是豌豆芦笋，它的配方很古怪，因为在那道菜里根本就没有豌豆。

我们的船绕过卡普雷拉岛，不作战的时候，那儿是加里波第的藏身之地。

"您很快就会见到将军了。"大仲马对我说。他一谈起加里波第，脸上顿时焕发出仰慕的神情，"他长着一副金黄色的大胡子和一双蓝眼睛，就像达·芬奇的《最后的晚餐》里的耶稣。他的一举一动都散发着优雅的气质，他的声音无比动听。他似乎是一个冷静的人，但如果您在他面前提起'意大利'和'独立'这两个词，他就会热情勃发，像火山喷射出火焰和熔岩流一般。他上战场时从不携带武器；从战斗开始的那一刻起，他便抽出手边摸到的第一把军刀，丢掉刀鞘，向敌人猛扑过去。他只有一个弱点：他自以为是玩滚球游戏的好手。"

……“您很快就会见到将军了。”大仲马对我说。他一谈起加里波第，脸上顿时焕发出仰慕的神情，“他长着一副金黄色的大胡子和一双蓝眼睛，就像达·芬奇的《最后的晚餐》里的耶稣。”……

不久之后，船上发出了好大一阵响动。似乎是在科西嘉岛的南部海域，水手们发现了一只巨大的海龟，正准备把它捕捞上来。大仲马激动不已。

“咱们有得忙了。需要先把海龟转过身来，背部朝下，愚蠢的海龟会伸长脖子，我们就利用它这个冒失的动作切下它的脑袋，‘喀’，然后系住它的尾巴，吊起来放血十二个小时。然后，我们再把它翻过来，背朝下，用锋利的刀片切开它的腹甲和背甲之间的部位，要特别小心，不要割破龟胆，不然就不好吃了。随后我们掏出内脏，只留下肝，海龟体内透明的糊状物没有任何用处，但有两瓣白色的龟肉，不论从颜色还是味道来看，都像是小牛的大腿肉。最后，我们割下它的四肢、脖子和鳍，把它的肉切成核桃大小，洗净后放入一锅美味的肉汤里，与胡椒、丁香花蕊、胡萝卜、百里香、月桂一起用文火煮三四个小时。在此期间，我们要准备一些鸡柳，用欧芹、葱和鳀鱼调好味，放入沸腾的肉汤里煮熟，控干水分后撒在海龟汤上，然后在汤里倒三四杯马德拉干白葡萄酒。如果没有马德拉干白葡萄酒，也可以用马尔萨拉白葡萄酒，外加一小杯烧酒或朗姆酒，但那样味道会差很多。明天晚上我们就可以喝到海龟汤了。”

虽然他的血统很令人怀疑，但我还是对这个钟爱美食的人产生了好感。

（六月十三日）前天，“爱玛号”抵达巴勒莫。城里来来往往的都是穿红衫的人，好像走进了一片虞美人花田。不过，也有很多加里波第志愿军没有配备统一服装和武器，一些人不过是穿着便装，头上戴一顶插着一根羽毛的破帽子。红色的布料此时已经非常稀缺了，一件红色的衬衫值好大一笔钱。当地的许多贵族子弟在最初几场最血腥的战斗结束后才加入红衫军，然而他们手头的红衬衫的数量或许比从热那亚出发的志愿军所拥有的还要多。比安科骑士给了我充足的经费，用于在西西里岛上生活，所以我很快就弄到了一套有足够磨损度的制服，使自己看起来不至于像刚到西西里的公子哥儿。制服的衬衫因为多次洗涤已经褪为粉色，裤子破烂不堪，但光是衬衫就花了我十五法郎，而同样的价钱在都灵能买到四件那样的衣服。

岛上所有的东西都贵得离谱，一只鸡蛋卖四个苏，一磅面包卖六个苏，一磅肉卖三十个苏。我不知道这是因为岛上物资匮乏，而占领者正在逐渐耗尽仅有的那一点食物，还是因为巴勒莫人把红衫军看作天上掉下的馅饼，决心尽可能地榨干他们。

两个大人物在元老宫的会面极富戏剧性（“和一八三〇年的巴黎市政厅一样！”大仲马兴奋地说），很难判断两人之中谁的喜剧天赋更高。

“亲爱的大仲马，我天天都在想您！”加里波第将军高喊道，又因为大仲马向他表示祝贺而回答说，“不属于我，不属于我，而是属于志愿军。他们才是伟大的人！”随后他又吩咐手下，“你们马上给大仲马先生准备王宫里最好的套房。再怎么做都不足以感谢一个来信说会带来两千五百人、一万支步枪和两艘汽船的人！”

我用怀疑的目光打量着眼前的英雄。自从我父亲死后，我对英雄总是心存怀疑。大仲马向我描述他时，把他说得像太阳神阿波罗一样俊美，但在我看来，他身材矮小，胡子的颜色不是金黄色，而是浅黄色，双腿短而罗圈，从他走路的姿势来看，我估计他患有风湿病。我看到他上马时有些费劲，需要依靠两个手下帮忙。

傍晚时分，有一群人聚集在王宫外高呼："大仲马万岁，意大利万岁！"作家的脸上洋溢着欣喜的神情，但我觉得这是加里波第安排的，因为他知道自己的朋友是一个自负的人，同时他也需要大仲马许诺的步枪。我混在人群中，试图听明白他们用像非洲土话一样令人费解的方言在说些什么，有一段简短的对话没能逃过我的耳朵：一个人问另一个人，他们高呼万岁的那个大仲马究竟是谁，另一个人回答说，大仲马是一位富得流油的切尔克西亚亲王，来西西里岛把他的钱都捐给加里波第。

大仲马向我介绍了将军的一些手下。我被加里波第的一名中尉——可怕的尼诺·比克索——凶狠的眼神吓到了，以至于我竟离开了王宫。我得找一家出入不会被人察觉的小旅店。

如今，在西西里人眼中，我是加里波第志愿军的一员，而在志愿军眼中，我却是一名自由的专栏记者。

我第二次见到尼诺·比克索时，他正骑着马走在城里。据说他才是这次远征的真正的军事领袖。加里波第心不在焉，总是在为明天做打算，在进攻和鼓舞追随他的士兵方面很有一套；但比克索着眼于当前，对部队训练有方。当他经过时，我听见不远处有一个志愿军对他的同伴说："你瞧，多么可怕的眼睛，恶狠狠地瞪着四周。他的侧脸像刀锋一样犀利。比克索！光是名字就让人觉得劈下了一道闪电。"

加里波第和他的中尉们无疑在这些志愿军中间有很大的魅力。这可不妙，为了维护王国的利益与安宁，太有魅力的领导者很快就会被砍头的。我的那些身在都灵的雇主们说得有理：绝对不能让加里波第的神话向北传播，否则王国的所有公民都会穿上红衬衫，意大利也就变成一个共和国了。

（六月十五日）和当地人交流非常困难。我唯一搞清楚的是，正如他们所说，他们会尽可能敲诈所有看起来像是来自皮埃蒙特的人，虽说在红衫军中皮埃蒙特人少得可怜。我找到了一家小酒馆，在那里花一点儿钱就能吃上一顿晚饭，品尝一些名字很难发音的食物。那家以脾脏为馅料的圆面包简直能把人噎死，不过就着自酿的美味葡萄酒，我倒还能吃下不止一个。用餐过程中，我和两名志愿军交上了朋友。一个叫阿巴，利古里亚人，二十岁出头，另一个叫邦迪，是里窝那的记者，和我年龄相仿。听了他俩讲述的故事，我得以在脑中重建了红衫军在西西里岛登陆和最初几场战斗的情形。

"唉，你要知道，亲爱的西莫尼尼，"阿巴对我说，"在马尔萨拉的登陆就是一出闹剧！喔，在我们前方是波旁王朝的军舰'斯特龙博利号'和'卡普里号'，而我们的'伦巴第号'触礁了。尼诺·比克索说，与其让敌人缴获一艘完好无损的船只，不如让他们拖一条底部破了洞的船回去，我们甚至应该把'皮埃蒙特号'也凿沉了。太浪费了，我心想，但是比克索说得对，不能把两艘船拱手让给波旁军，而且伟大的指挥官都会采取登陆后焚毁船只的做法，逼得你只能前进，不能后退。'皮埃蒙特号'开始登陆后，'斯特龙博利号'向我们开炮，打出的却是哑炮。停在港口的一艘英国军舰的舰长前去'斯特龙博利号'交涉，告诉舰长说岸上有英国公民，对方需要为发生的一切国际事故负责。你知道，英国人在马尔萨拉靠做葡萄酒生意赚得了大钱。波旁军的舰长说他才不管什么国际事故，下令继续开炮，但是大炮又哑火了。当波旁王朝的军舰终于成功射出几炮时，除了一条狗被炸成两截外，没有任何人受伤。"

"那么英国人是在帮助你们啰？"

"这么说吧，他们静静地夹在中间，以阻碍波旁军的行动。"

"将军和英国人是什么关系？"

阿巴做了个手势，似乎是为了表示像他那样的步兵只管服从命令，不问多余的问题。"你一定要听听这件事，真的很逗。进城后，将军下令占领电报局，切断那里的线路。一名中尉和一些士兵被派去执行这个任务。发报员一看见他们就撒腿跑了。中尉走进发报间，看到一份刚刚发送给特拉帕尼的波旁军指挥官的电报副本，上面写着：'两艘悬挂撒丁王国国旗的轮船刚刚进港，船上人员上岸。'恰恰在这时，回复的电报到达了。一名志愿军曾是热那亚电报局的雇员，他把电文翻译了出来：'有多少人？为什么上岸？'中尉让他回复：'抱歉，我搞错了；是两艘来自古尔琴蒂的装载硫黄的商船。'特拉帕尼方面的反应是：'蠢货。'中尉乐呵呵地接受了，切断线路后便离开了电报局。"

“咱们还是说些真实的情况吧，”邦迪插话道，“登陆行动并不像阿巴所说的完全是一场闹剧。当我们上岸时，炮弹和机枪子弹终于向我们飞了过来。我们觉得很好玩，这是真的。在枪林弹雨中出现了一个胖乎乎的老修士，他把帽子拿在手中，向我们表示欢迎。有人喊道：‘噢，修士，你来这儿是为了震聋耳朵吗？’但加里波第朝他挥了挥手，问道：‘小修士，您想要干什么？难道您没有听到这些子弹在嗖嗖响吗？’修士说：‘子弹吓不倒我；我是圣方济各的信徒，是意大利的孩子。’‘那您是站在人民的一边喽？’将军问道。‘在人民一边，在人民一边。’修士回答。于是我们明白，马尔萨拉是我们的了。将军派克里斯皮去税务局，以意大利国王维托里奥·埃马努埃莱的名义征用了所有的税款，打了一张收据后便将税款带回，交给了军需官阿切尔比。意大利王国还不存在，但克里斯皮开给税务员的收据是第一份称维托里奥·埃马努埃莱为意大利国王的文件。”

我借着他的话题顺势问道：“可军需官不是涅沃上尉吗？”

“涅沃是阿切尔比的副手，”阿巴肯定地说，“他那么年轻就已经是大作家了，真正的诗人，额头上闪耀着天才的光芒。他总是独来独往，凝望着远方，好像要进一步扩大自己的视野。我觉得加里波第就快任命他为上校了。”

这下轮到邦迪来爆料了：“在卡拉塔菲米，他因为要分发面包，留在了靠近后方一些的位置。当他听到博塞蒂喊他加入战斗时，便立刻投身于混战之中，张开斗篷向敌人扑去，就像一只巨大的黑鸟从天而降，斗篷上转眼间就被子弹射了个洞……”

这些话足以使我对涅沃这家伙心生厌恶。他应该和我同岁，却已经被视为大人物。一名战斗的诗人。你要是在敌人面前张开你的斗篷，那上面必然会被射出洞来。要想炫耀自己的战斗经历，斗篷上留个洞可比胸口上留个洞强多了……

阿巴和邦迪这时又谈论起了卡拉塔菲米之战。那场胜利是一个奇迹，战斗的一方是一千名红衫军，另一方则是装备精良的两万五千名波旁军。

“加里波第冲在最前面，”阿巴说道，“他穿着一件红色的衬衫，戴一顶匈牙利式的帽子，骑在一匹大维齐尔[①]才有的栗色马上，马鞍华丽极了，有镂空的马镫。在萨莱米，我们得到了当地志愿军的支援。大批武装到牙齿的山民从四面八方骑着马或步行来加入我们，真是邪乎，有些人长着一张暴徒的面孔，两只眼睛就像是枪口一样。不过带领这些山民的却是当地的绅士，他们是那个地区的地主。萨莱米是一个肮脏的市镇，街道分布得像笊篱一样，好在修士们拥有不错的修道院，我们就在那里借宿。在那些日子里，我们听说了各种版本的有关敌人的情报：他们有四千人，不对，有一万人，两万人，骑着马带着大炮，他们在北面设防，不对，是在南面，他们推进了，他们撤退了……突然间，敌人出现了。他们似乎有五千人，不过我们当中也有人说他们有一万人。我们和敌人之间隔着一片荒芜的平原。那不勒斯轻步兵从高地向下进军，那么镇定，那么自信，看得出来他们训练有素，不像我们这些衣着破烂的人。他们的军号发出的声音是那么凄凉！午后一点半时，已经行进到仙人掌丛边的那不勒斯轻步兵开始了第

---

① Grand Vizir，奥斯曼帝国中苏丹以下职务最高的大臣，相当于宰相。

一轮射击。‘不要还击，不要开枪还击！’我们的上尉们大喊。但是敌人射出的子弹就从我们的头顶上呼啸着飞过，没有人能够冷静得下来。我们听见了一声枪响，随后又是一声，再接着是将军的号兵吹响的军号声和奔跑的脚步声。子弹像冰雹一样砸下来，朝我们轰炸的大炮在山头上扬起了一大团烟雾。我们穿过平原，击溃了敌人的第一道防线。我转过头，看见加里波第把一把带鞘的剑架在右肩上，在小山上缓缓地徒步前进，严密注视着整个战局。比克索朝他飞奔过去，想让他和他的马一起找个地方隐蔽起来，对他大喊道：‘将军，您这是想寻死不成？’将军回答说：‘还有什么比为我的祖国而死来得更光荣？’说罢他继续向前走，毫不在意像冰雹一样落下的子弹。我那一刻担心将军因为觉得输定了，所以才想寻死。但很快我们的一门大炮也在路当中吼了起来。我们觉得像是得到了一千个人的增援。前进，前进，前进！耳朵里只有吹响了冲锋信号的一刻也不停的军号声。我们握着上了刺刀的步枪，翻越了梯田的第一层、第二层、第三层，向山上爬去。波旁军的各营向更高处撤退，他们集中在一起以后好像实力大增。我们觉得没法再和他们作战了，因为他们全都在山顶上，而我们在半山腰附近和悬崖边，体力也用完了，个个筋疲力尽。有那么一会儿，他们在上头，我们在下面，都停止了开火。四下里有一些零星的枪响，敌人把大块的石头推下山坡，朝我们投掷石块，据说其中一块砸中了将军。我看见仙人掌丛中躺着一个俊俏的小伙子，他受了致命伤，身边的两个战友正在帮助他支撑下去。他请求同伴们对那不勒斯士兵手下留情，因为他们也是意大利人。整个悬崖堆满了阵亡者的尸体，但听不到任何哭泣的声音。

从山顶上不时传来那不勒斯士兵的吼叫：'国王万岁！'就在这时，我们的援军到了。邦迪，我记得你就是那会儿来的，浑身上下都是伤，尤其是左胸的上方中了一颗子弹。我以为你活不过半个小时，没想到发起总攻的时候，你瞧你，竟然冲在最前头，你到底有几条命？"

"小意思，"邦迪说，"都是些皮外伤而已。"

"而那些和我们并肩作战的方济各会修士呢？有一个又瘦又脏的修士给喇叭口火枪里装上一把子弹和石头，然后爬上山，像打霰弹枪一样把子弹都射了出去。我看见一个修士大腿上受了伤，他从肉里挖出射入的子弹，便又参与到进攻中去了。"

阿巴接着又开始追述在海军上将大桥的战斗："看在上帝的分上，西莫尼尼，这一天就跟《荷马史诗》里写的一样！我们在巴勒莫的城门前，一支当地的起义者队伍前来支援我们。有一个人大叫了一声：'啊呀！'身子打了个转，像个醉汉一样侧着身子走了三四步，就一头栽倒在两棵杨树边的一道沟里。离他不远处躺着一个断了气的那不勒斯轻步兵，可能是被我们的人撞见的第一个哨兵。我还看见一个热那亚人正在弹如雨下的地带操着方言喊道：'贝朗迪，我们怎么过去？'一颗子弹就击中了他的前额，打碎了他的头骨，他一下子倒了下去。在海军上将大桥那里，在道路上，在桥面上，在桥下，在菜地里，到处都是拼刺刀的厮杀。到了黎明时分，我们终于夺下了大桥，但有一队敌人的步兵在城墙后面向我们猛烈射击，阻挡我们前进，同时敌人的一些骑兵也从左路向我们猛攻，不过被我们击退，逃到田地里去了。我们冲过大

……在海军上将大桥那里，在道路上，在桥面上，在桥下，
在菜地里，到处都是拼刺刀的厮杀……

桥，聚集在特米尼门的十字路口，此时遭到了停在港内的一艘敌舰的炮轰和来自我们正前方的一道街垒的炮火。没关系。城里敲响了警钟。我们突入小巷，突然，上帝啊！多么美好的一幅画面！三个穿白衣的女孩用百合花一般的双手抓着窗子的铁栅栏，静静地注视着我们。她们太美了，就像是教堂里壁画上的天使。她们问我们是什么人，我们说自己是意大利人。我们问她们是什么人。她们回答说自己是小修女。哦！可怜的女孩，我们说道，我们很乐意把她们从这个监牢中解放出来，让她们开心。她们于是喊道：'圣女罗萨利娅万岁！'我们回应道：'意大利万岁！'她们也跟着喊：'意大利万岁！'她们用圣歌般甜美的声音祝我们取得胜利。我们在巴勒莫又继续战斗了五天，随后才停战，但我们再没见到过任何小修女，只能满足于解放一些妓女！"

这两个热心人的话我究竟该相信多少呢？他们还很年轻，才刚刚经历了平生的最初几场战斗，从第一天起就对加里波第崇拜万分。从他们讲故事的方式来看，他们是和大仲马一样的小说家，能把自己的回忆吹得天花乱坠，连一只母鸡都能被说成一只鹰。他们在那几场小规模的战斗中无疑表现得非常勇敢，但加里波第真的有可能在炮火中平静地散步（远处的敌人应该能很清楚地看到他）却始终毫发无伤吗？难不成那些敌人遵照上级的命令，射击时一点儿都不上心？

这些想法早就在我的脑海中回荡了，我所居住的旅店的店主曾经嘟囔着对我说起过。他从前或许在意大利本土的一些地区游历过，说的语言勉强能让人听懂，正是他建议我找唐·福尔图纳多·穆苏梅奇聊两句。穆苏梅奇是一个公证人，似乎对每一个人的每一件事情都了如指掌，多次在各种场合对新来的红衫军表现出不信任。

要接近那样的人，穿着红衬衫必然是不合适的，于是我脑海中闪过了我随身携带的贝尔加马斯基神父的教袍。只需要把头发梳一下，把说话的语气装得够假仁假义，垂下眼睛，就能在没人认出我的情况下溜出旅店。这是一个非常冒险的举动，因为有传闻说人们正准备把耶稣会士逐出西西里岛。但总之，我的行动进行得很顺利，而且打扮成一个即将发生的不公正举措的受害者能使我赚取加里波第的反对者们的信任。

我在一家酒店撞见了福尔图纳多，他当时做完了晨间弥撒，正在悠闲地呷他的咖啡。酒店位于城市的中心地带，环境雅致，唐·福尔图纳多一副放松的样子，绷着脸面朝太阳，双眼半闭，胡子有些日子没刮了，即使在那种暑天也穿着黑色的外衣，打着领结，被尼古丁染黄的手指间夹着一根快熄灭的雪茄。我注意到，在这南方，人们会在咖啡里加一片柠檬皮。希望他们别给我的牛奶咖啡里也加一片这玩意儿。

我仅仅是坐在邻桌抱怨了一下炎热的天气，就和福尔图纳多搭上了话。我自称罗马教廷的专使，前来调查那一带正在发生的事情，这使得穆苏梅奇在我面前敢于畅所欲言。

“我最尊敬的神父，您觉得胡乱拼凑起的一千个人，凭借一些凑合的装备，就抵达了马尔萨拉，还在不损一人的情况下登陆上岸，这可能吗？为什么有着全欧洲仅次于英国的海军力量，波旁王朝的军舰却乱打一气，一个人都没击中呢？再后来，在卡拉塔菲米，又是这一千个叫花子，外加一些地主为了和占领者搞好关系而踹着屁股送去的几百个小伙子，迎战世界上最精良的军队之一（我不知道您有没有听说过波旁军事学院是什么玩意儿），一千个多一点的叫花子——我是说——赶跑了两万五千人，虽说被瞧见真正逃跑的不过几千人，其他人仍在军营里，但这又是怎么做到的？是金币在哗哗地流啊，我的神父，大把大把的金币被支付给了停靠在马尔萨拉军舰上的军官们和驻守卡拉塔菲米的兰迪将军。经过一天局势不明的交战后，兰迪将军本还有足够的斗志昂扬的人马来消灭加里波第志愿军，可他却撤退到巴勒莫去了。据说他收受了一万四千枚金币的好处费，这您知道吗？他的那些长官又有什么反应呢？皮埃蒙特人极少会干出这样的事来，十二年前他们枪决了拉莫里诺将军[①]。我这么说并不是因为我喜欢皮埃蒙特人，而是他们在打仗上真的很有一套。然而兰迪将军不过是被兰扎接替了职位而已，依我看兰扎也已经收了好处。您瞧瞧受到盛赞的攻克巴勒莫的真相是什么样的……加里波第从西西里的犯人中招募了三千五百名地痞流氓，加强了自己的队伍。而兰扎当时拥有大约一万六千人，注意！是一万六千人啊，他不把手下的人聚在一起作战，而是把他们分成小股派出去迎战，每次不被打垮才怪呢。还有一个原因是巴勒莫人中的一些叛徒也收受了好处，在屋顶上朝自己人射击。在港口，两艘皮埃蒙特的船

---

① Gerolamo Ramorino（1772—1849），曾经是皮埃蒙特军的将领，在阻击奥地利军时下达了撤退的命令，从而导致了战局失利，因而被视为叛徒，经军事法庭审讯后被枪决。

只在波旁王朝军舰的眼皮子底下卸下了带给红衫军的步枪，使加里波第得以抵达最高法院监狱和重罪监狱，释放了一千名普通犯人，把他们招募到自己的队伍中。我还没和您说这会儿正在那不勒斯发生的事呢，我们可怜的国王身边尽是收了贿赂的无耻之徒，他们正在设法让国王脚下的王国土崩瓦解……”

“可是这么多钱是从哪儿来的？”

“最尊敬的神父啊！我真没想到您在罗马的时候消息那么闭塞！是英国的共济会啊！您瞧见这其中的关系了吗？加里波第是共济会会员，马志尼是共济会会员，马志尼流亡到了伦敦，和英国的共济会接上了头；加富尔也是共济会会员，他从英国的共济会支部接收指令；围在加里波第身边的所有人都是共济会的。他们的计划并不仅仅在于摧毁两西西里王国，他们还要给教皇陛下以致命的一击，因为等拿下了两西西里王国后，维托里奥·埃马努埃莱会连罗马也想要，这是明摆着的事。您会相信他们的鬼话，说加里波第志愿军带着九万里拉的经费出征吗？这支队伍里净是酒鬼和贪吃鬼，只需看看他们在巴勒莫贪婪地抢食残存的储备和劫掠附近农村时的样子，就知道那笔钱还不够他们在整个旅途中的伙食费呢。是英国的共济会会员输送给了加里波第价值三百万法国法郎、在整个地中海地区通用的土耳其金币。”

“谁保管这些金币？”

“是涅沃上尉，他是将军信赖的共济会会员，一个不到三十岁的毛头小子，可能只是个发饷官。但这些恶魔付钱给波旁军的将领、舰队司令和一切他们想要收买的人，却让农民挨饿。农民们一直期盼加里波第能把地主的田地分给他们，可是加里波第显然应该和有地有钱的人联合在一起。您就等着看吧，等那些去卡拉塔菲米送死的小伙子意识到什么也没有得到改变后，就会用从死人手中捡来的步枪朝红衫军射击了。”

脱下教袍后，我又穿上红衬衫在城里转悠，在一座教堂前的大台阶上和一位卡梅罗神父交谈了几句。他自称二十七岁，但看上去却有四十岁。他悄悄地告诉我，他确实也想加入我们，但碍于某个原因而无法遂愿。我问他是什么原因，因为在卡拉塔菲米，我们的队伍里连修士都有。

“我会加入你们的，”他对我说，“前提是你们做出一些真正称得上伟大的事情。你们现在所能告诉我的只是你们想统一意大利，把它凝聚成一个统一的民族。但人民统一也好，分开也好，总是在受苦，在受苦；我不确定你们是否能结束他们的苦难。”

“可是人民会有自由和学校啊。”我对他说。

“自由不等于有面包吃，学校也一样。这些东西或许能满足你们皮埃蒙特人，但对我们来说还不够。”

“那你们想要我们做什么呢？”

“我们不要一场针对波旁王朝的战争，而要一场可怜的百姓反对那些让他们挨饿的人的战争。坏人不仅仅存在于宫廷中，而是到处都有。”

“这么说也要反对你们这些出家人啰？你们在各地都有修道院和地产，不是吗？”

“没错，也要反对我们，甚至在反对其他任何人之前先把我们推翻！但手里一定要拿着福音书和十字架。那时我就会加入你们。你们现在做的还远远不够。”

就我在大学时对那份著名的共产主义者的宣言的理解，这个修士也是一个共产主义者。我对这个西西里岛上的事真的了解得太少了。

我试图不去想这个从我爷爷的年代起就在我的脑海中扎根的念头，但我还是不自觉地要问自己：有没有犹太人和支持加里波第的阴谋扯上关系？通常这种事情总是少不了他们。我于是再次向穆苏梅奇打听。

“怎么会没有呢？”他对我说，“首先，不是所有的共济会会员都是犹太人，就是所有的犹太人都是共济会会员。那在加里波第志愿军中的情况呢？我看过在马尔萨拉公布的‘向英勇者致敬’的志愿军名单，看完后都乐了。我在名单里找到了一些名字，比如欧仁·拉瓦、朱塞佩·乌兹、以撒·丹科纳、萨姆埃勒·玛尔凯西、阿布拉莫·以撒·阿尔普隆、莫伊赛·马尔达恰，还有一个叫哥伦布·多纳托的，但也叫阿布拉莫。您倒是说说看，叫这些名字的人怎么会是虔诚的基督徒？”

（六月十六日）我凭介绍信结识了涅沃上尉。他是个富家子弟，留着两撇修剪整齐的八字胡，下唇下有一簇尖尖的小胡子，摆出一副空想家的样子。我觉得他是个爱摆架子的人，因为在我们谈话期间进来了一个志愿军，对他说想领取不知什么毯子，而涅沃就像个斤斤计较的会计一样提醒那人，他的战友上周已经领走了十条毯子。“你们把毯子都吃了吗？”涅沃问道，“如果你还想再吃几条毯子，我把你丢进牢房去消化它们。”志愿军敬了个礼便出去了。

“您瞧瞧我得做些什么样的工作？别人会告诉您我是个文人，然而我却要负责给战士们发放军饷和服装，同时要订购两万套新制服，因为每天都有来自热那亚、拉斯佩齐亚和里窝那的新到的志愿军。另外，我还要处理伯爵们和公爵夫人们的请愿书，他们以为加里波第是上帝手下的天使长，要求每个月的饷银提高到两百枚金币。这儿的所有人都指望馅饼从天上掉下来，不像我们，如果想要什么，就会自己去争取。他们委托我看管经费，也许是因为我在帕多瓦取得了法律专业的毕业文凭，或者因为我不是个小偷。在这个岛上，亲王和骗子是一家人，不偷窃已经是莫大的美德了。”

涅沃显然想装作一个心不在焉的诗人。当我询问他是否已经当上了上校时，他说他对此一无所知。“您知道，”他对我说，“这儿的情况有些混乱。比克索试图强制实施皮埃蒙特式的军纪，好像我们在皮内罗洛[①]时那样，可我们是一支不正规的队伍啊。不过，如果您需要写稿发回都灵，请您隐去这些苦难吧，尽可能把这里人人洋溢的发自内心的兴奋和热忱告诉那边的人。在这里，一些人为了自己的信仰而拿生命冒险，但其余的人却把远征看作在殖民地的一场历险。在巴勒莫生活很有意思，这儿的流言蜚语不比在威尼斯少。我们被视为英雄，受到崇拜，两拃长的红衬衫和七十厘米长的弯刀让许多美丽的姑娘对我们心仪，不过话说回来，她们的优点只有长相而已。我们没有一个夜晚不是在

① Pinerolo，皮埃蒙特的一个市镇。

剧院的包厢里度过的，这里的冰淇淋美味极了。”

“您告诉我您需要负责庞大的开支，可是你们从热那亚出发时带的那一点钱怎么够用？使用在马尔萨拉征用的税款吗？”

“那些钱只是个零头。这不，刚一到巴勒莫，将军就派克里斯皮去把两西西里银行的钱都提了出来。”

“这我听说了，听说还有五百万金币……”

涅沃这时候又从诗人变回了将军的心腹。他双眼凝视着天空，说：“哦，您知道，什么样的传言都有。您无论如何应该把全意大利——我想说的是全欧洲——爱国者的捐款也考虑在内，这一点请您写在发表在都灵报上的文章里，让那些对远征不太关注的人也产生捐款的念头。总之，最麻烦的事莫过于账目的整理，因为等意大利王国正式宣告成立后，我必须按规定把一切都上交给国王陛下，一分钱也不能出错，收入是多少，开支是多少，全部要写清楚。”

怎么才能让你吐露来自英国的共济会会员的上百万金币呢？我在心里琢磨。或许你、加里波第和加富尔都达成了一致，虽然收受了共济会的钱，但是决不声张。或者，也可能钱早已送来，但你却对此一无所知，你不过是个有德行但是地位低下的傀儡，被他们（可谁是“他们”？）用作掩护，你以为你们能打胜仗完全是上帝的保佑吧？我还没能看透这个人，从他的话中体会到的唯一真实的是强烈的遗憾之情，因为红衫军在那几周正在向东海岸进军，准备借着胜利的势头一鼓作气渡过海峡进入卡拉布里亚，然后再去那不勒斯，而他却被命令留守巴勒莫，强压着怒火在后方整理账目。真有这么些人，他们不因为命运带来的可口的冰淇淋和美丽的姑娘而兴高采烈，反倒希望自己的斗篷上多留下几个弹孔。

我听说地球上生活着超过十亿人。我不知道这个数字是怎么算出来的，但只需在巴勒莫逛一逛就能明白我们的数量太多了，已经到了比肩继踵的地步，而且大部分人还散发着臭气。如今食物已经所剩无多，真不敢想象如果我们的人数继续增长会发生什么样的事。所以，必须让人口大量减少。当然，瘟疫、自杀、死刑起到了一些作用，有些人热衷于决斗，有些人喜欢在树林中和大草原上纵马狂奔，我还听说一些英国的绅士去海里游泳，当然都淹死了……但这还不够。战争是最自然有效的削减人口的方式，可以指望它来控制人口的增长。事实上，人们从前在奔赴战场时不是称上帝在召唤自己吗？不过，必须有人愿意打仗。如果人人都逃避兵役，战争中就没有阵亡者了，那样的话又为什么要打仗呢？因此，像涅沃、阿巴和邦迪那样渴望扑向机枪的人是必不可少的。只有他们这些人存在，像我这样的人才能在生活中少受贴着你呼气的那些多余的人的困扰。

总之，我们需要高尚的人，即使我并不喜欢他们。

我向拉法利纳作了自我介绍，并出示了我的委派函。

“如果您指望从我这儿听到一些好消息发回都灵，”他对我说，“我劝您打消这个念头。这儿没有一个政府。加里波第和比克索希望手下的人都是像他们一样的热那亚人，而不是像我这样的西西里人，在这样一个对义务兵役制闻所未闻的地区，他们居然认真地打算征募三万人；很多市镇里真的爆发了起义；过去为国王工作的雇员，即唯一能读会写的那些人，被宣布不得参加市政委员会；前天，一些痛恨神父的人建议烧掉公共图书馆，因为它是由耶稣会士创办的；一个来自马尔齐莱普勒的无名小子当上了巴勒莫的总督；在岛内，各类犯罪事件接连发生，凶手往往是这些本该负责维护公共秩序的人，因为一些地地道道的强盗也被征召进了红衫军。加里波第是一个正直的人，但他没能注意到在他眼皮子底下发生的事：单是从巴勒莫省征用的一批马中就失踪了二百匹！他委托手下把所有申请加入红衫军的人编成营，结果就冒出了许多由乐队、公职人员外加至多四五十个士兵组成的营！同一个职位被授予三四个人！他使得整个西西里岛既没有民事法庭，也没有刑事法庭，更没有贸易法庭，因为他们遣散了所有的法官，成立了军事委员会以审判所有人和所有事，好像回到了匈奴的时代！克里斯皮和他的手下认为加里波第废除民事法庭的原因是法官和律师都是骗子；废除议会的原因是议员们都是执笔的文人，而非握剑的战士；废除一切警察的原因是市民们应当全部武装起来保护自己。我不知道这是真是假，但我已经连和将军交谈的机会也不再有了。”

七月七日那天，我了解到拉法利纳被逮捕并押回都灵去了。下令的是加里波第，他显然受到了克里斯皮的煽动。加富尔在他身边再没了耳目。一切都依赖于我的报告了。

我不用再乔装成教区牧师去收集小道消息了：人们在小酒馆里说长道短，有时就连志愿军也在抱怨局势令人担忧。我听说刚进巴勒莫城时征召入红衫军的西西里人中，已经有五十来号人开了小差，一些人还把武器也一同带走。“他们这些农民，刚开始兴奋得像点燃的稻草，没过多久就感到厌烦了。”阿巴替他们解释道。军事委员会判处他们死刑，但随后又放走了他们，前提是他们滚得远远的。我试图搞清这些人的真实想法。之所以西西里全岛能洋溢着激情，是因为这是一片被上帝抛弃的土地，大地被太阳晒得干透，淡水缺乏，只生长着少量的带刺的水果。在这片几百年来没有发生过任何事情的土地上，来了加里波第和他的红衫军。当地的百姓并不是因为加里波第的缘故而参战的，也不在乎即将被加里波第废黜的国王，他们不过是被降临的不同的事物冲昏了头脑，而每个人对这个“不同”都有自己的理解。也许飘来的这些声势浩大的新鲜事物仅仅是一阵让所有人再次感到厌倦的西洛可风吧。

（七月三十日）我已经和涅沃建立了不错的交情。他悄悄告诉我，加里波第收到了来自维托里奥·埃马努埃莱的一封正式信函，被下令禁止渡过海峡。不过信中还附着一张同样出自国王之笔的机密短函，内容大致为：刚才的信是我以国王的身份写的，现在我建议您在回信中表示您愿意听从我的建议，如今那不勒斯人向您求助，请您去解放他们，您肩负的对意大利的责任不允许您不向他们伸出援助之手。国王耍了个两面派，可他针对的是谁？针对加富尔吗？还是针对的就是加里波第？国王先命令加里波第不要踏上大陆，然后又怂恿他进军那不勒斯，是不是想等木已成舟之时，以惩罚加里波第抗命的名义率领皮埃蒙特军侵入那不勒斯王国加以干预？

“将军太天真了，将来会掉进某个圈套的，”涅沃说，“我本想跟随在他身边，但我的义务迫使我留在这里。”

我发现就连这个文化水平毋庸置疑的人也生活在对加里波第的敬仰之中。在某个脆弱的时刻，他向我展示了几天前刚寄到的一本名为《加里波第之爱》的小册子。小册子是在北部出版的，涅沃没能有机会修改它的样稿。

“我希望我的读者认为我身为一个英雄，也有当一个蠢货的权利。出版商尽可能地表明了这一点，在书中留下了一大堆丢脸的印刷错误。”

我浏览了他的其中一篇作品，便确信他应该真的是个蠢货。这篇作品正是献给加里波第的：

> 不知什么透过您的眼睛
> 闪耀在我们的内心，
> 您屈下自己的膝盖
> 仿佛在向人民致敬。
> 在那些拥挤的广场上
> 谦恭而仁慈的您在闲逛，
> 我看见您把援助之手
> 送给了那些姑娘。

这儿的所有人都狂热地崇拜着这个腿有残疾的小矮子。

（八月十二日）我去涅沃那里，向他求证外面的传闻：红衫军

……不知什么透过您的眼睛/闪耀在了我们的内心/
您屈下自己的膝盖/仿佛在向人民致敬……

已经在卡拉布里亚的海岸登陆了。但我找到他时正是他心情最糟糕的时候，眼看着都要哭出来了，因为他听到消息说，都灵方面对他的财务管理工作抱有非议。

“可是我把所有的账目都记录在这里边了呀，”他用一只手拍打着他统一用红布包裹的账本，“收入是多少，开支是多少。如果有人盗用了经费，从我的账目上就能觉察到。等将来我把这东西交到相关人员手上时，会有几个人的人头落地的，不过我不会在其中。”

（八月二十六日）我虽然不是一个战略家，但凭借我收到的消息，我觉得自己也能明白正在发生什么事情。那不勒斯王国的一些大臣不是收了共济会的金币，就是归顺了萨伏依王朝的事业，总之，他们正在密谋推翻国王弗朗切斯科。在那不勒斯很快就会爆发一场起义，起义者应该会向皮埃蒙特政府请求支援，随后维托里奥·埃马努埃莱就会南下。加里波第似乎什么也没有意识到，也可能意识到了一切，总之，他在催促他的队伍加速行进。他想赶在维托里奥·埃马努埃莱之前到达那不勒斯。

我碰上了愤怒的涅沃，他挥着手中的一封信，说道：“您的朋友大仲马对我说，他只是装作是富豪，他认为我才是富豪！您瞧瞧他给我写了些什么，还厚颜无耻地说他是以将军的名义这么做的！在那不勒斯附近，波旁王朝豢养的瑞士雇佣兵和巴伐利亚雇佣兵预感到了战败的结局，主动提出愿意以每人四枚金币的价格加入我们这一边。因为他们有五千人，所以这是一笔两万金币，也就是九万法郎的开支。那个像他的基督山伯爵一样有钱的大仲马竟然说他没有那么多钱，只能‘慷慨’地送给我们微不足道的一千法郎。据说那不勒斯的爱国者们拼凑了三千法郎。大仲马问我能不能解决剩余的费用，可是您觉得我上哪儿去找这么多钱，嗯？”

涅沃邀我喝两杯。“您看，西莫尼尼，如今所有人都对在意大利本土登陆兴奋不已，没有人注意到一场悲剧即将给我们的远征抹上耻辱的一笔。事情发生在布隆特镇，离卡塔尼亚不远。那儿有一万名居民，大部分是农民和牧羊人，尚未从带有中世纪封建色彩的政体的压迫中解放出来。整个地区曾经是被册封为布隆特公爵的纳尔逊勋爵[①]的封地，在他死后，手握这些土地的一直是少数富人，或者用那儿的说法叫作‘乡绅’。乡绅剥削百姓，像对待牲畜一样对待他们，禁止他们进入雇主的树林采摘野菜，在他们进入田地时强行索取通行税。当加里波第到来时，那里的人民以为伸张正义的时刻降临了，土地将会回到他们的手中。于是他们成立了所谓的自由党人委员会，其中最有影响力的人是一个叫隆巴多的律师。然而布隆特镇是英国的领地，英国人在马尔萨拉帮助过加里波第，将军应该和谁站在一边？此时那些百姓连隆巴多律师和其他自由党人的话也听不进去了，他们丧失了理智，发起了一场全民的暴动，一场大屠杀，残杀了乡绅。他们的行为很恶劣，这是显而易见的，在暴乱者中还混杂着该进监狱的坏蛋，大家都知道，随着这座岛遭受破坏，许多本该被关在监狱的恶棍重

① Horatio Nelson(1758—1805)，英国皇家海军中将，著名海军将领、军事家。一七九九年被那不勒斯国王费迪南多四世册封为布隆特公爵。

……加里波第没有遇到任何抵抗就进入了那不勒斯……

新获得了自由……但一切都是因我们的到来引起的。在英国人的施压之下，加里波第派比克索去了布隆特，后者不是一个谨小慎微的人：他下令全镇进入戒严状态，开始对百姓实施严厉的报复行为。他听取了一些乡绅的控诉，认定隆巴多律师是起义的祸首，那是不对的，但他还是这样做了，因为他需要杀一儆百。于是隆巴多和另外四人被枪决了，这其中有一个可怜的疯子，他不过是在屠杀开始前的日子里满街呼喊对乡绅的辱骂罢了，从没吓过任何人。撇开这些暴行让人感到悲哀不谈，就我个人而言，这件事给我的打击很大。西莫尼尼，您明白吗？一方面，有关这些行动的消息传到了都灵，把我们说成是旧政体下地主的同谋，另一方面，我向您抱怨的有关胡乱开支的问题，不费什么工夫就能查清。地主付钱给我们，让我们枪毙可怜的穷人，而我们就靠这些钱沉湎在美好的生活之中。然而您看到了，这儿的人正在死亡，还是免费的。这真是让人火大。”

（九月八日）加里波第没有遇到任何抵抗就进入了那不勒斯。他毫不掩饰得意的神情，因为据涅沃透露，他已经向维托里奥·埃马努埃莱提出了驱逐加富尔的要求。我明白都灵方面此刻亟须我的报告，而且这份报告必须尽可能对加里波第不利。我必须大力渲染共济会的黄金；把加里波第描述成一个轻率的人；咬住布隆特镇的屠杀事件不放；指出其他罪行，包括偷盗、贪污、腐败和大肆挥霍等。在讲述红衫军的行为时，我会坚持使用穆苏梅奇的说法，说他们在修道院里纵酒作乐，并夺走少女的童贞（也许修女们也在内，夸大一下没有什么害处）。

制造一些征用私人财产的命令，炮制一封匿名的告密信，在信中透露加里波第和马志尼一直通过克里斯皮保持联系，并加入他们的建立共和国的计划，称他们打算把皮埃蒙特也并入共和国。总之，一封可靠而有力的报告能促使加里波第一败涂地。这还是因为穆苏梅奇给我提供了另一个完美的理由：加里波第的红衫军归根到底是一支外国雇佣军。这一千人的志愿军中有法国雇佣兵、美国雇佣兵、英国雇佣兵、匈牙利雇佣兵，甚至还有非洲雇佣兵，他们是来自各个国家的人渣，很多人曾经作为海盗和加里波第一起在美洲打拼。只需要听一听他这些中尉的名字就行了：图尔、埃贝尔、图科利、泰洛基、马基亚洛迪、科祖达菲、福里格耶希(穆苏梅奇费劲地拼读出这几个名字，除了图尔和埃贝尔，其他名字我从没有听到过)。此外可能有波兰雇佣兵、土耳其雇佣兵和巴伐利亚雇佣兵，还有一个名叫沃尔夫的德国人领导着曾经为波旁王朝服役的德国和瑞士的逃兵。最后，英国政府还提供给加里波第几个营的阿尔及利亚士兵和印度兵。这哪是什么意大利爱国者！意大利人在千人军中只占了一半。穆苏梅奇言过其实了，因为我在附近只听到过威尼斯、伦巴第、艾米利亚或托斯卡纳的口音，印度人更是一个都没见到过，但我觉得如果我坚持在报告中提及这一堆乱七八糟的种族，也不是什么坏事。

我在报告中少不了会影射与共济会脱不了干系的犹太人。

我认为这份报告应该尽快到达都灵，同时决不能落入不该得到它的人之手。我找到了一艘正要火速返回撒丁王国的皮埃蒙特军舰，没花多大力气就制作了一份命令船长将我送至热那亚的官方文件。我的西西里之行就此结束了，没能看到在那不勒斯将要发生的事情和那之后的事情让我感到有些遗憾，但我不是来度假的，也不是为了写叙事诗。事实上，在这次旅行中，给我留下美好回忆的只有蛋鱼、酱烧蜗牛和奶油甜馅煎饼卷，噢，奶油甜馅煎饼卷……涅沃还答应让我品尝一道圣马力诺风味的箭鱼，但我没来得及尝到，只能感受它的名字散发的芳香。

八

赫拉克勒斯号

摘自一八九七年三月三十日、三十一日及四月一日的日记

叙述者为需要记述西莫尼尼和他的不速之客——达拉·皮科拉院长之间长诗般的对白而感到有些厌烦。好像正是在三月三十日这一天，西莫尼尼重拾了在西西里发生的最后一些事情的记忆。然而他的回忆时断时续，日记中也改动频多，许多句子被整行涂去，另一些句子上则被打了个大×，好在还能凑合辨认——阅后让人甚感不安。三月三十一日的日记出自达拉·皮科拉院长之手，它好似揭去了西莫尼尼紧锁的记忆之门的封印，披露了西莫尼尼不顾一切地想要忘却的记忆。当晚，西莫尼尼经历了极不平静的一夜，只记得自己恶心得想吐。翌日，他怀着怒气再次执笔，以驳斥他所认为的院长的那些不实之言和带有蔑视情感的说教之辞。总而言之，因为始终拿不准谁的话更可信，叙述者只好根据自己的判断重新组织和叙述后来发生的那些事情——当然，他会对自己所讲的故事担负全部责任。

西莫尼尼一回到都灵就把他的报告交给了比安科骑士。第二天，他得到了当晚将被召见的消息，再次前往了他上回乘马车去过的那个地方，见到了等候他的比安科、里卡尔迪和内格里·圣弗龙。

“西莫尼尼律师，”比安科率先说道，“我不知道以我俩的交情，我该不该把自己的意见痛痛快快地说出来，但是我必须告诉您：您就是个蠢货。”

“骑士先生，您怎么能这么说话？”

“他说得没错，他说得没错，”里卡尔迪插话道，“他也说出了我们的想法。我还想补充一句，您是个危险的蠢货，就凭您脑袋里产生的这些想法，我们真该好好考虑一下让您继续在都灵活动是否妥当。”

“抱歉我可能有什么地方做得不对，但我不明白……”

“您做错了，大错特错。您注意到不出几天（如今连接生婆也知道这事），恰尔迪尼将军就将率领我们的部队进入教皇国吗？我们的军队很可能在一个月内就能抵达那不勒斯城下。届时我们发起的全民公投业已结束，两西西里王国和它的领土会因此被正式并入意大利王国。如果加里波第是一个表里如一的正人君子和保皇主义者，他就会像马志尼一样也头脑发热一回，不管乐意还是不乐意都接受现状，把已占领的领土交到国王手中，展现一个光辉的爱国者的形象。到时候我们必须解散已经壮大至近六万人的加里波第志愿军，因为放任他们自由发展可不太妙。我们会把志愿军收编入萨伏依军队，让其他人领取遣散费后各自回家。他们都是勇敢的小伙子，全都是英雄。而您却希望我们把您的狗屁报告向新闻界和人民大众公布，指责这些即将为我们的军队效力的志愿军是一群以外国人为主的洗劫了西西里的流氓无赖？然后，全意大利都对之存以感激之情的加里波第并非一个品行正直的英雄，而是一个通过贿赂靠敌人放水才打胜仗的阴谋家，自始至终都在和马志尼密谋把意大利变成共和国？还有，尼诺·比克索去岛上枪决自由党人，屠杀牧羊人和农民？您真是疯透了！”

“可是各位先生，你们委托我……”

“我们从未委托过您去败坏加里波第和与他并肩战斗的勇敢的意大利人的名誉，而是委托您搜集能够证明围绕在大英雄身边的共和派在占领区治理不善的文件，从而使皮埃蒙特政府的干预显得合情合理。”

“可是各位先生，你们知道得很清楚，拉法利纳……”

“拉法利纳给加富尔伯爵写了不少密函，可也从没见他拿着信到处炫耀啊。而且拉法利纳是拉法利纳，他和克里斯皮有深仇大恨。另外，报告中提到了英国共济会会员的金币，这究竟又说的是什么疯话？”

“人人都在谈论这件事。”

“人人？我们怎么不知道？而且，这些共济会会员是什么人？难不成您是共济会的？”

“我不是，可是……”

“那就不要多管跟您不相干的闲事。共济会的事，就听其自然好了。”

很显然，西莫尼尼没有意识到萨伏依政府的所有成员都是共济会会员（也许加富尔除外）。他好歹是从小在耶稣会士身边长大的，本该发觉这一点才是。但里卡尔迪又拿犹太人的问题对他进行责难，问西莫尼尼是哪根筋错乱而把犹太人写进了他的报告。

西莫尼尼结结巴巴地说："犹太人如今到处都是，难道您不信……"

"我们信还是不信跟这都没有关系，"圣弗龙打断了西莫尼尼的话，"问题是，为了实现意大利王国的统一，我们也需要犹太居民的支持，这是一方面，另一方面，让善良的信奉天主教的意大利人听说在正直的英雄般的红衫军中有犹太人存在只会起到负面作用。总之，就凭您犯下的所有蠢事，您完全可以被送去我们在阿尔卑斯山上的某个舒服的要塞呼吸几十年的新鲜空气，只可惜您目前对我们还有用。您的报告上说有个涅沃上尉，或者叫他涅沃上校也罢，留在那里整理他的所有账目，但是我们一来不知道他的账本里有没有记下或者该不该记下所有的账目，二来不知道如果他的账目被公开，会不会造成不利的政治影响。您在报告中称涅沃计划把这些账本交给我们，这是好的，但在我们收到账本之前，涅沃可能拿给其他人看过，这就糟了。所以，您仍然使用波吉奥议员的特派记者这个身份，借了解新近发生的轰动性事件之名再去一趟西西里，要像水蛭一样牢牢粘在涅沃身边，务必让这些账本消失，让它们彻底灰飞烟灭、无影无踪，让所有人都不知道它们的存在。至于如何实现这个目的，那是您的工作，您有权使用一切手段，当然要在法律允许的范围内，另外您也不用再指望从我们这儿得到其他委托了。比安科骑士会给您提供经费上的支持，让您能在西西里银行支取完成任务所需的钱款。”

从此处开始，即使是达拉·皮科拉在日记中的揭秘也变得支离破碎，残缺不全，就好像他也感到力不从心，很难再挖掘出和他唱反调的西莫尼尼极力掩埋的这一段记忆。

不管怎样，就叙述者的理解，西莫尼尼于九月底回到了西西里，并在那里一直待到次年三月才离开，始终没能找到对涅沃的账本下手的机会，每隔半个月便会收到比安科骑士发来的怒气冲冲的电文，向他询问任务的进展。

事实是，涅沃此刻正全身心地扑在那些该死的账目上，并随着恶毒言论给他造成的压力日益提升而愈发专注于调查、核对和审阅不计其数的收据，以确保自己的所记准确无误。与此同时，他的权力得到了很大的加强，因为连加里波第也担心起丑闻的发生和流言蜚语的盛行，所以为他安排了一间办事处，提供了四名助手，并在办事处的正门口和楼梯边各配备了两名卫兵。如此一来，诸如在夜间潜入办事处的内室搜寻账本的做法便不再现实。

任务的艰巨性远不止如此。看得出，由于怀疑自己上交账目的做法会触动某些人的神经，涅沃因而担心账本遭人偷窃或篡改，于是尽一切可能隐藏了它们的踪迹。这下，西莫尼尼只好和这位诗人不断地套近乎，以便至少从他的口中套出他对持有那些该死的证据的进一步打算。两人很快由以“您”相称转而使用友好的“你”相互交谈了。

巴勒莫的秋季依然热得令人无精打采，海风也没能给城里带来一丝凉意。在那个时节，西莫尼尼和涅沃一同度过了许多个夜晚，不时地小酌几杯兑水的茴香酒，看着酒液像一团烟雾一般缓缓溶解在水中。或许是因为对西莫尼尼产生了好感，或许是因为觉得自己是被关在城里的囚犯，需要找个人散散心，涅沃逐渐放松了自己军人式的警惕，向西莫尼尼吐露了自己的心里话。他谈到了自己留在米兰的心上人，一段没有希望的爱情，因为她的丈夫不仅是涅沃的表兄，还是他最好的朋友。然而他对此感到无能为力，即使移情别恋也无法摆脱相思之苦。

“这就是我，注定要接受这样的命运。我永远会是个异想天开、阴郁、无知、脾气暴躁的人。我已经三十岁了，却为了在精神上逃离一个我不爱的世界而一直在打仗，还因此把一部尚未出版的伟大小说的手稿留在了家中。我好想看到它出版，但我没有时间去这么做，因为我有这些混账账目需要打理。要是我有雄心壮志该多好，要是我追求享乐该多好……要是我最起码是个坏人该多好……至少像比克索一样。算了。我还年轻，过一天是一天吧，我爱行军，因为它使我行动，我爱空气，因为它使我呼吸。我将会为了追寻死亡而死去……而那时一切都会结束。”

西莫尼尼没有尝试去安慰他。他觉得涅沃是一个不可救药的人。

十月初，沃尔图诺河之战爆发，加里波第在战斗中击退了波旁军队的最后一波攻势。也就是在那几天里，恰尔迪尼将军在卡斯特尔菲达多战胜了教皇国的军队，并入侵了波旁王朝统治下的阿布鲁佐和莫利塞地区。而在巴勒莫，涅沃强压着怒火。他已经了解到在皮埃蒙特控诉他的人中有拉法利纳的人，这表明拉法利纳正在对所有和红衫军有瓜葛的人恶语相加。

“他产生了摒弃一切的念头，”涅沃忧郁地说，“但正是在这种时候，不应该弃自己的岗位于不顾。”

十月二十六日发生了历史性的一幕：加里波第和维托里奥·埃马努埃莱在泰阿诺会面了。加里波第把他在南意大利的权力移交给了国王。涅沃说，加里波第因此被任命为王国的最初等的参议员，但到了十一月初，当他率领一万四千人以及三百名骑兵在卡塞塔列队等候国王检阅时，国王却没有露面。

十一月七日，国王以凯旋的姿态进入那不勒斯，而加里波第却主动退隐卡普雷拉岛，有如辛辛纳图斯再世。“多么高尚的人啊！”涅沃说道，并为此痛哭——这是诗人们的普遍做法（西莫尼尼对此大为光火）。

短短几天过后，加里波第的军队被解散了，两万志愿军被编入萨伏依军队，然而与他们一起被收编的还有三千名波旁军的军官。

“没错，”涅沃说，“他们也是意大利人。但这对于我们的英雄传奇来说是一个令人悲伤的结局。我不会纠结于这件事，再领六个月的军饷，我就说再见了。用六个月来完成我的任务，希望我能办得到。”

想必这是一项糟透的工作，因为到了十一月底，他才刚刚整理完七月的账目，还需要差不多三个月或更多的时间。

十二月里，当维托里奥·埃马努埃莱抵达巴勒莫后，涅沃对西莫尼尼说："我是在这南方的最后一名红衫军，人们像看野人一样打量我。而我还必须对拉法利纳党的那些畜生的诬告予以回击。老天爷啊，早知道我会落得这样的结局，当初我宁可在热那亚跳海自尽也不登船来这个苦地方了。"

到目前为止，西莫尼尼仍未找到对那些该死的账本下手的机会。而到了十二月中旬，涅沃突然告诉他自己要回米兰一趟，在那儿作短暂的停留。他会把账本留在巴勒莫吗？还是把它们随身带走？永远无从得知。

在涅沃离开的近两个月里，西莫尼尼靠游览巴勒莫周边的地区来尽可能打发这段凄凉的时光（"我不是一个多愁善感的人，"他说，"可是在那片长满仙人掌的荒漠中度过的没有雪花的圣诞节能叫圣诞节吗？"）。他买了一头母骡，又一次穿上贝尔加马斯基神父的教袍，挨个村庄探访过去，一方面是为了收集教区牧师和农民的小道消息，但主要还是为了探寻西西里风味菜的烹饪秘方。

他在城外荒凉的酒馆里发现了像开水一样便宜（但味道极佳）的乡间美味：把薄面包片放入带盖的大汤碗中，拌上大量橄榄油和现磨的胡椒粉，然后把四分之三锅盐水烧开，放入洋葱片、西红柿片和薄荷，煮二十分钟后倒入碗中静置两分钟，就大功告成，可以趁热享用了。

在巴盖里亚附近，他还寻获了一家风味酒馆。虽然那里不过是一间昏暗的厅堂外加几张桌子而已，但形容极度猥琐（也许他

……他被大家称为布隆特，但实际上他
似乎是布隆特大屠杀的幸存者……

的本质也一样)的酒店老板即使在冬日里也在那爿怡人的昏暗的酒馆里烧制以内脏为主要原料的美味菜肴,诸如填馅的心脏、猪肉肉冻、小牛胰脏和各类肚子。

正是在那里,西莫尼尼遇到了两个截然不同的人物。也是要到了更久以后,他才会灵机一动,拉他们共同参与一项绝妙的计划,不过我们暂且先不透露计划的内容。

第一个家伙似乎是个可怜的疯子。酒店老板说,自己是出于同情才给他提供了饮食和住宿,尽管他其实胜任得了许多低贱的工作。他被大家称为布隆特,但实际上他似乎是布隆特大屠杀的幸存者。他总在回忆起义经历时变得躁狂不已,几杯酒下肚后便用拳头捶打着桌面,操着方言大喊大叫,所喊的话大意为:“地主们,你们要小心了,审判的时刻就要来临了;乡亲们,你们一定要响应号召啊。”他的朋友努齐奥·齐拉尔多·弗拉永科在起义前所喊的正是这句话,后来不幸成为被比克索指名枪决的四人中的一个。

布隆特的头脑不是特别好使,但是他有一个最基本的念头,而且还很坚定——杀死尼诺·比克索。

对西莫尼尼而言,布隆特不过是一个供他打发无聊冬夜的怪人,另一个家伙很快让他觉得更有意思。此人言行粗鲁,起初很不友善,但在听到西莫尼尼向酒店老板打听各式菜肴的做法后,便主动过来搭话,并自曝和西莫尼尼一样是美食的虔诚追随者。西莫尼尼向他讲解了皮埃蒙特风味饺子的做法,而他则抖出西西里特有的茄子蔬菜开胃菜的秘密;西莫尼尼向他介绍了阿尔巴风味的白汁生牛肉片,听得他两眼像恶狼一般放光,而他则透露了蛋白杏仁饼的秘制方法。

这位尼努佐师傅说一口近乎意大利语的方言，并让西莫尼尼了解了他连外国也曾游历过的个人经历。有一次，在表达了自己对当地教堂的修女们的极度虔诚和对西莫尼尼所担任的圣职的极度尊敬后，他终于向西莫尼尼透露了自己的离奇身份：他是波旁军队中制造炸弹的专家，但他不是通常意义上的那种士兵，而是身为技艺精湛的工匠负责看守和管理不远处的一个火药库。加里波第志愿军赶跑了守在那里的波旁军队，缴获了他们的军需品和火药，却无意把地堡彻底拆毁，便留下尼努佐为他们效力，使他成为了军需部的下属，命他看守那个地方。于是他就待在了那里，等候上级的命令。他厌倦了这种生活，对来自北方的占领者心存怨恨，他怀念自己的国王，幻想起义和暴动的那一天。

“要是我乐意，我仍旧能炸毁半座巴勒莫城。”明白西莫尼尼也站在皮埃蒙特人的对立面后，尼努佐小声告诉他。面对西莫尼尼惊愕的神情，尼努佐解释说篡位者们全然没有发觉火药库下面有一间地窖，里面还存放着数桶火药、炮弹和其他用于战争的装备。鉴于成队的人马已经聚集在山头组织抵抗运动，他必须为起义到来的那一天留存好这些弹药，让皮埃蒙特入侵者没有好日子过。

在谈到炸药的时候，尼努佐的脸上渐渐地焕发了光彩，他那张大饼脸和阴郁的双眼也变得顺眼了不少。一天，他陪着西莫尼尼去参观了自己的地堡。他进入地窖翻寻了一阵，回到了地面后，他摊开手掌，向西莫尼尼展示一种近似黑色的颗粒。

“哎，最尊敬的神父，”他说道，“再没有比这种优质火药更美的东西。你瞧瞧这颜色，这是石板灰色，这些颗粒用指力捏不碎。如果您在它上面放一张纸并点火，火药就会燃烧起来，但不会把纸烧焦。从前的火药是用七十五份硝石、十二份木炭和十二份硫黄制成的。后来，英国人修改了这个配方，改用十五份木炭和十份硫黄，发明了所谓的英国火药定量，结果他们在后来的战争中吃了败仗，因为按他们的方法造出来的炮弹都成了哑炮。如今我们这些行家（但我们也就这么一丁点儿人，不知该觉得可惜还是感到庆幸）不再使用硝酸钾，而是改用硝酸钠，造出了一种全新的火药。”

“它的性能更好吗?”

“它的性能是最好的。您瞧，神父，炸药的数量一天多过一天，但性能却一个不如一个。曾经有一位（我指的是那位正牌的）国王的军官摆着一副大学究的臭架子向我建议一项最新的发明，也就是硝化甘油，但他不知道那玩意儿只有在受到撞击时才会起作用，所以很难让它起爆，因为你必须在一旁用锤子敲它，那你就等着第一个被炸飞吧。请听我一句，如果你真想把什么人炸上天，旧式火药是唯一的选择，那样你才能见到壮观的景象。”

尼努佐师傅显得很开心，就好像他手里托着的是世界上最美的东西。眼下，西莫尼尼并没有对他的疯言疯语特别在意。然而不久之后，到了一月里，他就会回过头来仔细体会尼努佐的这番话了。

事实上，西莫尼尼在研究如何销毁远征账目时心想：账本不是从未离开过巴勒莫，就是等涅沃从北方归来后会重新回到巴勒莫，此后涅沃很可能会走海路把它们带回都灵。因此，没日没夜地紧盯着他只会徒劳无功，因为我反正也接近不了他的保险柜，即使摸到了保险柜也无法将它打开，而就算我成功开启了保险柜，也会随即引起一桩丑闻，涅沃一旦报告账本失窃，我在都灵的委托人就可能遭到控诉。我还可能在偷窃账本时被涅沃撞见，从而不得不朝他的后背捅上一刀，但这事也无法避人耳目，因为像涅沃那样的人的尸体永远是一个大麻烦。我的委托人在都灵时曾经对我说过，必须让账本灰飞烟灭。但是，涅沃也必须和它们一起化为灰烬，使得在他失踪（必须看起来合情合理，像一场意外）的事实面前，账本的失踪被看作附带的损失。那么，是不是要焚毁或炸毁军需部的大楼呢？太张扬了。只剩下一个办法，即在涅沃由巴勒莫渡海前往都灵的途中，让他和账本以及身边的一切全部消失。面对一场五六十人丧生的海难，没有人会想这是一场旨在销毁几本账本的阴谋。

这无疑是一个不切实际而又冒失的想法，但西莫尼尼似乎已不再是那个只会用小把戏来诱捕大学同学的年轻人了。随着年龄的增长，他的才智也同步提升。他见识了战争，习惯了直面——所幸是别人的——死亡，并且极不情愿看到自己被关在内格里·圣弗龙所说的要塞里的结局出现。

当然，西莫尼尼就这个计划思考了许久，其中一个原因是他确实也没有别的事可做。与此同时，他请尼努佐师傅吃可口的早餐，找他商量计划的实施细节。

“尼努佐师傅，您一定想知道我为什么来这个地方。那就让我告诉您吧，我身负教皇的命令，来这里为我们的国王重建两西西里王国。”

“神父，我听凭您的差遣，请告诉我有什么需要我做的。”

“那好，不知哪天，会有一艘轮船从巴勒莫起航，驶向意大利本土。这艘船上载有一只保险柜，里面盛放的命令和计划意在永久摧毁教权和诋毁我们的国王。必须让这艘轮船在抵达都灵前沉没，船上的人也好，货物也好，都必须葬身海底。”

“再没有比这更简单的了，神父，用煤雷吧，这是一种最新的手段，美国人似乎正在对它进行调试。这种炸弹的外形如同一团煤块，可以藏在作为轮船的动力燃料的煤堆中。一旦它在锅炉中被加热到了某个特定的温度，就会引起爆炸。”

“听起来不错，但是必须准确把握这块煤雷被投入锅炉的时机，绝不能让轮船过早或过晚爆炸，也就是说爆炸不能发生于起航后不久或靠岸前不久，因为那样会引起所有人的注意。必须让它在航行途中爆炸，远离一切不该存在的目击者。”

“这是最难办的。不可能买通司炉，因为他将会是第一个牺牲品，所以需要算准那样大小的一块煤被送入锅炉的准确时间。这点恐怕连贝内文托①的女巫也做不到……”

“那可怎么办？”

“那样的话，亲爱的神父，唯一而永远管用的办法依旧是使用一小桶装着一根可爱导火索的火药。”

“可是有谁明知道自己会被爆炸波及，还肯留在船上点燃导火索？”

① Benevento，位于意大利南部坎帕尼亚大区，传说中意大利女巫的聚集之地。

“没人愿意，除非他不是一个行家，而我们的人数幸好——或者可惜——还很少。行家知道导火索需要留多长。从前被用作导火索的是填塞了黑火药的细麦秆、硫化的烛芯或浸透了硝石和焦油的绳索，你永远无法知道导火索被点燃后要过多久才会引爆炸药。谢天谢地，好在三十年前出现了一种燃烧缓慢的导火索，老实说我的地窖里就有几米。”

“就用那种导火索？”

“有了那种导火索，你就可以算出火苗从点燃导火索的那一刻起燃烧至火药所需的时间，同时能够根据导火索的长度对其燃烧时间做到心中有数。因此，如果制造炸弹的专家知道一旦引燃了导火索，他能够跑到某个地方，跳上已经放下的等候他离开的小艇，从而在轮船爆炸时处于安全的距离，一切就都很完美了，瞧我说的，这将是一幅杰作！”

“尼努佐师傅，只不过……假设那天晚上海上起了暴风雨，谁也没法放下小艇，像您这样的炸弹专家会冒这种危险吗？”

“坦率地说，不会，神父。”

这是一项基本可以确定有去无回的任务，不可能说动尼努佐师傅去送死。不过要是换作某个比他迟钝的人，兴许就会点头应允了。

一月里，涅沃从米兰出发再次南下，于月底到达那不勒斯，在那里停留了十五天，可能是为了把远征军在那里的出账也一并整理清楚。此后他接到了把账本带回都灵的命令，于是便返回巴勒莫收拾他的所有账本（这说明它们被留在了巴勒莫）。

两人的重逢是一幅温情而友爱的景象。涅沃沉浸在感伤的思绪之中，向西莫尼尼讲述自己的北方之行，倾诉自己那段无法企及的爱情如何在那次短暂的探访后再次不幸而奇妙地复苏……西莫尼尼听得泪水浸湿了眼眶，好像对他的挚友的哀诉甚为同情，但其实他只是急切地想知道涅沃将以什么方式把账本带去都灵。

最后，涅沃终于谈到了这个问题。他将于三月初乘坐“赫拉克勒斯号”由巴勒莫前往那不勒斯，然后从那不勒斯继续航行至热那亚。“赫拉克勒斯号”是一艘英国产的华丽轮船，拥有两个装在船侧的旋转轮，配备有十五名船员，能够搭载几十名乘客。这艘船有些年头了，但它并不老旧，在航运中依然能很好地发挥自己的作用。从那一刻起，西莫尼尼便专注于收集所有的信息，打听到了船长米凯莱·曼奇诺下榻的旅店的名称，并在和船员的交谈中掌握了轮船的内部构造。

于是，他再次披上教袍，装出一副痛心的神情赶回巴盖里亚，把布隆特拉到了一边。

“布隆特，”西莫尼尼对他讲道，“尼诺·比克索即将乘轮船从巴勒莫出发前往那不勒斯。我们作为王国的最后守护者，是时候为你的家乡所遭受的不幸报仇雪恨了。手刃尼诺·比克索的这份光荣将是属于你的。”

“请告诉我有什么需要我做的。”

“这是一根导火索，它的燃烧时间是比你我都更懂行的人计算好的，你要把它看得和自己的生命一样重要。有一位叫西莫尼尼的上尉表面上是红衫军的军官，但实际上是我们的人，暗地里效忠于我们的国王。他会打着运送军事机密的名号，让人把一口箱子装上船，并要求由他的亲随，也就是你，留在货舱里二十四小时看守。当然，箱子里到时会装满火药。西莫尼尼会和你一起留在船上，以便在船航行至一定的纬度、接近斯特龙博利岛时指示你抽出导火索、将它插入火药并点燃，同时放下一艘撤离用的小艇。导火索有足够的长度，而且燃烧缓慢，你完全来得及从货舱跑上甲板，赶去船尾和西莫尼尼会合。你们将有充足的时间在天杀的尼诺·比克索和轮船被一起炸上天前离开那里。但是，你不能看到西莫尼尼上尉的长相，就算看到了也不许接近他。尼努佐会用小车将你送到船上，到了那里，你会见到一个叫阿尔玛洛的船员，他会领你去货舱。之后你就老老实实待在那里，直到阿尔玛洛带给你行动的信号。”

布隆特听得两眼直放光，但他还不至于是一个彻头彻尾的蠢货。“万一碰着海面上起大风浪呢？”他问道。

“如果你在货舱感觉到船有些摇晃，你大可不必担心，小艇既平稳又结实，还有一根桅杆和一张帆，而且陆地就在不远处。另外，如果西莫尼尼上尉认为风浪太大，他就没有必要拿自己的生命冒险，届时你不会收到指令，我们以后再找机会杀比克索。但如果你收到了指令，就表示有个更熟悉航海的人确信你们能够平安无恙地到达斯特龙博利岛。”

得到了布隆特的热诚参与和全力支持后，西莫尼尼又和尼努佐师傅就爆炸装置的设计进行了长时间的密谈。时机成熟后，他把自己打扮成人们想象中的四下转悠的密探和特务的样子，身着几近送葬一般的服装，向曼奇诺船长出示了一份盖满图章和戳印的通行许可证，上面显示国王陛下维托里奥·埃马努埃莱下令将一口盛有绝密材料的大箱子运往那不勒斯。为了不引起人们的注意，这口箱子必须混在其他货物中存放在船舱里，同时由西莫尼尼的一位亲随在一旁昼夜守护。船员阿尔玛洛被指定为箱子看守者的联系人，他之前已数次在萨伏依军队的秘密行动中履行了自己的职责。除此之外，船长不得对其他事情进行过问。箱子到了那不勒斯后，会有一名特种兵军官负责接应。

计划就是这么简单，行动不会引起任何人的注意，更不用说涅沃了，他连对装账本的小箱子都不上心。

考虑到“赫拉克勒斯号”将于午后快一点时起航开往那不勒斯，整个航程持续十五六个小时，最好让它在驶过斯特龙博利岛时爆炸。岛上的火山终年向夜空中静静地喷射熊熊的烈火，使得爆炸能够神不知鬼不觉地发生，即便在熹微的晨光中也不会有人察觉。

当然，西莫尼尼早就和阿尔玛洛建立了联系。鉴于阿尔玛洛表露出所有低等船员中最常见的贪婪本质，西莫尼尼用丰厚的贿赂买通了他，向他下达了明确的指令：在码头等候布隆特，把他安排在货舱内，让他能够和自己的箱子待在一起。“在这之后，”西莫尼尼对他说，“临近傍晚时你注意观察地平线上有没有出现斯特龙博利岛的火光，一经看到，不管海面的情况如何，你都立即下货舱去找到布隆特，对他说：‘上尉通知你是时候了。’不用操心他在做什么或将要做什么，但为了防止你的好奇心作祟，免得你东探西问，我先告诉你一些情况。你需要知道的只是布隆特会在箱子里找出一只装着书信的瓶子，把它从舷窗扔进海里；到时候会有人乘坐小艇在附近等候，把瓶子打捞起来带回斯特龙博利岛。你只需管好自己，径直回自己的船舱去，把一切都忘掉。好，你把你必须告诉布隆特的话重复一遍。”

“上尉通知你是时候了。”

“很好。”

涅沃出发前，西莫尼尼在码头为他送行，告别场面感人至深。“我最亲爱的朋友，”涅沃对西莫尼尼说，“长久以来你待我亲如兄弟，我也向你敞开了心扉。也许我们再也不会相见了。我把账本交给都灵的政府以后，马上就回米兰，在那里……我们再会。别忘了我的小说。别了，让我们拥抱吧，意大利万岁。”

“别了，我的希波吕托斯，我会永远想念你的。”西莫尼尼对他说道。因为太过入戏，他甚至成功挤出了几滴眼泪。

涅沃让人从他的马车上卸下一只沉甸甸的小箱子，聚精会神地目送他的助手们将它搬上船。就在他即将登上舷梯之际，他的两个朋友赶来劝他别上“赫拉克勒斯号”，而是次日早晨乘“埃莱特利克号”离开，因为他们认为“赫拉克勒斯号”不够安全，“埃莱特利克号”则较为令人放心。西莫尼尼完全不清楚那两个家伙的来历，有那么一刻，他感到了不安，但好在涅沃很快耸了耸肩，说首要任务是把文件送到目的地，最好还是维持原计划不变。没过多久，“赫拉克勒斯号”就驶离了港口的海域。

要说西莫尼尼以欢快的心情度过了随后的几个小时，会使他的形象显得太过冷血。相反，他整个白天和夜晚都在等待那场意外发生，虽然他纵然爬上耸立在巴勒莫城外的莱伊西峰也无法亲眼见证。他数着钟点，临近晚上九点时对自己说，也许整艘船已经从这个世界上消失了。他不确定布隆特能否一板一眼地执行所有的命令，但他想象着阿尔玛洛在船驶到斯特龙博利岛附近的海域时去货舱向布隆特下达指令，而布隆特那个可怜虫弯下腰把导火索插入箱子里点燃，然后飞奔到船尾，却发现那里空无一人。也许他意识到自己上当了，像疯子一般（不然还能怎样？）冲向货舱，想赶在爆炸前扑灭导火索，但已经太迟了，他会在回货舱的途中被爆炸吞噬。

任务完成了，西莫尼尼感到颇为满意，于是他又一次穿上了教袍，去巴盖里亚的风味酒馆享用一顿丰盛的晚餐作为庆祝。晚餐以面食为主，配以新鲜的沙丁鱼和油焖鳕鱼（未加盐的鳕鱼干在冷水中浸泡两天后切片，外加一只洋葱、一根芹菜、一根胡萝卜、一杯橄榄油、去皮的西红柿、去核的黑橄榄、松子、淡黄色无核的小葡萄干、梨、泡去盐分的刺山柑、盐和胡椒粉）。

随后他想起了尼努佐师傅……不应该放跑如此危险的一位证人。他重新骑上骡子，赶去了火药库。尼努佐师傅正在门边抽他的旧烟斗，他微笑着迎了上来："神父，您认为成功了吗？"

"我想是的，尼努佐师傅，您应该感到自豪。"西莫尼尼说道，并仿效当地的习俗边拥抱他边说，"国王万岁。"借拥抱之机，西莫尼尼用一把两拃长的匕首刺穿了尼努佐的腹部。

由于没有人会从那一带经过，天知道尼努佐的尸体什么时候才会被发现。退一万步说，就算宪兵们或者其他查案的人追查到巴盖里亚的酒馆，他们只会知道尼努佐在被刺杀前的几个月里，

……他数着钟点，临近晚上九点时对自己说，
也许整艘船已经从这个世界上消失了……

有许多个晚上都和一位貌似极其贪吃的修士在一起。然而那位修士早已销声匿迹，因为西莫尼尼此刻正准备返回意大利本土。至于布隆特，没有人在乎他是死是活。

临近三月中旬，西莫尼尼回到了都灵。他期待见到自己的委托人，因为是他们付清报酬的时候了。然而一天下午，比安科来到他的事务所，坐在他的书桌前对他说：

“西莫尼尼，您从来就没有把事情办得像样过。”

“怎么会呢？”西莫尼尼反驳道，“你们希望账本灰飞烟灭，我敢保证它们已经无影无踪了！”

“嗯，那是，但涅沃上校也被炸成了灰，这并非我们的初衷。现在到处都在对这艘船的失踪议论纷纷，还不知道能不能把这件事成功地平息下去，而且很难不让特务局插手此事。我们肯定会想方设法解决这个问题，但最薄弱的一环出在您身上。迟早会冒出一些证人，指认您在巴勒莫时和涅沃关系密切，而且说不定还会指认是波吉奥派您去那里捣鬼。波吉奥，加富尔，政府……我的天啊，真不敢想象流言会发展到什么程度。因此，您必须消失。”

“去要塞吗？”西莫尼尼问道。

“甚至派你去要塞这事都能引得谣言满天飞。我们不希望重蹈铁面人的覆辙，更愿意采取没有那么戏剧性的解决办法。您即刻关门停业，抛弃在都灵的一切，悄悄溜出这个国家。您去巴黎吧，我们商定的酬金的一半应该够您应付前期的开支。归根到底，您太想大显身手了，其实您如果把工作量减半，效果也是一样的。我们不指望您到了巴黎能长期待下去而不闯出什么祸来，所以我会让那边的同行迅速与您取得联系，他们会给您委派一些秘密任务。也就是说，您就此投靠别的政府吧。”

九

巴　黎

一八九七年四月二日深夜

自从我着手写这部日记，我就再也没光顾过餐馆。今晚我无论如何也要给自己提提神，所以决定去一个地方，管保我在那儿撞见的任何人都已经醉得即便我认得出他，他也认不得我。这个地方便是离这儿不远的英国人街上的眼镜老爹夜总会。之所以取这个名字，是因为在大门上方悬挂着一副巨大的夹鼻眼镜。谁也不知道它被挂在那里的时间和缘由。

除了就餐，在眼镜老爹夜总会里还可以啃个把奶酪块。它们是店主以几近白送的价格供应的，因为吃后会口渴。除此之外，那里的活动就是喝酒和唱歌——也就是由本店的“艺术家”，“苦艾酒”菲菲、阿尔芒·勒盖拉德和加斯东·特鲁斯帕泰献唱。夜总会的第一间屋子像一道走廊，被一道锌制的柜台沿着长边划去一半。老板和老板娘就在那里，还有他们的孩子，在客人的污言秽语和哄堂大笑的陪伴中入睡。冲着柜台的那堵墙边放着一张破旧的桌子，专供已经一杯酒下肚的客人歇息用。在柜台后的搁板上，陈列着最迷人的烈酒，囊括了在巴黎所能找到的各式烈酒。但地道的客人会去里头那间屋子。那里有两张餐桌，醉倒的人围坐在餐桌周围，倚靠在别人的肩头呼呼大睡。四壁上留存着客人们的回忆，几乎是清一色的下流图画。

今晚，我坐在一位专注地抿着一大杯苦艾酒的女士身旁。我想我认得她，她曾经为著名杂志绘制插图，后来或许是因为患上了肺结核，得知自己时日无多，所以逐渐自暴自弃。如今，她为客人们提供绘制肖像的服务，作为交换，客人们请她喝一杯，不过她的手已经不太听使唤了。如果走运的话，她不会因肺结核而死，而是会在那之前的某个夜晚，以跌入比埃夫勒河的方式结束自己的生命。

我和她聊了聊(这十来天我活得如此见不得人，以至于和女人交谈都能让我感到宽慰)，每请她喝一杯苦艾酒，我自己也免不了干一杯。

于是，我这会儿提笔写日记时已经视线模糊，头脑发昏：这是让记忆稀少而残缺的最理想状态。

我唯一有印象的是，初到巴黎时我忐忑不安，这是自然的(归根到底，我被流放了)，但这座城市打动了我，使我决定在这里度过余生。

我不清楚自己需要靠随身携带的那笔钱支撑多久，所以在比埃夫勒河流经的城区找了一家旅店租了一个房间。所幸我还住得起单人房，因为在那种简陋的旅店里，一间房里往往挤着十五张草褥子，而不少那样的房间连窗户也没有。家具是从别人搬家时丢弃的废物堆里捡来的，床单生了虫，一只锌盆用于洗漱，一只小桶用于盛尿，连椅子也没有，更不用说肥皂和毛巾了。墙上钉着一块告示板，勒令房客把钥匙留在门外的锁孔上，显然是为了给警察节省时间。警察经常突击搜查，揪住熟睡的房客的头发，将他们的脑袋拎到提灯前好好打量，然后丢下不相干的人，把要抓的人拖下楼。偶尔遇到敢于反抗的被抓捕者，他们还会自觉地将其痛扁一顿后再带走。

至于一日三餐，我在小桥街上寻了一家很便宜的小酒馆：被中央菜市场的肉铺老板丢进垃圾堆的所有变质的肉——肥的部分发绿，瘦的部分发黑——在清晨被捡了回来，清洗一番后被抹上大把的盐和胡椒粉，然后泡在醋里，等天气好的时候挂在院子最深处风干四十八个小时，就可以上桌招徕食客了。菜价平易可亲，吃了包管得痢疾。

凭我在都灵养成的习惯和吃惯了的巴勒莫大餐，如果我没有马上从比安科骑士指使我投靠的人那里领到头几笔报酬，我可能活不过几周，这是后话了。而在当时，我已经能去得起于歇特街上的诺布洛餐馆了。它有一间宽敞的大厅，通向一座古老的庭院，食客们需要自备面包。入口处摆着一张收银台，由女主人和她的三个女儿负责打理：记下客人点的上等菜肴、牛排、奶酪和果酱，或分发核桃烤梨。只有点了至少半升酒的客人才获准进入收银台后面的大厅，他们是工匠、穷困潦倒的艺术家和抄写员。

经过收银台，进入厨房，可以看到一只硕大的炉子上正在烹制以羊肉、兔肉或牛肉为原料的肉末西红柿酱，或是豌豆泥、红豆

……我陶醉于那番景象，出神地看着各阶层的人从我身边走过……

汤。店里不提供任何服务：必须自己找餐盘和餐具，然后去厨师面前排队等候。就这样，客人们端着各自的餐盘，相互推搡着在店里行走，期待能最终在巨大的客饭席边坐下来。两个苏的肉汤，四个苏的牛肉，外加花十个生丁从别处买来的面包，这样就可以用四十生丁填饱肚子。我觉得整餐饭非常可口。此外我注意到，一些有身份有地位的人因为自甘下流的恶趣味，也会光顾这家餐馆。

然而，就是在去得起诺布洛餐馆以前，我也从未对最初几周地狱般的生活后悔过：我结交了一些有用的人，熟悉了我今后必须能在其中得心应手的生存环境。我一面偷听人们在街头巷尾的谈话，一面在巴黎四处探索陌生的街道，像拉普街，它彻底成了一个废铁堆，无论是工匠还是普通住户，抑或是从事见不得人的勾当的家伙，都能从中找到自己需要的东西，如撬锁工具或伪造的钥匙，甚至还有可以藏在外套衣袖里的伸缩式匕首。

我尽量减少自己待在房间里的时间，出门去体验一贫如洗的巴黎人仅存的享乐方式：在林荫大道上散步。到那时我才明白，相比都灵，巴黎是何等之大。我陶醉于那番景象，出神地看着各阶层的人从我身边走过。少数人有事在身，他们行色匆匆，大部分人则相互欣赏。高贵的巴黎女子穿着优雅大方，且不说她们本人，光是她们的发式就吸引了我。可惜在那儿的人行道上漫步的还有另一类巴黎女子，换言之，地位低下的那些，她们更加精于发明新奇的装扮，以吸引我们男人的眼球。

虽说她们还不至于像我后来在“女子啤酒屋”里见识到的妓女那样俗不可耐，她们终究也是妓女。这些人只为阔绰的绅士提供服务，这可以从她们勾引自己的猎物时使用的魔鬼技巧上看出来。稍后我的一位线人向我解释，从前在林荫大道上只见得到轻佻的年轻女工，她们有些呆傻，不正经却也并不势利，不会向嫖客索要服装或珠宝，这是因为嫖客比她们还要穷困。后来她们像巴哥犬一样整个物种消失殆尽。之后出现了漂亮轻佻的年轻女人，或称为“母鹿”或“母鸡”。她们不再像轻佻的年轻女工那么注重品位和教养，而是对羊绒制品和俗艳的配饰充满了渴望。我初到巴黎那会儿，轻佻的年轻女人已被交际花所取代：伴随她们的是家财万贯的情夫、钻石和四轮马车。如今难得再见到交际花在林荫大道上散步了。这些“茶花女”所选取的道德准则要求她们抛弃良心、冷酷无情、忘恩负义，并且必须学会榨干那些仅仅为了把她们带去巴黎歌剧院的包厢里炫耀而包养她们的阳痿者。真是令人恶心的性交易。

在此期间，我和克莱芒·法布尔·德·拉格朗日取得了联系。都灵的那帮家伙给了我一间办事处的地址，教我去一栋外表很不起眼的小楼，然而我干这一行所养成的谨慎性格阻止我说出它所在的街道的名称，就算是只写给自己看也万万不可。我相信拉格朗日供职于公共安全局总指挥部下属的一个政治分局，但我从不清楚他在那个金字塔一般的体系中究竟处在顶点还是底层。看样子，他绝不能向任何人透露，而我就算遭到严刑逼供，也不得泄露有关那个政治情报机构的一言半语。事实上，我都不知道拉格朗日的办事处在不在那栋楼里：我通过这个地址给他去信，告诉他我有一封比安科骑士的介绍信，两天后我收到了一张便条，约我去巴黎圣母院前的广场会面，凭他戴在纽扣孔上的一朵红色的麝香石竹相认。打那以后，我们总是在最意想不到的场所会面，夜总会、教堂、花园，从不会在同一个地方碰面两次。

在那段时间里，拉格朗日恰好需要一份文件，我就为他制作了一份，足能以假乱真，立即得到了他的赞赏，并从此作为“线人”——在这儿的俗称——为他效劳，每月领取三百法郎的报酬外加一百三十法郎的经费（在特殊情况下或针对我制作的某些文件，他还会另付赏金）。法兰西帝国在告密者身上投入了庞大的开销，肯定多过撒丁王国，我听说警察署每年七百万法郎的预算中，用于收集政治情报的开销就占了两百万法郎。不过另有传言信誓旦旦地说，警察署的预算是一千四百万法郎，但必须被用来支付皇帝出行时组织的欢庆仪式，以及为监视马志尼党人、煽动分子和真正的间谍而奔波的卫队的费用。

我每年从拉格朗日那里至少挣得五千法郎，不过我通过他又被介绍给了另一位私人客户，因此我得以在极短的时间里创办了现在这家事务所（就是打着旧货行幌子的这家）。我估算了一下，伪造一份遗嘱可以开价一千法郎，祝圣过的圣体饼因为难以批量获得，所以能以一百法郎的价格脱手。只要每月卖出四份遗嘱和十块圣体饼，事务所的业务就能为我再挣五千法郎。而坐拥一万法郎的年收入，我就成了巴黎人所称的富裕的资产阶级。当然，这些都不是稳定的收入，我的梦想是以利息而非收入的形式每年到手一万法郎。国家证券（最安全的证券）的利率是百分之三，为此我需要攒出一笔三十万法郎的本金。这个数目在当时对一位交际花来说唾手可得，但对一位还不知名的公证人而言却遥不可及。

在等待撞大运的日子里，我从巴黎式享乐的见证者摇身一变成为了参与者。我对戏剧从来提不起兴趣，对朗诵亚历山大体诗歌的糟糕的悲剧产生不了共鸣，一进博物馆的展厅就昏昏欲睡。好在巴黎使我享受到了另一种更美好的东西：美食。

我最希望去得起的那家餐馆——尽管贵得离谱——在都灵时我就听人对它大为推崇。那就是位于巴黎皇家宫殿柱廊下的大维富餐厅，好像连维克多·雨果也是那里的常客，时常奔着它的白芸豆配羊胸肉而去。另一家很快勾起我胃口的是位于格拉蒙街和意大利人林荫大道交叉口的英国咖啡馆。这家餐馆从前只有马车夫和家仆才会光顾，如今却招揽着全巴黎的食客。在那里，我见识到了安娜土豆、波尔多螯虾、禽肉酱、樱桃肥云雀、蓬巴杜夫人式小圆馅饼、狍臀肉、什蔬洋蓟汤、香槟雪糕。光是回想这些菜名就能让我感受到生在这个世上的意义。

除了餐馆，吸引我的还有廊街。我很喜欢茹弗鲁瓦廊街，或许是因为巴黎最顶级的餐馆中就有三家开在那里：巴黎餐厅、迪罗谢餐厅和茹弗鲁瓦餐厅。直到今日，特别是周六那天，似乎整座巴黎城的人都相会在那道水晶拱廊下，摩肩接踵，其中不乏愁眉苦脸的绅士和就我的口味而言也许香水味过浓的夫人。

可能全景廊街更加令我着迷。那里的人群看起来更为平民化，普通百姓和乡下人嘴里嚼着吃食，眼睛却直勾勾地盯着他们永远不可能买得起的古玩藏品，而刚从工厂下班的年轻女工也在

……在那条廊街上，我窥视的不是女工，而是“追求者”……

那里穿行。如果说有些女人就是要被用来窥视的(的确有男人就好这一口),那么茹弗鲁瓦廊街上那些衣着光鲜的女人最有这种资格。但为了瞧一眼女工,人称"追求者"的那些戴墨绿色眼镜的中年男子往来穿梭于那条拱廊下。我很怀疑所有那些女工真的就是这个样子:表面上她们穿一件朴素的外衣,戴一顶薄纱小帽,系一条围裙,但这说明不了什么。必须观察这些女孩的指尖,如果见不着扎痕、刮痕或轻度烫伤的痕迹,就意味着她们过着一种更加养尊处优的生活,而这恰恰是被她们迷得神魂颠倒的"追求者"的功劳。

在那条廊街上,我窥视的不是女工,而是"追求者"(再说了,是谁说过,在歌舞咖啡馆里不看表演却看观众的那个人就是哲学家)。他们有朝一日很可能成为我的客户,或是我的工具。我甚至尾随其中一些人回家,等他们进门去搂胖太太和半打孩子后,记下他们的门牌号码。所有人都对此浑然不觉。"将来,到了必要的时候,我用一封匿名信就能毁了他们。"我心想。

至于拉格朗日最初交给我的一些任务,我几乎一点印象都没有了。我的脑海中只闪过一个名字——布朗院长,但他应该与后来发生的什么事有关,那要到战争爆发前不久或是战争结束后了(我总算回忆起这中间发生过一场战争,把巴黎掀了个底朝天)。

苦艾酒的效力正在发作,如果我对着一支蜡烛呼气,可以使一大团明亮的火焰从烛芯喷涌而出。

十

困惑的达拉·皮科拉

一八九七年四月三日

亲爱的西莫尼尼上尉，

今天早晨我醒来后脑袋昏沉，嘴里有一股怪味。上帝饶恕我，这是苦艾酒的味道！我向您保证，我还不曾读过您昨晚写的日记。要是我没有亲口喝过苦艾酒，我如何能知道您喝的是什么？而且这是一种被教会禁止的饮料，身为教士又怎么会认得这种陌生的味道呢？要不然是我记错了，我头脑发昏，我正在写的是我醒来后嘴里感受到的味道，但因为我阅读您的日记在先，所以受到了您所写内容的影响。事实上，如果我从未尝过苦艾酒，我怎么会知道自己嘴里的那股味道就是苦艾酒呢？一定是别的什么东西的味道，而您的日记诱使我误以为那是苦艾酒。

哦，善良的耶稣，事实是我在自己的床上醒来，一切都显得那么正常，就好像我在过去整整一个月里没做过别的事情。我只知道自己必须来您的寓所，在那里，也就是这里，我阅读了您日记中那些我还未曾读过的内容。我看到您提到了布朗,我的脑海中重新浮现了某些事,但是这段记忆模糊而又混乱。

我大声反复朗读那个名字,读了很多遍后,那个名字让我的脑袋猛然一震,仿佛您提到过的布鲁和布洛医生在我身上的某个部位安放了一根通磁术的金属条,或是夏尔科医生在我眼前晃动——这我知道——一根手指、一把钥匙或一只摊平的手掌,使我彻底进入了催眠的状态。

我看到一个神父的身影,他正在向一个着魔的人嘴里吐着口水。

一一
若利

摘自一八九七年四月三日深夜的日记

达拉·皮科拉的日记中止得太过突然。或许他听见了一点儿动静——楼下开门的声响，于是便闪得无影无踪。您得承认，就连叙述者也深感困惑。好像只有当西莫尼尼亟须有良知的人斥责自己心不在焉、责令他面对事实真相的时候，达拉·皮科拉院长才会清醒过来，其他时候他似乎对自己的存在浑然不晓。老实说，如果下面的内容与实情有点滴的出入，多半是因为叙述者根据自己的理解，把亢奋的失忆者与焦躁的拾忆者的日记内容穿插在了一起的缘故。

一八六五年春的一个早晨，拉格朗日约西莫尼尼在卢森堡公园会面。他坐在长凳上，向西莫尼尼出示了一本皱巴巴的书。那本书裹着暗黄色的封皮，一八六四年十月出版于布鲁塞尔，没有署上作者的大名，书名为《马基雅弗利与孟德斯鸠冥府对话录，或当代人笔下的十九世纪马基雅弗利政治学》。

“瞧，”拉格朗日说，“这本书是一个叫莫里斯·若利的人写的。我们现在知道他是谁了，不过为了揪他出来，我们费了好一番功夫，而他当时已在国外印好了这本书，将它们运进法国，秘密发放。不错，搜捕行动很费劲，但倒也不难，因为偷运政治材料的走私犯中，有许多人是我们的密探。您要知道，控制一个颠覆组织的唯一办法就是掌握它的指挥权，或至少让我们的薪金册里的人当上它的主要头目。洞悉敌人的计划靠的不是神谕。有人说过——可能言过其实了——一个秘密组织的十名成员中，有三人是我们的‘告密者’（请原谅我的用词，但民众就是这么称呼他们的），六人是蠢猪，还有一人是危险分子。不过我们还是言归正传吧。若利现在被关押在圣佩拉热监狱，我们会安排他尽可能久地待在那里。不过，我们所关心的是，他究竟从哪儿获取了那些情报。”

“书里到底说了些什么？”

“说实话，我还没有读过，它有五百多页——真是不明智啊，诽谤性的小册子要能够在半小时内读完才行。我们有一位拉克鲁瓦探员，他擅长这类问题，为我们提供了一份内容概要。不过，我还是送给您仅存的另一本原书吧。您会看到，书中如何虚构了马基雅弗利与孟德斯鸠在冥府的对话，把马基雅弗利设想成用愤世嫉俗的眼光看待权力的理论家，主张为了禁锢出版及言论自由、解散立法议会、镇压共和派长期宣扬的所有主张而实施的一系列行动是合法之举。这些内容写得如此详尽，与现世的联系如此紧密，就连最单纯的读者也能意识到这本册子意在中伤我们的皇帝陛下，诽谤他图谋瓦解议会的权力、要求人民将总统的任期延长十年、把共和国改造成帝国……”

“请原谅，拉格朗日先生，我跟您说心里话吧，您了解我对政府的忠诚……我不得不向您指出，就您告诉我的这些来看，这位若利所影射的不过是皇帝陛下已经付诸实施的事情，我不明白为什么还要对他的消息来源抓住不放……”

“但是，若利的书并不限于对政府已经做过的事情加以嘲讽，而是对其可能正在酝酿的行动也含沙射影，就好像他从政府内部而非外部得知了某些消息。您瞧，在每一个部门、每一栋政府大楼里都潜伏着一个内奸，一艘‘潜水艇’，向外泄露情报。通常这个人会被留作活口，以通过他散播政府有意散布的虚假情报，但有时这会变得很危险。必须找出是谁向若利提供了这些情报，或者可能更糟，是谁教唆若利去这么做的。”

西莫尼尼心想，所有的专制政府遵循的都是同一个思路，只需读一读马基雅弗利的亲笔著作，就能知道拿破仑三世即将采取什么样的行动；但经这么一想，他便对拉格朗日介绍情况时萦绕于心的一种感觉越来越深信不疑：这个若利让他的马基雅弗利-拿破仑说的话和自己为皮埃蒙特秘密警察炮制的文件中耶稣会士的台词几乎如出一辙。因此，若利和自己的灵感很显然汲取自同一个源泉，也就是欧仁·苏的《人民的秘密》中罗丹神父写给罗特汉神父的书信。

“所以，”拉格朗日继续说道，“我们将把您送进圣佩拉热监狱。您的身份是流亡国外的马志尼党人，被怀疑和法国的共和圈有关联。在那里关押着一个名叫加维亚里的意大利人，他是奥西尼刺杀案的涉案者之一。您一定要设法和他接触,自称加里波第志愿军、烧炭党人或别的什么都行,通过他您就能认识若利。大家都是政治犯,又被孤立于形形色色的地痞流氓中,彼此会很谈得来。您去撬开若利的嘴,囚犯们都苦于没人聊天。”

“我得在那所监狱里待多久?”西莫尼尼问道,对狱中的伙食心存忧虑。

“那要看您的了。越早搞到情报,就出来得越早。他们会听说您请了高明的律师,因而被预审法官宣布无罪释放。”

西莫尼尼从未有过入狱的经历。狱中的生活并不好受,空气里弥漫着汗酸和尿液的恶臭,菜汤根本难以下咽。托上天的福,他和别的家境殷实的囚犯一样,每天会收到一只小篮子,里面盛着给人吃的食物。

从天井可以进入一间大厅,大厅的中央有一只火炉,靠墙摆着几条长凳,收到从监狱外送来的食物的犯人通常就在那个地方用餐。有的人一边吃,一边俯着身子、张开双手护住自己的食篮,把别人的视线阻挡在自己的午餐之外;有的人则显得对朋友和邻人都慷慨大方。西莫尼尼明白,那些最慷慨的犯人要不是养成了团结同类的品格的惯犯,就是政治犯,非此即彼。

在都灵的成长岁月、西西里的经历和在巴黎最污秽的死胡同里居住的头几年里,西莫尼尼积累了丰富的识别天生罪犯的经验。他不认同当时刚开始流行的辨识罪犯的理念,即罪犯们理应个个都是佝偻病患者或驼背,或是长有兔唇、瘰疬,甚或如深谙罪犯的大名鼎鼎的维多克[1]所说(至少因为他也曾是他们中的一员),所有的罪犯都长着罗圈腿;当然,他们也带有许多有色人种的特征,如毛发稀少、脑袋瘦削、前额塌陷、额窦过于发达、下颌及颧骨异常突出、眼眶歪斜、肤色偏黑、头发浓密而卷曲、双耳肥大、牙齿不齐,还有情感麻木、性欲过旺、酒瘾极大、痛觉迟钝、道德沦丧、懒散莽撞、目光短浅、极度自负、嗜赌成性、崇拜迷信。

更有甚者,每天跟在西莫尼尼的身后,像是要乞求他施舍一口篮子里的食物。那家伙的脸上横七竖八地分布着青灰色的疤痕,嘴唇因受过硫酸的腐蚀而变得肿大,鼻子被切去了软骨,鼻孔处只剩下两个不成形的孔眼,手臂长,多毛的手掌短而肥大,汗毛一直覆盖到手指之上……但后来,西莫尼尼不得不改变了自己对罪犯典型特征的理解,因为当他终于把自己的食物分一些给那个叫奥雷斯特的家伙后,后者随即变得极其温顺,他喜欢上了西莫尼尼,并对西莫尼尼表现出狗一般的忠诚。

奥雷斯特的遭遇并不复杂:他掐死了一个拒绝了他的求爱的女孩,因而在狱中等待宣判。“我不知道她为什么这么恶毒,”奥雷斯特说,“我不过是请求她嫁给我。但她笑了,就好像我是个怪物。我对她的死感到很抱歉,可是在那种情况下,一个自重的人还能怎么做呢?如果我能躲过断头台,待在重犯监狱也不错,听说那儿的伙食挺丰盛的。”

---

① Eugène-François Vidocq(1775—1857),法国侦探、罪犯学家,曾当过小偷和诈骗犯,被捕后转而为法国警察效力,于一八一二年创建了法国国家安全局并担任首任局长。他同时也是私家侦探社的领导人物,被视为现代犯罪学之父。

……就这样，西莫尼尼认出了加维亚里，并结识了他……

一天，奥雷斯特指着一个人，对西莫尼尼说："那家伙倒是个坏蛋，他企图刺杀皇帝。"

就这样，西莫尼尼认出了加维亚里，并结识了他。

"你们能攻克西西里，多亏了我们作出的牺牲，"加维亚里对西莫尼尼说。接着他又解释道："我没有牺牲什么。警察除了能证明我和奥西尼有些联系外，别的什么也证明不了。所以奥西尼和皮耶里被送上了断头台，迪卢迪奥被流放到卡宴，而我如果一切顺利，很快就能出狱。"

奥西尼的事迹家喻户晓。这位意大利爱国者去了趟英国，准备了六枚填装了雷汞的炸弹。一八五八年一月十四日晚，在拿破仑三世前往巴黎歌剧院的途中，奥西尼和他的两名同伙向皇帝的马车投掷了三枚炸弹，但结果并不理想：一百五十七人被炸伤，其中八人不治身亡，皇帝和皇后却毫发无损。

在赶赴断头台前，奥西尼给皇帝写了一封催人泪下的信，恳求他维护意大利的统一。很多人说这封信对拿破仑三世日后的决定起到了一定的影响。

"最初，制造炸弹的人本应是我，"加维亚里说，"以及我的一群朋友。不客气地说，他们都是制造炸药的行家。可是奥西尼对此没有把握。谁都知道，外国人总是比我们强，所以他执意要找一个英国人来制造，而后者又非要使用雷汞不可。在伦敦，你能在药店买到雷汞，它被用于生产达盖尔照相机；而在法国这儿，人们把一张'中国糖果'的糖纸用雷汞浸湿后摊开，'嘣'，这就是一次漂亮的爆炸——你知道这有多么可笑。带导火索的炸弹如果不挨着目标爆炸，效果会非常有限。黑火药炸弹会产生大块的金属碎片，能击中方圆十米以内的目标，而雷汞炸弹很快就会碎裂，只有落在你脚边时才炸得死你，还不如一颗子弹，指哪打哪。”

“总有机会再尝试的，”西莫尼尼壮着胆子说，接着又补充道，“我认识一些人，他们对一群高明的造弹专家的手艺会很感兴趣的。”

西莫尼尼为什么要放出那个诱饵？叙述者感到不解。他是已经做好了打算，还是因为没人会知道他们的对话，从而在天性、邪念及深谋远虑的作用下放出诱饵？总之，加维亚里上钩了。“咱们聊聊这事吧，”他说，“您和我说过您很快就会出狱，我很可能也是如此。您来洛雷特老爹酒馆找我吧，它在于歇特街上，我和老朋友们几乎每晚都在那里见面。那是一个宪兵懒得巡查的地方，一则他们总得把所有顾客都抓进监狱，这颇费功夫；再则，如果一个小丑走进那里，他们不敢保证自己还能够出得来。”

“好地方，”西莫尼尼笑着说道，“我会去的。对了，我想向你打听一个人。我知道这里应该有一个名叫若利的犯人，他针对皇帝写过一些恶毒的言论。”

“他是个空想家，”加维亚里说，“文字杀不死人。不过他应该是个正派人。我把他介绍给你认识。”

若利穿的衣服还算干净，一看就知道他还找到了刮脸的办法。平日里，他孤独地缩在那间有火炉的大厅里。每当享受优待的犯人们提着食篮进去以后，他就会离开那个房间，免得眼睁睁地看着别人的好运而受罪。他看上去和西莫尼尼年纪相仿，眼神如空想家一般炽热，却蒙着一层忧郁，使人确信他是各种矛盾相结合的产物。

“您请坐，”西莫尼尼对他说，“从篮子里拿些吃的吧，我一个人也吃不了这么多。我早就发现您和这群流氓不是同类。”

若利笑了笑，默默地表示感谢，大大方方地接过一块肉和一片面包，不过只是泛泛地聊了几句。西莫尼尼说：“幸好我姐姐没把我给忘了。她虽然不富有，但是把我照顾得好好的。”

“您真有福，”若利说，“我没有任何……”

坚冰就此被打破。两人聊起了法国人兴致勃勃地关注的加里波第的英雄事迹。西莫尼尼提到，自己先后和皮埃蒙特政府及法国政府发生了过节，于是这会儿正在等候对其反政府罪行的审判。若利则表示，自己根本就没犯什么阴谋罪，只不过是因为好说闲话，就被抓进了监狱。

“对于我们这些受过良好教育的人而言，自以为是宇宙秩序中的必要元素，无异于文盲对迷信的崇拜。这个世界不会被理想所改变。思想较为单纯的人更不容易犯错，他们随波逐流，对任何人都不加干涉，于是功成名就、财运亨通、出人头地，成为议员、勋爵、著名作家、院士、记者。把自己的事打理得如此妥当的人，还能是傻瓜吗？我才是傻瓜，竟然想和风车去搏斗[①]。”

眼见两餐饭罢，若利迟迟未能切入关键话题，西莫尼尼在第三餐时把若利拉到近旁，询问他可曾写过哪本危险的书籍。这下，若利滔滔不绝地谈论起了他的《冥府对话录》。他愈是介绍，

---

① 典出塞万提斯的著作《堂吉诃德》，指和假想的敌人搏斗，进行一场徒劳的斗争。

就愈是对自己揭露的无耻行径愤恨不已，较小册子中的内容又多了几番评论和分析。

“您知道吗？靠普选实现了专制！这个无耻之徒在愚昧的民众帮助下实施了一次独裁政变！他让我们看清了民主的未来。”

“没错，”西莫尼尼心想，“我们这个时代的拿破仑已然懂得了操纵民众之道，而正是这群民众，七十年前曾为能够砍掉国王的脑袋而群情激昂。拉格朗日完全有理由相信若利收到了内奸的线报，但若利显然只是分析了尽人皆知的事情，以此来推测独裁者的行动。我倒是更想知道什么才是他的故事的真正原型。”

于是，西莫尼尼含蓄地提及了苏和罗丹神父的书信，若利顿时笑了，几乎羞红了脸。是的，他描绘拿破仑三世阴险计划的灵感正是源于苏对此类计划的描述，只不过他觉得把耶稣会的主张回溯至古典的马基雅弗利主义效果更佳。

“读了苏的作品后，我心想，这下我可找到了秘诀了，我可以写一本将会震动这个国家的书。多么愚蠢啊，所有的书都被没收焚毁了，而你就好像什么也没有做过。我只能想一想苏，他发表的言论更少，却因此而遭到了流放。”

西莫尼尼觉得仿佛自己身上的肉被人割去了一块似的。他的确也抄袭了苏笔下耶稣会士的谈话内容，但还不曾被任何人识破过，他还打算留着自己的阴谋模式另作他用。然而若利这样一来不仅偷走了他的模式，而且可以说把它彻底公之于众。

但他随后冷静了下来。若利的书已被收缴，除自己手头的那一本，民间流传的小册子已经所剩无几。若利在监狱里还得待上个把年头，西莫尼尼纵然原原本本地抄袭他的原作，冠之以——据我所知——“加富尔的阴谋”或“普鲁士首相的阴谋”，也不会有人发觉，就连拉格朗日也不例外，他至多会在新的文本中认出某个可靠的信息罢了。每个国家的秘密警察都只相信自己在别处已有耳闻的消息，断不接受任何闻所未闻的情报，仿佛它们都靠不住。所以别慌，大可以放心，再也不会有人知道若利所说的那些事，除了拉格朗日提到过的拉克鲁瓦，他是唯一一个胆敢读完《冥府对话录》的人。所以，只需除掉他，便可以高枕无忧了。

是时候离开圣佩拉热监狱了。西莫尼尼以兄弟般的热情和若利作别，若利被感动了，说道：“希望您能够帮我一个忙。我有一个朋友叫盖东，他对我的处境或许还一无所知，但我希望他能时常给我送一篮给人吃的东西。这些令人作呕的菜汤害我得了胃灼热和痢疾。”

若利告诉西莫尼尼，他可以在博纳街上的一家书店里找到盖东。那是伯克夫人的书店，傅立叶主义者的集会场所。就西莫尼尼所知，傅立叶主义者也是社会主义者，他们渴望人类的全面改革，却不打算进行革命，为此他们既被共产主义者所不齿，同时也遭保守派唾弃。不过，据说伯克夫人的书店业已成为所有反对帝制的共和派的自由港，这些人在那里放心地集会，因为警察们认为傅立叶主义者善良得连一只苍蝇也不忍伤害。

一出监狱，西莫尼尼便风风火火地赶去向拉格朗日汇报。他无意加害若利，那位“堂吉诃德”先生其实让他感到有些心酸。他说：

“拉格朗日先生，我们调查的对象不过是一个天真幼稚的家伙。他渴望成名，却倒了大霉。我的感觉是，如果没有您身边的某个人授意，若利绝不可能产生写那本小册子的念头。在此，我很遗憾地告诉您，若利的消息来源正是那位拉克鲁瓦先生。您以为他是为了给您写内容概要才读了这本书，但他可能——比如说——早在成书以前就读过它。或许他在布鲁塞尔亲手促成了该书的出版。至于为什么，我没有打听。”

“因为他受到了某个外国情报部门的指使，也许是普鲁士人，为的是在法国引发骚乱。我并不感到吃惊。”

“您部门中有普鲁士间谍？太不可思议了。”

“普鲁士的间谍头子施蒂贝尔手握九百万银币的拨款，用以让普鲁士间谍遍布法国全境。有传言说，他将把五千名普鲁士农民和九千名仆人派往法国，为的是在咖啡馆、餐厅和重要人物的家中都安插情报人员，不留一处死角。但那都是瞎掰的。在所有的间谍中，普鲁士人的数量是最少的，还不及阿尔萨斯人。阿尔萨斯人起码可以凭口音分辨出来，他们这些好样的法国人，为钱所驱，当上了间谍。”

“您不能查出这些叛徒并逮捕他们吗？”

“这样做于我们无益，相应地，他们也会逮捕我们的人。要对付间谍，没必要杀死他们，而是要给他们喂假情报。为此，我们需要有人充当双面间谍。话虽如此，您告诉我的关于拉克鲁瓦的情报我还是头一回听说。上帝啊，这是什么世道，再没有人可以信任了……必须赶紧摆脱这个家伙。”

“可是，如果您将他送上法庭，无论他还是若利都会矢口否认。”

"为我们工作过的人绝不能在法庭上露面。这一点——抱歉，我需要说明一下我们的总体原则——在现在和将来对您也同样适用。拉克鲁瓦将会在一场事故中丧生。在他死后，他的妻子将会收到一笔数目公道的抚恤金。"

西莫尼尼对盖东和博纳街上的那家书店只字未提。他想先观望一下，一旦成为那里的常客，自己可以获得什么样的好处。此外，在圣佩拉热监狱的区区几天已使他身心俱疲。

他以最快的速度赶到了位于大奥古斯丁码头的拉佩鲁兹餐厅，不过他没有像往常那样坐在供应牡蛎和牛排的一楼，而是进了二楼的一个包间，在那里有荷兰汁菱鲆、图卢兹炒饭、里脊肉、兔肉配野味花色肉冻、香槟配松露、威尼斯杏仁布丁、新鲜果篮、桃子及凤梨果泥可供选取。

管他们是囚犯、空想家还是杀人犯，和他们的菜汤统统见鬼去吧。监狱之所以存在，就是为了让正人君子能够平平安安地去餐馆。

到了这里，和往常一样，西莫尼尼的记忆又产生了混乱，日记内容再次变得支离破碎。叙述者只好把达拉·皮科拉的话奉为至理名言。这两人如今铆足了劲记叙回忆，配合堪称完美……

简言之，西莫尼尼发觉，要入帝国情报部门的法眼，必须给拉格朗日提供些更有价值的情报才行。有什么能使警察真正信任一个告密者呢？告发一场阴谋。因此，为了能够向拉格朗日告密，他必须自己策划一场阴谋。

阴谋的内容，加维亚里早已告诉过他。他从圣佩拉热监狱打听到了加维亚里的出狱时间，并且还记着上哪儿能找到加维亚里：于歇特街，洛雷特老爹酒馆。

临近于歇特街的街尾处有一栋房子，入口只有裂缝大小——不过话说回来，再窄也不及和于歇特街相通的猫钓鱼巷，后者狭窄得令人实在想不通它有什么存在的必要，因为必须斜着身子才进得去。进入那栋房子，拾级而上，穿过几条走廊。走廊的石板上渗着油污，沿途的房门低矮得让人猜不透如何才能进入门后的房间。在三楼，有一扇略可通过的门，进去后是一间宽敞的屋子，很可能是把至少三间或更多的房间打通后形成的，而那便是洛雷特老爹大厅，或称作洛雷特老爹大堂或洛雷特老爹酒馆。谁也不知道洛雷特老爹是什么人，因为他可能已经过世多年了。

环顾四周，酒桌旁挤满了叼着烟斗的烟民和玩纸牌的赌徒；姑娘们过早地显露出了皱纹，面色苍白，像极了穷孩子的洋娃娃。找一位杯中还有酒的顾客，并向他们讨一口酒喝，是这些姑娘仅存的追求。

西莫尼尼涉足其间的那个夜晚，酒馆里发生了骚乱：有人在大厅里刺伤了别人，血腥味似乎使每个人都神经紧张起来。一个家伙突然发疯，用一把鞋匠用的皮刀刺伤了那儿的一个姑娘，又把前来劝阻的女掌柜掀翻在地，并开始狂暴地殴打任何试图制止他的人，直到最后，一个服务生朝着他的后颈砸碎了一只酒瓶，方才把他打昏过去。在此之后，所有人便恢复了先前的活动，仿佛什么也没有发生过。

在那里，西莫尼尼找到了加维亚里。他和伙伴们同坐一桌，那些人好像和他怀有同样的刺杀皇帝的理想，他们似乎全都是流亡的意大利人，又似乎全都是炸药专家，对聊天的话题甚为着迷。酒劲上来后，一桌人开始论述过去那些伟大的刺客的败笔：卡杜达尔试图行刺时任第一执政的拿破仑时，使用的爆炸装置由钾硝与霰弹混合而成，那种炸弹在巴黎旧城的羊肠小巷里也许还有几分作用，但时至今日却收效甚微(坦率地说在那时也是如此)。费耶斯基为了刺杀路易·菲利普制造了一个装置，装配了十八根可以齐射的枪管，结果他杀死了十八个人，却单单漏掉了国王。

“他们的问题，”加维亚里说，“出在炸药的成分上。你看看氯酸钾：人们本想把它和硫黄、木炭混合，以制作火药，但最后仅仅是把为生产氯酸钾而建的工厂炸上了天。人们曾打算把它至少用在火柴上，但涂有氯酸钾和硫黄的火柴头必须淋上硫酸才能点燃，真是够‘方便’的。直到三十多年前，德国人才发明了含磷的火柴，靠摩擦就能点火。”

“更别提苦味酸了，”另一个人说，“自从发现苦味酸加入氯酸钾中加热就能爆炸后，人们发明了一系列的火药，威力一个强过一个。但后来炸死了一些试验者，这个主意也被否决了。可能硝化棉的效果更好……”

“那当然啦。”

“应该听听古代炼金术士的心得。他们发现，把硝酸和松节油混合后，稍稍放置一会儿，就会发生自燃。而在硝酸中加入吸水硫酸后几乎无一例外会燃起火焰，这个发现至今已有一百年了。”

……他和伙伴们同坐一桌，那些人好像和他怀有同样的
刺杀皇帝的理想，他们似乎全都是流亡的意大利人，又似乎
全都是炸药专家，对聊天的话题甚为着迷……

“我更看好硝化淀粉，让硝酸与淀粉或木质纤维发生化合……”

“你大概是刚读了那个凡尔纳的小说吧，他用硝化淀粉来发射飞往月球的飞行器。如今人们提的更多的是硝基苯和硝基萘。或者，如果你用硝酸浸泡纸张和卡纸板，就会得到和硝化淀粉相似的硝胺。”

“这些产品都不稳定。如今还不如更多地关注火棉，它爆炸的威力是相同分量的黑火药的六倍之多。”

“可是它的功效也稳定不到哪儿去。”

他们就这样一连谈论几个小时，一而再、再而三地绕回到高效而实用的黑火药的优越性上来。对西莫尼尼而言，这仿佛和尼努佐在西西里的谈话的再现。

尽管西莫尼尼觉得，那些醉汉对意大利统一的关心着实有限，反倒是对引爆几颗高效的炸弹兴致更浓，然而在请了几壶酒以后，他轻而易举地煽起了那伙人对拿破仑三世的仇恨——这位法国皇帝很可能会反对萨伏依王国即将对罗马实施的入侵行动。意大利统一的大业亟须暴君的死亡。这些疯狂的家伙正中西莫尼尼的下怀。

“奥西尼行刺失败，”西莫尼尼说，“不是因为他实施不力，而是因为他的炸弹造得太蹩脚。我们现在已经有了不惜冒被送上断头台的危险、准备在合适的时机投掷炸弹的人，但我们对使用哪种炸药还拿不定主意。我和加维亚里老兄先前的交谈使我相信，你们能够帮上我们的忙。”

“可是，您所说的‘我们’指的是谁?”一个同胞问道。

西莫尼尼表现出迟疑的样子，接着使用了曾为他博得都灵的同学们信任的所有私房信息：他代表着最高经营会，是神出鬼没的努比乌斯手下的干将之一，谁也不得向他打听更多的情况，因为这个烧炭党组织的结构严密得无论谁都只认得自己的直接上级。当下的问题是，具有无可指摘的功效的新式炸弹一时半会儿还制造不出来，还需一次接一次地试验，凭借炼金术士般的钻研精神，混合出合适的物质，并且在旷野中试爆。他能够提供一间恰好就在于歇特街上的无人打扰的屋子，以及一切所需的资金。一旦炸弹准备就绪，他们不必再为刺杀而操心，但是需要在房内事先备下宣告皇帝之死并解释刺杀意图的传单。等拿破仑三世被杀后，他们要负责在城市各处散发传单，并给各大报社的门房也送去几份。

"你们不会受到干扰，因为上层中有人很看好刺杀行动。警察署里有一个叫拉克鲁瓦的警察，他是我们的人。我不敢肯定他是否绝对可靠，所以你们千万别尝试和他取得联系。如果让他知道了你们的身份，他可能仅仅为了获得提拔而告发你们。你们都清楚这些双面警察是什么样的人……"

这个提议得到了积极响应，加维亚里更是听得两眼放光。于是，西莫尼尼把屋子的钥匙和用于前期采购的一大笔钱交给了他们。几天后，他去看望这些密谋者，发现试验进展得非常顺利。他随身带去了由一个殷勤的印刷商所印制的几百张传单，又留给他们一笔钱用于开支，在说了声"意大利统一万岁！不是罗马，就是死亡！"之后，他便离开了那里。

然而就在那天晚上，当他行走在那会儿已空无一人的圣塞弗兰街上时，隐约听见了尾随的脚步声，可一旦他停住脚步，那个声音也立刻消失。他加快了步伐，那声音越来越近，终于，他清楚地意识到，这哪儿还是跟踪，根本就是有人在追捕自己。果不其然，他突然听见背后响起了急促的呼吸声，接着便被粗暴地抓住，一把甩进了入口恰好开在一旁的萨朗布里耶尔街（比猫钓鱼巷还要窄）；似乎追捕他的人对这一带熟门熟路，早已选准了合适的时机和位置。西莫尼尼被按在墙上，眼里只瞧见一把刀子明晃晃的刀身就快抵在自己的脸上。在那样的黑暗中，他看不清袭击者的面容，但当他听到那个带有西西里口音的声音对他说了一句话后，便没有了疑惑。那个声音说："我花了六年的时间搜寻您的踪迹，我的好神父啊，终于让我找到您了！"

那是尼努佐师傅的声音，那个西莫尼尼确信在巴盖里亚的火药库朝其腹部狠狠捅了两刀的尼努佐师傅。

"我没死，因为您离开后，有个好心人来到了那一带，救了我的命。我半死不活地躺了三个月，肚子上留下了一道横贯整个腹部的伤疤……但刚能下床，我就开始了搜查。谁见过一个修士，如此如此……总之，有人在巴勒莫见到他和公证人穆苏梅奇在露天酒吧聊过天，并觉得他和涅沃上校的朋友、一个来自皮埃蒙特的加里波第志愿军长得很像……我听说那个叫涅沃的人在海上失踪了，就好像他的船化作了灰烬一般，但我心里却很清楚那艘船怎么会消失、为什么消失、是谁干的好事。我从涅沃着手，轻松追查到了皮埃蒙特的军队，又从那里查到了都灵。之后的一年里，我一直在那座冷得要命的城市里向人打听。终于，我打听到那个加里波第志愿军名叫西莫尼尼，他有一间公证人事务所，但他已将其转手，跟买主说他要去巴黎。我依旧是身无分文地来到了巴黎——您别管我是怎么做到的，不过我没有想到这个城市会如此之大，我必须转悠很久才能再发现您的踪迹。为了维持生计，我在这样的街道上频频出没，碰上走错了路的衣着光鲜的女子，就把刀子架在她的脖子上。每天打劫一个，就足够我过日子了。我一直都在这一带转悠，因为我觉得像您这样的人更多光顾的是本地人所称的'自由地带'，而非正经的场所。如果您不想被人轻易认出，您想必会蓄一副漂亮的黑色络腮胡……"

西莫尼尼正是打那时起留起了他那有钱人式的发型和浓密的络腮胡，然而在那个危急关头，他不得不承认，他对掩盖自己的行踪真没有花过太多的心思。

"得了，"尼努佐最后说道，"没必要告诉您我的全部经历，我只需在您的肚子上割一道一样的伤口就行了，不过我会割得更加仔细。这儿到了夜里不会有人经过，就和巴盖里亚的火药库一样。"

夜空中渗出了微弱的月光，西莫尼尼现在看见了尼努佐的塌鼻子和盯着自己的那对闪烁着邪恶光芒的眼睛。

"尼努佐，"他急中生智，"您不明白，我之所以做那些事，是因为我得服从命令。那些命令来自高不可及的上层，是受人敬仰的权威人士下达的，因此我在行动时绝不能掺杂我的个人情感。也正是为了执行那些命令，我才来到了这里，以筹划旨在匡扶王权和教权的另一些行动。"

西莫尼尼上气不接下气地说着，他看见刀尖以难以察觉的幅度从他的脸上挪开了一些。“您既然把自己的生命奉献给了您的国王,”他继续说道,“就应该明白有一些使命……神圣的使命,请让我说完……为了它们,即使做出再可耻的行为也情有可原。您明白吗?”

尼努佐师傅还没有听明白,但他让西莫尼尼察觉,报仇如今已不再是他唯一的目标了:“这些年来,我尝到了太多饥饿的滋味,亲眼看到你死去不足以解我心头之恨。我恨透了黑暗中的生活。自从我发现您的踪迹后,我看见您还去了那些有钱人才去的餐馆。这么着吧,我先留着您这条命,作为交换,您每月给我一笔钱,让我能够像您那样吃住,或者,比您过得还要好。”

“尼努佐师傅,我答应每个月给您一笔不小的数目。我正在策划一次刺杀法国皇帝的行动,我记得您的国王是因为拿破仑三世私下里支持加里波第才丢掉王位的。您精通火药,一定要去会会于歇特街上那一队勇士,他们正在准备一种真正能够被称为炸弹的东西。您如果和他们联手,就不仅可以参加一次载入史册的行动,证明您制造炸弹的非凡才能,还能——考虑到这次的刺杀行动得到了位高权重的大人物的支持——得到一份让您能够一辈子都不愁吃喝的报酬。”

一听到火药,尼努佐自巴盖里亚那一夜起所积聚的怒火立刻平息了下来。西莫尼尼感到尼努佐已在自己的操纵之下,因为他问道:“那么,我需要做什么?”

“很简单,两天后,您在将近六点时去这个地址,敲一敲门,进入一间仓库,就说是拉克鲁瓦派您来的。那儿的朋友们会事先得到通知,不过为了能让他们认出您,您需要在您这件短上衣的纽扣眼上戴一朵麝香石竹。我也会在快七点时到达，把钱带过去。”

“我会去的，”尼努佐说，“不过，如果您想要什么花招，您心里明白，我现在知道您住在哪儿。”

第二天一早，西莫尼尼回到加维亚里那里，告诉他行动迫在眉睫，希望他们所有人都能于次日下午六点在那里集合，他到时会派一个西西里的造弹专家先行到达，以检查工作的进展，他本人过不了多久也会赶到。拉克鲁瓦先生随后也会亲自到场，为的是确保这次行动万无一失。

之后，西莫尼尼去见了拉格朗日，告诉他自己掌握了一场刺杀皇帝的阴谋：据他所知，第二天下午六点，密谋者会聚集在于歇特街，把炸药交给他们的主使。

“但要当心，”西莫尼尼说，“您曾经向我透露过，一个秘密组织的十名成员中，三人是我们的间谍，六人是蠢货，还有一人是危险分子。好吧，在那儿您只会找到一个间谍，那就是我，八人是蠢货，而真正危险的那个家伙将会在纽扣眼上戴一朵麝香石竹。因为他对我也会构成威胁，所以我希望发生一场小规模的激战，使得有人不是被逮捕，而是被当场击毙。请相信我，这么做是为了让这事不引起太大的轰动。要是他开口说话，哪怕是仅仅和你们当中某一个人说了话，那就糟了。”

“我相信您，西莫尼尼，”拉格朗日说，“那个人会被干掉的。”

尼努佐在六点来到了于歇特街，果真戴着一朵麝香石竹。加维亚里和同伴们自豪地向他展示了他们的爆炸装置。半小时后，西莫尼尼也赶到了，带去了拉克鲁瓦即将到达的消息。六点四十五分，警察冲了进来，西莫尼尼高呼有叛徒，拔出手枪瞄准宪兵，却朝天开了枪。宪兵们开枪还击，击中了尼努佐的胸口，不过，为了干得不留痕迹，他们还顺带打死了另一个密谋者。尼努佐仍旧在地上一边打滚，一边用最地道的西西里方言谩骂，但是装作朝宪兵射击的西莫尼尼给他来了致命的一击。

加维亚里和其他人身边刚好有制造了一半的第一批炸弹的样品，外加一包解释他们为什么制造炸弹的传单，因而被拉格朗日的手下逮了个正着。在突击审讯的过程中，加维亚里和同伴们供出了(他们认为)背叛了他们的神秘的拉克鲁瓦的大名。这平白又多出一条理由促使拉格朗日决定让拉克鲁瓦从这个世上消失。在警察署的记录中写着，拉克鲁瓦参与了对密谋者的逮捕行动，被那些坏蛋一枪打死，然后是褒奖和悼念之类的话语。

至于那些密谋者，在受到过分关注的法庭上指控他们似乎没有什么益处。拉格朗日向西莫尼尼解释说，在那些年里，刺杀皇帝的流言不绝于耳，据他们推测，很多那样的传言并不是自然而然形成的，而是共和派的密探刻意散播，目的是煽动狂徒们加以效仿。所以，给民众造成“谋害拿破仑三世的性命已成为一种流行”的印象百害而无一益。就这样，密谋者们被送往了卡宴，等着在那儿得疟疾而死。

拯救皇帝的性命是一桩大有赚头的买卖。如果说调查若利的那份活儿让西莫尼尼收获了足足一万法郎，告发阴谋又使他将三万法郎收入囊中。扣除那间屋子的租金和购买制造炸弹的材料的开支，也就是五千法郎，他还净余三万五千法郎，已经突破了他梦寐以求的那笔三十万法郎本金的十分之一。

对尼努佐的下场感到得意之余，他对加维亚里的遭遇感到有些遗憾，毕竟那是个好脾气的家伙，对自己言听计从。不过，但凡想当阴谋家，就必须承担相应的风险，而且不能信任任何人。

那个拉克鲁瓦真是倒霉，事实上，他从未有过任何伤害西莫尼尼的举动。不过他的遗孀会得到一笔丰厚的抚恤金。

一二

布拉格之夜

一八九七年四月四日

眼下，还有一件事等待我去完成：结识若利向我提起过的那个叫盖东的家伙。博纳街上那家书店的经营者是一个满脸皱纹的臭脾气老女人，永远穿一条肥大的黑色羊毛裙，戴一顶遮去了她半边脸——幸好——的"小红帽"式的宽檐帽。

在那里，我很快就遇见了盖东。他是一个用带刺的眼光审视周遭这个世界的怀疑论者。没有信仰的人很对我的胃口。盖东当即对若利的请求做出了肯定的答复：他不仅会给若利送些吃的过去，还会给他带点儿钱。不过，他对这位害自己破费的朋友好一阵冷嘲热讽。既然会读书的人生来就是共和派，而拥护独裁者、被允许参加普选的大字不识的农民却受到上帝的保佑，为什么还要冒着入狱的危险写书呢？

傅立叶主义者？那可是正派人士，可是，如若一个先知宣称在一个新生的世界里，橘子将会在华沙生长，大海里将会是柠檬水，人类将会有尾巴，乱伦和同性恋将会被当作人类再正常不过的冲动而为人们所接受，这教人如何能相信？

“那您为什么还和他们常有往来？”我问道。

“那是因为，”盖东回答，“他们是当今仅存的反对可恶的波拿巴独裁的正直之士。”“您瞧那位美貌的太太，”他说，“她是朱丽叶特·拉梅西纳，阿古女伯爵[①]的沙龙里最有影响力的女性之一，正打算让她丈夫出资，在里沃利街上办一个属于她自己的沙龙。她迷人又聪慧，是才华横溢的女作家，能受到她邀请的人多少都有些来头。”

盖东又指着另一个高大帅气、魅力十足的人对我说：“那是图斯内尔，写了《牲畜的精神》的著名作家，社会主义者、顽固的共和派，对朱丽叶特爱得发疯，但朱丽叶特都不屑于看他一眼。不过，他是这里边头脑最清醒的人。”

图斯内尔和我谈论正在毒害现代社会的资本主义。

“谁是资本家？犹太人，我们这个时代的统治者。上个世纪的革命砍掉了卡佩图斯[②]的脑袋，我们这个世纪的革命应该砍掉摩西的脑袋才是。我会就这个问题写一本书的。谁是犹太人呢？所有那些榨取毫无还手之力的人的血汗、榨取人民的血汗的人。他们是新教徒、共济会会员。当然还有希伯来人。”

“可是新教徒不是犹太人啊。”我冒昧地说道。

“谁说犹太人，其实就是在说新教徒，比如英国的卫理公会教徒、德国的虔信派信徒、瑞士人和荷兰人，他们和犹太人用同一本

---

① Marie d’Agoult(1805—1876)，法国女伯爵、作家。

② Capetus Silvius，传说中古罗马的创建者罗慕路斯的祖先，阿尔巴城的国王。

《圣经》去学习解读上帝的意旨。那本书讲述了一个有关乱伦、大屠杀和野蛮的战争的故事，在故事中，胜利是依靠背叛和欺诈才得来的；国王为了占得有夫之妇，派人谋杀了她们的丈夫；公认的良家妇女为了割下敌军将领的脑袋，上了他们的床。克伦威尔引证《圣经》，砍掉了他的国王的脑袋，马尔萨斯[①]满脑子《圣经》思想，否认穷人有生孩子的权利。犹太这个民族千百年来对自己的奴隶身份念念不忘，并不顾天主愤怒的征兆，始终抵挡不住膜拜金牛犊[②]的诱惑。任何一个配得上'社会主义者'这个身份的人，都应该把和犹太人作斗争视为首要目标。我指的不是共产主义者，因为他们的创始人就是犹太人，问题是要揭露金钱的阴谋。为什么在巴黎的餐厅，一只苹果的价格比在诺曼底贵了一百倍？因为有靠啃食他人的肉为生的掠食者——经商的民族——存在，正如古代的腓尼基人、迦太基人和当今的英国人及犹太人。"

"那么在您看来，英国人和犹太人是一样的喽？"

"差不多。是谁当上了英国的首相？比肯斯菲尔德勋爵。他的贵族头衔掩盖了他真正的犹太名字：迪斯雷利[③]。正是迪斯雷利这个改信了基督教的塞法迪犹太人[④]厚颜无耻地写道，犹太人即将统治世界。当然，他没有把这句话写在他的议会讲稿中，而是写进了他的小说里。"

---

① Thomas Robert Malthus(1766—1834)，英国政治经济学家、人口学家，因对人口学原理的研究和有关限制人口增长的思想而著名。

② 据《圣经》记载，摩西带领以色列人出埃及时，曾离开四十天，上西奈山领受十诫。以色列人担心摩西不再回来，便要求他的兄长亚伦制造了一尊金牛犊，作为真神耶和华的化身，供他们膜拜。但是在犹太教中，偶像崇拜是被禁止的，被认为是一种罪。

③ Benjamin Disraeli(1804—1881)，比肯斯菲尔德伯爵一世，英国政治家、作家，两度担任英国首相，是第一个出生于犹太家庭的英国首相。

④ 犹太人的一个分支，居住在伊比利亚半岛。

第二天，图斯内尔给我带来了这位迪斯雷利写的一本书，书中的许多段落都被他用下划线做了标记："您发觉了吗，欧洲稍微重要一些的运动，有哪一场里头没有犹太人的影子，没有犹太人活跃于其中？……头一批耶稣会士都是犹太人！让整个西欧相形见绌的神秘的俄国外交，是谁在指挥？犹太人！在德国密谋的革命，是谁在推动它壮大？是犹太人。在德国，是谁几乎包揽了所有的教授教职？"

"注意，迪斯雷利不是揭发自己民族的'告密者'，正相反，他有意颂扬他们的美德。他恬不知耻地写道，俄国的财政大臣坎克林伯爵是立陶宛一个犹太人的儿子，类似的还有西班牙的大臣蒙迪扎巴尔，他是阿拉贡省一个改信了基督教的犹太人的儿子。在巴黎，有一位帝国元帅叫苏尔特①，他是一个法籍犹太人的儿子，犹太名字叫马塞纳，在希伯来语中拼作马纳塞……"

我不敢肯定图斯内尔是否言之有理，但他对犹太人的猛烈抨击让我了解到最富有革命性的圈子里的人的想法，给了我一些启发……反对耶稣会士的文件，即使卖得出手，也会让买主生疑。兴许能卖给共济会会员，可是我和那个世界还没有任何接触。反共济会的文件大概能让耶稣会士感兴趣，但我觉得自己尚不具备炮制的能力。反对拿破仑？那种文件当然不是用来卖给政府的，至于共和派，他们固然构成了一个有巨大潜力的市场，然而继苏和若利之后，可以说的基本都被说完了。反对共和派？在这个问题上，政府可能早就掌握了他们所需的全部情报，而如果向拉格

① Nicolas Jean-de-Dieu Soult(1769—1851)，法国第一帝国元帅、政治家，曾三次出任法国首相。

朗日提供有关傅立叶主义者的情报，准会让他笑掉大牙，因为天知道在他的线人中，还有多少人没有频繁出入博纳街上的那家书店。

还有谁可以用来做文章？我的天，还剩下犹太人。事实上，我过去总以为，犹太人只会让我爷爷抓狂，但听了图斯内尔的话后，我意识到一个反犹太市场正在向我招手，不仅是巴吕埃尔院长可能还在世的所有子孙后代（数目还不少），而且还有革命党人、共和派、社会主义者那一系。犹太人是教会的敌人，同时也是遭其残忍剥削的平民的死敌，而从各个政府的态度来看，犹太人还是国王的仇敌。必须围绕犹太人做文章。

我发现这活儿干起来并不容易：重新包装后出炉的巴吕埃尔院长的材料兴许可以触动某一群教会人士的神经，使他们以为，犹太人为了促成法国革命的爆发，充当了共济会和圣殿骑士团的同谋，但像图斯内尔那样的社会主义者对这种材料丝毫提不起兴趣，必须向他透露关于犹太人、聚敛财富、英国的阴谋三者间更翔实的信息才行。

我开始后悔自己这辈子从不愿意接触犹太人。我发现，尽管我对他们的厌恶之情正日渐浸没于愤恨之中，但在我的记忆里，涉及我所厌恶的那个对象的部分却是大段的空白。

正当我为了这些念头而绞尽脑汁的时候，恰恰是拉格朗日为我带来了一线希望。我早就说过，拉格朗日总是约我在最为意想不到的地方见面，而那次，他把会面的地点定在了拉雪兹神父公墓。细想之下，他这么做很有道理，走在公墓里，即使不被认为寻觅故人墓地的至亲，也会被当作追忆往昔的多愁善感的旧客。正因如此，我俩面露沉痛的神色，围绕着艺术家、哲学家和恋人的目的地——阿伯拉尔和爱洛依丝的墓地徘徊，比幽灵还像幽灵。

“喔，西莫尼尼，我想让您见一见迪米特里上校。他是我们这行唯一的知名人物，效力于俄国皇家总理公署第三分局。当然，您要是去圣彼得堡向人打听这个第三分局，所有人都会一头雾水，因为官方名义上它并不存在。他们是负责监视革命团体发展的密探，他们那边的问题可比我们这儿要严重得多。他们必须警惕十二月党人的后继者、无政府主义者，当前还得提防那些所谓的被解放的农民的不满情绪。几年前，沙皇亚历山大废除了农奴制，但如今大约有两千万获得解放的农民不得不向他们的旧东家交租，以换取尚不足以养活他们的那些土地的使用权，很多人涌入城市寻找工作……”

“这位迪米特里上校指望从我这儿得到什么？”

“他正在收集文件，也就是说……危险的、有关犹太人问题的文件。俄国犹太人的数量比我们这儿要多得多，住在村子里的犹太人是对俄国农民的一种威胁，因为他们会读书写字，尤其是会做算数。更不用说城里那些犹太人了，据猜测，他们中有很多人加入了颠覆性的秘密组织。我的俄国同行遇到了一个双重难题：一方面要提防犹太人，以免他们变成真正的威胁，另一方面要把农民的不满引向犹太人。不过还是由迪米特里向您解释这一切吧。这事与我们无关。我们的政府和法国的犹太财团保持着良好的关系，一点儿也不想引起那个阶层的任何不满。我们不过是想帮俄国人一个忙而已。在我们这一行要学会左右逢源，所以我们很乐意把您借给迪米特里上校,因为您——西莫尼尼——和我们在官方名义上没有任何干系。对了,我忘了说了,在迪米特里到来之前,您最好打听清楚世界以色列人联盟的情况。这个组织是大约六年前在巴黎成立的,成员中有医生、记者、法学家、商人……都是巴黎犹太人社会的精英。要我们说,他们全都有自由主义倾向,较波拿巴主义者而言,无疑更像共和派。从表面上看,这个组织打算以维护人权的名义帮助遭到任何宗教或任何国家迫害的人。在与表象相反的证据浮出水面之前,他们就是一群极为正直的公民,但我们的线人很难打进去,因为犹太人互相都认识,而且能像狗一样相互通过闻屁股而认出自己人的味道。不过,还是有人成功骗得了联盟成员的信任,我会让您和他取得联系。他叫雅各布·布拉夫曼,是个改信了东正教的犹太人,后来当上了明斯克神学院的希伯来语教授。他正是奉迪米特里上校和他的第三分局之命在巴黎作短暂的停留。他之所以轻轻松松就被以色列人联盟接纳入会,是因为他在一些成员中是个知名人物,被他们当成了同道中人。他能告诉您那个组织的相关情况。"

"请原谅,拉格朗日先生,既然这位布拉夫曼是迪米特里上校的线人,那么他告诉我的所有情报,迪米特里肯定早就已经知道了,没有意义让我再去告诉他一遍啊。"

"您别天真了,西莫尼尼,有意义的,绝对有意义的。如果您告诉迪米特里的情报和他早就从布拉夫曼那儿获悉的内容丝毫不差,那么在他眼里,您就是个掌握可靠情报的人,可以证实他已经到手的情报是真是假。"

……我见到了一位酷似修士的先生，他蓄着
一副漂亮的灰白色络腮胡，眉毛浓密厚实，留着靡菲斯特式的
额发，和我先前见过的俄国人和波兰人没有什么分别……

布拉夫曼。根据爷爷的描述，我料想即将和自己见面的那个家伙从侧面看长得像一只秃鹫，有两片和黑人一样的厚嘴唇，下唇外凸得厉害；通常混浊不堪的眼睛深深地凹陷进去，眼睑的缝隙比别的民族更狭窄，头发呈波浪或卷曲状，生一对招风耳……事实正相反，我见到了一位酷似修士的先生，他蓄着一副漂亮的灰白色络腮胡，眉毛浓密厚实，留着靡菲斯特式的额发，和我先前见过的俄国人和波兰人没有什么分别。

很显然，宗教信仰的转变，除了能改变人的内心，还可以改变人的面容。

这个人对美食有一种独特的偏好，虽说他表现得像一个贪吃的乡下人，什么都想尝一尝，却又不懂得如何搭配选餐。我们在蒙托格伊街上的罗谢·康卡勒餐厅一起吃了早餐。那家餐厅曾经是巴黎品尝最鲜美的牡蛎的好去处，二十年前一度关门停业，后来换了东家，重新开张，但口味已大不如前，不过牡蛎还是能吃到的，对一个俄国犹太人来说已经足够了。布拉夫曼只尝了几打贝隆牡蛎，然后点了一份鳌虾酱浓汤。

"为了在四十个世纪中生存下来，一个繁殖力如此惊人的民族必须在它赖以生存的每个国家内部建立一个唯一的政府，一个无论何时何地、即使在它长达数千年的流散时期也能维系的国中之国。那么，我已经找到了证明这个国家和这项法律，也就是卡哈尔[①]存在的文件。"

---

① Kahal，犹太自治社区的行政机关，在社区内部拥有较大的权力，主要负责管理社区的社会和宗教生活，包括维护社区的公共设施、监督学校教育、制定和颁布行政法令等。

"那是什么东西?"

"卡哈尔的建立要追溯到摩西的时代,犹太人大流散后,它不再继续公开地运作,而是龟缩于犹太教堂的荫庇之中。我找到了明斯克那个卡哈尔的文件,时间从一七九四年到一八三〇年,上面对所有行为都作了书面规定,事无巨细。"

他把几张画满了我看不懂的符号的莎草纸摊在桌上。

"每一个犹太社区都在一个卡哈尔的治理之下,并受到一个自治法庭的约束,也就是犹太教法庭。这些就是其中一个卡哈尔的文件,但它们显然和任何一个卡哈尔的文件都一样。这里边详细说明了犹太社区的成员如何应该只服从他们的内部法庭而非他们居留的那个国家的法庭,应该如何规划节日安排,应该如何为他们的特别饮食宰杀牲口,并把肮脏的、腐烂的部分卖给基督徒,每个犹太人应该如何从卡哈尔那里购得一名用于剥削的基督徒,然后利用高利贷把他的财产全部搜刮到手才能罢休,以及如何不准再有别的犹太人参与对这名基督徒的剥削……对下层社会要冷酷无情,根据卡哈尔的评判标准,富人对穷人的剥削,如果下手的是以色列的子孙,就不算罪过,而是一种美德。有些人说,俄国的犹太人尤为穷苦:这是真的,不计其数的犹太人是犹太富人暗中操控之下的政府的牺牲品。我不参与反对犹太人的斗争,毕竟我也是犹太人生的,但我反对企图取基督教而代之的犹太理想……我是爱犹太人的,那个被他们谋害的耶稣可以为我作证……"

布拉夫曼喘了口气,同时点了一份小山鹑嫩脯肉冻。但他几乎同时又把注意力挪回了他那几页文件上,攥着它们,两眼放光地说道："它们是真的，您瞧见了吗？年代久远的纸张、编写文件的公证人的统一的字迹，甚至不同日期签下的一模一样的签名，这些都能证明文件的真实性。"

现在，早已将文件内容翻译成法文和德文的布拉夫曼，因为从拉格朗日那儿听说我是制作"真实"文件的行家，便请我帮他炮制那些文件的法文版本，使它们看起来像是和原件在同一时期编写的。这对他来说至关重要，因为如果还能拥有用其他语言写成的这类文件，他就可以向俄国情报部门证明，卡哈尔模式在许多欧洲国家得到了认真奉行，而在巴黎更是备受以色列人联盟的青睐。

我问他，从那几份由一个迷失于东欧的犹太社区编写的文件中，如何能看出卡哈尔遍布全世界。布拉夫曼回答说不必担心，那些文件应该只会被用于佐证，以证明他所言不虚，除此之外，他写的书足以使他对那个真正的卡哈尔——那只在文明世界之上伸开触手的巨大的寄生虫——的控诉令人信服。

他的面容变得冷酷起来。虽说他依旧是彻头彻尾的犹太人，但他仿佛露出了一副行将控诉犹太人的鹰一般的神情。

"鼓舞着《塔木德》精神的最基本的情感，是统治世界的无限野心、占有非犹太人的所有财富的无尽贪婪、对基督徒和耶稣基督的积恨。正如《塔木德》所说，只要以色列人一日不信耶稣，这个民族所居留的基督教国家就一日被视为可以任所有犹太人自由渔利的公共湖泊。"

激昂的控诉让布拉夫曼感到精疲力竭，他点了一份浓汤鸡片，但这道菜不合他的口味，于是他又换了一份松露嵌鸡柳。而后，他从西服背心中掏出一只银表，说道："啊呀，时候不早了。法国菜的确美味，但就是上菜太慢了。我还有要事在身，不能久留了。西莫尼尼上尉，到时请告诉我，您是否顺利找到同类纸张和合适的墨水。"

布拉夫曼此刻刚刚尝了一口作为餐末甜点的香草蛋奶酥。我本以为，即便是叛教的犹太人，也摆脱不了骨子里的小气，会让我来买单。恰恰相反，布拉夫曼极具绅士风度地表示，希望那顿饭由他请客，并大方地付了账。可能俄国情报部门给他批了阔绰的报销额度吧。

我带着满腹的疑惑回到了家。一份五十年前写于明斯克的、连聚会上邀请谁不邀请谁都一一规定的文件，根本证明不了巴黎或柏林的大银行家的一言一行也受那些清规戒律的约束。最重要的是：绝对、绝对不要以完全或部分真实的文件为基础进行加工！如果那些文件现存于世，就永远会让一些人有机会去把它们翻寻出来，证明引述有误……为了具备极高的可信度，文件必须从头编起，并且最好别让人见到它的原件，只是对其有所耳闻，但怎么也查不到任何在世的原始资料，就好像朝拜耶稣的东方博士那样，只有马太一人在福音书的两节中提到过他们，但他既没说他们叫什么名字，也没说他们有多少人，更没说他们是不是国王，剩下的就全是民间传说了，然而对人们来说，他们就像圣约瑟和圣母马利亚一样真实。我听说在有些地方，人们还膜拜他们的遗体。透露的信息必须非比寻常、令人震惊、光怪陆离。只有这样，文件才能为人所信，才能激发读者的愤慨。你以为对一个产香槟酒的葡萄农而言，犹太人强令其同胞以这样那样的方式庆祝自己女儿的婚礼，能关他什么事？难道这能证明他们想抢劫他不成？

我于是意识到，能让人信以为真的文件，我其实是有的，或者说文件的框架我已在手，可信度更在这几年来巴黎人为之痴狂的古诺[①]的歌剧《浮士德》之上，只需再找合适的内容即可。没错，我所想的正是共济会会员在雷鸣山的集会、约瑟夫·巴尔萨莫的计划和耶稣会士聚集在布拉格公墓的那个夜晚。

犹太人征服世界的计划，该从何说起呢？当然是从聚敛黄金说起，这正是图斯内尔给我的启发。征服世界，为的是让君主和政府陷入恐慌；聚敛黄金，为的是资助社会主义者、无政府主义者和革命党人；摧毁基督教世界的道德准则，为的是让教皇、主教和教区牧师焦虑不安。再加入一些被若利说得如此动听的波拿巴主义者的玩世不恭，以及无论我还是若利都从苏的书中获知的耶稣会士的伪善。

我再次去了图书馆，不过此番在巴黎，图书馆的数量远远超过了都灵，因此我找到了更多的布拉格公墓的图片。这个公墓在中世纪便已存在，几百年来，由于无法向划定的范围以外扩展，因而只能在纵向空间上做文章，将坟墓层层重叠，以至塞下了约十万具遗体。公墓中墓碑林立，彼此间几乎不留任何空隙，在接骨木枝叶的遮蔽下更显昏暗，碑石上面不见任何用于装饰的画像，因为犹太人对画像心存恐惧。版画的作者或许为那种景象所着迷，夸张地表现了如同荒原上被风吹歪的灌木一般的石碑和犹如

---

① Charles-François Gounod(1818—1893)，法国作曲家，歌剧《浮士德》是其代表作。

一个缺了牙的老巫婆张开的大嘴一般的公墓。不过，多亏了一些更富想象力的版画家描绘了它在月光下的景象，那种阴森的环境能如何为我所用，很快便在我的脑海中冒出了一个清晰的念头：在那些看似被大地震顶得东倒西歪的铺路石板一般的墓碑之间，杵着一些驼背的、留着浅灰色的山羊胡的、穿着大衣戴着风帽的拉比，正在策划一场阴谋，他们倚靠在墓碑上，也一个个东倒西歪，在夜色中活像一群僵直的幽灵；正中间是拉比罗乌之墓，他在十七世纪创造了恐怖的泥人[①]，以替所有犹太人复仇为使命。

比大仲马更胜一筹，比耶稣会士也更为出彩。

当然，我的文件中涉及的内容必须看上去像那个巫妖狂欢夜里的一位证人的口头证词，而那位证人受到死亡的威胁，被迫隐姓埋名。他应该是乔装成了拉比，在夜里进入公墓，并在那个仪式之前就藏在了垒成石堆的拉比罗乌的坟墓附近。午夜十二点整——远处一座基督教教堂的钟楼仿佛亵渎地敲响了犹太人集合的钟声——十二个裹着深色披风的人将会到来，一个像是从坟墓深处冒出来的声音向他们表示欢迎，称呼他们为十二罗舍-巴特-阿伯特，即以色列十二支派的首领，而他们每个人都回答说："噢，永受惩罚的灵魂之子，我们向你致敬。"

这就是我设计的场景。和在雷鸣山发生的一样，把他们召集在一起的那个人问道："距离我们上一次集会已经过去了一百年。你们从哪里来，你们代表谁？"其他声音轮流作了回答：来自阿姆斯特丹的拉比犹大，来自托莱多的拉比便雅悯，来自

---

① Golem，传说中用巫术灌注黏土而制成的人偶，通常由一位拉比在其额头上写符文，对它的行动进行控制。

沃尔姆斯的拉比利未，来自佩斯的拉比玛拿西，来自克拉科夫的拉比迦得，来自罗马的拉比西缅，来自里斯本的拉比西布伦，来自巴黎的拉比流便，来自君士坦丁堡的拉比但，来自伦敦的拉比亚设，来自柏林的拉比以萨迦，来自布拉格的拉比拿弗他利。接着，那个声音，也就是第十三名与会者让每个人报告自己社区的财产，并计算罗斯柴尔德家族及其他荣耀于世的犹太银行家的财富，最后得出的结果是人均六百法郎乘以生活在欧洲的三百五十万犹太人，也就是二十一亿法郎。“还不够啊，”第十三个声音评论道，“还不足以消灭两亿七千五百万名基督徒，但作为启动资金绰绰有余。”

我需要进一步设想他们还会说些什么，不过我已经构思好了结尾。第十三个声音召唤了拉比罗乌的灵魂，一道浅蓝色的光芒从他的墓穴中升起，变得越来越强烈和炫目，十二名集会者各自向坟头抛了一块石头，那道光便逐渐熄灭。十二个人几乎同时消失在了不同的方向，（就像人们常说的）被黑暗所吞噬，而公墓又再次变回那个鬼影幢幢、了无生气的感伤之地。

大仲马、苏、若利、图斯内尔。巴吕埃尔神父的教导在我的整个构思中起着精神向导的作用，但我还缺一个热诚的天主教徒的观点。正巧那阵儿拉格朗日在敦促我加紧完成以色列人联盟的报告时，向我谈起了古热诺·德穆索。我对这个人略有所知，他是一个拥护正统王权的信奉天主教的记者，到那时为止，一直都在致力于调查魔法、魔鬼仪式、秘密团体和共济会。

“据我们所知，不知道我有没有讲清楚，”拉格朗日说，“他就快写完一本关于犹太人和基督教徒的犹太化的书了。和他见面既可以帮您收集到能让我们的俄国朋友满意的充足材料，也能帮我们了解那本书的更准确的情况，因为我们不希望我们的政府、教会和犹太财团间的良好关系蒙上阴影。您可以自称欣赏他的作品的犹太问题专家，去和他结识。有一个叫达拉·皮科拉的修道院院长先前帮了我们不少忙，他可以介绍您和古热诺认识。"

"可我不懂希伯来语啊。"我说道。

"谁跟您说过古热诺会说希伯来语？要恨一个人，并非一定要和他说同一门语言。"

现在（猛地一下！）我记起了我和达拉·皮科拉院长的头一次会面。我看到了他，好像他就在我的面前。一看到他，我便明白他根本不是我的翻版或替身——想怎么说都行，因为他看上去至少有六十岁了，驼背、斜眼、龅牙。卡西莫多院长，我看着他心想。此外，他还有一副德国口音。我记得达拉·皮科拉悄悄对我说，不光要监视犹太人，对共济会会员也应如此，因为归根到底，他们所酝酿的终究是同一个阴谋。但我认为，每次开辟的战场数不应超过一个，所以我没有理会这个话题，不过从他的另一些话中，我听明白了耶稣会士对共济会秘密集会的情报感兴趣，因为教会正在筹划一场针对共济会这个祸害的空前猛烈的进攻。

"不管怎么说，"达拉·皮科拉说，"如果您哪天想接触那个圈子了，就请和我说。我是巴黎共济会支部的成员，在那个圈子里有很多关系不错的熟人。"

“您？一个修道院院长？”我问道。达拉·皮科拉露出了微笑，对我说：“但愿您知道有多少修道院院长是共济会的成员……”

眼下，我和古热诺·德穆索骑士进行了一次会谈。他是个精神萎靡、思想有些顽固的七十多岁老头，关心的仅仅是证明世上存在恶魔，坚信存在拥有某种生命之力的法师、巫师、招魂者、催眠术士、犹太人、狂热的祭司，甚至“电气学家”。

他从头谈起，滔滔不绝。我一边听，一边细细检视这个老头对摩西、法利赛人、犹太法庭、《塔木德》的看法，与此同时，古热诺还请我喝上好的白兰地，他漫不经心地把酒瓶放在他身前的小茶几上，但我强忍住了诱惑。

他向我透露，犹太人中妓女的比例高过了基督徒中的比例（“他没在福音书里看出吗，”我暗自寻思，“耶稣走来走去，遇到的不都是女罪人吗？”），而后他话锋一转，指出在《塔木德》的道德理念中，如何既不存在“他人”二字，也丝毫没有提及我们本应对他人所负之责，这也就解释并恰如其分地论证了犹太人在破坏家庭、奸污少女、用高利贷尽数盘剥寡妇和老人后将其弃置街头时冷酷无情的原因。同妓女一样，犹太人中罪犯的数量也比基督徒中更多。“您知道，在莱比锡法庭审理的十二桩偷盗案中，只有一桩不是犹太人干的啊！”古热诺感叹道，并带着恶毒的微笑补充说，“其实在各各他山上，每有一个正直的人，就有两个大盗。”“通常，”他继续说道，“犹太人犯下的都是最邪恶的一干罪行，比如诈骗、伪造文书、放高利贷、欺诈性破产、走私、铸造假币、营私舞弊、商业欺诈，不用我多说了。”

对高利贷作了近一个小时详尽的阐述后，轮到了最辛辣的杀害婴孩和食用人肉的话题，而最后谈及的，是几乎与这些黑暗仪式全然不符的在光天化日之下实施的行为，也就是犹太财团的尽人皆知的恶行和法国当权者在阻止和惩罚这些恶行时的软弱。

最有意思却毫无利用价值的内容，是德穆索（就好像他也是犹太人似的）在提及犹太人较基督徒而言拥有智力上的优越性时所透露的，而他用来支持这个观点的恰恰是我听图斯内尔说过的迪斯雷利的那些宣言——足见傅立叶的社会主义者和拥护王权的天主教徒会至少因为对犹太教问题观点一致而联合起来——并且似乎与广为流传的犹太人佝偻多病的观点相悖：从未锻炼过身体、也从不习武的犹太人（真该想一想和他们构成鲜明对比、积极投身体育竞赛的英勇的希腊人）的确体质孱弱、身形瘦削，但他们却更长寿，拥有令人难以置信的繁殖力——这也是他们无法抑制的性欲所造成的结果——而且对侵袭其他民族的诸多疾病具有免疫力——因此他们是最危险的人，就像是世界的入侵者。

"您能够解释得了吗，"古热诺对我说，"为什么犹太人就算生活在城市中最肮脏污秽的地带，也几乎总能在霍乱疫病中幸免？说到一三四六年的黑死病，有一位经历过那个年代的历史学家曾经说过，犹太人因为神秘莫测的原因，在任何一个国家都没有发病；弗拉斯卡特告诉我们，在一五〇五年的斑疹伤寒疫病中只有犹太人逃过一劫；德涅尔向我们指出，犹太人为什么会成为一七三六年奈梅亨的痢疾疫病中唯一幸免的民族；瓦夫鲁齐证明了绦虫为何不会寄生在德国的犹太人民体内。您怎么看？既然那是世界上最肮脏的民族，既然他们只在近亲间通婚，怎么可能会是这个样子？这违背了自然法则。会不会是因为他们那种对我们讳莫如深的饮食习惯？还是因为包皮环割术？究竟是什么使他们外表弱不禁风，实际上却比我们健壮？要我说，一个如此奸诈而强大的敌人，应该不惜一切代价消灭之。您注意到了吗，当他们踏上以色列的土地之时，他们中只有六十万男性，把每个成年男子算作四个人，就能算出他们总共有二百五十万人口？但到了所罗门的时代，他们有一百三十万名战士，因而也就是五百万人，已然翻了一番。而如今呢？已经很难再算清他们的人数了，因为他们四散而居，好像每块大陆上都有他们的影子，但保守估计他们有一千万人。他们的人数还在增加，还在增加……”

他看样子愤恨得累瘫了，因此我试着给他倒了一小杯白兰地。就这样，他再次振作了精神，当他谈到弥赛亚主义和希伯来神秘哲学（因而还打算简要介绍他的关于魔法和撒旦主义的书）的时候，我已经沉浸在了一种美妙的晕眩中，好不容易才站起身，向他致谢并告辞。

“不说则已，一说就说个没完，”我心想，“如果在呈送给拉格朗日那一类人的文件中，必须把这些情报统统塞进去，那我可就危险大了，很可能会被情报部门丢进隔离牢房，兴许是伊夫堡，就像大仲马的忠实读者那样。”也许是我把德穆索的书看得太轻了，因为这会儿在写作的过程中，我突然记起，以小开本印制的近六百页的《犹太人、犹太教和基督教徒的犹太化》后来于一八六九年出版，得到了教皇庇护九世的祝福，并在读者中间获得了极大的

……他看样子愤恨得累瘫了，因此我试着给他倒了一小杯白兰地……

成功。然而，我当时正是因为感受到在世界各地已经有许多反犹太人的小册子和大部头问世，因此才决定在这种感觉的指引下善加挑选。

在我的布拉格公墓中，拉比们应该说一些简明易懂、在民众理解范围内的话，同时还要具备一定的新意，不能像杀婴仪式那样，在被谈论了几个世纪后，如今人们觉得它的可信度也就和女巫一般高低，只需管住孩子不在犹太人聚居区附近转悠就是了。

就这样，我重新着手起草我那份讲述在那个噩梦般的夜晚发生的不详事件的报告。第十三个声音率先说道："身为以色列上帝的选民，我们肩负着祖辈传承给我们的责任，每一百年必须在神圣的拉比西缅-本-耶胡达的墓旁举行一次集会。基督教会从我们手中夺走上帝赐给亚伯拉罕的权力，已达一千八百年之久。尽管遭受了仇敌的蹂躏和凌辱，尽管持续不断地遭受死亡和奸淫的威胁，以色列人民还是挺了过来：既然流散于全世界，那就意味着全世界皆为其所属。从亚伦的时代起，金牛犊就是属于我们的。"

"对极了，"拉比以萨迦当即说道，"当我们独占世界上所有的黄金时，真正的权力就将落入我们之手。"

"和我们的敌人进行了残酷而持久的千年斗争后，"第十三个声音再次说道，"这是以色列人民的世代选民第十次在这个公墓聚集，围绕在我们的拉比西缅-本-耶胡达的陵墓周围。但是，在以往的世纪中，没有哪一位先人能够像我们一样，手中聚积起如此大量的黄金，因而也未曾得到过如此大的权势。在巴黎、伦敦、维也纳、柏林、阿姆斯特丹、汉堡、罗马、那不勒斯，在罗斯柴尔德家族的所有金融机构中，犹太人无一例外成为了财政局势的主宰者……你来说一下，拉比流便，你对巴黎的形势最熟。”

“所有的皇帝、国王和在位的君主，”流便此刻说道，“为了维持他们的军队，维系他们摇摇欲坠的王位，都向我们欠下了不堪重负的债务。因此，我们应当尽可能为他们的借款提供便利，并且作为我们向各国提供的资金的抵押，实现对他们的铁路、矿山、森林、大型冶炼厂和制造厂、其他不动产以及税收经营权的操控。”

“别把农业给漏了，它永远是一个国家的巨大财富，”来自罗马的拉比西缅发言道，“大型地产目前虽然看起来无法下手，但如果我们能迫使政府将其化整为零，那么购置这些大型产业将会变得轻而易举。”

来自阿姆斯特丹的拉比犹大紧接着说道：“可是在以色列，我们有许多兄弟改变了信仰，接受了基督教的洗礼……”

“这有什么关系！”第十三个声音回答，“……那些受洗的人对我们十分有用。尽管他们的身体接受了洗礼，他们的内心和灵魂依然忠于以色列。从今往后的一个世纪里，将不再会有以色列的子孙想成为基督徒，而是会有大量的基督徒想皈依我们的神圣的信仰。到那时，以色列会鄙夷地将他们拒之门外。”

“但是首先，”拉比利未说，“我们要把基督教会视为我们最危险的敌人。必须在基督徒中间遍撒自由主义和怀疑主义的思想，必须让那个宗教的神职人员威信扫地。”

“我们要传播进步的思想，也就是所有宗教一律平等的思想，”拉比玛拿西谈道，“我们要为从学校的教学大纲中废除基督教日课而奋斗。犹太人凭借聪明才智和勤奋用功，不费吹灰之力就可以在基督教学校取得教师职位和教授头衔。与此同时，家庭中的宗教教育将会停滞不前，再加上大部分家庭无暇监督这门学科的教育工作，他们的宗教精神将会日益衰弱。”

接下来轮到来自君士坦丁堡的拉比但发言了：“最重要的是，绝不能让贸易和投机脱离我们的控制。必须垄断酒精、黄油、面包和葡萄酒的贸易，因为这能使我们成为整个农业、通常是整个农村经济的绝对主宰。”

来自布拉格的拉比拿弗他利说：“我们的目标是司法界和律师界。既然犹太人能够如此频繁地取得财政部部长的职位，为什么不能把教育部部长的职位也收入囊中呢？”

来自托莱多的拉比便雅悯最后说道：“社会上任何一个重要的行业，都不应缺少我们的身影：哲学、医学、法律、音乐、经济，总而言之，科学、艺术、文学的所有门类都应是我们施展才华的广阔领域。医学首当其冲！一个医生可以洞悉家庭中最深层的秘密，能牢牢掌控基督徒的性命和健康。我们还必须鼓励犹太人和基督徒通婚，只要我们的儿女设法与有一定权势的基督教家族攀上亲戚，那么在我们的上帝特选的血统中，即便流入这一丁点不洁的血液，也不会腐化堕落。”

“让我们结束这次集会吧，”第十三个声音说道，“如果说黄金是这个世界最重要的力量，那么位居其次的便是报刊。必须由我们的人把持住各个国家所有日报的领导权。一旦成为新闻界的绝对主宰，我们就能改变对荣誉、美德和正直的舆论导向，向家族体制发起第一波攻势。我们要做出对层出不穷的社会问题热心的样子，必须控制无产阶级，在社会运动中安插我们的鼓动者，以便在我们需要的时候能够煽动无产者暴动，鼓动劳动者起义、闹革命，而每一场这样的灾难都将使我们向着我们唯一的目标更进一步：统治整个世界，正如上帝向我们的先祖亚伯拉罕所许诺的那样。到那时，我们的力量将会长成一棵巨树，它的枝丫上将结满被称为财富、享乐、幸福和权力的果实，以此补偿以色列人民成百上千年来不变的命运和背负的那个可恨的身份。”

如果我没记错的话，布拉格公墓的报告就是这样收尾的。

结束了对那段记忆的复原后，我感到身心俱疲——可能是因为我在喘着粗气奋笔疾书的这段时间里，还不忘痛痛快快喝上几杯能让我体力回升、头脑兴奋的美酒的缘故。然而从昨天起，我就再没了食欲，进食让我感到恶心。我醒后便吐了。也许我正在超负荷地劳作。又或者，也许有一股将我吞噬的憎恨掐住了我的喉咙。过了些时候，当我重温了日记中有关布拉格公墓的那部分内容以后，我明白了那段经历、那段有关犹太人的阴谋的如此可信的回忆、那种在我童年和少年时期不过是（怎么说呢?）完全停留在空想层面的厌恶感——就好像爷爷向我日渐灌输的说理的声音一般——如今为何会变得如此真切，同时，只有在我成功再现了那个巫妖狂欢夜之后，我对奸诈的犹太人的积怨和嫉恨才会从抽象的想象化为无法遏止的狂怒。啊，真的是这样，必须在那个夜晚去过布拉格公墓——见鬼——或者必须至少读一读我对于那个事件的证明，才能明白那个该死的民族对我们生命的毒害让我们有多么无法容忍！

我将那份文件读了又读，然后才彻底明白，我所肩负的是一项何等的使命。我必须不惜一切代价将我的报告成功卖出去，并且，只有出天价购买的人，才会相信这份文件是真的，才会想方设法将它包装得更为可信……

不过，今晚我还是暂且搁笔为妙。仇恨（或仅仅是对仇恨的回忆）搅乱了我的大脑。我的双手在颤抖。我必须去睡觉，睡觉，睡觉。

一三

达拉·皮科拉自称不是达拉·皮科拉

一八九七年四月五日

今天早晨醒来的时候，我正和衣躺在自己的床上，并没怎么化装，尽是我自己的一身装扮。随后我过来读了您的日记，得知您曾遇见过一位叫达拉·皮科拉的修道院院长。照您的描述来看，他应该比我更加年老，并且还是个驼子。我于是去您的卧室照了照镜子（因为作为一名修士，我的卧室里显然没有那种玩意儿），不是我有意自我标榜，但我必须指出：本人五官端正，根本不是斜眼，也没有龅牙，而且我的法国口音地道纯正，或许带一点意大利腔。

那么，您此前遇到的与我同名的修道院院长究竟是谁呢？而我又是谁？

一 四

比亚里兹

一八九七年四月五日上午晚些时候

我今天很晚才睡醒，在日记里看到了您的简短留言。您真是个惯于早起的人。嗨，院长先生：您干脆这一阵哪天（或哪个晚上）直接来看我写日记得了。可是，您究竟是谁呢？因为我这会儿突然记起来，我早在战争爆发以前就把您给杀了！难不成我是在和一个亡魂对话？

我杀了您吗？为什么我现在对此确信不疑？让我们试着回忆一下吧。不过眼下我必须先吃点什么。奇怪了，昨天我一想到食物就感到恶心，而现在却想把所有能找着的都吃光。要是我能自由外出，我一定得去看看大夫。

在写完有关布拉格公墓集会的那份报告后，我准备好和迪米特里上校会面了。想到布拉夫曼对罗谢·康卡勒餐厅的法国料理赞不绝口，我于是也请迪米特里去了那里。不过，他好像对法国菜没有什么兴趣，我点的每道菜他都只尝了一小口。他有轻微的斜视，瞳孔细小，眼神锐利刺人，让我想到了貂的眼睛——虽说这种动物我既没有养过，也从未见过（我恨貂有如我恨犹太人）。在我看来，迪米特里的特长就是让与之交谈的人感到浑身不自在。

他仔细阅读了我的报告，然后说道："很有意思。多少钱？"

和这样的人做买卖是一件令人愉悦的事，我便胡乱开了个价格：五万法郎，可能高得有些离谱，便解释说我在线人身上花了好大一笔开销。

"太贵了，"迪米特里说，"确切地说，是对我而言太贵了。咱们试试把费用分开结算行吗？我们和普鲁士情报部门关系不错，他们也正在处理犹太人的问题。我出两万五千法郎，全部以金币支付，同时允许您把这份文件的副本卖给普鲁士人，他们会付给您另一半费用。我会负责帮你们牵线。当然，他们肯定会想要报告的原件，也就是您给我的这份，不过我听过拉格朗日老兄对您的评价，您完全有能力复制好多份原件。到时会有一个叫施蒂贝尔的人和您联系的。"

迪米特里再没有多说什么。他礼貌地谢绝了白兰地酒，突然很正式地行了个更加德国式而非俄国式的点头礼：上身笔直，弯腰的弧度几乎成直角，然后便告辞了。饭钱是我付的。

我急忙约拉格朗日见面，因为我早就从他那儿听闻过施蒂贝尔的大名。施蒂贝尔是普鲁士间谍机构的领袖人物，不仅擅长在国外搜集情报，而且还有办法潜入危害国家安全的秘密组织和运

……我急忙约拉格朗日见面……

动。十几年前，当德国人和英国人都在为马克思感到头疼的时候，他就搜集到了与之相关的重要信息。好像是他本人或他手下一位名叫克劳斯的探员乔装成医生，使用“弗莱利”这个化名成功潜入了马克思位于伦敦的家中，掌握了参加其共产主义组织的成员的完整名单。“干得漂亮。”拉格朗日评论说。“没必要这么小心吧，”我对他说，“这些人要是能被人这样糊弄，那一定是愚蠢至极，就算对他们放之任之，他们也不会有多大作为。”但拉格朗日却表示，这种事谁也说不好。最好还是防他们一手，在他们真正作恶以前就先惩办他们。

“一个情报部门的优秀探员，如果待事发后才介入调查，那就没有价值了。我们所要做的是提前引发这些事。我们为了组织街头暴动已经持续投入了不少钱。不需要太大的规模，只需让几十个被释的囚犯和一些便衣警察高唱《马赛曲》抢劫两三家餐厅和妓院、焚毁两座报亭就行，然后我们穿制服的警察就会赶到现场，和他们装模作样地搏斗一番，再把他们全部抓捕回去。”

“这能起什么作用呢？”

“这能让老实巴交的市民提心吊胆地过日子，并让所有人相信实施高压手段是必要之举。假如我们要对付的是那些天知道由什么人组织的真正的暴动，可就没有这么容易镇压下去了。不过咱们还是言归正传。施蒂贝尔当上普鲁士秘密警察的头领后，乔装成街头卖艺者，转遍了东欧的村庄，记下了所有情况，沿着普鲁士军队将来可能行进的路线，构建了一张从柏林至布拉格的情报网。他对法国也展开了类似的行动，因为两国之间迟早会有一战。”

“那样的话，和这个人少有来往不是更好吗？”

“错，必须盯紧他。因此，最好是由我们的探员为他效力。况且您要告诉他的是一个有关犹太人的故事，和我们没什么关系。所以您和他的合作不会危及我们的政府。”

一周后，我收到了施蒂贝尔署名的一封便函。他要求我——如果不是特别不方便的话——前往慕尼黑，和他的一个名叫古德切的心腹会面，把报告交给此人。我当然觉得这很不方便，但我太在意另一半酬金了。

我问拉格朗日是否认识这位古德切，他告诉我说，此人曾是一名邮局职员，暗中作为煽动人员为普鲁士秘密警察效力。一八四八年的动乱过后，他为了指控民主派的领导人，伪造了其蓄谋刺杀国王的信函。不过，很显然在柏林也是有几个鉴定师的，因为有人证明那些信都是伪造之作。古德切被这桩丑闻搞得身败名裂，丢掉了他在邮局的工作。不仅如此，他在情报界的信誉也大打折扣，因为在这个圈子里，伪造文件尚可饶恕，但如果被逮个正着，就别想得到原谅。古德切重新找了份工作，以“约翰·雷德克利夫爵士”为笔名写一些胡编乱造的历史小说，并继续与宣传反犹思想的《十字报》合作。而秘密警察只有在需要散布关于犹太世界的虚虚实实的消息时，才会再差他办事。

“这人和我倒是同道中人。”我心想。但拉格朗日提醒我说，如果普鲁士人找古德切来办这事，也许只是因为他们不太在乎我的报告，所以才派一个无足轻重的家伙来瞅上一眼，好让他们放心，并把我给打发走。

“这不可能，他们很看重我的报告，”我反驳道，“还答应付给我一笔可观的酬金。”

“谁答应您的？”拉格朗日问道。当我回答说是迪米特里后，他笑了：“那是俄国人，西莫尼尼，我已经说得很明白了。一个俄国人以德国人的名义向您许诺，他能有什么损失呢？不过您还是亲自去一趟慕尼黑吧，我们也很想知道他们正在忙些什么。一定要当心，古德切是个奸诈的无赖，不然他就不会干这一行了。”

拉格朗日这么说并不是出于对我的关心，而是或许在各色各样的坏人中，他对那些高级别的恶棍——因此包括他本人——也深有了解。不管怎样，如果德国人肯大方地付给我酬金的话，我是不会为这点小事生气的。

我相信我在这部日记中早已写过对慕尼黑那家大型啤酒屋的印象：长长的餐桌旁挤满了巴伐利亚人，胳膊肘顶着胳膊肘；男男女女丑态毕露，大嚼油腻的香肠，呷着桶一般大小的啤酒壶；女人比男人更加肆无忌惮地嬉笑、喧闹，言行举止显得更为粗俗。毫无疑问，这是个劣等民族。而在德国佬的土地上停留的短短两天就让我付出了辛苦的代价。这趟旅行结束后，我已是疲惫不堪了。

古德切约我见面的地点恰恰是啤酒屋。我得承认，我这位德国同行好像生来就是在那个圈子里摸爬滚打的料：一身优雅得无耻的外衣，也掩饰不了工于心计之徒所特有的狡诈的面容。

他操着一口蹩脚的法语，一见面就开始查证我的情报来源。

我从容对答，试图岔开话题，提起了我在加里波第志愿军中的经历。他在惊讶的同时流露出欣喜的神情，因为——据他说——他正在写一部小说，讲的就是一八六〇年发生在意大利的那些事，就快完稿了。这部小说暂名为《比亚里兹》，分许多卷，不过里面讲述的事情并不全都发生在意大利，西伯利亚、华沙、比亚里兹（正是书名）等地也会涉及。他兴致勃勃地主动介绍起这部作品，自称即将完成历史小说的西斯廷教堂。我没太明白小说中的各个事件之间有什么联系，不过听起来，故事主要讲述的是统治世界的三股邪恶势力——共济会、天主教会（尤其是耶稣会）和犹太人——的永恒威胁。而在这三股邪恶势力中，犹太人又在向共济会和天主教会渗透，暗地里从根本上削弱信奉新教的条顿民族的纯正血统。

故事围绕马志尼党的共济会会员在意大利的阴谋展开，接着转至华沙，在那里，共济会正联合虚无主义者，共同密谋颠覆俄国。虚无主义者是斯拉夫民族源源不断地繁衍出的恶种，大部分都是犹太人——而重要的是，他们的招募制度让人想到巴伐利亚光照派和最高经营会的烧炭党人的做法：每一名成员必须再招募九名彼此完全陌生的人入会。随后故事又重回意大利，讲述了皮埃蒙特军队向两西西里王国进军的过程，其间夹杂着形形色色的情节和事件：负伤、变节、强暴贵族妇女、惊心动魄的路程、英勇的爱尔兰正统派分子和所有剑客、藏在马尾中的密函、卡拉乔落家族的一位卑劣的烧炭党亲王奸污一名（爱尔兰正统派的）少女、发现一枚带有绿色锈斑的金质启示戒指（图案中间有一只珊瑚虫，周围有几条缠绕的蛇）、企图绑架拿破仑三世之子的阴谋、令效忠教皇的德国军队流血牺牲的菲达尔多堡悲剧，他还痛骂welsche Feigheit——古德切在此处使用了德语，或许是怕我听了生气，不过德语我还是学过几句的，所以明白他咒骂的是拉丁民族所特有的怯懦性格。至此，故事的情节已发展得越来越混乱，却连第一卷都尚未收尾。

随着讲述的持续进行，古德切那对呆滞得像猪眼一般的双眼逐渐泛起了光泽，他唾沫四溅，讲到自认为精彩之处还会暗自窃喜。他看来很想得到有关恰尔迪尼、拉马尔莫拉和其他皮埃蒙特将领——当然也就是加里波第圈子——的第一手轶闻。不过，在他混迹的这个圈子里，情报是需要花钱买的，所以我并不打算向他免费提供发生在意大利的那些令人感兴趣的消息。况且，我知道的那些事还是不提为妙。

我心想，这个家伙选错路子了：绝对不能把一个危险事物的千百种面目同时创造出来，只能展现它其中的一种，否则会让人分不清状况。如果你想控诉犹太人，那就只谈犹太人，别再掺杂那些爱尔兰人、那不勒斯亲王、皮埃蒙特将领、波兰爱国者和俄国虚无主义者。贪多嚼不烂，怎么可以让故事的情节这么混乱呢？更何况，在他的小说里，不变的主题似乎正是且仅仅是犹太人，而这对我更有利，因为我专程前来向他兜售的这份珍贵文件正是关于犹太人的。

事实上，他告诉我，他写那本小说既不是为了金钱，也不是对世俗荣耀另有企盼，而是为了将德意志民族从犹太人的圈套中解救出来。

“路德所言极是，他曾说过，犹太人卑劣、恶毒、凶狠到了骨子里，在数个世纪中一直是我们的灾难和瘟疫，在他那个年代依然猖獗不息。用他的话说，犹太人是阴险、恶毒、残忍、报复心强的毒蛇、杀人犯和恶魔的子孙，从不敢公然害人，而是专在暗中蜇人和搞破坏。对付他们的唯一有效的方法是 schärfe Barmherzigkeit。”——他不知这两个词该如何译成法语，我明白它们应该是指“严酷的仁慈”，而路德的意思是“毫不怜悯”。“必须焚毁犹太教堂，并把那些未能烧尽的东西用土填埋，让他们再也见不到其一砖一瓦；必须摧毁他们的房舍，把他们像吉卜赛人一样赶进马厩牛棚；必须把只会教他们撒谎、诅咒和渎神的犹太教法典通通查抄；必须禁止他们发放高利贷，没收他们拥有的所有黄金、现钞和珠宝，让他们的男青年拿起斧子和铁锹，女青年纺衣织布，因为，”古德切冷笑着说道，“只有劳动才会使人自由。路德认为，最终的解决办法，就是像赶疯狗一样把他们从德国赶出去。”

“至少到目前为止，”古德切末了说道，“没有人听从路德的话。其实，虽然从古时候起，欧洲以外的民族就被看作劣等民族——您瞧瞧黑人，他们现在还被视为牲畜——但始终没有制定过一套辨识优越人种的可靠标准。我们现在知道，白种人是人类进化的最高水平，而在白种人之中，进化程度最高的当属日耳曼人。然而，犹太人的存在一直对其构成种族杂交的威胁。您瞧瞧古希腊的雕像，其面貌是多么的纯正，身形是何等的优雅，无怪乎那种美会被视为一种美德，美貌之人一定也具有英勇的品质，正如我们条顿神话中的伟大英雄那样。现在请您想象一下，给这些美男子换上闪米特人的容貌、黝黑的皮肤、浑浊的双眼、鹰钩鼻和僵硬的四肢。在荷马看来，这些是忒耳西忒斯的典型特征，而此人是懦夫的化身。基督教的传说中充斥着犹太教的精神（说到头来，它是由保罗创立的，而保罗是一个亚裔犹太人，我们今天可以称他为土耳其人），使我们相信所有人都是亚当的后裔。一派胡言！人类在从原始的野兽中分化出来之时，就走上了不同的道路。我们必须回归那些道路的分岔点，也就是我们民族的真正起源，而不是听信法国那些*启蒙主义者*所宣扬的世界主义和全人类的*平等*与博爱之类的胡言乱语！这是新时代的精神。当下在欧洲兴起的意大利民族复兴运动的确是想恢复其种族最初的纯正血统，只不过它的目标（和结果）只有日耳曼人才能实现。要是你们的罗圈腿加里波第、短腿国王和侏儒加富尔也能代表意大利人回归古典之美，那真是让人笑话死了。其实，就连古罗马人也是闪米特人种。”

“古罗马人？”

“您没有读过维吉尔的著作[①]吗？古罗马人的祖先是一个特洛伊人，所以他们是亚洲人的后裔，而这场闪族人的迁徙摧毁了古意大利民族的精神。您瞧瞧凯尔特人的遭遇：他们被罗马化，成了法国人，因而也就成了拉丁人。只有日耳曼人成功地维护了其纯正的血统不被玷污，击败了罗马的势力。最后，雅利安人的优越性和犹太人乃至不幸的拉丁人的劣等性从各式各样的艺术成就中也可以看出。意大利也好，法国也好，都产生不了一个巴赫、莫扎特、贝多芬或瓦格纳。”

---

① 即《埃涅阿斯纪》，叙述特洛伊人埃涅阿斯在特洛伊城被希腊联军攻破后，率幸存者来到意大利拉丁姆地区建立国家、成为罗马开国之君的经历。

我怎么看也不觉得古德切像是他所称颂的那种雅利安英雄，正相反，如果真得说实话（可为什么人总得说实话呢？）的话，我倒觉得他是个贪吃好色的犹太人。但既然准备付给我那余下的两万五千法郎的普鲁士情报部门相信他，我也只好信他这一回。

但我还是没能不吐半句恶毒之言。我问他，是否觉得自己是完美而优越的雅利安人的典型代表。他恶狠狠地斜了我一眼，对我说，是否属于一个种族，并不仅仅是由外貌和体格来决定的，而主要是由精神所决定的。一个犹太人即使碰上了自然界的意外——比如小孩生来就有六根指头、女人生来会做乘法——生得金发碧眼，他也终究是个犹太人。而一个雅利安人只要怀有他民族的精神，即便长有一头黑发，也始终是雅利安人。

不过，我的问题浇灭了他的激情。他平静下来，掏出一块红色方格手帕擦了擦额上的汗珠，向我索要我们为此会面的文件。我把文件递给他，满心以为在他如此高谈阔论之后，这份文件应该能让他喜上眉梢。要是他的政府真想遵从路德的遗训，肃清犹太人，那我的布拉格公墓的故事就像是专为使整个普鲁士民族警惕犹太人的阴谋本质而定制的。但没想到，他读得慢条斯理，时不时喝一口啤酒，还屡屡皱起眉头，把眼睛眯得像蒙古人那么细，末了说道："我不确定这些情报是否真的能让我们感兴趣，文件中所说的都是我们早就清楚的犹太人的阴谋。当然这份文件说得没错，即使是编造的，也编得挺有水平。"

"拜托，古德切先生，我可不是来这儿向您兜售伪造文件的！"

"这我当然不会怀疑，但我也需要对我的雇主负责。这份文件的真实性还有待查证，我得把它上交给施蒂贝尔先生和他的手下。请您把文件留下，如果您愿意，可以先回巴黎，我们几周后会给您答复的。”

“可是迪米特里上校告诉我说，这事已成定局了……”

“不是定局，还没说定呢。我已经说了，您就把文件留在我这儿吧。”

“我就跟您直说了吧，古德切先生，您手中的那份是原始文件：原件，明白吗？它的价值无疑是来自它所含的情报，但更重要的是，这些情报出现在了另一份原始报告中，而该报告便是文件中所说的那次集会后在布拉格起草的。至少在收到你们答应的报酬以前，我是不会让它离开我之手，进入外界流传的。”

“您太多虑了。那好吧，您再要上一两壶啤酒，给我一个小时的时间，让我把文件抄一份。您自己说过，文件中的情报值那么多钱，如果我有意骗您，只需把它们背下来就行了，因为我可以向您保证，我能把读过的文章几乎一字不差地记下来。不过，我想把文件的内容呈交给施蒂贝尔先生。所以，请让我把它再抄一份。原件是您带进来的，到时也由您带回去。”

我没有理由反对。我用几根令人作呕的德国香肠打压了一下自己的食欲，又喝了不少啤酒。我得承认，德国啤酒有时也可以与法国啤酒相媲美。我就这样等着古德切把文件的所有内容仔仔细细地誊抄了一遍。

我们在冰冷的气氛中告别。古德切示意我们应分开付账，甚至还计算出我比他多喝了多少啤酒。他答应在几周内给我回音，这令我为那趟一无所获的，而且还是自掏腰包的漫长旅行愤恨不已。别说是迪米特里许诺的报酬了，我连一枚银元也没有见到。

“我真蠢，”我心想，“迪米特里早就知道施蒂贝尔根本不会付钱，他仅仅是想以一半的价钱得到我的文件。拉格朗日说得对，我真不应该相信俄国人。也许我的要价太高了，本该对收入囊中的那一半报酬心满意足的。”

我如今确信，德国人再也不会来和我联系了。事实是，几个月过后，我果然没有收到他们的任何回音。我向拉格朗日倾诉了自己的懊恼，他对此一笑置之：“他们对咱们的买卖拿不定主意，谁都不是在和圣人打交道。”

这件事让我心情很糟。我的布拉格公墓的故事完全是一部神作，卖到西伯利亚去简直是暴殄天物。我本可以把它卖给耶稣会士。毕竟，最先对犹太人真正提出控诉、揭露其国际阴谋的巴吕埃尔院长就是一名耶稣会士，而我爷爷的书信想必也吸引了耶稣会其他一些重要人物的注意。

要想与耶稣会士接触，只能通过达拉·皮科拉院长。而要联系上此人，还需通过拉格朗日。我于是找拉格朗日帮忙。他对我说，会让院长先生知道我在找他的。因此，过了一段时间，达拉·皮科拉便来到了我的店铺。我向他展示了——用商界的说法——我的“商品”，他看起来挺感兴趣。

“当然了，”达拉·皮科拉对我说，“我必须先研究一下您的文件，然后才能向同会中人提起它。毕竟，没有人会不验货就出手购买的。希望您可以信任我，把文件借给我几天。我会好生看管的。”

面对这样一位可敬的神父，我欣然同意了。

……“西莫尼尼，”他对我说，“您一定是把我当傻子了……”

一周过后，达拉·皮科拉再次来到我店里。我请他上楼到书房，试着招呼他喝些什么，他却没给我好脸色看。

“西莫尼尼，”他对我说，“您一定是把我当傻子了，差点害我被耶稣会的神父们视为伪造者，毁掉我多年构建的良好的关系网。”

“院长先生，我不明白您的意思……”

“您休想再耍我。这是您给我的需要保密的文件（他把我那份关于布拉格公墓的报告摔在了桌上）。我本想开一个高价，但没想到耶稣会的神父们像打量无赖一样看着我，并客气地告诉我说，这份绝密的报告是伪造的材料，早就在一个叫约翰·雷德克利夫的人写的小说《比亚里兹》中出现过，字字句句分毫不差（他又把那部小说摔在了我的桌上）。很显然您懂德文，读过这部刚刚出版的小说，看中了犹太人夜间在布拉格公墓举行集会的故事，就忍不住想把虚构的情节当作真实的情报来出售。您不仅厚颜无耻地抄袭别人的作品，而且还真以为在莱茵河这边就没人读德文书了……”

“请听我说，我想我明白了……”

“这没啥好不明白的。我大可把这摞废纸丢进垃圾堆，让您见鬼去，但我是个固执且报复心强的人。我警告您，我会让您的那些秘密警察朋友知道您是什么货色，以及您提供的情报有多大的可信度。知道我为什么提前来告诉您这些吗？并不是出于真诚，因为像您这样的家伙就不配拥有半点真诚，而是因为，假如秘密警察决定在您背后捅上一刀，您得知道这个提议是从哪儿冒出来的。如果一个人遭报复时都不知道是谁杀了他，那这种刺杀就毫无意义了,您觉得呢?”

一切都再清楚不过了。古德切这个混蛋(拉格朗日告诉过我,他出版连载小说时用的正是“雷德克利夫”这个笔名)根本就没有把我的文件交给施蒂贝尔:他曾提到过,文件的内容与他即将完稿的小说主题十分契合,对应了他强烈的反犹情绪,因此,他就将这个真实的(或至少他认为是真实的)故事据为己有,成为他小说的一个章节。拉格朗日事先就提醒过我,这个混蛋早就因伪造文件而臭名远扬,而我却依然如此幼稚地上了他的当。想到这里,我就怒不可遏。

但随愤怒一道袭来的还有恐惧。达拉·皮科拉提到“在背后捅刀子”的时候,他也许只是想打个比方,但拉格朗日说得很明白:在情报界,谁要是成了累赘,就会让他“消失”。试想一下,一个线人因为把下三滥的小说情节当作机密情报出售而公然丧失信誉,并且还可能使情报部门在耶稣会面前沦为笑柄,那么,还有谁愿意继续让他为自己效力呢?最后自然是挨上一刀,成为塞纳河上的浮尸了。

这就是达拉·皮科拉院长所预示的我的命运,而我再怎么向他解释也是无济于事的,他没有理由相信我,因为他并不知道我在古德切完成小说以前就把文件交给了那个混蛋,而是坚信我是在古德切的小说问世后才把文件给他(我指的是达拉·皮科拉)的。

我被逼上了绝路。

除非,我能够阻止达拉·皮科拉开口。

我几乎是凭本能去做的。在我的书桌上有一座铸铁烛台，非常沉重，我抄起它，同时将达拉·皮科拉一把抵在了墙上。他瞪大了眼睛，有气无力地说："您不会是想杀了我吧……"

"很抱歉，是的。"我回答道。

我的确感到抱歉，但我别无选择。我猛地砸了下去。达拉·皮科拉应声倒地，鲜血从他凸出的牙齿间流了出来。我注视着那具尸体，一点也不觉得有罪恶感。这是他自找的。

接下来要做的，只剩下让那具令人厌恶的尸体消失了。

当我买下这间店铺和楼上的公寓的时候，原来的主人曾向我介绍过酒窖地板上的一扇活板门。

"您会发现一些台阶，"他说道，"刚开始您可能不敢顺着它们走下去，因为一股巨大的恶臭能把您给熏昏过去。但有时却必须下去。您是从外国来的，也许不了解来龙去脉。在过去，人们是把污物倒在街上的，甚至于还为此订立了一条法规，要求人们在将自己的大小便从窗子里倒出去以前，必须高喊：'当心！倒水啦！'但这太费事，人们一般直接把便桶倒空，谁要是刚好路过，只能算他倒霉。后来，人们在街上修建了露天的排水渠，而后又将其改成了地下管道，于是下水道就诞生了。如今，奥斯曼男爵终于在巴黎建成了发达的下水道系统，但一般需要让水流动起来，这样，只要您屋子底下的管道没有被堵上，粪便就会被自动冲走，流向化粪池，而这个大池会在夜间被清空，使里面的所有东西流入巨大的排水管道。不过人们正在讨论是否真的必须采用粪便污水直通下水道的排水系统，也就是说是否应该让除废水外的其他污物也通通流入巨大的下水道。正因如此，十多年前颁布了一项法令，规定房主必须用一条至少一点三米宽的地道将自己的房子与下水道连通起来。您在那下边就会看见这样一条地道，只不过它比法令所规定的更窄和更矮罢了，这是可想而知的啦。在宽阔的林荫大道上是需要按照规定去做的，然而在一条谁也不会在意的死胡同里就没必要这么讲究了。绝对不会有人来检查您是不是真的把粪便丢到了指定的地方。假如一想到要踩扁所有那些让人恶心的东西，您就会觉得有一股无力感迎面袭来，那就从台阶上把您的粪便倒下去，指望到了下雨天会有水一直流到这儿来，把它们都带走。但从另一方面来说，这条通往下水道的地道或许也有它的好处。我们生活在一个每隔十年或二十年就会爆发一场革命或暴动的年代，有一条地下逃命通道总是没有坏处的。就像每个巴黎人一样，您可能也读过那部新近出版的小说《悲惨世界》，里面的主人公就是沿着下水道和一个肩部受伤的朋友一起逃跑的，你要是也读过那部小说，就会明白我的意思了。”

作为连载小说的忠实读者，雨果的故事我可是知道得一清二楚的。当然，我不想重复小说中的那段情节，而其中的一个原因，恰恰是因为我不知道雨果是如何让他的主人公在那下边有好大一番作为的。也许巴黎其他城区的地下管道又高又宽敞，但从莫贝尔死胡同底下经过的那条应该可以追溯到几个世纪以前了。要将达拉·皮科拉的尸体从二楼搬到楼下的店铺、再从店铺搬到酒窖就已经很不容易了，所幸这个矮小的家伙又佝偻又瘦削，大大方便了搬运的过程。但为了让他顺着活板门下的台阶进入地道，我不得不让他滚下去。然后我自己也走了下去，猫着腰，拖着他走了一段距离，为的是不让他腐烂在我屋子的正下方。我一手拽着他的脚踝，另一只手举着一盏灯——真可惜没有第三只手来捂住鼻子。

这是我平生第一次杀了人以后还需要处理掉尸体，因为在杀涅沃和尼努佐时，尸体的问题无须我操心就都顺利解决了(不过杀尼努佐那次——至少是在西西里第一次杀他时——我应该把尸体处理掉才是)。我这时体会到，杀人最令人恼火的就是藏匿尸体(当然战场上除外，那儿的尸体都留给秃鹫处理)，神父们应该就是因为这个原因才劝诫杀戮的。

我拖着死去的院长先生走了十来米：拉着一位教士在不仅仅是我的，而且还有天知道是比我更早的什么人所排泄的粪便中前行，本身就是一件恶心的事，而如果要将其叙述给受害者听，就更令人生厌了——我的上帝，我这是在写什么呢？但最后，在踩扁了大量粪便后，我终于隐约看到前方有一丝细细的光，这说明我快到莫贝尔死胡同和索东街的交叉口了，那里应该有一个通到街上的下水道井盖。

我最初是打算将尸体一直拖到一条大型排水管那里，让它在最充盈的水中得到宽恕，但我后来转念一想：这些水可能会把尸体带去天知道什么地方，甚至冲到塞纳河也有可能，那这具亲爱的尸体就还有可能会被人认出来。这个考虑是合情合理的，因为就在我写日记的这阵儿，我听说在克利希[1]湿地巨大的排水管道中，近六个月里发现了四千条狗、五头小牛犊、二十只公羊、七只母山羊、七头猪、八十只小公鸡、六十九只猫、九百五十只兔子、一

[1] Clichy，巴黎郊区的一个地势低洼的镇。

只猴子和一条蟒蛇。统计结果没有提到修道院院长，而我本有可能尽一份力，让它变得更加离奇的。但假如将尸体就留在那儿，有很大可能它不会再移动。在下水道内壁和那条真正的——比奥斯曼男爵所修建的肯定要古老得多的——排水管之间，有一条极为狭窄的步行道，我把尸体就丢弃在了那上面。我估计，在那么臭气熏天和潮湿的环境中，尸体应该会以相当快的速度腐烂，不久后就只剩下一堆难以辨认的骸骨了。此外，考虑到死胡同的特殊性质，我相信它不值得任何人来维修养护，所以没有人会一直走到我弃尸的地方。再说了，就算人们发现那里有人的遗骸，那也得证明它是从哪儿来的：无论谁从索东街的下水道井口爬下来，都可以将它带到那里。

我折回了书房，打开古德切的那本小说，翻到了达拉·皮科拉夹了一枚书签的位置。我的德语已经生疏了不少，但我还是看懂了书中的内容——虽然不是精确到每一个细节。毫无疑问，那就是我所写的布拉格公墓中的拉比的讲话，只不过古德切（他还挺有戏剧感）的叙述比我的公墓之夜稍微丰富了一些。他首先让一个名叫罗森伯格的银行家在一位头戴帽子、两鬓长着小卷发的波兰拉比的陪同下来到了公墓，并且所有人都必须向看守人低声说出一个含有七个音节的神秘词语后才获准进入。

接着，在我的原作中以线人的身份登场的那个人，由一个叫拉萨里的人领着来到了公墓，因为后者答应让他参加这场每一百年才召开一次的集会。两人以假胡子和宽檐帽乔装打扮了一番，而在此之后的内容与我的叙述大体相同，结尾也一样：从坟墓中升起浅蓝色的光，拉比们的身影逐渐远去，被夜色吞没。

这个败类利用我那份简要的报告来追述戏剧性的事件。他是准备向所有人都募集几枚银元吧。真是彻底没治了。

而这的的确确就是犹太人的思想。

现在我要去睡了,我已经打破了自己要饮酒适度的美食家习惯,没有喝葡萄酒,而是代之以过量的苹果白兰地(我的头也晕得过分,我怀疑这成经常性的了)。但由于我觉得自己只有深陷于无梦的睡眠中后才会再度作为达拉·皮科拉醒来,我现在想好好看一看,我是如何能够以一位已故之人的身份醒来的,要知道,我可是确确实实地充当了其死亡的制造者和见证人。

一五

另一个达拉·皮科拉

一八九七年四月六日黎明

西莫尼尼上尉，我不知道是不是在您（过度的，或者超出日常所需的，想怎么说都行）熟睡期间我再次醒了过来，并得以阅读了您的日记。现在是黎明，天刚蒙蒙亮。

我读完后自言自语道，也许——由于某个不为人知的原因——您在撒谎（即便您如此坦率地讲述了自己的生平经历，也无法不让人认为您在不少事情上都撒了谎）。如果有谁确切地知道您未曾将我杀害的话，那这个人就是我。我本想查证一下，所以脱了教袍，几乎光着身子下楼来到地窖，打开了那扇活板门，但站在您赞不绝口的那条奇臭无比的下水道边上，我被恶臭熏得快要晕了过去。我于是问自己究竟想核实什么：是早在二十五年前被您丢弃在那里的尸体是否还剩有几块骸骨吗？而我为了判定那些骸骨不是我的，真得走下去进入那个恶心的地方吗？如果您允许的话，我其实已经知道答案了。所以我相信您：您杀死了一位名叫达拉·皮科拉的教士。

那我究竟是谁呢？显然不是已被您杀害的那个达拉·皮科拉（况且他和我一点也不像），但怎么会存在两个达拉·皮科拉？

事实上，我可能是个疯子。我不敢外出。然而我总会需要出去买些什么，因为我的着装使我无法去小酒馆。我不像您那样，有一间像样的厨房——虽然，说实在的，我对美食的热爱一点也不输于您。

有一种难以抑制的自杀念头突然向我袭来，但我知道这是魔鬼的诱惑。

再说了，如果您早已把我给杀了，我为什么还要自杀呢？那只会是在浪费时间。

四月七日

尊敬的神父，我受够您了。

我不记得昨天我都做了些什么，而今天早晨我发现了您的笔记。您别再焦虑不安了。难道您也失忆了吗？要真是那样的话，您可以像我一样，长时间地凝视自己的肚脐，然后开始写作，让您的手替您思考。为什么总得由我来回忆一切，而您只需记起我想要忘掉的那些零星之事？

此时此刻，我正在为其他一些记忆所困扰。我刚刚杀害达拉·皮科拉没多久，就收到了拉格朗日的一封便函，这一次他约我在菲斯滕贝格广场会面，时间定在午夜，也就是那个地方最令人毛骨悚然的时候。我当时——用谨慎的人的话来说——做贼心虚，因为我刚刚杀了一个人，（没由来地）害怕拉格朗日已经获悉了此事。但他想和我谈的很显然是别的事情。

“西莫尼尼上尉，”他对我说，“我们需要您监视一个古怪的家伙，他是一名……怎么说好呢……信奉撒旦的教士。”

“我上哪儿能找到他？地狱里头吗？”

“别开玩笑了，说正经的。这家伙是一个名叫布朗的神父，多年前结识了一个叫阿黛勒·舍瓦利耶的女子，后者是苏瓦松圣托马斯·德·维勒纳夫女修道院的一名杂役修女。她有一些神秘的传闻，据说她曾经失明，但后来被治好了，并且做过一些预言，在那之后，信徒们就开始蜂拥而至，这让其他修女非常难堪，所以主教将她逐出了苏瓦松。然而不知怎的，我们的阿黛勒突然选择了布朗神父作为她的忏悔神父，可见这两人真的是天生一对。于是他们决定建立一个团契[①]，开展赎罪活动，也就是说不仅通过祈祷，而且还通过各式各样的肉体上的赎罪来供奉我主，以补偿罪人们对我主的冒犯。”

“我觉得这没什么不好的。”

“但他们开始鼓吹，为了将自己从罪恶中解脱出来，必须先犯下罪过；人类的堕落源于亚当与莉莉丝以及夏娃与萨麦尔的双双通奸（您别问我这些人是谁，因为我从教区牧师那里只听说过亚当和夏娃）。总而言之，必须做一些见不得人的事情。然而布朗神父、我们谈到的这名女子及他们的许多信徒似乎对那种——该怎么说呢——混乱不堪的、所有人都相互虐待凌辱的集会非常着迷。而

① 即伙伴关系，源自《圣经》中的“相交”一词，意为相互交往和建立关系，可以指教会和其他形式的基督徒聚会。

且还有传闻称，这位‘品行端正’的神父小心翼翼地使他与阿黛勒私通的爱情结晶消失了。您也许会说，所有这些事情应该由警察署而不是我们来过问，可是在那一大群信徒中，长期以来还加入了出身名门的贵妇、高级官员的妻子，甚至还有一位大臣，而布朗从这些虔诚的贵妇身上榨取了不少钱财。到了这个份儿上，这件事就成了国家大事，我们必须亲自出马了。他们二人受到了指控，因诈骗罪和强奸罪被判了三年徒刑，后于一八六四年年底出狱。打那以后，布朗神父从我们的视线中消失了，而我们也以为他头脑清醒了。近年来，他通过大量的忏悔得到了宗教法庭的最终赦免，于是现在又再次回到了巴黎，继续推行起他那些通过完善自身来补赎他人罪过的主张。可要是所有人都开始这么想，那这个问题就从宗教性质转变为政治性质了，您应该懂我的意思。另外，教会也再次开始担心这件事，巴黎大主教日前禁止布朗施行圣事——要我说，是时候这么做了。作为对此的全力回应，布朗和一个名叫温特拉斯的带有异端气息的伪君子取得了联系。这份简短的卷宗里有所有你需要了解的信息，或者说，至少是我们掌握的所有情况。您来负责监视他，帮我们查清他在搞什么鬼。”

“我又不是一名想让忏悔神父奸污自己的虔诚妇女，如何接近他?”

“这我怎么知道，也许您可以化装成神父。就我所知，您甚至有本事装扮成加里波第志愿军的将军或其他级别的军官呢。”

这就是我刚刚想起的事情。但亲爱的神父，这件事跟您一点关系都没有。

一六

布朗

四月八日

西莫尼尼上尉，我今晚读了您气呼呼的笔记后，决定效仿您的样子，开始近乎无意识地写作(虽然我没有盯着肚脐眼看)，让我的身体借由我的手，来决定回忆起那些被我的灵魂所忘却的事情。您那位弗洛伊德医生真是个聪明的家伙。

布朗……我看见自己正和他在巴黎市郊的一座教区教堂前散步，又或者是在塞夫尔？我记得他正在对我说："补赎对我主犯下的罪过，还意味着担负起这些罪过。犯罪可是一项神秘的重任，需要尽可能地去认真对待，其目的是彻底祛除魔鬼要求人类背负的邪恶，为我们那些最软弱的、无力驱除奴役我们的邪恶力量的兄弟姐妹卸下这一负担。您见过在德国刚刚发明的那种捕蝇纸吗？售卖糕点的人会用到它。他们把一条绳带放在糖蜜中，浸湿后悬挂在橱窗内的蛋糕上方。苍蝇被糖蜜吸引过来，被绳带上那种黏黏的东西俘获，然后就这样活活饿死，或是在绳带被丢进水沟时淹死。您瞧，补赎罪过的信徒应该就像这张捕蝇纸一样：将所有的恶行吸引到自己身上，从而在日后能对它们集中涤罪。”

我看见他身处一座教堂，站在祭坛的前面，需要为一名现已被魔鬼控制的虔诚的女罪人“涤罪”，而后者弯下身子，嘴里念叨着不堪入耳的亵渎之言和魔鬼的名字：阿比戈尔、阿布拉克萨斯、阿德拉梅莱克、哈拜利、梅尔克、斯托拉斯、齐博斯……

布朗身着浅紫色的祭服和一件红色的法衣，弯下腰，对着那个罪人诵念出似乎是驱魔仪式上所用的咒语，但（如果我没有听错的话）它的意思却是反着的：“神圣的十字架无法带给我光明，但恶龙将是我的引路人，来吧撒旦，来吧！”接着，他向那名忏悔者俯下身去，朝她的口中吐了三口口水，然后撩起自己的衣服，朝一只做弥撒用的圣餐杯中撒了泡尿，让那个倒霉的女子喝了下去。现在，他从一只盆子里（用双手！）掏出了一种显然源自粪便的东西，将其涂抹在着魔者那袒露的胸脯上。

那名女子在地上剧烈地抽动着身体，呼吸急促，口中发出呜咽的声音。但随着那呻吟声逐渐减弱，她最终陷入了像是被催眠的睡梦之中。

布朗走进圣器收藏室，简单地洗了洗手。随后他和我一起来到了教堂门前的空地上，像完成了一项艰巨任务的人那样叹着气。“一切都结束了。”他说道。

我记得我对他说，我是受一个不希望透露姓名的人所托去找他的，托付我的人想要施行一场需要用到被祝圣过的圣体饼的宗

……您知道，在共济会的某些支部，人们习惯于用刺圣体饼的方式来订立誓言……

教仪式。

布朗冷笑道:“做一场黑弥撒吗? 但如果有教士参加这场仪式,他可以直接为圣体饼祝圣,即使他被教会解除了圣职,他所做的也将是有效的。”

我澄清道:“我认为他并不想让一位教士来主持一场黑弥撒。您知道,在共济会的某些支部,人们习惯于用刺圣体饼的方式来订立誓言。”

“我懂了。我听说有人在莫贝尔广场那边开了一爿旧货商店,同时还经营圣体饼的生意。您可以去找他试试。”

咱们两人就是在那时相遇的吗?

一七

巴黎公社的那些日子

一八九七年四月九日

我于一八六九年九月杀害了达拉·皮科拉。十月，拉格朗日来函召见我，这次的地点定在了塞纳河上的一个码头。

我的记忆正在捉弄我。也许那些至关重要的事件正在被我遗忘，但我却记得，那天晚上，当我来到皇家桥边时，一道骤然闪过的强光打在我身上。我停下了脚步。在我面前的是《法兰西帝国官报》新办公楼的建筑工地。为了加快建造进度，施工现场在夜间使用电流来提供照明。在林立的桁梁和脚手架之间，一个异常耀眼的光源将光芒汇聚在了一群泥瓦匠身上。那种在周遭的黑暗中跃然闪现的星星般的光辉所产生的奇妙效果，是不可言喻的。

电灯……在那个年代，蠢货们会感到自己被未来的事物团团包围。在埃及凿通了一条连通地中海与红海的运河，前往亚洲的船只无需再绕非洲航行（如此一来，许多值得信赖的航运公司将受到冲击）；一场世界博览会开幕了，那些建筑让人们直观地感受到，奥斯曼男爵为毁掉巴黎所做的一切仅仅是个开始；美国人即将建成一条自东向西横贯大陆的铁路，但由于他们不久前刚刚解放了黑奴，这些暴徒无疑将遍布全国上下，把美国变成一个充斥着比犹太人还劣等的杂种的泥沼；潜水艇在美国南北战争期间问世，里面搭载的水手不再是被淹死的，而是在水下窒息而亡；我们的父辈所抽的上等雪茄即将被没劲的卷烟所取代，后者只消一分钟就会燃尽，剥夺了吸烟者的所有乐趣；我们的士兵长期以来吃着贮存在金属罐头里的变质肉；据说在美国发明了一间密闭的小屋，能利用某种水力活塞将人送到一栋楼的高层——不过大家也早已知道，周六晚上活塞坏了，在那个盒子里的人被困了整整两夜，别说是水和食物了，就连空气也没有，因此周一被发现时都已经死了。

所有人都在为生活变得越来越便利而感到欣喜。人们正在研究用于远程通话的机器，以及不需要笔就能自动书写的机器。有朝一日还会需要伪造原件吗？

化妆品商店的橱窗给人们带来了喜悦。在店里，龟乳制成的润肤露、金鸡纳皮制成的生发剂、香蕉油制成的蓬巴杜香脂、可可脂、帕尔马紫罗兰制成的定妆粉，等等，一切用于使最放荡的女性变得迷人的发明都被吹得天花乱坠。就连那些年轻的缝衣女工如今也用起了这些东西，因为许多裁缝店都在引进一种能取代她们的缝纫机，她们因此为成为被人包养的情妇而做起了准备。

新时代唯一有意思的发明是一个让人能坐着排便的瓷质的玩意儿。

然而就连我也没有意识到，那种表面的激励正标志着法兰西帝国行将终结。在世界博览会上，阿尔弗雷德·克虏伯展示了一门重达五十吨、每颗炮弹重一百磅、尺寸空前的大炮。拿破仑三世对此甚为着迷，当即授予克虏伯荣誉勋章。而当克虏伯将他准备向所有欧洲国家出售的武器清单送到皇帝那里时，法国的最高统帅部却因为心仪其他的军火商，说服皇帝拒绝了这单买卖。普鲁士国王与之恰恰相反，很显然买下了那些武器。

不过，拿破仑三世的判断能力已经大不如前了：肾结石害得他吃不下饭，睡不着觉，更不用说骑马出行了；他听信保守派和他的妻子，而这些人坚信法兰西帝国依然拥有世界上最强大的军队，但(人们事后才知道)实际上至多只有十万法国士兵在对抗四十万普鲁士人；而施蒂贝尔早已向柏林送去了有关夏塞波步枪的报告——这种被法国人视为最新武器的步枪，其实正在成为应该陈列在博物馆的古董。而且，令施蒂贝尔得意的是，法国人还没能组建起一个像他们那样的情报部门。

不过咱们还是切入正题吧。我在约定的地点见到了拉格朗日。

“西莫尼尼上尉，”他跳过一切客套话，径直问道，“您有达拉·皮科拉神父的消息吗？”

“没有。怎么了？”

“他失踪了，而且恰恰是在他为我们办一件小事期间失踪的。在我看来，您是最后一个见过他的人：您要我帮忙联系他，我就让他去找您了。后来怎么样了？”

"后来我把给俄国人看过的报告交给了他，让他带回去给教会的一些人看看。"

"西莫尼尼，一个月前，我收到了神父的一封便函，里面大致是这么说的：我必须尽快和您见个面，关于您的那位西莫尼尼，我有些有意思的情况得告诉您。从他的语气来看，他想告诉我的情况应该不是什么令人期待的好事。那么，您和神父之间究竟发生了什么？"

"我不知道他想和您说些什么。也许他认为我提供给他的文件很多余，（他以为）那只是一份我为您制造的文件。很显然他不了解咱们之间的合作。他什么都没和我说。后来我再没见过他，还在寻思我打算卖给他的那份文件到底怎么样了。"

拉格朗日盯着我看了好一会儿，然后说道："这件事以后再说吧。"随即便离开了。

没什么好说的了。拉格朗日从那一刻起就会盯紧我，而且如果他真的对一些事有更加确切的怀疑的话，即便我已经封了达拉·皮科拉的口，那"背后一刀"也同样会落在我身上。

我采取了一些预防措施。我去找了拉佩街的一位武器制造商，想向他买一条内藏刀剑的手杖。他的确有一条剑杖，但是做工太差了。我随后记起，我在自己喜欢的茹弗鲁瓦廊街上见过一家手杖店的橱窗，于是我在那儿找到了一条做工精美、极为雅致（和结实）的手杖。杖身是乌木的，蛇形手柄则用象牙制成。如果有一条腿犯疼的话，那样的手柄倒并不特别适合用来支撑身体，因为它虽然略微倾斜，但总体来说还是竖着而非横着的；不过一旦要拿这条手杖当剑使，那这根手柄就能很好地发挥作用了。

就算你面对的是一个持手枪的人，剑杖也是一件神奇的武器：你可以装出害怕的样子，一面后退，一面支着手杖，最好那只手还在发抖。那个家伙就会笑起来，抓住手杖，想将它从你身边拿走，这样一来就帮你拔掉了剑鞘，露出了尖锐的、异常锋利的剑身。正当他愣在那里，想弄清手上拿的是什么东西的时候，你快速挥动剑刃，几乎不费吹灰之力就能给他从额角到下巴划上一道伤痕，甚至还能割掉他的一只鼻孔，而即使没有挖掉他一只眼睛，从他额头上冒出的鲜血也能模糊他的视线。这就达到了突袭的效果。到那时，你的对手就已经被干掉了。

如果面对的是一个无足轻重的对手（假设是个小偷），那就可以收回你的手杖，径自离开，让他就此毁容。但如果面对的是一个更加阴险的对手，那么在砍下第一剑之后，你差不多可以顺着胳膊的动势沿水平方向向后一抽，干净利落地在他的喉部割上一剑，那么他再也不必为留下伤疤而犯愁了。

再说了，当你带着这样一条手杖行走时，还能展现高贵而正直的气质——它虽然价值不菲，但也物有所值，况且在某些情况下，没必要在意花费的多少。

一天晚上我回家时，在店铺门口遇到了拉格朗日。

我微微晃了晃我的手杖，但我随后想到，秘密警察应该不会派他那样的角色来杀死像我这样一个人，所以我准备听一听他想说些什么。

“这东西挺不错。”他说道。

“什么?”

“这条剑杖。手柄有那样一个圆头的只能是剑杖。您是在害怕什么吗?”

“您倒说说看我是否需要害怕什么人,拉格朗日先生。”

“您害怕的是我们,这我清楚,因为您知道在我们眼中您成了可疑的人。那就请允许我长话短说吧。法国和普鲁士之间很快必有一战,而施蒂贝尔那家伙已经在巴黎布满了他的眼线。”

“那些人您都了解吗?”

“不全了解,所以在这种情况下得靠您发挥作用了。因为您曾经向施蒂贝尔出售过那份关于犹太人的报告,所以他把您视为一个——怎么形容呢——可以被收买的人……那好,有一个为他效力的人眼下来到了巴黎,就是那个古德切,我觉得你们好像见过面。我们认为他会来找您的。您就在巴黎当一名普鲁士间谍吧。”

“和我的国家作对吗?”

“别装了,法国根本就不是您的祖国。而且,如果这件事让您感到不安的话,您恰恰是在为法国而这么做。届时,您要向普鲁士人传送我们提供给您的假情报。”

“我觉得这倒不难……”

“正相反,这样做极其危险。如果您在巴黎被发现是间谍,我们一定会装作不认识您,您会因此被枪决。而如果普鲁士人发现您是双面间谍,他们即使采用非法的手段,也会把您除掉。所以,在这种事情上,您有——我们通常说——五成的可能会丢掉性命。”

“如果我不同意呢?”

“那就会有九成的可能。”

“为什么不是十成?”

“因为那条剑杖。不过您对我们别有太多的指望。”

“我就知道我在秘密警察里是有真心朋友的。感谢您的关心。好吧,出于对祖国的热爱,我决定大大方方接受这个任务。”

“西莫尼尼上尉,您是一个英雄。接下来就等候命令吧。”

一周后,古德切来到了我的店铺。他比以前更爱出汗了。忍住掐死他的念头是一件很困难的事,但我还是忍住了。

“您或许知道,您在我眼里就是个剽窃者和造假者。”我对他说道。

“彼此彼此,”这个德国人油嘴滑舌地笑着说道,“您以为我到头来都不会发现,您那篇布拉格公墓的故事,是从被关在监狱的那位若利的书中得到的启发吗?就算没有您,我也能找出来,您只是替我缩短了这个过程罢了。”

“古德切先生,您这样一个外国人在法国领土行动,只要我向认识的人报上您的名字,您这条命就一文不值了,这点您还不了解吗?”

“那您是否又意识到,我要是被捕后报出您的名字,您这条命也会落得同样的下场吗?所以说,咱们还是讲和吧。我正设法将我书中的那个章节当作真实的材料卖给可靠的买主。既然咱们今后得一起工作,得来的钱到时就对半分吧。”

距离战争爆发只剩几天时,古德切领着我去了一栋房子的屋顶。那栋房子耸立在巴黎圣母院的边上，屋顶上有一个瘦小的老头看管着许多只鸽笼。

“这是一个放飞鸽子的绝佳地点，因为圣母院附近有好几百只的鸽子，不会引起任何人的注意。每当您得到有用的情报时，就写一条消息，而这个老人会放飞一只鸽子。同样地，您每天早晨都来找他，了解一下有没有给您的指示。很简单，不是吗？”

“可是您对哪些消息感兴趣呢？”

“我们还不知道自己对巴黎的哪些情况有兴趣去了解。目前我们正在监视前线地区。不过，如果我们打赢的话，对巴黎产生兴趣是迟早的事。因此，我们想知道有关部队的动向、皇帝及其家人是否在巴黎、市民的情绪等方面的消息，总之什么都行，就看您的观察是否敏锐了。我们可能会需要地图，让我来告诉您如何将一张地图系在一只鸽子的脖子上。您随我一起到楼下去。”

在楼下，还有一个人在一间照片冲印室里工作，另外还有一个小房间，里面有一面刷白的墙壁和一台在博览会上被称为“幻灯”的、能让图像出现在墙上或大床单上的放映机。

“这位先生拿到您的消息后，无论它有多大或是有多少页，都会给它拍照，将其缩放到一张通过鸽子寄送的火棉纸上。待消息抵达目的地后，人们会将图像再次放大，投映在一面墙上。而如果您收到的消息内容过长，在这儿也会进行同样的操作。不过这儿的形势对于一个普鲁士人而言已经非常危险了，所以我今晚就

……待消息抵达目的地后，人们会将图像再次放大，投映在一面墙上……

离开巴黎。我们会像一对恋人那样，通过系在鸽子翅膀上的小纸条保持联系。”

这个想法使我心生厌恶。真该死，就因为我杀死了一位教士，我就得卷进这些事里。那些杀害过千千万万条生命的将军，他们又该怎么办呢？

战争就这样到来了。拉格朗日不时给我一些消息，让我送到敌人那儿去。但正如古德切所说，普鲁士人对巴黎并无多大的兴趣，他们目前关心的是法国在阿尔萨斯、圣普里瓦、博蒙和色当部署的兵力。

直到巴黎被包围以前，城里的市民一直生活在欢声笑语中。进了九月以后，为了哀悼前线士兵的悲惨遭遇，同时也为了将值勤的消防员送上同一条前线，所有的演出场所都被下令关停。不过仅仅过了一个月出头，法兰西喜剧院就获准举办演出，为了帮助那些阵亡将士的家人渡过难关（从经济层面上），因为这些人已经没有条件取暖，只能用蜡烛代替煤气灯来度日。后来昂比古、圣马丁门、夏特莱和雅典娜等剧院的一些演出也重新上演。

困难时期始于九月的色当惨败。随着拿破仑三世沦为普鲁士人的俘虏，法兰西帝国土崩瓦解，全国上下进入了一种接近（尚为“接近”）革命的动乱状态。虽然共和国宣告成立，但就我的观察，共和的队伍中有两派人在进行斗争：一派想借色当惨败之机发动一场社会革命，另一派则打算与普鲁士人签订和约，以此来抵制那些——据说——将会催生一个彻头彻尾的共产主义政体的改革。

……九月中旬，普鲁士人兵临城下，占领了原本用于保卫巴黎的所有要塞，对巴黎实施了炮轰……

九月中旬，普鲁士人兵临城下，占领了原本用于保卫巴黎的所有要塞，对巴黎实施了炮轰。在长达五个月的令人备受煎熬的包围中，饥荒成为市民的大敌。

我对政治阴谋和在城里来来往往的游行队伍不仅了解甚少，更无意去关心。我认为，在那种时候最好别在外面游荡太久。至于食物嘛，那才是我关心的事，所以我每天都向我所在城区的店主们打听情况，了解有什么样的东西在等着出售给我们。要是从诸如卢森堡公园那样的园子里穿过，乍看之下会以为市民们生活在牲畜群中，因为城里畜养了大量的牛羊。但到了十月，听说只剩下两万五千头牛和十万只羊了，要供养一个大都会真的是杯水车薪。

事实上，随着时间的推移，一些家庭不得不把金鱼煎了果腹，对马肉的需求使所有不受军队保护的马匹都面临着被宰杀的下场，一斗土豆要价三十法郎，而布瓦西耶甜品店的一盒兵豆则卖到了二十五法郎。兔子早已不见了踪影，屠夫们不再小心翼翼地先摆出卖相好的肥美的猫肉，然后再出售狗肉。巴黎植物园里的珍禽异兽也被尽数屠宰。平安夜当晚，瓦赞餐厅向手头还有余钱的人推出了一顿豪华大餐，主打菜肴包括清炖象肉汤、英式烤骆驼、炖袋鼠肉、黑胡椒汁熊排骨、松露羚羊陶罐羹以及用尚未断奶的小老鼠为配菜的猫肉（因为现在不仅在屋顶上再也见不到小麻雀了，就连大大小小的耗子也从下水道里消失了）。

在我看来，骆驼肉还算不错，但耗子肉却真心难吃。即使是在被围困期间，走私或囤积居奇的也大有人在。我还能记起自己吃过的一顿令人难忘的(贵得离谱的)晚餐,就餐的地点不是某家高档餐厅,而是一家几乎开在郊区的小饭馆。在那里,我与几个有口福的人(虽然他们并非全部来自最高贵的巴黎上流社会,但在那样的困境中,社会等级被人们遗忘了)一道,得以品尝了雉鸡和非常新鲜的鹅肝馅饼。

一月,法国政府与德国人签署了停战协定,并允许他们在三月对巴黎进行一次象征性的占领(我不得不说,看到他们戴着尖顶头盔在香榭丽舍大街上列队前进时,就连我也感到异常的屈辱)。之后他们在城市的东北部设防,把西南城区交由法国政府管理。所谓的西南城区,其实就是位于伊夫里、蒙鲁日、旺沃、伊西等地的多处要塞,其中还包括建在瓦莱里安山上的那座防御极其坚固的要塞(普鲁士人亲自证明了这一点),从那里很容易就能轰击巴黎西面的城区。

普鲁士人撤离巴黎后,以梯也尔为首的法国政府在首都就任,但眼下已不听指挥的国民自卫军扣下一次公共募捐所购的大炮,将其藏在了蒙马特高地。梯也尔于是派勒孔特将军去夺回它们。勒孔特起先下令向国民自卫军和人群射击,但他的士兵到头来与叛乱分子联合在了一起,因而勒孔特被自己的手下给俘虏了。与此同时,有人在不知什么地方认出了另一个叫托马斯的将军,此人在一八四八年镇压起义的过程中并未给自己留下个好名声。而且他还穿着便装,或许正打算逃离巴黎,但所有人都开始说他正在监视叛乱分子。于是他被带到了勒孔特被关押的地方,和后者一道被枪决了。

梯也尔带领整个政府撤退至凡尔赛，而巴黎公社于三月末在首都宣告成立。现在轮到（在凡尔赛的）法国政府从瓦莱里安山的要塞对巴黎实施包围和炮轰了。然而普鲁士人这时却任人穿过防线，甚至表现得相当纵容，从而使巴黎市民在城市再度被围困期间，相比前一次拥有了更多的食物：他们被自己的同胞害得忍饥挨饿，却从敌人那里间接地获得了给养。有人将德国人与梯也尔政府做了比较后，开始悄悄议论说，那些吃德国酸菜的家伙归根结底都是些好心的基督徒。

正当法国政府撤往凡尔赛的消息传开之时，我收到了古德切的一封便函，通知我普鲁士人不再关注在巴黎发生的一切了，因此鸽笼和照片冲印室都将被拆毁。然而就在同一天，拉格朗日前来拜访我，看来他猜到了古德切写给我的书信内容。

"亲爱的西莫尼尼，"他对我说道，"您得像此前为普鲁士人做的那样，为我们打听情报了。我已经派人逮捕了与您合作过的那两个可恶的家伙。鸽子都回到了它们常去的地方，但照片冲印室里的器材对我们是有用的。我们在伊西的要塞和同样位于巴黎圣母院这边的一间阁楼里设立了一条用来快速传输军事情报的通讯线。您今后就从那间阁楼给我们输送情报吧。"

"这个'我们'究竟指的是谁？您是——该怎么说呢——帝国警察的一员，本该跟着您的皇帝一道消失的。但我怎么觉得您现在是作为梯也尔政府的密探在和我说话……"

"西莫尼尼上尉，不管政府怎样更替，我都是最后留下来的那群人中的一员。我如今追随政府去了凡尔赛，因为我若是留在这里，就会落得和勒孔特及托马斯一样的下场。这群疯子枪毙起人来太轻率了。不过我们会对他们还以颜色的。每当我们想准确了解某些情报的时候，您就会收到更加明确的指令。”

准确的情报……说得倒轻松，因为城中各处都在发生不同的事情：当枪管里插着鲜花的国民自卫军的小队人马扛着红旗从街上经过，同一个街区的正直市民正紧锁家门，等待合法政府归来；选举出的公社成员里有工人、医生、记者、温和的共和派和愤怒的社会主义者，甚至还有一些彻头彻尾的雅各宾派妄图重建一七九三年（而不是一七八九年）那个恐怖的巴黎公社，而无论从报纸上还是从街谈巷议中，都没法弄清楚这些人究竟属于哪派。不过，街道上的总体气氛是欢天喜地的。要不是男人们穿着制服，很可能会让人以为那是一场盛大的民间节日。士兵们在玩一种在都灵被称为“戏硬币”[①]、在这儿被叫作“盖子”的游戏，军官们则神气十足地在姑娘们面前晃来晃去。

今天早晨我回想起来，在我那些陈年旧物中应该有一只大盒子，里面盛有那个时期的剪报，这会儿刚好可以帮我还原那些无法单凭记忆去重现的历史。这些报纸代表了各种政治立场，如《号召报》《人民觉醒报》《马赛报》《红帽子报》《自由巴黎报》《人民监督报》，不一而足，天知道谁会去读，也许只有为其撰稿的人才会这么做。我把它们全都买回来，是想看看里面有没有能让拉格朗日感兴趣的新闻或观点。

一天，当我在一场混乱的示威游行队伍中遇到莫里斯·若利

① 一种儿童游戏，需要击中放在一块竖着的石头上的硬币、从而使其掉落。

的时候，我明白了局势究竟发展到了怎样混乱的地步。由于我蓄着络腮胡，他费了好一番功夫才认出我来。后来他记起我参加过烧炭党或别的类似的组织，因而认为我是站在公社这边的。由于我在他心目中是一个热情大方的患难之交，所以他抓起我的胳膊，领着我去了他家（位于伏尔泰滨河路上的一套非常简朴的房子），和我一边喝着金万利橙酒，一边谈心。

“西莫尼尼，”他对我说，“色当惨剧发生后，我参加了早期的几场共和派运动，支持将战争继续下去。但我后来意识到，这些狂热分子的目标太不切实际了。革命公社将法国从被侵略的命运中拯救了出来，但奇迹是不会再度上演的。革命不是通过法令宣告出来的，而是诞生于人民的内部。一个道德体系崩坏了二十年的国家，是无法在两天里重建道德的。法国只会阉割本国最优秀的人民。我因为反对波拿巴政权而遭受了两年牢狱之苦，当我出狱时，我找不到一个出版商愿意出版我的作品。您也许会说：那时仍在帝国的统治下嘛。然而当帝国垮台后，这个共和政府竟因为我于十月末在巴黎市政厅参加过一场和平侵占而对我提出控告。好吧，虽然我被无罪释放，毕竟我不可能被指控犯有任何暴力行为，可是与帝国以及那份无耻的停战协定做过斗争的人，却得到这样的回报。如今好像整个巴黎都狂热地陶醉于这种巴黎公社式的空想之中，殊不知有多少人为了逃避兵役正设法离开这座城市。据说将会发布一道针对从十八岁到四十岁的人的强制征兵令，但您瞧瞧有多少不要脸的小伙子在街上转悠，而那些街区就连国民自卫军也不敢进去。没有多少人愿意为革命而牺牲。真叫人伤心啊。”

我觉得若利是一个不可救药的空想家，从不满足于当下，虽然我必须承认，他从来就没有遇到过一件好事。不过我对他提到的强制征兵令倍感忧虑，因此很识趣地把胡子和头发都染成了白色。现在的我看起来像一个稳重的六十岁的先生。

与若利的态度截然相反的是，我在广场和集市上遇到的人却对许多新法案表示赞同，比如免除围城期间被房东上调的房租、发还围城期间抵押给当铺的劳动工具、向牺牲的国民自卫军战士的妻儿发放抚恤金、延长票据的偿还期限等。所有这些好事都损耗着公社的资金，使局势向着对暴民有利的方向发展。

与此同时，这些暴民（只需去莫贝尔广场及这个城区的啤酒屋听一听那些言论）一方面为废除断头台而拍手叫好（这是自然的），另一方面却强烈抵制废除卖淫以及害得许多劳动者流落街头的法案。于是巴黎的妓女们悉数迁到了凡尔赛，而我实在不知道国民自卫军里那些勇敢的士兵能上哪儿去发泄他们的情欲。

为了体现与资产阶级势不两立，他们还颁布了反对教权的法案，如政教分离、没收教会的财产，传言甚至说要逮捕神父和修士。

四月中旬，政府军的一支先头部队突入了靠近讷伊的西北部城区，枪毙了他们俘获的所有“联盟军”[①]。凯旋门遭到了来自瓦莱里安山的炮击。几天后，我亲眼见证了那场围城期间最令人难

① 即国民自卫军及所有支持巴黎公社的人。

以置信的一段插曲——共济会会员的列队游行。我不认为共济会会员也是公社社员，然而他们就这样扛着他们的旗帜、系着他们的围裙出现在游行的队伍里，为的是请求凡尔赛政府暂时停火，允许他们将伤员从遭到炮轰的村子里撤走。这些人一直行进到了凯旋门，而炮弹也很适时地没有落下来，因为谁都知道，他们中有大部分人都与城外的正规军站在一起。不过总而言之，就算狗不咬狗，就算在凡尔赛的共济会会员尽其所能争取到了一天的停火，他们之间的默契也就到此为止了，巴黎城内的共济会会员还是站在了公社这一边。

除此之外，如果说我对巴黎公社期间发生在地面上的那些事只有零星记忆，那是因为我当时正在巴黎的地下往来奔走。拉格朗日给我来信，告诉我最高军事指挥部想了解哪些情况。可以想见，巴黎的下水道系统凿空了城市的地下，而这也正是小说家们津津乐道的地方。不过，在这个下水道网络的地下城市却是一个由石灰岩矿坑、石膏矿坑和古代墓穴组成的迷宫，一直延伸到城市的边缘及城外。有的坑道为人们所熟知，另一些则几乎无人知晓。国民自卫军知道那些连接市中心和城外要塞的隧道存在，所以在普鲁士人到来时赶紧封住了许多入口，以防止敌人的突然袭击。尽管这是有可能的，但普鲁士人连想都没想过要进入那个迷宫般的隧道，因为害怕在一个埋有炸药的地方迷失方向，进去后再也没法出来。

事实上，没有几个人能对矿坑和地下墓穴说得出一二，而那为数不多的几个又几乎都是犯罪分子。他们利用那些迷宫般的坑道来走私货物，绕开城门口的征税官员，并躲避警察的围捕。

我的任务是查问尽可能多的流氓无赖，在那些通道中认清方向。

我记得，在确认收到命令的回信中，我忍不住问道："难道军队没有详细的地图吗?"拉格朗日回复我说："您别提这种愚蠢的问题。战争初期，我们的参谋部如此确信能够打赢，以至于只印发了德国地图，而没有制作法国地图。"

在美食和美酒均告短缺的日子里，要从俗称"自由地带"的某个下等酒馆里找出几个老相识，把他们带到一家能享用小公鸡和上等美酒的酒店也算不上难事。那些家伙不仅知无不言，而且还让我体验了引人入胜的地下巡游。只需要准备几盏明亮的灯，并记录下沿途五花八门的标记，如一个断头台形状的图案、一块古老的牌子、一个小魔鬼形象的炭笔素描、一个名字(也许是被某个再也没能从那儿出去的人划上去的)，等等，从而记住什么时候该向左拐或向右拐。经过骸骨堆时也不必害怕，因为只要循着头颅的正确顺序，就能来到一架小梯子前，沿着它上去便会进入一间招待殷勤的酒馆的地窖，从那里往外走就能重见天日。

在那些坑道中，有些地方日后也将迎来其他人的到访，而另一些地方直到那时只有我的线人们心中有数。

简言之，从三月末到五月末这段时间里，我出色地胜任了这项工作，为拉格朗日寄去了线路图，告诉了他一些可行的路线。但我最终意识到，我的那些情报几乎派不上用场了，因为政府军眼下正攻入巴黎，用不着从地道进来。凡尔赛政府现已拥有五个军团的部队，士兵们训练有素，脑袋里被结结实实地灌输了一个唯一的念头：不留俘虏，抓到的所有联邦军都必须处决。甚至还有规定——我亲眼见过——每当俘虏的人数超过十个，行刑队就必须改用机枪。与政府军集结在一起的还有所谓的“臂章队队员”，这些人都是佩戴三色臂章的暴徒或更差劲的无赖恶棍，比政府军还要残忍。

三月二十一日周日下午两点，八千人在杜伊勒里花园兴致勃勃地参加了为国民自卫军牺牲战士的遗孀和孤儿举办的慈善音乐会，然而谁也想不到，需要被关怀的孤儿寡母的人数从那时起就将以骇人的速度增长。事实上(但人们后来才知道)，音乐会还在进行，四点半的时候，政府军从圣克卢门进入了巴黎，占领了奥特伊和帕西，枪决了被俘的所有国民自卫军战士。后来，听说到了晚上七点，至少有两万凡尔赛军进入了城里，但公社的领袖们却没了踪影。这因而证明了，要搞革命，就必须接受过良好的军事教育，但假如你真的具备这个条件，就会站在当权者一边，而不会去闹革命了，这也就是为什么我找不出参加革命的理由(我指的是合理的理由)。

周一早晨，凡尔赛军的士兵将他们的大炮安放在了凯旋门那里。与此同时，公社的社员们接到命令，要求他们放弃协同防御，在各自的街区筑垒设防。如果这道命令属实，那联盟军指挥部的愚蠢又一次得到了大出风头的机会。

于是，城内各处都筑起了街垒，而一群看似热心的民众也对此提供了协助。即使是像巴黎歌剧院或圣日耳曼那样对公社怀有敌意的街区也不例外，在那里，国民自卫军将优雅端庄的贵妇赶出家门，鼓动她们将各自最名贵的家具堆在街上。有人拉着一条绳子横穿街道，标明需要构筑的街垒的位置，所有人都把从被挖开的道路上取来的路石或沙袋摆放到那里；椅子、五斗柜、长凳和床垫都被从窗口扔了出来，有时是得到了住户的允许，而有时却可以看到，住户正蹲在最里头的空房间里哭泣。

一位军官指着正在干活的手下对我说道："这位市民，您也来帮一把，我们可是为了您的自由才去赴死的呀！"

我假装忙活的样子，走到街道的最远处捡了一张落在那儿的凳子，随后便转过街角走了。

巴黎市民爱修筑街垒这事儿至少有一个世纪了，但那些东西在大炮刚落下来的时候就会被炸毁，好像发挥不了多大作用：筑街垒的目的是为了让自己拥有一种成为英雄的感觉。不过，我倒想看一看，有多少参与这项工作的人会一直留守到刚好那个时候。最终，他们的做法都将和我一样，只有最愚蠢的人才会留下来守卫街垒，而这些人都逃脱不了被当场枪决的命运。

只有当一颗炮弹在空中飞过时才能让人明白巴黎城里的战斗究竟进行到了怎样的地步。有传言称，存放国民自卫军大炮的巴黎军事学院已经被占领，另有传言称，克利希广场上正在交战，还有传言称，德国人从北面把政府军放进了城。周二，蒙马特高地被攻克，四十名男子、三名女子和四名儿童被带至当初枪毙勒孔特和托马斯的地方跪下，然后都被枪决了。

周三那天，我看见包括杜伊勒里宫在内的许多公共建筑都着了火。有人说它们是被公社社员点着的，目的是阻止政府军推进，甚至还有一些狂热的雅各宾派女性——又称"女纵火者"——

提着盛有汽油的小桶四处纵火；有人信誓旦旦地说，那是政府军的榴弹炮造成的，最后还有人将那归罪于想趁机毁掉对自己不利的档案材料的老波拿巴分子——一开始我也对自己说，如果我是拉格朗日的话准会这么干，但我随后想到，一个高明的情报部门的特务应该会将那些档案藏起来，而绝不是毁掉，因为它们总能在勒索什么人的时候派上大用场。

为了做到慎之又慎，同时也因为过于担心自己在市中心被卷入一场交火，我最后一次来到了安放鸽笼的地方，在那里发现了拉格朗日的一封来信。他告诉我说，已经没有必要再通过鸽子来通信了，并给了我一个位于(当时已被占领的)卢浮宫附近的地址，以及通过政府军路卡时需要用到的一个口令。

我直到那时才得知政府军已经抵达了蒙帕纳斯。我记得我在蒙帕纳斯参观过一间酒馆的地窖，从那里能进入一条沿阿萨斯街通往谢尔什米迪街的地道，其出口开在一栋楼房的一间废弃仓库的地下室里。房子位于红十字会所在的十字路口，而那个路口当时仍处于公社卫队的牢牢掌控之下。考虑到我的地下研究报告从未发挥过任何作用，我必须证明自己领取报酬是受之无愧的，所以我动身去见拉格朗日。

从西岱岛去往卢浮宫附近并不是什么难事，可我在圣日耳曼奥克斯鲁瓦教堂后面目睹的一幕——这我得承认——令我产生了一丝恐惧。一个男人和一个女人带着一个小孩路过，看上去根本不像从被攻陷的街垒逃出来的样子。然而却有一伙喝得醉醺醺的臂章队队员——很显然他们是在为攻占卢浮宫而庆祝——出现在那里，试图将男人从他妻子的双臂中拉走，后者则一面哭

……一个相貌极其普通的……中年男子转过身来……
“我猜您就是西莫尼尼上尉……”

泣，一面紧紧地抱住丈夫。于是，臂章队队员把他们三人都推到墙边，开枪打成了筛子。

我尽可能只在能接受我的口令的正规军的队伍中穿行，接着就被带到了一间屋子里，那里有几个人正在往一幅巨大的巴黎城区图上插彩色的小钉。我没有看到拉格朗日，于是便询问起他。一个相貌极其普通的——我想说的是，假如要我描述其长相的话，我实在找不到任何能够识别他的突出特征——中年男子转过身来，客气地和我打了个招呼，不过没有一点要同我握手的意思。

"我猜您就是西莫尼尼上尉。我叫埃布特尔纳，今后您和拉格朗日先生的一切合作都将由我和您一道开展。您要知道，情报部门也是需要推陈出新的，尤其是在一场战争结束之时。拉格朗日先生光荣退休是众望所归，他这会儿也许正在某个远离这场恼人的骚乱的地方钓鱼呢。"

现在不是发问的时候。我向埃布特尔纳介绍了那条从阿萨斯街通往红十字会的地道的情况。他对我说，这对红十字会所在路口的作战行动有很大的帮助，因为他得到消息称，公社的支持者们在那里集结了大批的部队，正等着政府军从南面过来。因此，他命令我去那间酒馆（酒馆的地址我已经给了他），等候一小队臂章队队员来与我会合。

正当我打算从塞纳河不紧不慢地走到蒙帕纳斯、好让埃布特尔纳的手下有时间比我先一步到达酒馆的时候，我在塞纳河右岸的人行道上看到了二十几具整齐排列的被枪决的尸体。他们应该是刚被处决的，看样子分属不同的社会出身，年纪也各不相同。有一个小伙子带有无产者的特征，微张着嘴；旁边是一个卷发的、留着一副精心打理过的小胡子的成年市民，双手交叉放在略微有些皱的男士礼服上；再过去，有一个人长着艺术家的面孔，而另一个人几乎没有可供识别的特征，左眼的位置只剩下一个黑漆漆的洞孔，头上系着一条毛巾，就仿佛某个同情他或热衷于服从命令的冷酷的人想要将他那个被天知道多少颗子弹击碎的脑袋拼回去；还有一名女子，也许活着的时候是个美人。

他们就躺在那里，沐浴着五月末的阳光，而当季的头一批苍蝇被这顿盛宴所吸引，围绕着他们飞舞个不停。他们看上去就好像被随随便便抓起来的，而被枪决的原因仅仅是为了让某些人引以为戒。他们被排列在人行道上，是为了将道路清理出来，因为有一小队政府军正拉着一门大炮从那里经过。那些面孔给我留下的最深刻的印象是——写到这个词我浑身不自在——漠然：他们仿佛是在熟睡中接受了这个共同的命运。

当我来到那排尸体的末尾时，我被最后一个遭处决者的面容震惊到了。他与其他人稍稍隔开了一些距离，就好像是后来被补充进来的。虽然他的脸被业已凝固的血液遮住了一部分，但我清清楚楚地认出那就是拉格朗日。情报部门已然开始推陈出新了。

我没有弱女子般多愁善感的内心，甚至可以在下水道里拖曳一具教士的尸体，然而那一瞥却搅得我心烦意乱。倒不是因为我同情他，而是因为他使我想到，那样的结局也可能落到我身上。只要我在前往蒙帕纳斯的途中遇到某个人，被认出曾是拉格朗日的手下，这下可好，不管那人是凡尔赛军的士兵还是公社社员，都有理由对我产生怀疑，而在那个时期，怀疑就意味着枪决。

我估摸着公社社员不太可能继续待在仍在燃烧的那些建筑所在的城区，而政府军还未对那个区域实施看管，于是大着胆子跨过了塞纳河，打算走完整条巴克街，从地面上到达红十字会所在的那个路口。从那儿我能够迅速进入那间废弃的仓库，然后在地下走完剩余的路程。

我原先害怕红十字会路口的防御体系会阻止我到达那栋房子，但事实并非如此。成群的士兵在几栋屋子的门口等候命令，前后矛盾的消息在他们的相互交谈中流传开，谁也不知道政府军将会从哪儿出现。有些人根据听到的一条条传言，疲惫地搭起又拆除小型路障，反复变换着街道入口的方向。国民自卫军实力最强的一支分遣队正在赶来的路上，而居住在那个资产阶级街区的许多市民却努力劝说士兵们不要无谓地逞英雄，凡尔赛军的士兵再怎么样也是他们的同胞，而且还属于共和派，另外梯也尔还许诺赦免所有投降的公社社员……

我摸到那栋房子虚掩的大门，进去后回身将门关好，下楼来到仓库，再往下进入地窖，最后熟门熟路地到达了蒙帕纳斯。在那里我见到了三十几名臂章队队员，我带他们原路返回，从仓库出来后继续上楼，来到了位于较高楼层的几间公寓。他们原想恐吓一下里面的住户，却发现那些衣着入时的市民欣喜地欢迎他们，并把能看清十字路口的所有窗子指给他们看。就在那个时候，一名军官从德拉贡街骑马飞奔过来，送来了一道警戒令，很显然要求大家提防来自塞夫尔街或谢尔什米迪街的攻击。公社社员们此刻就在那两条街的街角搬着路石，以修筑一座新的街垒。

正当臂章队队员在公寓里各扇窗子前准备就位的时候，我觉得不能待在那样一个迟早会有几颗公社社员的子弹飞来的地方，于是趁乱走下了楼梯。我清楚子弹会从这栋楼的哪些窗户里射出来，所以躲到老科隆比耶街的街角藏了起来，以便在有危险的时候溜之大吉。

为了干活，大部分公社社员都把武器堆放在了一起，所以从窗子里射出的头一轮子弹打了他们一个措手不及。接着他们又挨了一轮痛揍，但仍没搞明白那些子弹是从哪儿射过来的，于是纷纷端起枪朝格勒内勒街和富尔街的方向水平射击，害得我担心有人朝老科隆比耶街开枪，不得不后撤了一段距离。后来，终于有人发现敌人在高处，于是从十字路口朝那些公寓的窗子开始了一轮还击，双方你来我往，只不过政府军能清楚地看到该向谁射击，而公社卫队却还不知道该瞄准哪些窗子。简言之，那是一场轻松的大屠杀，从十字路口不断传来斥骂叛徒的愤怒的叫喊声。向来如此，当你遭遇失败的时候，你总想找个人出来，好把你的无能归罪于他。“可这和叛徒有什么关系，”我心想，“分明是你们不懂如何战斗，那还闹什么革命……”

最后，有人终于确定了被政府军占用的那栋房子，于是残存的士兵努力想要破门而入。我猜臂章队队员那时可能早已下楼，重新进入了地道，而公社社员们看到的只会是一栋空荡荡的房子。不过我决定还是别留在那儿等待这些事情发生。我后来得知，政府军当时确实是在从谢尔什米迪街赶来，而且来了大队的人马，所以守卫红十字会路口的那些社员应该是被彻底击溃了。

我避开不断传来噼噼啪啪的枪声的方向，沿着一些不起眼的巷子回到了我居住的死胡同。在沿途的墙上，我看到了刚刚贴上去的传单，上面写着公共安全委员会号召市民抵抗到底的标语："保卫街垒！敌人在我们城里。别再犹豫了！"

在索东街的一家啤酒屋，我了解到了最新的消息：七百名公社社员在圣雅克街被枪决，卢森堡公园的火药库被炸毁，公社社员们为了报复，从罗凯特监狱提出了包括巴黎大主教在内的一批人质，将其统统处决。枪决巴黎大主教意味着走上了一条不归路。要使一切恢复正常，就必须来一场彻底的血洗。

但正当我听别人讲述这些事情的时候，一些女子在顾客的欢呼声中走进了啤酒屋：她们是回归的招待女郎！政府军把被公社驱逐的妓女们从凡尔赛一起带了回来，让她们重操旧业，仿佛要传递这样一个信号——一切都正在回归正常。

我不愿继续待在那群吵吵嚷嚷的家伙中间。他们正在使公社做过的唯一一件好事化为徒劳。

在接下来的日子里，随着拉雪兹神父公墓里最后一场短兵相接的白刃战结束，巴黎公社消亡了。据说，被俘的一百四十七名幸存者都被就地处决了。

就这样，他们终于学会了别去管他人的闲事。

一八

会议纪要

摘自一八九七年四月十日及十一日的日记

随着战争结束,西莫尼尼重操旧业。所幸的是,死了那么多人,涉及遗产继承的问题层出不穷。许多人年纪尚轻,还未想过要立遗嘱就倒在了街垒跟前,这让西莫尼尼忙得不可开交——当然也赚得盆满钵满。和平是多么美好,前提是先经历过一场大规模的流血牺牲。

他的日记因而略过了接下来的几年里他作为公证人的日常工作,仅仅提了提他在那期间从未放弃过重新为那份关于布拉格公墓的文件寻找买主的愿望。他不知道古德切当时正在做些什么,但无论如何必须抢在他之前出手。此外还有一个原因:令人感到好奇的是,犹太人在几乎整个巴黎公社时期仿佛消失了似的。他们是在秘密操纵公社运动,一如既往地策划着阴谋,还是躲藏在凡尔赛聚敛财富,为战后做准备?不过,他们在暗中关注着共济会的一举一动。巴黎的共济会会员是站在公社这边的,而公社社员枪决了一位大主教，犹太人应该多少与之有些干系。他们对儿童都下得了手，杀大主教更是不在话下了。

正当他这么思考时，一八七六年的一天，他听见楼下有人按门铃，门口站着一位穿教袍的老先生。西莫尼尼起初以为他是常来的那位信奉撒旦教的神父，来向自己兜售祝圣过的圣体饼，但后来他朝那一头依旧卷曲有型的白发下仔细一瞧，认出了那是近三十年间未再谋面的贝尔加马斯基神父。

身为耶稣会士的贝尔加马斯基神父则费了好大功夫才确信，站在自己面前的就是他在对方还年少时就认识的西莫尼尼，这主要是因为我蓄着(进入和平年代后重新变回了四十岁的人常见的那种黑色的、同时略有些灰白的)络腮胡的关系。随后他的双眼焕发了光芒，微笑着说道:“可不是！你就是西莫尼尼啊。真的是你吗，我的孩子？为什么不让我进屋呢?”

他虽然面露微笑，但那笑即便我们不敢说像只老虎，也至少像一只猫。西莫尼尼领着他上了楼，问道:“您是怎么找到我的?”

“唉，我的孩子，”贝尔加马斯基神父说道，“你难道不知道我们耶稣会士有多么神通广大吗？我们虽然被皮埃蒙特人逐出了都灵，但与许多圈子仍保持着顺畅的联系，因此我了解到你首先干的是公证人和伪造遗嘱的工作，耐心点听我说，但你给皮埃蒙特秘密警察交过一份报告，我竟然也作为拿破仑三世的教唆者出现在那里头，并且在布拉格公墓里密谋与法国和撒丁王国作对。不是我说，捏造得真叫离谱，但我后来发觉你写的东西全是从欧仁·苏那个狂热的反教权主义者的书中抄来的。我找过你，但听说你跟着加里波第去了西西里，后来又离开了意大利。内格里·

圣弗龙将军与我们耶稣会的关系很好，在他的指点下我来到了巴黎。在这儿，我的会友们与法兰西帝国的秘密警察有不错的交情。于是我得知你和俄国人有过接触，而你那份讲述我们在布拉格公墓集会的报告变成了一份有关犹太人的报告。但与此同时我还了解到，你监视过一个叫若利的人。我便通过秘密途径弄到了一本他写的书——这本书留在一个叫拉克鲁瓦的人的办公室里，而此人在一场与准备用炸药行刺的烧炭党人的交火中英勇牺牲了。我由此发现，若利虽说也抄袭了欧仁·苏的书，你那份报告抄的却是若利的书。最后，德国的会友们告诉我，有一个叫古德切的人谈到过在布拉格公墓里举行的一场仪式，而犹太人在仪式上所说的话差不多就是你在给俄国人的报告里写的内容。不过我心里清楚，第一个版本的故事——也就是我们耶稣会士被写进去的那个版本——是你写的，比古德切的三流小说早了许多年。”

“终于有人为我说了句公道话！”

“你先让我说完。后来，在普法战争、巴黎之围和随后的巴黎公社期间，对于一个像我这样穿教袍的人而言，巴黎成了一个危险之地。我之所以决定回来找你，是因为几年前，犹太人在布拉格公墓的这个故事被原原本本地刊登在圣彼得堡的一本期刊上。期刊介绍称，它节选自一部根据真实事件写成的小说，因而其来源就是古德切。然而就在今年，几乎相同的内容又出现在了莫斯科的一本小册子里。总之，在那边——或者说在北边，想怎么说都行——有人正在围绕日渐成为威胁的犹太人策划着什么。但犹太人对我们也是一个威胁，因为他们通过以色列人联盟隐藏在共济会身后，而教皇陛下现已决定对教会的所有敌人发动一场决战。所以啊，我的西莫尼尼，是时候改过自新了，你得为你在皮埃蒙特秘密警察那里开我的玩笑而赎罪。在如此造谣中伤了耶稣会后，你得对我们做些补偿。”

真可恶，这些耶稣会士比埃布特尔纳、拉格朗日和圣弗龙还要厉害，永远对所有的事都了如指掌，完全用不着向秘密警察去打听，因为他们自己就是秘密警察。他们在全世界的每一个地方都有会友，并留心自巴别塔倒塌以来诞生的每一种语言所说的话。

巴黎公社失败后，所有法国人都变得无比虔诚，就连那些过去极力反对教权的人也不例外。据说在蒙马特高地甚至建起了一座教堂，替那场无神论者的悲剧公开赎罪。所以，既然身处修复的形势中，那就还是做一个忠心的修复者为好。“那好吧，神父，”我说道，“请告诉我您想要我怎么做。”

“我们会顺着你这条路继续走下去。首先，考虑到古德切那家伙正为了一己之私兜售拉比的发言，一方面必须制作出一份内容更加丰富和更令人震惊的发言来，另一方面则必须让古德切再也无法散播他的那份材料。”

“我该如何制止那个造假者呢？”

“我会让我的德国会友去监视他，看是否需要干掉他。就我们对他的了解，他是一个很容易让人找出把柄的人。你现在要做的就是把拉比的发言写成一份新的文件，内容要更加复杂，同时多和当下的政治事件搭上关系。你再去认真读一读若利的那本

……贝尔加马斯基神父还说，为了使拉比的发言更加可信，还有必要将巴吕埃尔神父讲述过的话，尤其是西莫尼尼的爷爷寄给巴吕埃尔的那封信再次拿出来使用……

小册子。必须把——怎么说好呢——犹太人的不择手段和他们腐化各国的计划全都抖出来。”

贝尔加马斯基神父还说，为了使拉比的发言更加可信，还有必要将巴吕埃尔神父讲述过的话，尤其是西莫尼尼的爷爷寄给巴吕埃尔的那封信再次拿出来使用。或许西莫尼尼还保存着那封信的副本(完全可以说成是原件)？

西莫尼尼在一口衣柜的最底下找到了一只有些年头的小首饰盒，里面藏着书信副本，然后，他与贝尔加马斯基神父就那样一件贵重的宝物商定了报酬。虽然耶稣会士都是吝啬之徒，但他不得不与他合作。就这样，在一八七八年七月的一期《当代》上刊登了曾是巴吕埃尔心腹的格里韦尔神父的回忆、西莫尼尼从别处获悉的许多消息以及他爷爷的那封信。“布拉格公墓的故事会紧随其后的，”贝尔加马斯基神父说道，“如果你将一些爆炸性的消息一股脑地发布出来，那它们在引起震惊过后就会被人们忘得一干二净。反倒是必须将它们逐条放出，这样，每一条新消息都会再次唤醒人们对先前那条消息的记忆。”

西莫尼尼在日记中坦言，他对爷爷的书信以这种方式重见天日感到非常满意。同时，带着一丝良心的触动，他似乎确信自己是在履行一道明确的遗嘱。

他干劲十足地开始丰富拉比的发言内容。重读了若利的书后，他发现这位论战作家与他读第一遍时的印象有明显的不同，显然没有欧仁·苏那么过火，他把那些看起来恰恰会让人联想到犹太人的邪恶行径归罪于他笔下的马基雅弗利-拿破仑。

在为这份材料添枝加叶的过程中，西莫尼尼发现其内容太过庞杂，影响面也太广：一份要令天主教徒深感震惊的理想的拉比发言，理应包含许多涉及伤风败俗计划的内容，甚至借用古热诺·德穆索提出的关于犹太人的生理优势的思想，或布拉夫曼制定的利用高利贷盘剥基督徒的规定。可是，共和派可能会被发言中提到的日渐消亡的出版自由搅得心绪不宁，而对(早已被舆论认定为犹太人的专有财产的)银行一直缺乏信任的企业家和小储户则可能会被国际犹太人集团的经济计划刺中痛处。

于是，西莫尼尼的脑海中渐渐地产生了一个——他并没有意识到——只有犹太人才能想到的不可告人的主意。他不应该只准备一个在布拉格公墓里发生的故事和一份拉比的发言，而是应该制作几份不同的发言，一份给教区牧师，一份给社会主义者，一份给俄国人，一份给法国人。而且不必事先写好所有的发言：应当将发言内容写在活页纸上，按不同的方式排列组合，从而制作出五花八门的发言——这样他就能根据每个人的需求，向不同的买主出售最合适的发言材料。总之，对于他这名资深公证人来说，那就像是在登记将来需要提供给律师、让他在不同的诉讼案件中开展辩护的各式各样的证词、证据或供词，因此他开始将他的这些笔记称作“会议纪要”。他小心翼翼地没有让贝尔加马斯基神父看到这一切，因为在给后者的发言中，他只择取了宗教性最为突出的那些内容。

西莫尼尼以一段令人心生好奇的话结束了他在那些年里的工作纪要：临近一八七八年年底，他得知了古德切和可怜的若利的死讯，这让他如释重负。前者多半是被让他日渐肥胖的啤酒给噎死的，而永远处于绝望的若利则是朝着自己的脑袋开了一枪。他并不是坏人，愿他的灵魂能得到安息。

也许我们的日记作者为回忆亲爱的亡友而渐渐地喝高了。写到这儿时，他的字迹乱作一团，而这篇日记也就到此为止了。他睡着了。

但第二天，当西莫尼尼临近傍晚醒来时，他在日记中看到了达拉·皮科拉神父留下的一番话。后者在那天早晨不知以什么方式闯入了他的书房，读了他的“另一个我”写的日记，并赶紧以说教的口吻作了详细的说明。

说明了什么呢？说的是古德切和若利二人的死讯应该不会令我们的西莫尼尼上尉感到吃惊，而他就算没有费尽心思去忘掉这事，也肯定无法将其原原本本地回忆起来。

爷爷的那封信刊登在《当代》上以后，西莫尼尼收到了古德切用法语写的一封语法错误连篇、意思却毫不含糊的来信。“亲爱的上尉，”他写道，“我猜《当代》上的材料只是一个序曲，您还打算在那上头继续发表另一份材料。然而我们都清楚，我对那份文件拥有部分著作权，我倒是可以证明（有《比亚里兹》在手）自己是整篇文章的作者，但您却一无所有，就连在创作过程中添过几个逗号都证明不了。所以，我要求您务必停下手头的工作，与我约定一次会面的时间和地点，最好还有一位公证人（但不能是您这种人）在场，以明确关于布拉格公墓的那份报告的著作权问题。如果您不照做，我就会把您冒名的消息公之于众。之后我会马上去告诉那位若利先生，他还不知道您掠夺了他的一部文学作品。如果您还没忘若利是干律师这行的，您就会清楚，这件事也会给您带来极大的麻烦。”

受到惊吓的西莫尼尼立即与贝尔加马斯基神父取得了联系。后者告诉他说：“你负责对付若利，我们会对付古德切。”

正当西莫尼尼还在迟疑，不知道该如何对付若利的时候，他收到了贝尔加马斯基神父的一封便函，告知倒霉的古德切先生在睡梦中安详地死去了。贝尔加马斯基神父还劝他为古德切的灵魂得以安息而祈祷——即使那家伙是一个该死的新教徒。

西莫尼尼现在明白了“对付若利”究竟是什么意思。有些事他并不愿意去做，毕竟他欠着若利的情，但他显然不希望他与贝尔加马斯基神父的计划因为一点良心上的不安而遭受影响。而且我们刚刚也看到，西莫尼尼现在打算彻底利用若利的作品，且绝不能被原作者愤怒的抗议声搅得不得安宁。

因此，他又一次去了拉佩街，买了一把小得足以带进屋里的手枪，威力是所有枪支中最小的，但开火的声音也是最轻的。他记得若利的住址，并注意到那套房子虽小，里面却有能够隔音的漂亮地毯和壁毯。不管怎么说，最好在早晨下手，那时楼下会传来从皇家桥和巴克街赶来的或在塞纳河滨河道上来回行驶的四轮马车和公共马车的声响。

西莫尼尼按响了若利律师家的门铃，若利深感惊讶地接待了他，但立刻为他端来一杯咖啡，然后喋喋不休地谈起了他最近遇到的那些倒霉事。对于大多数以造谣为乐的报刊读者（他指的既是读者又是编辑)而言,他虽然对暴力和革命持反对态度,却始终是一名巴黎公社的社员。他认为应当反对那个参选共和国总统的格雷维[①]的政治野心,便自掏腰包印制了一张宣传画并四处张贴,对格雷维加以谴责。结果他为此遭受了非难,被指控为密谋反对共和国的波拿巴分子。甘必大[②]轻蔑地称他为"身背一箩筐罪行的唯利是图的笔杆子",埃德蒙·阿布[③]则视他为造假者。总之,半数法国报刊都起来反对他,只有《费加罗报》登载了他的声明,而其他所有报刊都拒绝刊发他的辩护书。

细想之下,若利其实已赢得了这场战斗,因为格雷维已经放弃了候选人资格。但他属于那种从不会感到满意、一定要看到正义得到彻底伸张的人。他向责难过他的人中的两个提出决斗,又以拒绝刊载、诽谤中伤及公然辱骂的罪名起诉了十家报纸。

"我担任了自己的辩护律师,并且我向您保证,西莫尼尼,我不光对那些诽谤中伤提出了控诉,就连报刊界缄口不谈的所有丑恶言行也没有放过。您知道我对那些流氓无赖(这里我还要加上所有的法官)是怎么说的吗?'先生们,我未曾害怕过那个在当权时期让你们统统闭嘴的帝国,而现在,我真的一个都不把你们放在眼里,因为你们所做的和帝国最恶劣的行径没什么两样。'当他们试图剥夺我的发言权时,我说:'先生们,虽然帝国以煽动仇恨、藐视政府和冒犯皇帝的罪名将我送上了法庭,但皇帝的法官们依然允许我发言。现在,我要求共和国的法官给予我在帝国统治下

---

① François Paul Jules Grévy(1807—1891),法国政治家,法兰西第三共和国总统(1879—1887)。

② Léon Gambetta(1838—1882),法国政治家,法兰西第三共和国总理(1881—1882)。

③ Edmond François Valentin About(1828—1885),法国小说家、记者。

就已享有的同样的自由!’”

“后来结果如何?”

“我赢了,除两家报纸,其余都被判有罪。”

“那什么事还让您闷闷不乐呢?”

“一切的一切。事实上,对方律师虽然赞扬了我取得的成果,但他说,我被自己随心所欲的放纵言论毁掉了前途;作为对我狂妄自大的惩罚,失败会永远伴随着我;我抨击来抨击去,到头来自己却没能当上议员或部长。他还说,也许我做一个文人比做一名政客更容易取得成就。但那根本就是在瞎扯,因为我写的作品都被遗忘了。而我在赢了诉讼以后,遭到了所有重要沙龙的驱逐。我赢了许多场斗争,却依然是一个失败者。有时候,内心的某种东西破碎后,一个人就彻底丧失了精力和意志。人人都说必须活着,但活着终究会使人走上自我毁灭之路。”

西莫尼尼心想,他正要实施的那项计划来得真是时候,可以避免倒霉的若利做出极端的、丢脸的举动,避免他最后再失败一次。他即将施行一个善举,同时也摆脱了一名危险的证人。

他请若利快速翻看一下他带去的文件,希望听听后者对文件的看法。他把一只厚厚的信封递给了若利:里面都是些旧报纸,但得过好一会儿才能明白它们涉及的是什么问题。若利在一张扶手椅上坐了下来,专心地把那些正从他手中滑落的报纸聚拢在一块儿。

正当这个愚蠢的家伙开始读报的时候,西莫尼尼悄无声息地绕到他身后,把枪口顶在了他的脑袋上,扣下了扳机。

……有时候，内心的某种东西破碎后，一个人就彻底丧失了精力和意志。人人都说必须活着，但活着终究会使人走上自我毁灭之路……

若利无力地倒了下去，太阳穴上的弹孔里流出了细细的一缕鲜血，两只手臂垂在了半空中。西莫尼尼没费多大劲就把枪放进了若利的手里。所幸这件事发生之时，一种可以从武器上提取指纹的神奇粉末还要再过六七年才会被发明出来。而在那个年代，当西莫尼尼了结他与若利的恩怨时，贝蒂荣[1]提出的测量疑犯的骨骼和其他骨头的理论还依然适用。没有人怀疑若利的死并不是一桩自杀事件。

西莫尼尼收好报纸，洗净了他们用过的两只咖啡杯，将屋子收拾得井井有条。他后来了解到，两天后，那栋楼的门房由于一直再未见过他的房客，因此报告了圣托马斯·阿奎那街区的警察分局。大家破门而入后，发现了若利的尸体。通过刊登在报纸上的一则短讯可以得知，那把手枪当时是落在地上的。很显然西莫尼尼没有把它紧紧地塞在若利的手中，不过结果都一样。最为幸运的是，桌上放着若利寄给他母亲、姐姐和哥哥的书信……虽然他没有在任何一封信中明确谈到自杀，但所有的信都带着浓重而强烈的悲观情绪，看上去就像是专门为此而写的。天知道这个可怜的家伙有没有真正动过自杀的念头，如果是那样的话，西莫尼尼就不必如此大费周章了。

这不是达拉·皮科拉第一回将这种也许只有从告解中才能得知的事情向那位不愿回想起它们的邻居进行披露了。西莫尼尼对此颇为恼火，在达拉·皮科拉日记的最底端写下了几句愤怒

---

① Alphonse Bertillon(1853—1914)，法国警察，发明了用于识别罪犯的人体测量学理论，被公认为“指纹鉴定之父”和“西方刑侦技术的鼻祖”。

的话。

当然了，我们的叙述者正在偷偷阅读的那份文件充满了令人吃惊的内容，有朝一日或许可以改编成一部小说呢。

一九

奥斯曼·贝伊

一八九七年四月十一日傍晚

亲爱的神父,我正在劳心费力地还原自己的过去,而您却一直打断我,就像一个迂腐的家庭教师,动不动就要指出我的拼写错误……您让我分心。害得我心烦意乱。好吧,我可能也杀害了若利,但我这么做是为了证明我不得不采用的这些手段都是无可非议的。您可以看一看精明狡诈、冷血的贝尔加马斯基神父的所作所为,并且您得控制一下您那种病态的蛮横无理……

由于再不用担心被若利或古德切敲诈勒索,我现在可以完善我的新版布拉格会议纪要了(至少我是这么叫它的)。我必须构思一些新的内容,因为先前那个布拉格公墓的剧本如今已变成了一个老生常谈的小说故事。继登载了我爷爷的书信之后,《当代》在几年后又刊登了一篇拉比的发言,称它是一位名叫约翰·雷德克利夫爵士的英国外交官所写的纪实报告。鉴于古德切在他那部小说上所署的笔名正是“约翰·雷德克利夫爵士”,这篇文章的出处因而就昭然若揭了。我后来没有再数过布拉格公墓的剧本被反复盗用了多少回：这会儿写日记时，我好像回想起来，有一个叫布尔南的人最近出版了《犹太人，我们的同时代人》一书，里面再次出现了拉比的发言，只不过这回约翰·雷德克利夫变成了拉比本人。我的天啊，生活在这样一个满是造假者的世界里，该如何是好？

于是，我为会议纪要寻找起了新的信息，哪怕那意味着从出版物中去摘取素材，但我并不鄙视这种做法，因为我始终认为，除了达拉·皮科拉神父那个倒霉鬼，其他所有可能成为我客户的人都不像是会成天泡在图书馆里的样子。

一天，贝尔加马斯基神父对我说："俄国出版了一本关于《塔木德》和犹太人的书，是一个叫卢托斯坦斯基的人写的。我会设法弄到那本书，让我的会友们翻译一下。不过，还需要与一个人打交道。你听说过奥斯曼·贝伊这个名字吗？"

"土耳其人？"

"可能是塞尔维亚人，不过他用德语写作。他有一本讲述犹太人征服世界的小册子被翻译成了许多种语言，但我觉得需要了解更多信息，因为他是靠反犹太人运动为生的。据说俄国的秘密警察给了他四百卢布，让他来巴黎调查世界以色列人联盟的情况。如果我没记错的话，你从你朋友布拉夫曼那里得到过关于这个组织的情报。"

"说实话，我了解得很少。"

"那就自己编呗，你给这个奥斯曼·贝伊一些信息，他也会提供给你一些信息的。"

“我上哪儿去找他呢？”

“他会来找你的。”

我已经几乎不再为埃布特尔纳效力了，但会不时与他取得联系。我们约在巴黎圣母院正中央的那扇大门前碰面，我向他打听了有关奥斯曼·贝伊的情况。看样子，半个世界的警察都知其大名。

“他也许是犹太血统，就像布拉夫曼和其他那些对他们的民族心怀不满并与之作对的人一样。他的来历说来话长。他曾化名为米林戈或米林根，后来又叫基布里德利·扎德，不久前他又自称阿尔巴尼亚人。他遭到过许多国家的驱逐，原因尚不清楚，大多为诈骗罪；而在其他一些国家，他坐过几个月的牢。他之所以在犹太人身上下功夫，是因为他意识到这是一桩颇有赚头的买卖。在米兰，也不知是在什么场合，他公开收回了他当时正在散布的所有关于犹太人的言论，之后又在瑞士出版了一些反犹太人的宣传册子，并将它们带去了埃及，挨家挨户地兜售。但他真正取得成就的地方是俄国。在那里，他最初写过一些信仰基督教的婴孩被杀害的故事。如今他关注的是以色列人联盟，而这就是我们不愿让他靠近法国的原因。我和您说过好多次了，我们不想与那些人产生纷争，这对我们没有好处，至少目前如此。”

“可是他正在来巴黎的路上，或许已经到了。”

“我发现您现在比我还消息灵通。那么，如果您愿意的话，请您去监视他，我们会答谢您的，就和往常一样。”

这下我有两个充分的理由与这位奥斯曼·贝伊见面了：一

方面是为了向他出售我了解的有关犹太人的情报，另一方面是为了让埃布特尔纳掌握他的一举一动。一周后，奥斯曼·贝伊与我取得了联系，从我店铺的门底下塞进了一封便函，给我留了马海区一家膳宿公寓的地址。

我以为他是个贪恋美食的人，所以想请他去大维富餐厅，让他尝一尝马伦戈白汁炖鸡和鸡肉蛋黄酱。我们通过便函交流了一番，他拒绝了我的所有邀请，只约我那天晚上去莫贝尔广场与大阿尔伯特街交会的那个街角同他见面。到时，我会看到一辆小型四轮出租马车靠过来，而我得凑上前去，好让他认出我来。

当马车在广场的街角停下来后，从里面伸出了一张我在自己城区里的任何一条街上都不愿在夜里遇见的面孔：蓬乱的长发、鹰钩鼻、凶狠的目光、土黄的肤色、瘦得扭曲的脸，以及一只无力抽搐着的左眼。

“晚上好，西莫尼尼上尉，”他立刻对我说道，接着又说，“常言道，隔墙有耳，在巴黎也一样。所以，要想安心交谈，唯一的办法就是在城内四处转悠。在这里，车夫听不到咱们的谈话，就算咱们的话能够传到他那里，他也是个完完全全的聋子。”

我们的第一次谈话就这样进行了下去。此时，夜幕降临在了这座城市上空，一场小雨从缓缓飘浮的、几乎要遮住路面的浓雾中滴落下来。车夫似乎已受过指令，自觉地将马车驶入那些最荒凉的城区和最昏暗的街道。其实我们大可在卡布西纳林荫大道上放心地交谈，但奥斯曼·贝伊显然是个热衷于在幕后指挥的人。

“巴黎看起来挺冷清的，您瞧瞧这些路人，”奥斯曼·贝伊微笑着对我说道，而那道微笑在他的脸上产生的效果就如同一支蜡烛照亮了一颗骷髅头（那家伙容颜尽毁，却有一口雪白的牙齿），“他们就像幽灵一样。也许天蒙蒙亮时，他们要赶回坟墓里去呢。”

我恼怒地说道：“我欣赏这种风格，它让我想起了已故的彭松·迪泰拉伊[1]，不过也许我们可以谈点具体的。比如说，您可以给我讲一讲希波莱特·卢托斯坦斯基这个人吗？”

“他是个骗子，同时也是一名间谍。他曾是一名天主教教士，后由于——怎么说好呢——与一些男孩儿做过一些不怎么光彩的事而被贬为世俗身份，这就已经够让他身败名裂的了，因为——看在上帝的分上——谁都知道人类意志薄弱，但身为教士，就有责任维持一个正派的形象。他对此所做的回应，是成为一名东正教修士……我对神圣俄国有透彻的了解，知道在那些远离世俗的修士中，受人尊敬的老修士和见习修士之间通过一种相互的——该怎么形容呢——兄弟般的友爱结合在一起。不过我可不是阴谋家，对别人的事一点都不感兴趣。我只知道您说的这位卢托斯坦斯基通过介绍犹太人的活人献祭习俗，也就是在牺牲仪式上杀害信奉基督教的儿童的那个老套故事，从俄国政府那里领到了一大笔钱。就好像他对儿童更好似的。最后，有传言说他接触了一些犹太人的圈子，声称只要给他一笔钱，他就可以否认他发表过的所有言论。您试想一下，犹太人会掏一个子儿吗？总之，他不是一个可靠的人。”

---

① Pierre Alexis Ponson du Terrail（1829—1871），法国通俗小说作家。

随后他又补充道："啊，我都忘了。他还患有梅毒。"

我听人说过，伟大的叙事作家往往都是通过他笔下的角色来进行自我描述的。

奥斯曼·贝伊接下来耐心听取了我想要告诉他的那些消息，面对我绘声绘色的描述，他露出了理解的微笑，但他打断我说："西莫尼尼上尉，这个故事在我看来就和您对我的故事的看法一样，太像文学作品了。我只想找到确切的证据，证明以色列人联盟与共济会之间存在着联系，以及——如果有可能别提陈年旧事，而是对未来做出预测的话——法国的犹太人和普鲁士人之间存在着联系。以色列人联盟是一个有权有势的组织，正在全世界范围内布下一张由黄金织成的网，以达到控制一切的目的，而这些正是应当被证明和揭露的。一些像以色列人联盟那样的势力已经存在了许多个世纪，甚至比罗马帝国还要早，它们就是为了这个目标而存在于世的，运作了足足有三千年。您想一想，它们通过梯也尔那样的犹太人实现了对法国的统治。"

"梯也尔是犹太人吗？"

"又有谁不是呢？犹太人就在我们周围，在我们身后，他们控制着我们的积蓄，领导着我们的军队，左右着教会和各国政府。我买通了以色列人联盟的一个雇员（法国人都可以被收买），弄到了寄往设立在与俄国接壤的所有邻国的犹太委员会的信件副本。这些犹太委员会分布在整条边境线上，当警察监视主要街道的时候，他们的传令员在田野、沼泽地和水道中穿行。这是一个独一无二的蜘蛛网。我于是向沙皇报告了这个阴谋，从而——凭我一己之力——拯救了神圣俄国。我热爱和平，渴望一个充满温情的、再没有人理解‘暴力’为何物的世界。犹太人用他们的钱财资助着贩卖大炮的军火商人，如果所有犹太人都从这个世界上消失，我们就能迎来百年的幸福。”

“所以呢？”

“所以，有朝一日必须尝试使用唯一一个明智的解决办法，也就是最终的对策：灭绝犹太人。包括儿童吗？也包括儿童。没错，我心里清楚，这看起来似乎是只有大希律王才会想到的主意，但是人们在面对有害的种子时，光砍掉植物是不够的，还需要连根拔除。如果你不愿被蚊子骚扰，你就得杀死它们的幼虫。将以色列人联盟定为目标仅仅是一个过渡。要想摧毁它，只能彻底根除这个种族。”

在荒凉的巴黎城里转悠的行程临近结束时，奥斯曼·贝伊向我提出了一个建议。

“上尉，您提供给我的信息实在少得可怜。虽然我很快就会把以色列人联盟了解得透透彻彻，但您别指望我会把与之相关的情报提供给您。不过我提议咱俩达成这样一个协定：我负责监视以色列人联盟中的那些犹太人，但共济会会员我却拿他们没辙。由于我来自信奉东正教的神秘的俄国，与这座城市的经济阶层和知识阶层都没有特殊的交情，所以我没法渗透到共济会会员当中去。那些人愿意与像您这样的，在马甲小口袋里塞一只怀表的人来往。对您而言，打入那个圈子应该不难。我听说您自诩参加过加里波第的一项英雄事业，而加里波第是一名确确实实的共济会会员。所以，您告诉我共济会会员的情况，我就把以色列人联盟的情况告诉您。”

“只需口头约定就行了吗？”

“绅士之间无需白纸黑字。”

二〇

是俄国人？

一八九七年四月十二日，上午九时

亲爱的院长，我们是截然不同的两个人。这一点我有证据。

今天早上大约八点钟，我一觉醒来（在我的床上），穿着睡衣去了书房，模模糊糊地看见一个黑影，正想从下面溜走。我一眼就看出有人弄乱了我的那些纸，于是我抓起那条剑杖——幸好它就在我手边——下到店铺里。我隐约看见一个像乌鸦一样让人有不祥预感的黑影跑到了大街上，于是我也跟了出去，或许是该我倒霉，或许是这位不速之客事先设计好了逃跑路线，我被一条根本就不应该在那里的板凳绊了个跟头。

我踉踉跄跄地摔倒在死胡同里，手杖里的剑也出鞘了，唉，在我左右连一个人影也看不到。不速之客就这样逃掉了。但这个人就是您，我可以发誓。我可以确信，是因为我回到了您家里，而您的床上空无一人。

四月十二日正午

西莫尼尼上尉，

我刚一睡醒(在我的床上)就来回复您的留言。我向您发誓，我今天早上根本无法去您家，因为我一直在睡觉。十一点的时候，我刚一起床，就被一个人影吓了一跳，这当然就是您，您从更衣室的走廊逃走了。我穿着睡衣跟踪您，一直到您家，然后我看见您像幽灵一样下到您那个脏兮兮的小店里，溜出了家门。当我从莫贝尔死胡同出来的时候，也被一条板凳绊了一跤，于是线索完全中断了。但这个人就是您，我简直可以发誓，如果我猜的没错，拜托您告诉我……

四月十二日午后

亲爱的院长，

在我身上究竟发生了什么？显然我是病了，仿佛突然昏倒，然后又苏醒过来，我发现日记被您做了改动。我们真的是同一个人吗？请您思考片刻，就算不合逻辑，也要合乎情理：假如我们的两次相遇都发生在同一时间，那么就有理由相信相遇的双方一方是我，一方是您。但我们二人的经历却在不同的时间。当然，如果我回到家，看见有人逃走，那么我肯定那个人不会是我自己，而必定是您，这是基于信念，但没有什么依据。我肯定今天早上这栋房子里只有您和我两个人。

假如当时只有我们两个人，那么又产生了一个悖论。您是在早上八点的时候从我这里逃走的，然后我去追您。而我是在十一点的时候从您那里逃走的，然后您来追我。但是为什么我们两人都记得不速之客进入自己家的时刻，而不记得这个“他”进入对方家中的时刻呢？

当然我们有可能把他忘了，或是有意忘掉，再或是出于某种原因而保持缄默。但就我自己而言，我很清楚自己没有什么不能说的事。此外，两个不同的人同时都有不愿告诉对方的事，算了吧，我觉得这太离奇了，即便是蒙泰潘[①]也编造不出这样的故事。

更接近真实的假设是这其中涉及三个人。有一位神秘的“谜”先生一大早先光顾了我家，而我把他当成了您。十一点的时候，这位“谜”先生又跑到了您那里，而您把他当成了我。所有这些迹象，会不会让您觉得非常不可思议呢？

但这还不足以说明我们是截然不同的两个人。西莫尼尼本人可能会记得“谜”先生在八点时造访，之后的事就忘了，而达拉·皮科拉可能会记得“谜”先生十一点时光顾。

因此，这整个故事根本解决不了我们的身份之谜，而只会让我们两人（或我们同是的那个人）的生活变得更加复杂，就这样把一个第三者放在我们两人的眼皮底下，而这个人可以神不知鬼不觉地潜入我们家。

如果不是三个人，难道有四个人？“谜甲”在八点到了我家，“谜乙”在十一点到了您那里。那么“谜甲”和“谜乙”之间又有什么关系呢？

---

① Xavier de Montépin (1823—1902)，法国通俗小说家。

话又说回来，您能肯定追赶您那位“谜”先生的人是您自己，而不是我吗？您得承认，这是一个不好回答的问题。

无论如何我要提醒您，我有一条剑杖。只要我再发现家里有人影晃动，不等看清他是谁，就先一剑劈过去。那个不速之客不大可能是我，我也不大可能杀掉我自己。我可能会杀掉“谜”先生（甲或乙）。但也有可能会杀了您。所以您要做好准备。

四月十二日晚

您的留言令我心神不宁，仿佛把我从长期的混沌中唤醒。仿佛是在梦中，我的脑海中浮现出巴塔耶医生(他是谁来着?)的形象，在奥特伊，他喝得酩酊大醉，递给我一把小手枪，说：“恐怕我们太激进了，那些共济会会员想要我们的命，我们最好有所防备。”我非常害怕，比起共济会会员的威胁，我更怕那支手枪，因为我知道(我为什么会知道呢?)我是可以和共济会会员打交道的。第二天，我就把枪丢进了大阿尔伯特街这所房子的一个抽屉里。

今天下午您可把我吓着了，我于是打开了那只抽屉。我有一个奇怪的印象，似乎这是我第二次做这个动作，随后我又开始心绪不宁了。别去想那些梦了。晚上六点时分，我小心翼翼地穿过更衣室的走廊，走向您家。这时，我看见一个黑影迎面走来，那是一个佝偻着背的男子，手里举着一支小蜡烛。这或许就是您吧，我的上帝，我被吓蒙了，于是我开了枪，那个人倒在我的脚下，一动也不动了。

他死了，只一枪，正中心脏。这是我有生以来第一次开枪，希

……他死了，只一枪，正中心脏……

望也是最后一次。太恐怖了。

我搜了他的口袋，只找到几封用俄文写的信。接着，我打量了那人的面孔，很明显，他颧骨突出，双眼像卡尔梅克人那样微微有些倾斜，加之头发是近乎白色的淡金色——他肯定是斯拉夫人。那么他来找我有何用意呢？

我不能让这具尸体待在我家里，于是我把它挪到了您家下面的地窖里，打开了通向阴沟的管道。这一次我终于有勇气下来了，我费了好大力气才把尸体从小楼梯上拖下来，然后冒着被臭水熏晕的危险，把尸体拖到那个我相信只能找到另一个达拉·皮科拉尸骨的地方。然而有两件事却出乎我的意料。其一，地窖里的那些气味和霉菌，在我们这个时代最伟大的科学——化学——的作用下发生了奇迹，把那具本该是我本人的遗骸保存了几十年，虽然也只剩一副骨架，但上面依然附着一点点类似于皮肤的物质，即使变成了木乃伊，也还保持着人形。其二，在这位所谓的达拉·皮科拉旁边，我又发现了两具尸体，一个是身穿教袍的男人，一个是半裸的女人，两具尸体都正在腐烂，但从他们身上我仿佛认出一个和我非常亲密的人的模样。这两具尸骸会是谁的呢？我的心里波涛翻滚，脑海里的形象莫可名状。我不知道答案，也不想知道。但是我们两人之间的故事要比这个复杂得多。

现在您可别来告诉我，您也遭遇了类似的事。我真的快受不了这个错综复杂的巧合游戏了。

四月十二日，夜

亲爱的院长，我是不会随意杀人的，起码，我不会无缘无故去杀人。我下到地窖去查看了下水道，我有年头没下去过了。仁慈的上帝，尸体的确有四具。有一具是我很久之前搬过去的，另一具是您今天晚上才放在那里的，那么另外两具是怎么回事呢？

是谁经常光顾我的下水道，还撇下这么多尸体呢？是俄国人？这些俄国人来找我，或找您，或找我们俩是何用意？

唉，这都是什么事儿啊！

二一

塔克希尔

摘自一八九七年四月十三日日记

西莫尼尼绞尽脑汁地想要弄明白究竟是谁进入了他家和达拉·皮科拉家。他开始回忆起，早在一八八〇年代初，他就经常光顾朱丽叶特·亚当的沙龙(他在博纳街的书店里遇见她的时候，她的身份还是拉梅西纳夫人)，在沙龙里，他结识了朱莉亚娜·迪米特里耶夫纳·格林卡[1]，通过她，他又与拉奇科夫斯基[2]拉上关系。假如有人偷偷溜进他家(或达拉·皮科拉家)，那么这件事一定与那二人中的一个有关。现在他开始意识到，那二人是与他追寻同一批财宝的对手。但从那时到现在已过去了十五六年，其间发生了很多变故。俄国人是从什么时候盯上他的呢？

难道那些人不会是共济会会员？他应该做过得罪那些人的事，也许他们到他家来是为了寻找对他们不利的文件。在那些年，他设法接近共济会的圈子，一是为了取悦奥斯曼·贝伊，二是由于贝尔加马斯基神父逼得很紧，因为在罗马，他们正在策划一轮针对共济会（也针对启发了共济会的犹太人）的正面攻击，他们需要新鲜的资料——他们手头的资料少得可怜，以至于在《天主教文明》[3]这份耶稣会的期刊里，还不得不转载西莫尼尼爷爷写给巴吕埃尔院长的信，而这封信早在三年前就在《当代》上刊登过了。

西莫尼尼试图还原事情的真相：当时，他寻思过自己真的加入共济会是否妥当。到时候，他大概要服从命令，不得不参加一些共济会的集会，同时也无法拒绝向同会兄弟提供帮助。所有这一切会大大限制他的自由。此外，也不排除这种情况，某个共济会支部为了吸纳他，要对他当时的生活和过去的经历进行一番调查，他当然不能允许这种情况发生。或许更合适的办法是敲诈一个共济会会员，逼迫他成为眼线。此外，一个伪造过许多假遗嘱的公证员，鉴于其颇有造诣，也应该认识两三个共济会的头面人物。

再说，也没有必要明目张胆地敲诈。几年来，西莫尼尼就已决定从“线人”变成国际间谍，他当然会因此而获些利益，但还不足以满足他的野心。干间谍这一行迫使他过上一种近乎地下的生活，然而随着年龄的增长，他越来越感觉到，自己需要一种富足体面的社交生活。就这样，他确定了自己真正的志向：不做间谍，但让所有人都相信他是间谍，同时为多个东家工作，以至于谁也不知道他在为什么人搜集情报，也没人知道他手上到底掌握多少情报。

---

① Juliana Dimitrievna Glinka(1844—1918)，俄国神秘主义者。

② Pyotr Rachkovsky(1853—1910)，沙俄政府的秘密警察。

③ *La Civiltà Cattolica*，一八五〇年由耶稣会士在意大利那不勒斯创办的天主教刊物，旨在捍卫天主教文明。

被当成间谍是极其有利可图的，因为大家都设法从他那里弄到在他们看来极有价值的秘密，他们都不惜重金，想从他那里挖一些机密。由于这些人都不想暴露身份，所以都会打着办理公证的幌子，当他把高额账单放在他们面前时，他们会马上付钱，连眼皮都不眨一下。注意了，这些人为一纸微不足道的公证书花费重金，却得不到任何信息。他们想当然地以为花钱买到了秘密，于是不慌不忙地等着消息到来。

叙述者认为，西莫尼尼已经提前跨入了新时代：其实，随着自由媒体的普及与传播系统的革新，从电报到无线电已近在咫尺，能保留住的机密会越发稀少，这将会导致密探行业陷入危机。最好是手上不掌握任何秘密，却让人相信你有。这就像靠利息或专利转让费生活：你优哉游哉地生活着，让别人炫耀从你这里获得了惊天的秘密，然后你声名鹊起，赚钱不费吹灰之力。

该接触哪个家伙呢？他没有被直接敲诈的经历，但害怕遭到敲诈。第一个闯入他脑海的名字就是塔克希尔。他还记得，自己是在为塔克希尔伪造信件时(是谁的信？又是写给谁的?)认识他的，此人用傲慢的口吻向他讲了自己参加法兰西荣誉之友圣殿团的事。难道塔克希尔就是他要找的那个人吗？他不想做出错误的判断，于是去向埃布特尔纳打听。埃布特尔纳是新的参谋，与拉格朗日不同，他从未改变过碰头地点：永远是巴黎圣母院大教堂中殿最里面。

西莫尼尼问他，情报部门对塔克希尔有什么了解。埃布特尔纳听罢笑了起来：“平时都是我们向您打听消息，而不是您问我们。但这一次我就帮您这个忙吧。这个名字我略有耳闻，但不是情报圈的事，而是和宪兵有关。过几天我会告诉您。”

这个星期结束前，消息果然来了，的确很有意思。报告上说，马利·约瑟夫·加布里埃尔·安东·约冈-帕杰斯[1]，人称里奥·塔克希尔，一八五四年生于马赛，后来上了耶稣会的学校，就像水到渠成一般，他在十八岁的时候开始与反对教会的报纸合作。在马赛的时候，他经常和那些伤风败俗的女人来往，其中有个妓女因杀死老鸨被判了十二年的苦役，另一个女人因试图谋杀自己的情人而被捕入狱。也许警察对他过于严苛了，把一些偶然碰巧的案子也算在了他的头上，但很奇怪，因为有消息说塔克希尔也为司法部门做事，提供一些关于共和派的情报，因为他与那些人素有来往。也许就连警察也看不起这种人，因为有一次他遭到指控，竟然是因为给一种名为土耳其宫糖实为催情药的东西做广告。一八七三年，同样是在马赛，他以渔民的名义多次给几家当地报纸写信，说泊船的码头附近受到鲨鱼的威胁，引起了极大恐慌。不久后，他因撰写反宗教的文章而被判有罪，逃到了日内瓦。在那里，他又散布谣言，说在日内瓦湖底有一座古罗马城池的废墟，吸引了大批游客前往。他由于散布谣言和发表偏激言论被驱逐出瑞士，先是在蒙彼利埃落脚，后来又迁至巴黎，在学府路开了一家反教会书店。最近他加入了一个共济会团体，但很快就因品行不端被开除。眼下他的反教会行动似乎已不能像先前那样给他带来收益了，他债台高筑。

---

① Marie Joseph Gabriel Antoine Jogand-Pagès(1854—1907)，法国作家和记者，笔名里奥·塔克希尔(Léo Taxil)，以强烈抨击教会著称，后转而反对共济会。

此刻，西莫尼尼渐渐回忆起关于塔克希尔的一切。他曾经出版过一套书，内容与其说是反教会，不如说就是反宗教，例如有一本书叫《耶稣的一生》，通过一些亵渎神明的插图来展开故事（比如圣母马利亚与代表圣灵的鸽子之间的关系）。他还写过一本诋毁、抹黑的小说《耶稣会士之子》，证实了作者有多么无赖。第一页的献词是献给朱塞佩·加里波第的（“我爱之如父”），这一点无可厚非，但是扉页上却赫然写着朱塞佩·加里波第“作序”。序言的标题是“反教权思想”，内容简直就是怒不可遏的谩骂：“当一个教士，尤其是一名耶稣会士出现在我面前时，那种教士的丑恶，尤其是他人性中所有那些肮脏污秽的东西会令我不寒而栗，甚至让我恶心。”但此文根本不是为他这本书写的序言，显然是塔克希尔不知从哪儿搜罗的，放在这里，就好像是专为他这本书写的一样。

西莫尼尼担心与这种人来往会损害自己的名誉，于是他决定自称公证员福尼耶。他戴上一顶漂亮的假发，颜色很难说清，接近栗色，经过精心梳理，头路分在一侧。他又贴了两道与假发颜色一样的大鬓角，勾勒出一张消瘦的脸，因搽了合适的面霜而显得苍白。他照着镜子，想要在脸上留下一个略显愚笨的笑容，从而露出两颗镶金的门牙——牙医这件小巧玲珑的杰作可以让他遮住自己本来的牙齿。此外，这一小小的修整破坏了他的发音，继而改变了他的声音。

他通过气压传送邮件给这位学府路的朋友发了一封急件，邀他于次日在富豪咖啡馆见面。这是一个彰显身份的好办法，因为

……有一本书叫《耶稣的一生》，通过一些亵渎神明的插图来展开故事（比如圣母马利亚与代表圣灵的鸽子之间的关系）……

不少显赫人物都光顾过那里，面对富豪咖啡馆风味的鳎目鱼或山鹬，一个喜欢吹牛的暴发户是无法抗拒的。

里奥·塔克希尔有一张胖嘟嘟的脸，嘴唇上两道浓密的髭须格外显眼，他前额宽阔，大面积谢顶，这使得他必须不停地擦拭汗水。他摆出一副优雅的样子，但有点过于刻意。他嗓门很大，还带着让人难以忍受的马赛口音。

他不知道面前这位公证员福尼耶先生为什么要找他，但慢慢地他开始自我吹嘘起来，称自己是一位充满好奇心的人性观察家，跟许多被冠以“哲学家”头衔的小说家一样，致力于反教会的论战和独特的人生经历。因此，他一边嚼着满嘴的食物，一边兴奋地追忆着年轻时那些英勇的事迹：“我在马赛散布鲨鱼传闻那会儿，从加泰罗尼亚地区到普拉多海滩，一连几个星期都空无一人，市长说鲨鱼肯定是从科西嘉尾随一条向海里倾倒腐烂熏肉的船来到此地的，市议会要求军方派遣一个步枪连乘拖船出海猎杀鲨鱼，结果真的有一百人在埃斯皮旺将军[1]的率领下前去赴命了！您问我日内瓦湖的事吗？当时全欧洲各个角落的记者都闻风而动！人们开始风传，这座古城建于《高卢战记》时期，那时候湖面非常狭窄，以至于罗讷河流经这里时，河水与湖水都来不及混流在一起。这下当地的船家有生意可做了，他们载着游客到湖心，还有人往水里倒油，为了看得更清楚一点……一位著名的波兰考古学家还写了一篇文章寄回国去，说他隐约看到湖底的交叉路口和一尊骑马的雕像！群众的主要特征就是随时准备听信一切。

① Henri Espivent de la Villesboisnet(1813—1908)，法国军事家。

可话又说回来，假如没有这种普世的信仰，天主教会还能存在近两千年之久吗？”

西莫尼尼问起他法兰西荣誉之友圣殿团的事。

“加入很难吗？”他问道。

“只要经济条件好，愿意支付高昂的费用就行。此外还要表示服从同会兄弟之间相互保护的会规。至于品行嘛，他们总是挂在嘴边，但就在去年曝出，他们高等礼仪学院的宣讲员居然是绍塞昂坦大街一家妓院的老板，而巴黎最有影响的第三十三级导师中有一个竟是大特务，更确切地说是间谍头子，和那个埃布特尔纳是同行。”

“那怎么才能被吸收入会呢？”

“那是有一套仪式的！这个您要知道！我不知道他们是否真的相信他们总挂在嘴边的伟大造物主，反正他们确实严格奉行那套礼拜仪式。您要知道，我在以学徒身份入会前必须怎么做才会被他们接受！”

说到这里，塔克希尔便滔滔不绝地讲起了那些令人毛发直竖的仪式。

西莫尼尼无法确定塔克希尔这个不说谎就难受的骗子这回是不是在编故事。西莫尼尼问他是否觉得泄露了作为信徒应该守口如瓶的秘密，他描述的方式是否有些粗俗。塔克希尔满不在乎地回答：“唉，您知道，我已经没有任何义务了。那些白痴把我开除了。”

他好像和蒙彼利埃一家新发行的报纸《南方共和报》搞在了一起，该报的创刊号上登载了很多重要人物表示鼓励和支持的来信，其中包括维克多·雨果和路易·布朗[1]。后来，所有这些署过名的大人物突然给另一些倾向共济会的报纸写信，矢口否认自己支持过《南方共和报》，并愤怒地抗议这份报纸擅自使用他们的名字。紧接着，会所内部的斥责声也不绝于耳，而塔克希尔始终为自己辩解，他展示那些信件的原件，并解释说雨果这位德高望重的前辈由于年迈体衰，才会表现出这样的态度——但是，这番辱没共济会和祖国荣耀的言论无人苟同，还损及他的第一个观点。

于是，西莫尼尼想起他作为西莫尼尼本人时曾伪造过两封雨果和布朗的信件。显然，塔克希尔早已经忘掉了那一幕。他如此热衷于行骗，以至于欺骗到了自己头上，他煞有介事地讲着关于书信的那些故事，眼睛中流露出诚实的光芒。即使他还隐约记得一位叫西莫尼尼的公证员，也不会将那个人与眼前这位叫福尼耶的公证员联系在一起。

关键是塔克希尔对会所里那些以前的同伴怀有刻骨铭心的仇恨。

西莫尼尼立刻意识到，一旦促使塔克希尔打开话匣子，他就能为奥斯曼·贝伊获取一些劲爆的材料。但与此同时，他那高速运转的大脑中又产生另一个念头，最初还只是一个大致的印象，一个直觉的萌芽，但后来几乎演变成一个缜密周详的完美计划。

鉴于在第一次接触中，塔克希尔表现出对珍馐的钟爱，乔装

---

① Louis Jean Joseph Charles Blanc(1811—1882)，法国历史学家、政治家。

改扮的公证员便邀请他去拉杜尔老爹餐厅，一家位于克利希门附近的小餐馆，在那里可以吃到著名的嫩煎鸡肉和被人们津津乐道的卡昂风味牛肚，至于藏酒就更不用说了。趁塔克希尔吧唧嘴的间隙，西莫尼尼问他，如果有一笔丰厚的报酬，他愿不愿意为一家出版社写一写回忆录，讲述自己前共济会会员的经历。一听到有报酬，塔克希尔就对这个提议表现出极大的热情。于是，西莫尼尼与他定下了下次约会，然后立刻去找贝尔加马斯基神父。

“您听我说，神父，”西莫尼尼对神父说，“我们手上掌握了一个强硬的反教会分子，但他那些反教会的书已经不像以前那样有利可图了。此外，他对共济会的圈子了如指掌，而且对共济会怀恨在心。只要这个塔克希尔能皈依天主教，全盘摒弃他先前那些反教会著作，开始揭露共济会的秘密，那么你们耶稣会就能招揽到一个永远精力充沛的喉舌。”

“可是一个人不能仅凭你一张嘴，就在朝夕之间改变信仰啊。”

“在我看来，对付这个塔克希尔只是钱的问题。只要投其所好，让他散布假消息，让人大跌眼镜，然后出其不意地改变观点，并且让他隐约有机会登上报纸头版——那个希腊人叫什么来着？就是那个在以弗所的亚底米神庙纵火，只为人人都能叫出他的名字的那个。”

“赫洛斯塔图斯。当然，当然……”贝尔加马斯基神父说罢陷入了沉思。随后他接着说：“对啊，天主的道路是无穷无尽的……”

“让他公开改变信仰，我们能给他多少钱？”

“从前的说法是，虔诚的皈依应该是不需要金钱的，是‘为天主的更大荣耀’，但是我们就别装模作样了。不过，给他的钱不能超过五万法郎。他可能会嫌少，但你要让他知道，一方面他拯救了自己的灵魂，这可是无价的，另一方面，如果他将来写了声讨共济会的文章，将可以享用我们的传播系统，作品发行量将以十万计。”

西莫尼尼不能保证一切都会如他所料，为防万一，他去找埃布特尔纳商量，告诉他这是耶稣会的一个计策，要鼓动塔克希尔反共济会。

“感谢天主，”埃布特尔纳说，“终于有一次，我与耶稣会的意见不谋而合。您看，西莫尼尼先生，我是以共济会大东方社高层的身份在与您讲话，而不是无名之辈，这个社是唯一且真正的共济会组织，我们入世在俗，主张共和，尽管反对教权，但并不反对宗教，因为我们承认存在一位普世的伟大造物主，而且我们每个人都可以自由想象自己的造物主，既可以是基督教的上帝，也可以是宇宙间一种非人的力量。在我们内部出现了塔克希尔这样的无赖，尽管他已被扫地出门，但仍令我们颜面无光。然而，我们不会介意一个背叛者恶毒诋毁我们，因为他把我们说得越是不堪，就越没有人相信他。我们正恭候梵蒂冈方面的攻击，可以想见，教皇不会表现得像一位与世无争的绅士。共济会内部已被各种悔悟告解弄得乌烟瘴气，多年以前，一位像拉贡①这样的作者，已经统计出七十五个不同的共济会组织，五十二种礼拜仪式，三十四个会所，其中二十六个是跨性别的，还有一千四百个仪式等

① Jean-Marie Ragon(1781—1862)，法国作家、编辑、共济会大东方社会员，曾任共济会第一份会刊的编辑，出版过数部关于共济会的著作。

级。我还可以和您谈谈圣殿骑士共济会和苏格兰礼共济会，再谈谈埃雷登礼、斯威登堡礼、孟菲斯和米斯拉伊姆礼，后者是卡里奥斯特罗[1]这个无赖和骗子创立的。还有魏萨普组织的一些不知名的上层人物，撒旦教信徒，路西法教派信徒，或有人愿意称之为帕拉斯会信徒，这些东西连我自己也搞不清楚。尤其是各式各样的撒旦教仪式，为我们作了最坏的广告，那些德高望重的兄弟要负些责任，也许他们只是出于单纯的审美目的，却浑然不知对我们造成的危害。蒲鲁东[2]才加入共济会不久，但四十年前他曾经写过一篇致路西法的祷告词：'来吧，撒旦，来吧，你被修士和君王们诬蔑，让我拥抱你，将你紧揽在我怀中。'意大利人拉皮萨尔迪[3]曾写过一首题为《路西法》的诗，但内容却是老套的普罗米修斯神话，他并未加入共济会，但加里波第这样的共济会会员却把他奉若星辰，以至于那些崇拜路西法的共济会会员都把这首诗视为他们的福音书了。庇护九世一生中从未中断在共济会身后留下的每一个脚印中寻找魔鬼的踪迹。很久以前，那位意大利诗人卡尔杜齐[4]为撒旦写了一首赞美诗，他既有共和倾向，又有点支持君主制，爱吹牛，偏偏又是一名伟大的共济会会员。在这首诗里，他甚至把铁路的发明都归为撒旦的功劳。后来，卡尔杜齐说撒旦是一种隐喻，但这样一来，对撒旦的崇拜在大家眼中再一次成为共济会会员主要的娱乐方式。总之，在我们这个圈子里，谁也不会介意一个早已名声扫地

① Alessandro Conte di Cagliostro(1743—1795)，意大利探险家、方士和神秘主义者。
② Pierre-Joseph Proudhon(1809—1865)，法国政论家、经济学家。
③ Mario Rapisardi(1844—1912)，意大利诗人。
④ Giosuè Carducci(1835—1907)，意大利诗人、文艺批评家。一九〇六年获诺贝尔文学奖。

的人写文章诽谤污蔑我们，众所周知，这个人已被共济会开除，他是一个俗鄙的墙头草。假如梵蒂冈方面把此人归入淫书作者之列，反而会削弱他们自己的力量。比如您指控一个人是杀人犯，也许大家会相信，但如果您控告他像吉尔·德·莱斯[①]那样，在晚饭和夜宵时吃小孩，就没人把您的话当真了。要是您把反共济会的言行降低到报屁股上专栏文章的水平，那这个话题自然就会降低到地摊书的标准。没错，我们正需要有人朝我们泼脏水。”

由此可见，埃布特尔纳的头脑更胜一筹，在计谋上超过了他的前任拉格朗日。当下，他还无法确定大东方社能为这项工作投入多少资金，但几天后他再度现身：“十万法郎，但必须给我来一打人渣。”

这样，西莫尼尼手里共有十五万法郎用来收买人渣。假如他付给塔克希尔七万五千法郎，并保证其作品发行量的话，这个囊中羞涩的家伙定会立刻接受，而剩下的七万五千法郎就落在了他自己的腰包里。百分之五十的回扣，着实不赖。

他该以谁的名义向塔克希尔提出这个条件呢？梵蒂冈吗？公证员福尼耶不具备教皇全权特使的气场。实在不行，就告诉塔克希尔有一位像贝尔加马斯基这样的神父会来见他，说到底，神父不就是劝人信教，听取他人对过去丑恶行为进行告解的嘛。

然而，提起过去的丑恶行为，西莫尼尼是否应该信任贝尔加

---

① Gilles de Rais(1404—1440)，英法百年战争时期的法国元帅，退隐后研究黑魔法，成为历史上著名的黑巫师。

马斯基神父呢？不能让塔克希尔落在耶稣会士的手里。有多少无神论作家，原本每部作品仅能卖掉一百来本，一旦拜倒在天主的祭坛之下，讲述他们皈依天主的经历，作品的销量就会达到两三千册。归根结底，反教权分子大都是城市里的共和派，而梦想回到旧日美好时光、怀念国王和教区神父的反共和派都生活在乡间，即使除掉那些目不识丁的文盲（但神父会读给他们听），也会有一大批人，像魔鬼一样不计其数。如果把贝尔加马斯基神父排除在外的话，他就可以和塔克希尔商量合作，让他重新撰写污蔑文章的计划了，他应该愿意私下签一张字据，规定他的合作方可以得到他未来著作收益的百分之十或百分之二十。

一八八四年，塔克希尔出版了《庇护九世情史》一书，诽谤一位已故的教皇，给那些满心虔诚的天主教徒致命的一击。就在同一年，时任教皇利奥十三世颁布了《人类》通谕，这是“对共济会奉行的哲学的相对主义和道德进行谴责”。同样还有《论社会主义》通谕，痛斥了社会主义者和共产主义者的弥天大错，矛头直指共济会组织的整套教义，揭露他们奴役会员、驱使会员从事各种非法行径的秘密，因为“他们希望这种持续不断的欺骗伎俩不被发现，为了达到不可告人的目的，他们把人们像卑贱的奴隶那样牢牢地绑缚在他人的意志上，利用这些人完成各种各样的任务，就像驱使一些盲目的工具。凭借邪恶的本性，他们往这些人能杀人的右手里塞上武器，从而让自己从罪行中全身而退，这简直与人类的本性背道而驰”。当然，这还没算上他们教义中的自然主义和相对主义倾向，这导致人类单纯凭借理性去判断一切事物。如此狂妄自大，其后果显而易见：教皇的世俗权力遭到削弱；取缔天主教会的阴谋应运而生；婚姻变成了一纸民事契约；剥夺了教士的教育权利，将青少年的教育托付给世俗教师；宣扬"每人都充分享有自己的权利，而且生来完全平等；人天生是独立的；谁也无权凌驾于他人之上；凡是违背他人意志，欲使他人屈从某种权力的行为，即为专制"。这样一来，在共济会会员看来，"一切世俗权利和义务都来源于人民，或源自国家"，而国家只能奉行无神论。

显然，一旦"对天主的敬畏以及对神圣法律的尊重消失了，君主的权力将遭到践踏，淫乱行为将得到放任并合法化，对民众情欲的约束将得到解除。没有外在的惩罚，没有任何节制，就势必引发革命和世界的颠覆……这正是众多共产主义和社会主义组织坚定不移的目标和公开的主张，共济会没有理由声称他们与这些图谋无关"。

一定要尽快"曝出"塔克希尔皈依天主的消息。

西莫尼尼的日记写到这里显得含糊其辞。仿佛我们这位主人公再也想不起塔克希尔是如何入教的，又是谁引领他皈依。仿佛他的记忆跳过了一段，只记住了在短短几年时间里塔克希尔变成了反共济会的天主教使者。这个马赛人接受了"城市与世界"[①]的祝福，回到了天主教会的怀抱，随后他出版了《三点兄弟》(所谓三点，指的是共济会的第三十三个等级)和《共济会的奥秘》(包括描绘了召唤撒旦和举行恐怖仪式的戏剧性插图)两本书，不久后又

① *Urbi et Orbi*，指教皇以罗马城主教和世界天主教会之主的名义所给予的最隆重的祝福仪式。

……这个马赛人……首先出版了《三点兄弟》(所谓三点，指的是共济会的第三十三个等级)和《共济会的奥秘》(包括描绘了召唤撒旦和举行恐怖仪式的戏剧性插图)两本书……

出版了《共济会姊妹》，书中讲述妇女会所的内幕（此前尚无人知晓），时隔一年又出版了《共济会揭秘》，此后还出版了《共济会之法国》。

在前几本书里，仅仅是一段入会仪式的描写就让读者不寒而栗。某日，塔克希尔收到召唤，于当晚八点到达共济会会所，有一位看门的兄弟迎候他。八点半，他被关入沉思室，这是一个四壁漆为黑色的储藏室，墙壁上赫然挂着几颗死人头以及一对交叉的胫骨，墙上还刻有“如果是虚诞的好奇心引你至此，马上滚蛋！”之类的铭文。突然，煤气灯的火焰变得微弱起来，一面假墙沿着墙内的轨道开始移动，这位会外人士发现了一条被阴森灯光映照的地道。一颗刚刚被割下的人头就放在砧板上，下面还垫着几层血迹斑斑的亚麻布。正当塔克希尔吓得连连后退的时候，一个仿佛从墙里传出来的声音呵斥道：“颤抖吧，不敬神的俗人！你看，那是一个违背誓言的兄弟的头颅，他泄露了我们的秘密！……”

自然，塔克希尔注意到，这一切都是骗局，那个人头应该是有人藏在砧板下面的空穴中；那灯火则是将麻絮浸泡过含有樟脑的酒精，再去点燃厨房里未经研磨的粗盐，这种混合物在集市上被卖艺的魔术师称作“地狱沙拉”，在燃烧时会发出绿莹莹的光芒，为那个假装被斩下的人头笼罩上一层死寂的颜色。至于其他形式的入会仪式，他还听说过这样的情况：用一块雾面镜子贴在墙壁上，当煤气灯的火焰熄灭的时候，一盏魔法灯笼随即点亮，召唤张牙舞爪的幽灵现身，一群戴着面具的人围着一个被紧紧绑住的人，用匕首刺得他遍体鳞伤。这是为了说明会所用怎样卑劣的手段来对付那些有入会志愿但天生情感脆弱的人。

过了这一关以后，一名所谓的“恶煞兄弟”会来为这个会外之人做些准备：摘掉他的帽子，脱去他的外衣和右脚的鞋，将他的右裤脚卷到膝盖上面，让他裸露出心脏一侧的臂膀和胸膛，蒙住他的双眼，让他原地转几个圈，然后让他沿着几段楼梯上上下下，再将他引入“失足厅”。一扇大门敞开，一名“资深兄弟”借助一个声音刺耳的粗弹簧构成的机械，模仿巨大锁链的声音。接着，这个申请入会的人被带入一个厅室，“资深兄弟”用刀尖抵住此人裸露的胸膛，会所的长老开口问道：“不敬神的人，你的胸前有什么感觉？你的眼睛上是什么？”此人应该回答：“一条厚厚的布条遮住了我的双眼，我感到胸前有一柄利器。”长老说：“先生，利刃随时举起，以惩罚叛逆之人，假如你不幸成为你想加入的这个团体的叛徒，那么这就象征着痛彻心扉的悔恨。遮住你双眼的布带象征着盲从，盲从之人会被情感左右，沉沦于无知与迷信之中。”

紧接着，有人抓住这个申请入会的人，让他原地转圈，直到他感到天旋地转，便把他推向面前一扇由好几层硬纸裱糊成的屏风前，类似于马戏团里马匹表演跳圈用的大纸圈。听到带他进入洞穴的命令，有人会用尽全力把这个可怜的家伙推向屏风，屏风上的纸应声而破，这人会跌落在屏风另一侧事先铺好的床垫上。

“天梯”这一关也一样吓人，其实那是一架脚踏水车，上去的人被蒙上双眼，他会觉得脚下的台阶没完没了，但是台阶永远向下转，所以这个被蒙住眼睛的家伙永远停留在原来的高度上。

更有甚者，他们还会让才入会的学徒产生失血和被烙印的错觉。失血的感觉是由一名“外科医生兄弟”抓住此人的手臂，用一枚牙签用力刺他，另一名兄弟把一股极细的温水倒在此人的手臂

……听到带他进入洞穴的命令，有人会用尽全力把这个可怜的
家伙推向屏风，屏风上的纸应声而破，这人会跌落
在屏风另一侧事先铺好的床垫上……

上,让他误以为是自己的血液在流淌。至于烧红的烙铁印,是由一名“资深兄弟”用一块干亚麻布摩擦学徒身体的某个部分,然后再放上一块冰,或者用刚熄灭的蜡烛,又或者在一只喝烈酒用的小玻璃酒杯里烧纸,随即用杯子底去烫此人。最后,由会所长老把暗号和同会兄弟之间相互识别身份的密语告诉这个渴望入会的人。

现在,关于塔克希尔的这些著作,西莫尼尼只记得自己是一名读者,他已忘记自己曾是这些书的推手了。尽管如此,他还记得,塔克希尔每出版一本新书,在上市前他都会去向奥斯曼·贝伊汇报书中内容(因为他已提前知道),就好像有什么惊世发现一样。的确,那次汇报之后奥斯曼·贝伊就提醒他,他上一次汇报的内容后来全部都出现在了塔克希尔的一本书里,但西莫尼尼却踌躇满志地回答,是的,塔克希尔是他的眼线,这家伙在向他透露了共济会的秘密之后,又为了经济利益把这些东西写成书出版也无可厚非。为了让他不把那些经历公之于众,可以适时付他些钱,说这句话的时候,西莫尼尼用不容辩驳的神情看了看奥斯曼·贝伊。但奥斯曼却回答,花钱让一个大嘴巴保持缄默等于拿钱打水漂。为什么要让塔克希尔为那些他刚刚揭示的秘密保持沉默呢?奥斯曼的质疑很有道理,因此作为回报,他从未向西莫尼尼透露他掌握的关于以色列人联盟的情报。

因此,西莫尼尼也不再提供情报给他。“可问题是……”西莫尼尼一边写日记,一边自言自语,“为什么我只记得把从塔克希尔那里获得的消息给奥斯曼·贝伊,而丝毫想不起我和塔克希尔有过联系呢?”

这个问题问得好。要是他什么都记得,就不会把这些重构的故事都写下来了。唉,什么鬼呀!

写完那句睿智的评语,西莫尼尼上床睡觉,醒来时,他以为到了第二天清晨,他全身被汗水浸透,仿佛噩梦和胃痛折磨了他一整夜。但当他坐在书桌前,却发现他醒来的时间并非第二天,而是两天以后。也就是说,他度过了并非一个,而是两个饱受搅扰的夜晚,这个甩不掉的修道院院长达拉·皮科拉,在别人家下水道里乱弃尸体还不够,还要跑出来讲一些西莫尼尼明显不知道的事情。

二二

十九世纪的魔鬼

一八九七年四月十四日

亲爱的西莫尼尼上尉，

又一次，当您感到思绪混乱的时候，却是我的记忆愈发鲜活之时。

我觉得今天我先是见到了埃布特尔纳先生，然后又见了贝尔加马斯基神父。我要以您的名义前往，以便拿到我将要（或可能要）付给里奥·塔克希尔的钱。然后，还要以公证员福尼耶的名义去找里奥·塔克希尔。

“先生，”我对他说，“我不想拿我这身衣服作彩旗，请您重新认识素来被您嘲讽的耶稣基督，因为就算您下了地狱，也无关我的痛痒。我来此不是向您承诺永生，而是来告诉您，那一系列揭露共济会罪行的书籍将会遇到具有正统思想的读者，我可以毫不犹豫地说，这个读者群体相当庞大。也许您想象不到，我会让一本书获得所有修道院、所有教区以及所有大主教多么大的支持，我指的不仅是在法国，长远看来，将会是整个世界。为了向您证明我此行的目的不是劝您皈依，而是帮您赚钱，我会马上提出我微不足道的要求。您只要在这份文件上签字，保证让我（确切地说是我代表的虔诚修会）获得您未来版税收益的百分之二十，我就会为您引荐一个比您更加了解共济会秘密的人物。”

西莫尼尼上尉，我想我们应该已经讲好，塔克希尔那百分之二十的版税由我们两个平分。我心里没底，于是向他提出了另一个条件：“另外还有七万五千法郎要给您。您不用问钱是谁给的，也许我这身衣服可以给你一些提示。基于信任，七万五千法郎在您开始工作前就可以兑现，只要您明天发布公告，说您已信奉天主。至于这七万五千法郎，听清楚了，七万五千，无需支付一分钱的回扣，因为和你打交道的人，无论是我，还是我的委托人，都视金钱为粪土。您可想好了：七万五啊！”

这一幕仿佛就在我眼前，就像在看一张达盖尔银版照片。

那时，我立刻萌生了一种感觉，仅仅这七万五千法郎和对未来版税的承诺并未对塔克希尔有什么触动（虽然放在桌子上的那些钱也让他眼睛一亮），反而是从一个顽固的反教权主义者摇身一变，成为一名激情澎湃的天主教徒更让他心动。他好像在品味着世人为此而感到的惊奇，以及报纸上将要出现的关于他的报道。这种感觉要比编造在日内瓦湖底发现罗马古城的消息还要刺激。

他满意地笑了，已经在心中盘算未来那些书，包括如何配置插图。

“噢，”他说，“我眼前已经出现了完整的故事，讲述共济会的秘密，比传奇小说还要离奇。书的封面上是肋生双翼的巴风特[1]和一颗被砍下的人头，为的是让读者想起圣殿骑士的邪恶仪式……该死的（请原谅我的措辞，院长先生），这将成为当天的重大新闻。这样的话，尽管拙作讲的是那样的内容，但我作为天主教徒，虔诚教友，与教区神父关系融洽，这无论对于我的家人，还是对于我的邻里而言，都是极其荣耀体面的事，他们现在看我的那副样子，就好像我主耶稣是被我钉在十字架上的一样。您说说，我上哪儿说理去？"

"我会给您介绍一个能传达神谕的人，这家伙在催眠状态下可以讲出帕拉斯会仪式中那些令人难以置信的秘密。"

这个能传达神谕的人应该就是蒂安娜·沃恩。她是怎样的人，我好像完全了解。记得一天早上，我去了樊尚，好像我一直都知道迪穆里耶大夫诊所的地址一样。诊所在一栋不大的房子里，有一个小而精致的花园，一些就诊的患者气定神闲地坐在那里晒太阳，但彼此之间默然无语。

我向迪穆里耶介绍了自己，并提醒他您曾经和他说起过我。我婉转地提起，有一个虔诚女教友的组织，专门收容那些精神受了刺激的年轻女性，听到这里，我觉得他好像有一种如释重负的感觉。

"我要事先声明，"他说，"今天蒂安娜处于我所谓的正常状态。西莫尼尼上尉应该已经跟您讲过她的事了，在这个阶段，我

[1] Baphomet，基督教中的恶魔，羊首人身，也是撒旦的代名词。

们说好，这个蒂安娜是邪恶的，她认为自己是一个共济会神秘教派的成员。为了不使她产生警觉，我将向她介绍说您也是一位共济会兄弟……但愿您这样一位教士不会介意……”

他把我带入一个陈设简单的房间，里面只有一个衣橱和一张床，还有一个白色帆布沙发，沙发上坐着一个眉目清秀的女子，古铜色的头发非常柔顺，在头顶上挽了起来，她眼神里透露出傲慢，嘴巴小巧精致。她的嘴唇迅速噘了起来，做了个表示讥讽的怪相，问道："迪穆里耶医生要把我投入天主教会母亲的怀抱吗？"

"不是，蒂安娜，"迪穆里耶医生说道，"虽然穿这身衣服，但他是同会兄弟。"

"听谁调遣？"蒂安娜立即问道。

我巧妙地回避了这个问题："我不能说，也许您知道为什么……"我小心翼翼地压低声音。

她的反应正合我意。"我明白，"蒂安娜说，"是查尔斯顿的会长派您来的。我很高兴您能向他转述我对实情的描述。当时的集会地点是尼维十字大街团结一心会所在地，您一定认识。我本要以圣殿女法师的身份被接纳入会，我尽最大努力表现出谦卑和敬畏，崇拜我们唯一的善神路西法，憎恨恶神阿多奈[1]，天主教徒的天父。请您相信我，当时我满心挚诚地走近巴风特的祭坛，索菲亚·萨福就在那里等着我，她开始问我关于帕拉斯会的一些教义，我始终谦卑地回答：'圣殿女法师的义务是什么？''痛恨耶稣，诅咒阿多奈，崇拜路西法。'会长想要的不就是这个答案吗？"蒂安

① Adonai，希伯来语中对"主"的称呼。

娜发问的时候紧紧地抓住了我的双手。

“当然，就是这个。”我小心翼翼地回答道。

“接着，我诵读了仪式的祷告词：‘来吧，来吧，啊，伟大的路西法，啊，你受到教士和君主们恶毒的诽谤！’当全体代表大会的成员都举起手中的匕首，高喊‘复仇，阿多奈，复仇！’的时候，我激动得浑身发抖。但在那一刻，在我登上祭坛的时候，索菲亚·萨福为我端来了圣盘，这物件我以前只在圣物商店的橱窗里见到过，我问她为什么把罗马人崇拜的可怕玩意儿拿到这个地方来，这位女会长向我解释说，因为耶稣背叛了真神，在他泊山[1]上与阿多奈签署了那份邪恶的契约，破坏了万物的秩序，将面包变成了他的躯体，我们的职责就是用匕首猛刺那亵渎神明的圣体饼，因为那些天主教神父日复一日地重复着耶稣这个背叛的行为。先生，请您告诉我，会长是不是希望将这一行为列为入会仪式的一部分呢？”

“这轮不到我开口。也许最好还是您告诉我，您做了什么。”

“我当然拒绝了。用刀刺圣体饼意味着相信那真的是基督的躯体，然而一名帕拉斯会成员应该拒绝这个谎言。刀刺圣体饼是天主教徒奉行的仪式！”

“我认为您是对的，”我说，“我将把您的这番辩解汇报给会长。”

“谢谢兄弟。”蒂安娜说着吻了我的手。接着，她几乎是若无其事地解开了自己衬衣上方的纽扣，露出了雪白的肩膀，以邀请

① Tabor，位于以色列加利利南端，拿撒勒以东十公里，传说中耶稣变容之地。

的神态注视着我。但刹那间，她瘫倒在沙发上，像是在经受着痉挛的痛苦。迪穆里耶医生叫来一个女护士，两人一起把这个女孩抬到了床上。医生说："她出现这种症状的时候，通常意味着从一个状态进入了另一个状态。她还没有失去意识，只是颌骨和舌头挛缩而已。只要轻轻按压卵巢部位……"

过了一会儿，她的下颌开始向下拉伸，向左边偏斜，嘴也开始歪斜，并且张得很大，以至于都能看见舌根。舌头弯成了半圆，看不见舌尖，仿佛病人正要把舌头吞进肚子里。接着，舌面展平，但又迅速伸长，向嘴外伸出一大截，然后接连高速伸缩数次，宛如蛇信子一般。最后，舌头和下颌都恢复了自然状态，病人的嘴里吐出了几个字："舌头……上颌磨破了……耳朵里好像有蜘蛛在爬……"

短暂停息之后，病人再一次出现颌骨与舌头痉挛的现象，按压卵巢位置以后再一次得到缓解，但过了一会儿，她的呼吸越发艰难，口中只能吐出只言片语，眼神凝滞，瞳仁上翻，全身僵硬，双臂紧绷，做出环绕的动作，手腕都能触到脊背，下肢伸长……

"双脚呈马蹄状内翻，"迪穆里耶医生介绍说，"这是癫痫阶段，情况正常，接下来您会看到滑稽阶段……"

面部逐渐充血，嘴一张一合地动着，白色唾液从口中溢出，呈大泡沫状。这时，病人发出"喔！喔！"的号叫与呜咽声，面部肌肉紧绷、抽搐，眼睑不断眨动。此刻病人仿佛是一名杂技演员，身体弯成弓状，只靠颈椎和双脚支撑。

短短的几秒钟里，在我们眼前上演了一幕恐怖的马戏表演，好像一个关节脱落的木偶失去了自身的重量。接着，病人再次瘫倒

……此刻病人仿佛一名杂技演员，身体弯成弓状，只靠颈椎和双脚支撑……

在床上，开始出现被迪穆里耶医生称作“情欲”的症状，首先近乎受到恐吓，她仿佛想推开一个攻击她的人，然后又像个淘气的小姑娘，仿佛在向谁挤眉弄眼。但紧接着，她摆出一副荡妇的样子，像是招揽客人般伸出舌头，随即又摆出求欢的姿势，目光含情，双臂伸直，双手交握，嘴唇噘起，像是在乞求一个热吻。最后，她用力把眼睛往上翻，眼眶里只能见到眼白，然后猛然进入性高潮似的昏厥状态：“啊，我的好天主，”她用喑哑的声音说，“啊！我亲爱的小蛇，神圣的毒蛇……我是你的埃及艳后……来这里，爬到我的乳房上，我喂你奶吃……啊！我亲爱的……”

“蒂安娜看见她的圣蛇进入她的身体，有些女人则会看见圣心与她们交合。还会看见一个男性生殖器的形状或是一个男性征服者的形象，也会看见童年时曾经强奸过她的那个人，”迪穆里耶医生对我说，“有时与歇斯底里的症状几乎一样。假如您见过贝尔尼尼雕塑的圣女特雷萨像的复制品，就会觉得她和这个不幸的女人如出一辙。一个神秘教派的信徒其实就是一个在遇到医生之前先遇到聆听告解的神父的歇斯底里症患者。”

就在我们说话的时候，蒂安娜已换成耶稣受难的姿势，她又进入了一个新的阶段，此时她开始一边在床上激烈地翻滚，一边用晦涩的语言指名道姓地威胁某人，同时还宣布一些耸人听闻的神启。

“我们让她休息一下吧，”迪穆里耶医生说，“她清醒后将会进入第二阶段，她会回忆起对您说过的那些可怕的事，并为此懊悔不已。您应该告诉那些虔诚的女士，遇到这样的紧急情况不要惊慌，只要固定住患者，往她嘴里塞一块手绢，别让她咬到舌头就行了。不过让她喝几滴药水也不错，我会给您带上。”

然后他又补充说：“得让她与人群隔离。我不能再留她了，这里不是监狱，而是疗养院，人来人往，有必要让他们相互交流，让他们感觉过着正常而宁静的生活，从治疗角度而言这是必不可少的。我的这些疗养者不是疯子，他们只是一些神经受过刺激的人。但蒂安娜的症状会给其他病人造成压力，在她处于‘坏女人’阶段时吐露的那些秘密，无论真假，都会让别人感到不安。我希望您那边的虔诚女教友有能力将她隔离。”

这次会面给我留下的印象是，医生想甩掉蒂安娜这个包袱，实际上，他要求把这女人关起来，他担心蒂安娜与他人接触。这还不够，他还非常担心有人把蒂安娜的话当真，因此，为了防患于未然，他马上就声明，这只是一个女疯子的癫狂行为。

几天前，我在奥特伊租了一座房子。那里没什么特别之处，但相当舒适。走进屋里，迎面是资产阶级家庭的典型客厅陈设，棕红色沙发，发旧的乌得勒支天鹅绒沙发套，红色锦缎帷幔，壁炉上方摆着一架廊柱式座钟，两侧各有一只罩着玻璃钟罩的花瓶。镜子前立着一张半圆镜前桌，地面上铺着锃亮的瓷砖。紧挨客厅，就是我给蒂安娜安排的卧室：墙上挂着珠灰色波纹的布料，地板上铺着厚厚的蔷薇花饰地毯。床幔和窗帘一样，用的都是淡紫色宽条纹图案的面料，这样可以打破室内的单调感。床上方挂着一幅彩色石印画，画中是一对牧羊的恋人，壁桌上放着一座镶有人造宝石的座钟，两侧是一对胖乎乎的小爱神，各捧一束百合花造型的枝形烛台。

楼上有两间卧室。一间留给一个耳背且酗酒的老妇人，她的优势在于她不是本地人，而且为点小钱什么都愿意干。我不记得她是谁推荐来的，但我觉得，家里没人的时候，她是照顾蒂安娜的理想人选，当蒂安娜病情发作时，必要的时候她知道该怎样使病人平静下来。

对了，写到这里，我突然意识到，那个老妇人应该有一个月没有我的消息了。或许我留的钱足够她维持生计，但能维持多久呢？我得去一趟奥特伊，但我发现我已经不记得地址了，在奥特伊的什么地方呢？难道我要把那儿转个遍，挨家挨户地敲门，到处问这里有没有住着一个双重人格的帕拉斯会女疯子吗？

四月，塔克希尔公开宣布他皈依了天主教。十一月，他出版了无情揭露共济会的第一本书《三点兄弟》。与此同时，我带他去看了蒂安娜。我没有对他隐瞒蒂安娜的双重状态，我还必须向他解释，这姑娘对我们有用，但并非她的少女状态，而是她执迷不悟的帕拉斯会信徒的状态。

最近几个月，我深入研究了这个女孩，掌握了她各种状态转换的规律，必要时可以用迪穆里耶医生开的药水来缓解她的症状。但我也认识到，蒂安娜发病的时间无法预料，坐等这一刻到来会让人疲惫不堪，因此必须找到一种方法，能让蒂安娜随时改变状态，事实上，夏尔科医生似乎就是这样处理那些患歇斯底里症的女病人的。

我不具备夏尔科医生的磁力，所以我去图书馆找了一些比较传统的文献，诸如老（而可靠的）修道院院长法里亚的《论清醒睡眠的成因》。我从这本书及其他一些文献中获得灵感，决定用我的膝盖夹住那姑娘的双膝，再用两个手指捏住她的两个大拇指，然后目不转睛地注视着她的双眼，至少持续五分钟，随后我撤回双手，放在她的双肩上，再沿着她的手臂一路下滑，直到她的指尖，如此反复五六次。再然后，我把双手放在她的头上，再往下，到她的面前，距离五六厘米处，然后一路下滑到腹部，手指轻触她的肋下，最后再沿着她的身体继续下滑，直至膝盖，或直至脚尖。

如果考虑到节操问题，那么对于“好女孩”蒂安娜来说，这一举动过于冒犯，一开始她尖叫不止，仿佛（愿天主宽恕我）是我觊觎她的童贞似的，但这个方法非常奏效，她几乎在片刻之间就平静了下来，一连几分钟昏昏欲睡，待清醒时已回到了她的第一状态。让她再回到第二状态会更容易些，因为“坏女孩”蒂安娜会表现出对触摸的渴求，设法让我的动作延续下去，她会配合我的动作放荡地扭动身体，并发出低吟。幸好片刻之后我的催眠术便在她身上奏效了，她陷入了睡眠状态，否则我就有麻烦了，既要继续进行这种让我心绪不宁的肌肤接触，又要遏制她那令人作呕的淫荡行为。

我相信，无论哪一位男性都会同意，蒂安娜散发着一种独特的魅力，至少我这个身穿道袍、发愿远离性爱烦恼的人是这么认为的。然而塔克希尔摆明了胃口很大。

迪穆里耶医生把病人交给我的时候，还给了我一只小行李箱，是蒂安娜入院时随身带过来的，里面装满了极为考究的衣服，这说明她的家境应该很优越。在我告诉她塔克希尔会来看望她的那一天，她精心打扮了一番，明显是要卖弄风情。看似漫不经心，但无论她处于哪种状态，都非常注意这些女性的细节。

塔克希尔立刻被她迷住了（“小美人儿。”他咂了咂嘴对我低声说），而后，当他学我的样子实施催眠术时，尽管患者已经明显睡着了，他还故意延长抚摸的时间，于是我不得不略带羞愧地出声：“我觉得现在可以了。”

我怀疑，假如我让他和处于第一状态的蒂安娜单独在一起的话，他肯定会乱来，而女孩也会听之任之。所以我尽量让谈话在三人之间进行。有时甚至还有第四个人。因为为了激发蒂安娜——这个撒旦和路西法的信徒（具有路西法般的性格）——的记忆与能量，我认为有必要让她接触一下布朗神父。

布朗。自从巴黎大主教禁止他开展教内活动以后，这位神父就去了里昂，加入了由温特拉斯创建的加尔默罗会的团体。此人声称能看到幻象，在举行仪式时，他身着宽大的白袍，袍上的图案是一个倒置的红色十字，还有一顶象征印第安人生殖崇拜的冠冕。当温特拉斯祷告时，身体会悬浮起来，令他的追随者心醉神迷。在他的圣餐仪式上，圣体饼都是鲜血淋漓的，但人们风传他们同性相交，说他任用自己的情人当女祭司，还说他通过纵欲的方式获得灵魂的救赎。总之，这些也全都是这位布朗神父的行事风格。在温特拉斯死后，布朗神父就自称是他的继任者。

他每个月至少来一次巴黎。能从魔鬼学的角度（“以便用最有效的方式为蒂安娜驱邪。”他说。其实我早就知道他是怎样驱邪的）研究一个像蒂安娜这样的尤物令他喜出望外。他已经六十

……当温特拉斯祷告时，身体会悬浮起来，令他的追随者心醉神迷……

多岁了，但仍然精力充沛，我不得不承认，他的眼神仍然具有吸引力。

布朗聆听着蒂安娜的叙述，塔克希尔认认真真地做着笔记，但布朗好像别有用心，他时而凑到女孩耳边窃窃私语，说些挑逗的话，或提一些让我们莫名其妙的建议。但无论如何，他对我们还是有用的，因为在需要揭露的共济会秘密中，肯定有刀刺圣体饼和各式各样的黑弥撒，而对于这些布朗都非常在行。塔克希尔记录了各种祭拜恶魔的仪式，随着他那些揭秘书籍逐一出版，他的共济会兄弟无时无刻不在奉行这些仪式的消息也传播开来。

书一本接一本地出版，塔克希尔知道的那点共济会内幕已濒临枯竭。新鲜的素材只能依靠那个"坏女孩"蒂安娜提供：她呈现被催眠的状态，双眼圆睁，讲述着她亲眼见证，或在美国道听途说，或纯粹是想象出来的场景。这些故事听起来非常离奇，我得承认，虽然我已算是有些经验（我想是这样的），但还是对她讲的事感到震惊。比如有一天，她讲起了她的仇敌索菲亚·沃尔德（如果你愿意，也可以叫她索菲亚·萨福）的入会仪式，我们不知道她是否意识到整个场景的乱伦味道，但我确信她在讲述的时候用的绝非痛恶的语气，而是语带兴奋，庆幸自己见证了这一幕。

"是她父亲，"蒂安娜缓缓说道，"让她睡着了，然后在她的嘴唇上印下烧红的烙印……应该是要确保一切来自外界的侵害都不会迫近她的身体。她的脖子上有一条项链，造型是一条盘曲的蛇……现在，她父亲摘下她的项链，打开一只篮子，从里边抓出一条活生生的蛇，放在了她的肚子上……这条蛇漂亮极了，它爬行的动作犹如舞蹈，沿着索菲亚的脖子往上爬，然后盘曲起来，占据了原来项链的位置……现在，蛇爬上了索菲亚的面颊，朝她的嘴唇吐出颤抖的信子，嘶嘶作响地亲吻着她。这简直是……无与伦比的……黏滑……现在，索菲亚清醒了，嘴里冒着白沫，她起身直挺挺地站在地上，就像一座雕像，她父亲解开她紧身胸衣的带子，露出她的乳房！现在，他用一根小棍子假装在她胸前写下一个问题，那些字母在她的肌肤上留下红彤彤的印记，原本好像已经睡去的蛇苏醒过来，发出嘶嘶的声响，晃动着尾巴，在索菲亚裸露的肌肤上划动，写下了问题的答案。”

“蒂安娜，你是怎么知道这些事的？”我问她。

“我在美国的时候就知道了……我父亲带我入了帕拉斯会。后来我来到巴黎，可能是有人想让我离开……在巴黎我遇到了索菲亚·萨福，她一直与我为敌。当我不愿遵从她的意愿时，她就把我交给迪穆里耶医生，对他说我疯了。”

我回头去找迪穆里耶医生探寻蒂安娜的身世：“你要理解我，医生，如果我们修会不知道这姑娘来自哪里，父母是谁，是无从帮助她的。”

迪穆里耶医生看着我，仿佛在看一堵墙：“我告诉您了，我一无所知。她是由一位亲戚托付给我的，那位亲戚也故去了。那个亲戚的地址？您别觉得奇怪，我没有了。一年前我的办公室着了火，很多文件都付之一炬。对于她的过去我一无所知。”

“可她是从美国来的？”

"也许吧,但她讲法语,不带任何口音。请您转告贵会的修女,不要提太多的问题,因为这姑娘不可能走出目前的状态,回归人群中生活。要和善地对待她,让她终老一生,因为,我告诉您,歇斯底里症到如此严重的地步,患者时间已经不多了。说不定哪一天,就会引发严重的子宫炎症,而医学对此无能为力。"

我确信他在说谎,或许他也是帕拉斯会成员(甚至属于大东方社),奉命把教派的敌人囚禁于此。但这只是我的想象而已。看来与迪穆里耶医生再谈下去也只是白白浪费时间。

我问了蒂安娜,无论是她处于第一状态还是第二状态的时候。她似乎什么也不记得了。她脖子上挂了一条细细的金链子,上面坠着一枚大大的像章:那是一个女人的头像,模样与她十分相像。我发现那枚大像章是可以打开的,便央求她半天,让她给我看看像章里是什么,但遭到她的强硬拒绝,她恐惧而又充满野性地回答:"这是妈妈给我的!"她始终在重复这句话。

自塔克希尔开始他的反共济会行动以来,至今大概有四年了。天主教世界的反应超过了我们的预期:一八八七年,塔克希尔应枢机主教兰博拉[①]之召,到利奥十三世私人府邸觐见教皇。这意味着他的战斗取得了官方认可的合法地位,在出版发行上开始取得巨大成功。当然也有经济上的成功。

还记得就是在那个时候,我收到一纸书札,内容极简,但言辞意味深长:"极为尊敬的修道院院长阁下,我觉得事态的发展已经

① Mariano Rampolla(1843—1913),意大利天主教枢机主教,教皇利奥十三世的国务卿。

超出了我们的预期,您能采取怎样的对策呢? 埃布特尔纳。”

现在已经无法回头了。我说这话并非针对作者源源不断、数目惊人的版税收入而言,而是针对天主教世界中出现的各方施压与相互结盟并存的局面。塔克希尔已然成为反撒旦主义的英雄,他势必不愿放弃这块招牌。

与此同时,我也收到了贝尔加马斯基神父的几则短札:“在我看来似乎一切顺利。可是犹太人呢?”

是的,贝尔加马斯基神父建议我们不仅借塔克希尔之口反对共济会,也对犹太人进行无情的揭露。然而,无论是蒂安娜,还是塔克希尔,对这一点都只字不提。蒂安娜有这种表现不足为奇,她来自美洲,或许那里的犹太人本来就比我们这里少,所以这个问题对于她来说有些陌生。但是共济会里的犹太人比比皆是,于是我把这个问题推给了塔克希尔。

“我怎么知道?”他回答说,“我在共济会里从没碰见过一个犹太人,或者说我不知道他们谁是犹太人。我从来没在哪个共济会会所里见到过犹太拉比。”

“他们不会穿着拉比的衣服去共济会会所。但我从一个很有见识的耶稣会神父那里听说,默兰[1]大人(并不是一个普普通通的教士,而是一位大主教)将在下一部著作中证明所有的共济会仪式都源自喀巴拉,正是喀巴拉将共济会引向了对魔鬼的崇拜……”

“好吧,我们就由着默兰大人去说吧,我们只要专注于一件事

---

① Leo Meurin(1825—1895),德国耶稣会士,曾任孟买大主教,路易港大主教。

就可以了。”

塔克希尔缄默的态度让我纠结了很长时间(难道他是犹太人？我寻思着)，直到我发现，他在从事新闻工作和经营书店期间，惹了很多官司，既有告他诽谤的，也有告他猥亵的，他不得不支付不菲的罚金，因此欠下了几个犹太高利贷债主的大笔阎王债，直到现在还没有还清(他近来通过反共济会行动赚的钱也不少，但都被他挥霍一空了)。因此他害怕那些犹太人，眼下他们还未动声色，可一旦感到威胁，他们恐怕会以欠债不还为由把他送进监狱。

尽管如此，真的只是钱的问题吗？塔克希尔是个无赖，但尚通人情，例如他很爱他的家人。因此他有理由对饱经迫害的犹太人怀有恻隐之心。他常说，历任教皇都把犹太人聚居起来保护他们，尽管也把他们视为二等公民。

这些年来，他有些忘乎所以，自以为成了正统天主教思想和反共济会运动的代言人，于是他决心投身政治。我想不通他在打什么主意，但这家伙居然成了巴黎某区议员的候选人，并且与德吕蒙这样大名鼎鼎的记者展开竞争和论战。德吕蒙投身于激烈的反犹太与反共济会运动，天主教会很重视他的意见，他开始暗示塔克希尔是一个投机分子——“暗示”一词显然是委婉的说法。

一八八九年，塔克希尔发表了一篇谤议德吕蒙的文章，由于不知该如何下手(他们二人都反共济会)，便说他有“犹太恐惧症”，类似于精神错乱的症状。然后塔克希尔就控诉开了俄国屠杀犹太人的暴行。

德吕蒙天生是一个善于争论的人，他也写了一篇檄文回应塔克希尔，文中对塔克希尔冷嘲热讽，说别看这位先生自诩天主教会的卫士，受到了主教和枢机主教的拥抱和称许，但就在几年前，他还在写俗鄙肮脏的文章诋毁教皇、神父、修士，乃至耶稣和圣母马利亚。这还不是最糟的。

我曾经好几次到塔克希尔家中与他谈话，他家楼下原来是那家反教会书店。我们的谈话经常被他妻子打断，那女人总是跑来和他耳语一番。后来我才知道，有好多顽固的反教会分子仍会来这里寻找业已成为天主教徒的塔克希尔的反教会著作，这些书库存量太大，他不忍心销毁，便让妻子出头，自己从不露面，继续小心翼翼地开采这座丰富的金矿。我从未幻想他能够真心诚意地信奉天主，因为他奉行的唯一人生准则是“金钱没有异味”。

除我之外，德吕蒙也发现了，于是他开始猛烈抨击这个马赛人，说他不仅与犹太人有某种密切的关系，还是一个冥顽不灵的反教会分子。即使是塔克希尔最忠实的读者也因为这些抨击产生了巨大的怀疑。

必须要反击。

“塔克希尔，”我对他说，“我不想知道您为什么不愿意亲自出面反对犹太人，但我们为什么不拉个人入伙，让他干这件事呢？”

“只要别把我扯进去就行。”塔克希尔回答。接着他补充说：“其实我的那些揭秘材料已经不够用了，就连蒂安娜讲的那些奇谈怪论也不够用了。公众的胃口被我们越喂越大，也许他们读我的书不再是为了了解天主教敌人的阴谋，而纯粹是为了得到阅读的快感，就像在读那些悬疑小说时，读者会不由自主地站在罪犯一边。”

巴塔耶[①]医生应运而生。

塔克希尔找到，或者说重逢了一位老友，一位游历过很多热带国家的随船医生，此人满世界探寻各种神秘教派的神庙，尤其在冒险小说方面涉猎广泛，譬如布赛纳[②]的小说，还有雅科里奥[③]的奇幻的探险报告——诸如《世界各地招魂术》或《神秘古国之旅》之类。在虚构的世界里探寻新的主题，这个想法我完全赞成（从您的日记中我了解到，您也从大仲马或欧仁·苏那里寻找灵感），人们贪婪地阅读陆地上和海洋里的冒险故事，或推理侦探小说，单纯是为了阅读的乐趣，过后会很快忘记故事的内容，但当有人把他在小说中读到的情节当成真事讲给他听的时候，他会模模糊糊地想起好像听过此事，也愈发确信它是真的。

塔克希尔找来的是查尔斯·哈克斯医生：他毕业于剖腹产专业，出版过一些关于海上贸易的书，但还没有开发出自己讲故事的天赋。他的外表有一种尖刻的精英主义气质，但看得出来他身无分文。据他说，如果我没有理解错的话，他正准备出版一部重要著作，反对所有宗教和如同“十字架歇斯底里症”的基督教，但听了塔克希尔的建议之后，他表示已经准备好写一本上千页的书反对魔鬼的崇拜者，捍卫教会并为其增光添彩。

---

① Bataille，在法语中是“战斗”的意思。

② Louis Henri Boussenard（1847—1910），法国冒险小说作家。

③ Louis Jacolliot（1837—1890），法国作家、律师，曾游历亚洲多国，写下大量游记和研究报告。

……一本关于怪物的著作,书名叫《十九世纪的魔鬼》……封面上是满脸狞笑的路西法,身躯高大,生着蝙蝠的翅膀和恶龙的尾巴……

我记得，一八九二年起我们开始写一本关于怪物的著作，书名叫《十九世纪的魔鬼》，加起来一共二百四十卷，相继出齐大概要两年半的时间。书的封面上是满脸狞笑的路西法，身躯高大，生着蝙蝠的翅膀和恶龙的尾巴，书的副标题叫作“招魂术的秘密，崇拜路西法的共济会、帕拉斯会大揭秘，招魂术、恶魔召唤术与现代撒旦崇拜，神秘的磁气学，崇拜路西法的灵媒，世纪末的占卜术，神秘的玫瑰十字会，潜伏状态的魔鬼附体，反基督教的先行者”。全部出自一位神秘的巴塔耶医生之手。

如上述提纲所示，这部著作中没有一项内容是前人没有写过的，塔克希尔和巴塔耶抄袭了前人所有的文献，他们把所有关于地下膜拜、恶魔显灵、恐怖祭礼、圣殿骑士团携巴风特归来等内容来了个一锅煮。就连书中的插图也是从其他神秘学著作中盗来的，当然那些插图也是相互抄袭的。只有共济会会长的肖像是以前未曾发表过的，将这些人的肖像公之于众，有点类似于美国西部大草原上通缉不法之徒，亟待绳之以法、判定生死的公告。

我们疯狂地工作：哈克斯-巴塔耶医生在大量苦艾酒下肚之后，把他编的故事讲给塔克希尔，而塔克希尔则边记录边润色，要不就是由巴塔耶负责添加一些关于医学或制毒术方面的细节，以及他曾亲眼得见的城市风貌和异域风俗。此时，塔克希尔则把新近从蒂安娜那里听来的疯话添油加醋地写下来。

比方说，巴塔耶开始回忆直布罗陀巨岩[1]，说那就像一块大海

① Rock of Gibraltar，一座巨型石灰岩。

绵,遍布孔道、洞穴和暗洞,那些最为蔑视基督的教派都在此举行仪式,此外还有印度秘教中的共济会无赖,淫魔阿斯莫德①显灵等,此时塔克希尔则开始描述索菲亚·萨福的行迹。塔克希尔曾经读过科林·德·普朗西②的《地狱辞典》,所以他提出索菲亚应该透露了地狱军团的数量是六千六百六十六个,而每个军团由六千六百六十六个魔鬼组成。虽然巴塔耶已喝得酩酊大醉,但还是能算出来,男女魔鬼加在一起的数量是四千四百四十三万五千五百五十六。我们验算了一下,惊奇地告诉他,结果准确无误。他一掌拍在桌子上,高声说道:"你们看,我没醉吧!"说罢,他得意地在桌下打起滚来。

完全凭想象虚构一座位于那不勒斯的共济会毒物实验室是一项有趣的工程,这个实验室的用途是研发毒药,用以打击共济会的敌人。巴塔耶的得意之作是在没有任何化学理论支持的前提下,虚构出一种唤作"吗哪"的毒药:将一只癞蛤蟆丢进一个装满毒蛇的玻璃罐里,只给它们投喂毒菌,再加入毛地黄和毒芹,让里面的动物活活饿死,然后在动物的尸体上喷洒雾化的水晶和大戟,再将所有材料放入一只蒸馏器,以文火蒸馏其中的水分,最后把动物的骨灰和不能再燃烧的粉末进行分离,这样就可以得到两种毒药,一种是液体,一种是粉末,而它们的致命效果完全相同。

"我能想见这几页纸会让多少主教兴奋得手舞足蹈。"塔克希

---

① Asmodeus,七宗罪中主司"淫欲"的恶魔,也是所罗门王七十二柱魔神之一。

② Jacques Albin Simon Collin de Plancy(1793—1881),法国神秘主义学者,恶魔研究者和作家。

尔边笑边搔着胯下，这是他在得意时的习惯动作。他之所以这么说是有理由的，因为《魔鬼》每出版一卷，他都会收到一些高级教士的来信，感谢他勇敢地揭露真相，为众多信徒擦亮了双眼。

有时候，我们也会向蒂安娜求助。只有她能杜撰出查尔斯顿会长的“秘匣”，那是一只小盒子，全世界仅存七只，打开盒盖，可以看到一个银质的扬声器，就像狩猎时用的号角，只是尺寸略小一些；盒子的左侧连接着用银丝制成的线缆，固定在设备的一端，另一端则是一个能塞进耳孔的小东西，这样便能听到其他六只“秘匣”中的任意一只传来的声音。右侧有一只朱红色的癞蛤蟆，从它张开的口中喷出小火苗，好像是为了确保通话的顺畅。此外还有七个小金人儿，代表着帕拉斯会的七枢德，也就是共济会七位地位最高的长老。所以，只要会长按动底座上的小金人儿，他在柏林或那不勒斯的联络人就会得到提示，假如对方此刻不在“秘匣”旁边，就会有一股热风吹在他脸上，他可以低声说一句“一小时后我会在”这样的话，那边的癞蛤蟆便会高声宣告：“一小时后。”

一开始，我们还寻思这个故事是不是编得有点离奇，尽管早在几年前就有一个叫梅乌奇[①]的家伙为他的远程说话机申请了专利，这东西现在已经被称为电话了。但那东西只是有钱人的玩意儿，我们的读者不一定认得，所以像“秘匣”这样非同寻常的发明恰恰能说明是受到了魔鬼的启发。

我们有时在塔克希尔家会面，有时在奥特伊，有几次我们也

① Antonio Meucci(1808—1889)，意大利人，电话的发明者，被称为“电话之父”。

冒险去了巴塔耶的猪窝，不过满屋子的恶臭（劣酒、从来不洗的衣服和放了好几个星期的食物）告诫我们最好避开那个地方。

摆在我们面前的一个难题是如何刻画派克会长这个人物，他是全球共济会的总会长，在查尔斯顿掌控着世界的命运。但是对于他的介绍已经非常周全，真是没有什么可以再写的了。

就在我们的《魔鬼》刚刚开始出版的时候，路易港（鬼知道在哪儿）大主教默兰大人的那本举世期盼的《共济会，撒旦的犹太教堂》也问世了，而巴塔耶医生虽然英语讲得很烂，他在途中曾找到过一本名为《秘密团体》的英文书，是一八七三年在芝加哥出版的，作者是约翰·菲尔普斯将军[①]，他被共济会宣称为所有会所的敌人。我们除了重复这些书中的内容之外，没有任何办法塑造好这位总会长的形象，他还是全世界帕拉斯会的大祭司，或许还是三K党的创始人，参与了致使林肯遇刺的阴谋。我们决定给这位查尔斯顿最高级会所的总会长冠以各种封号：至尊兄弟、最高统帅、象征会所资深大师、神秘大师、完美大师、机要秘书、主管与法官、膺选九大师、膺选十五尊长、终选骑士、十二部族首领、建筑大师、圣穹苏格兰膺选尊长、完美至尊共济会士、东方或利剑骑士、耶路撒冷王子、东西方骑士、玫瑰十字至尊王子、大族长、象征所有会所可敬的终身大师、诺亚后代以及普鲁士骑士、基亚维的大师、黎巴嫩与圣幕王子、青铜蛇骑士、圣殿统帅、太阳骑士、信众王子、苏格兰圣安德鲁之苏格兰大骑士、圣殿膺选大骑士、完美入会

① John Phelps(1813—1885)，美国南北战争时期北方军队将领，后致力于反奴隶制与反共济会的活动。

者、大检察官及最高裁判指挥官、神秘的皇室圣明至尊王子、第三十三级、神圣帕拉斯会保守派万能至尊总统领大师、全球共济会至尊大祭司。

我们引用了他的一封信,信里谴责了某些意大利和西班牙共济会兄弟的过激行为,“因为对修士们的天主的合理仇恨”,并以撒旦的名义颂扬它的敌人——这是冒牌祭司想出来的阴谋诡计,在会所中最好永远不要提及这个人的名字。就这样,一家热那亚会所的举措受到了谴责,因为他们在一次公开的游行活动中打出一面旗子,上边写着“荣耀归于撒旦!”,但后来人们发现,这一谴责是针对撒旦教派(反基督教的邪教)的,而共济会的宗教必须保持纯粹的路西法教义。这些信徒原本都是天主教教士,由于信奉魔鬼而创造了撒旦和撒旦教徒、男女巫师、术士和黑魔法,反观路西法教徒则信奉光明魔法,就像他们古老的先师圣殿骑士那样。黑魔法属于受基督徒崇拜的邪恶之神阿多奈的追随者,这种魔法可以将虚伪变为圣洁,将恶毒变为美德,将谎言变为真理,将荒谬的信仰变为神学,由此而产生的行为则印证了对人的残酷、背叛和仇恨,以及对科学的野蛮践踏和拒绝。然而路西法则截然相反,是良善之神,与阿多奈针锋相对,一如光明之于黑暗。

布朗试图向我们解释各个教派之间的区别,但对我们而言,这些一律是对魔鬼的信仰。布朗说,有些教派认为路西法是堕落的天使,但已然回心转意,所以很可能成为未来的弥赛亚。有七个女性教派认为路西法是女性,是正义之神,与男性的邪恶天主针锋相对。其他教派则将路西法视同受天主诅咒的撒旦,不过在他们看来,基督并未给人类做出太大贡献,因此转而信奉天主的敌人——这些才是真正的撒旦信徒，就是那些举行黑弥撒之类仪式的人。有些撒旦的崇拜者只是出于对巫术、魔法、咒语的喜好，还有一些人则是将撒旦信仰视为真正的宗教。这些人中，有些人似乎是文艺社团的组织者，比如约瑟凡·佩拉当①，更有甚者如斯坦尼斯拉斯·德·瓜伊塔②，专门研究怎么毒死人。然后就是帕拉斯会成员。有一种只允许少数人参加的仪式，其成员包括烧炭党人马志尼。据说，加里波第征服西西里也要归功于帕拉斯会成员，这些与天主和君主制为敌的人。

我问他为什么要把瓜伊塔和佩拉当这样的人说成是撒旦信徒和实施黑魔法的异端，而据我在巴黎听到的风言风语，大家都指称他才是撒旦信徒。

他对我说："唉，在这个充满神秘的宇宙中，善与恶的界线非常模糊，在某些人眼中的善举，在其他人看来就是恶行。有时候，即便在一些古老的神话传说中，仙女与巫婆的差别也只是年龄和相貌而已。"

"那他们是如何施展这些魔法的？"

"据说，查尔斯顿的大会长与美国巴尔的摩的戈格斯③发生了冲突，这位戈格斯是某个苏格兰异端仪式的负责人。于是大会长收买了洗衣女工，设法弄到了对方的一条手帕。他把手帕浸泡在盐水中，每往水里加一次盐，嘴里都会念念有词：'萨格拉品，麦兰

① Joséphin Péladan(1858—1918)，法国天主教玫瑰十字会的创始人之一、神秘文学作家、艺术评论家。

② Stanislas de Guaita(1861—1897)，法国天主教玫瑰十字会的创始人之一、诗人、神秘文学作家。

③ William Crawford Gorgas(1854—1920)，美国军医总监、陆军准将。

茨特伯，罗斯特罗默克，埃利亚斯，匹吉。'随后，他将手帕在用玉兰树枝燃起的火上烘干，在接下来的三周里，每个周六上午他都会念一遍摩洛克[1]祈祷词，同时伸出双臂，将手帕摊在张开的双手上，好像是在向恶魔献礼一样。在第三个周六的晚上，他用酒精点燃手帕，把灰烬收进一个青铜盘里，静置一整夜，第二天清晨，将灰烬与蜡混合在一起，捏成一个小人偶，或者说一个娃娃。这种巫蛊之术的作品叫做'达吉德'。他将这个'达吉德'放在一个水晶球下面，然后用气筒将水晶球抽成真空。此刻，他的对手便开始感到一阵阵剧烈的疼痛，却找不到原因。"

"他死了吗?"

"这些都是雕虫小技，也许他还不想要他的命。但重要的是，有了魔法，他就可以远距离操作，瓜伊塔和他的同党就是在用这种妖术对付我。"

他不想再和我说下去了，而旁边的蒂安娜听他说着，崇拜地望着他。

利用一个适当的时机，我给巴塔耶施加了些压力，于是他同意在书中用一整章的内容来讲共济会各派别中的犹太人，他一直追溯到十八世纪那些神秘主义者，并透露说共有五十万名犹太共济会成员以不公开的方式从属于各个正式的会所，因此他们的会所都没有名称，只有一个代码。

我们恰逢其时。我发觉，就是在那些年里，一些报纸开始采

---

① Moloch，闪族文化中与火焰密切相关的神祇，又称火神。因与将儿童烧死献祭的习俗有关，故后世被称为邪恶丑陋的魔鬼。

用一种很贴切的说法——反犹太主义。我们也加入了这个“官方的”潮流，这种对犹太人自发的不信任发展成为一种教义，就像基督教或唯心主义一样。

我们讨论的时候蒂安娜也在场，当我们要为犹太人会所起名字时，她好几次都说出了“麦基洗德，麦基洗德[①]”。她想起了什么呢？她接着又说：“在长老会议上，犹太共济会会员的徽章……脖子上的一条银链子，挂着一个金质证章……代表十诫石板……摩西十诫……”

这个主意不错，这就是我们要写的犹太人，他们聚集在麦基洗德神殿，相互验证着辨识身份的信物和口令，互致问候，然后宣誓，显然这一切具有鲜明的犹太人风格，比如他们的姓名应该是格拉钦·盖金、扎万·阿巴东、巴马盖克·巴梅拉克、阿多奈·贝戈·伽尔科尔。当然，他们在会所里干的都是危害罗马神圣教会和那位阿多奈的勾当。

就这样，塔克希尔（在巴塔耶的掩护下）一方面满足了天主教会委托人的要求，一方面也没有得罪他的犹太人债主，尽管他现在已经有能力偿还这些债务了。其实，在头五年的时间里，塔克希尔赚到了三十万法郎的版税（净收入），另外还有六万法郎进了我的腰包。

一八九四年将至，我觉得报纸上全是关于军队里一名上尉的新闻，就是那个德雷福斯，他把军事情报卖给了普鲁士大使馆。不

---

① Melchisedec 或 Melchizedek，据《圣经·旧约·创世记》记载，麦基洗德是撒冷王，即平安王，亚伯拉罕时代的一位祭司。Melchisedec 即仁义之王的意思。

凑巧的是，这个叛徒是犹太人。德雷福斯案发后，德吕蒙即刻跳了出来，在我看来，恐怕《魔鬼》也要拿出些篇幅来专门进行这惊世的大揭秘。但是塔克希尔却说，涉及军事间谍的事最好别插手。

直到后来我才明白他已凭直觉做出判断：谈论犹太人对于共济会的贡献只是一种策略，但把德雷福斯牵扯进来就意味着暗示（或明示）此人除了是犹太人，还是共济会的人。共济会在军中的势力格外强大，很可能不少负责审理德雷福斯案件的高级军官就是共济会成员。

再者，我们并不缺少可以用来做文章的叛徒——从大众的角度来看，我们手中的牌要比德吕蒙的更好。

在《魔鬼》问世大约一年后，塔克希尔对我们说："归根结底，《魔鬼》里出现的文章全出自巴塔耶医生之手，我们为什么要这么信任他呢？我们需要一个改信基督的帕拉斯会女会员，她能够揭示这个教派最为隐蔽的秘密。再说，你见过哪本精彩的小说里是没有一个女人的？索菲亚·萨福被我们赋予了令人生厌的不光彩形象，即便信奉了天主，也不会唤起天主教读者的好感。因此需要一个尽管仍然信奉撒旦，但一见就会让人产生爱怜的女人形象，就像是面容被即将来临的皈依照亮一般，一个天真的帕拉斯会女会员受到共济会会员的诱骗，后来她渐渐挣脱了枷锁，重新回到她的先人们信仰的宗教的怀抱。"

"蒂安娜，"于是我说道，"蒂安娜几乎是一个改邪归正的女教友的范本，而且她的角色转换几乎是可控的。"

就这样，在《魔鬼》第八十九卷，蒂安娜出场了。

……我们马上为蒂安娜画了一张更有女人味的肖像……

蒂安娜是由巴塔耶介绍出场的,但为了让这个亮相更加真实可信,蒂安娜立即给巴塔耶写了一封信,说自己对于这种介绍方式不太满意,甚至批评了按照《魔鬼》这几卷的统一风格为她发表的画像。我得承认,那张肖像的确男性化了一点,于是我们马上为蒂安娜画了一张更有女人味的肖像,并肯定地告诉她,这是画家亲自到她在巴黎住的旅馆里为她画的。

蒂安娜初次露面是在《自由与新生的帕拉斯会》杂志上,该杂志表现出一副帕拉斯会分裂派的姿态,他们敢于详细描述路西法祭礼的细节,以及仪式过程中使用的亵渎神明的言辞。对于仍然公开布道的帕拉斯会而言,此举给他们带来的惶恐是不言而喻的,甚至有一位叫慕斯特尔的神父在他的《天主教杂志》中称,蒂安娜与帕拉斯会意见相左,就如同进入了信奉天主教的等候室。蒂安娜申明自己的想法,并寄给他两张一百法郎的钞票,让他救助穷人。慕斯特尔则请自己的读者为蒂安娜改信天主而祈祷。

我发誓,慕斯特尔这个人既不是我们编造出来的,也不是我们花钱雇来的,但他好像是按照我们写好的剧本在行事。与他那本杂志比肩的还有一本《宗教周》,其灵感来自格勒诺布尔的主教法瓦大人。

一八九五年六月,好像是吧,蒂安娜皈依了天主,并在六个月的时间里,仍然是以分卷的形式出版了《前帕拉斯会女会员回忆录》。以前订阅《自由与新生的帕拉斯会》月刊(当然已经停刊)的读者可以自动转为《回忆录》的订户,或者得到退款。在我的印象中,除了几个狂热分子,其余读者都接受了这次"改编"。其实,信奉天主后的蒂安娜依然和以前那个有罪的蒂安娜一样,讲着同样离奇而又被大众津津乐道的故事——这也是塔克希尔的基本主张：不管是讲教皇庇护九世与女仆的绯闻，还是信奉撒旦的共济会会员大搞同性恋仪式，在本质上没有任何区别，人们想看那些被禁的消息，仅此而已。

而蒂安娜总能让我们看到被禁的消息："我写作的目的是为了让大家了解那个三角权力圈里的全部内幕，以及我力所能及地阻止过的事，还有那些我一贯鄙视的事和我认为正确的事。公众自有评说……"

太棒了，蒂安娜。我们创造了一个神话，而她却一无所知，沉浸在毒品带来的狂喜中，那些毒品是我们给她的，为了让她保持镇静、顺从地接受我们（我的老天，不，是他们）的抚慰。

我的眼前再度浮现极度激动人心的时刻。神职人员、家庭妇女、忏悔者都把自己的热情与关爱倾注在了改信天主的天使般的蒂安娜身上。《朝圣者》说，身患重病的路易丝女士在蒂安娜的护佑下前往卢尔德朝圣，竟奇迹般地痊愈了。发行量最大的天主教报纸《十字报》刊文称："我们刚刚读完沃恩小姐刚刚问世的《前帕拉斯会女会员回忆录》第一章，我们仍处在难以言表的激动情绪中。天主在灵魂上给予蒂安娜的恩典是多么令人称颂……"一位拉察莱斯基大人，反共济会同盟中央委员会的教廷代表，为庆祝蒂安娜改信天主，命人在罗马的圣心教堂举行了感恩三日祈祷会，还将一曲圣女贞德颂献给了蒂安娜（所用旋律是塔克希尔的一个朋友为哪位苏丹或哈里发写的轻歌剧咏叹调），这首颂歌不仅在罗马委员会的反共济会集会上演奏过，更曾多次在几个大教堂里被人颂唱。

又一次，仿佛又是我们杜撰的一样，利雪加尔默罗会的一位修女也受到了蒂安娜的启迪，尽管她年龄尚小，但已浸润在圣德的气息中。这位圣婴圣容的德兰修女[①]得到一本蒂安娜信奉天主后的《回忆录》，她为蒂安娜的事迹激动不已，把这个人物写进了她为同会姐妹创作的一部舞台短剧中，剧名为《卑微者的胜利》，就连圣女贞德也成了剧中人物。她还寄给蒂安娜一张她装扮成贞德模样的照片。

当蒂安娜的《回忆录》被翻译成了多种文字，代理枢机主教帕罗基祝贺她皈依天主，并称此举为“天主圣恩的重大胜利”；教廷秘书温琴佐·萨尔迪大人也写文章说，天意允许蒂安娜加入那个臭名昭著的教派，是为了让她能在日后将其粉碎；《天主教文明》认为，蒂安娜·沃恩小姐“受到召唤，从黑暗走向神圣的光明，现在她以自身的经历出版作品为教会服务，作品无论是准确性还是实用性都是前所未有的”。

我发现布朗去奥特伊的次数越来越多。他和蒂安娜到底是什么关系？有几次我突然返回奥特伊，撞见他们抱在一起，蒂安娜望着天花板，一副心驰神往的样子。但也许是她进入了第二种状态，刚刚做了告解，正在享受心灵净化的喜悦。她和塔克希尔的关系更是令人生疑。我经常不约而至，看见她在沙发上，衣衫不整，抱着脸色铁青的塔克希尔。很好，我心想，也该有人满足一

---

① 即圣女小德兰(1873—1897)，生于法国，自幼丧母，体弱多病，十五岁时，教皇利奥十三世特准她加入加尔默罗圣衣会，并赐予“圣婴圣容耶稣德兰修女”的教名。

下“坏女孩”蒂安娜的肉欲冲动，反正我不希望这个人是我自己。但我已经给人留下和一个女人有肉体关系的印象，还是和一个女疯子。

当我与“好女孩”蒂安娜在一起的时候，她羞怯地将头靠在我的肩膀上，哭着恳求我宽恕她。我的面颊能够感受到她头上的温暖以及带有忏悔意味的喘息——这让我有些颤抖，于是我立刻抽身避开，请蒂安娜到某尊圣像前跪拜，祈求宽恕。

帕拉斯会的圈子（真有这样的圈子吗？很多匿名信似乎证实了这一点，也是因为，有些本不存在的东西说久了就自然会存在了）扬言要严惩叛徒蒂安娜。在这段时间里发生的一些事，我都记不起来了。我能想起的只有布朗神父之死。我只是模模糊糊地记得他在蒂安娜身边，虽然这也是最近几年的事。

我回忆得太多了，该休息休息了。

二三

没有虚度的十二年

摘自一八九七年四月十五日和十六日日记

到这个阶段，达拉·皮科拉的日记不仅和西莫尼尼写的相互穿插，而且在我看来几乎是相当愤怒，有时候他们两人会讲到同一件事，可是叙述的角度却完全相反，而西莫尼尼写的内容显得杂乱无章，仿佛一时记起这许多事件、人物和那几年间出入的交际圈要花费很大气力。西莫尼尼回想起的这些事件（时间顺序通常是混乱的，每一件貌似发生在先的事都有可能发生在后）应该从所谓的塔克希尔皈依开始，到一八九六年或一八九七年结束。至少十二年的时间，日记里是一连串快速书写的笔记，有的地方几乎就是速记，似乎他生怕头脑中昙花一现的东西溜走似的。笔记中还穿插了长篇累牍的谈话记录、思考和戏剧化的事件。

因此，叙述者失去了平衡叙事的那根螺丝钉，日记的作者似乎也同样不具备，所以不得不把这些回忆分为不同的章节，看似是一件一件依次发生，或彼此毫不相干，但极有可能都是同时发生的——由此可以推断，西莫尼尼与拉奇科夫斯基会晤以后，当天下午又去见了加维亚里。不过，正如人们常说的，不管怎样……

亚当沙龙

西莫尼尼记得，把塔克希尔推上皈依天主的道路之后（那后来究竟为什么，达拉·皮科拉从他手上把塔克希尔抢走了呢？他弄不明白），他就决定——既然不能直接加入共济会——经常接触那些多少主张共和的人，他认为在这样的圈子里能找到大批共济会会员。多亏在博纳街那家书店的几位旧识，尤其是图斯内尔的引荐，西莫尼尼经常应邀参加那位朱丽叶特·拉梅西纳女士的沙龙，她如今已成为亚当夫人——一位左派共和党议员的妻子，这位议员是地产信贷银行的创始人，后来又成了终身参议员。因此那座最初在布瓦索尼埃尔大道，后来迁到马勒泽布大道的宅邸少不了金钱、政治高层和文化的点缀，在那里，不仅女主人已是小有名气的作家（甚至出版了一本《加里波第传》），常来登门的都是像甘必大、梯也尔、克里孟梭这样的政治人物，以及普鲁东、福楼拜、莫泊桑、屠格涅夫这个级别的作家。西莫尼尼在那里曾和维克多·雨果有过几面之缘，那是在雨果去世之前不久，人已然憔悴得像他自己的塑像一样，被大把的年纪、议员的职务和脑溢血后遗症折磨得呆若木鸡。

西莫尼尼不习惯涉足那样的场合。应该就是在那些年里，他在马尼餐厅遇见了弗洛伊德医生（如三月二十五日的日记所记),当医生向他讲述自己为了去夏尔科家赴晚宴,不得不去买一身燕尾服和一条漂亮的黑领带时,他忍不住笑了。现在西莫尼尼也必须去买黑色燕尾服和漂亮的黑领带了,但这还不够,他还要到巴黎最好的(也是口风最紧的)假发作坊买一副漂亮的胡子。尽管他年轻时也受过教育,不至于让他显得没有文化,而且在巴黎生活的这些年他也没有荒废阅读,但一旦大家讨论的话题虚无缥缈、旁征博引、玄奥深刻,而谈话之人又表现得总是那么顺应时代时,他会感到很不自在。所以他从不作声,始终专注地倾听别人的谈话,只有当别人偶尔提及远征西西里时才会发言,而在法国,套用一句赛马场上的行话,牌价依然很高。

他惊讶极了。他已做好思想准备,知道会听到拥护共和的言论——这在当时很常见——以及革命派的言论。然而朱丽叶特·亚当却喜欢被俄国人团团围住,很明显那些都是沙皇势力的党羽,朱丽叶特和她的朋友图斯内尔一样,也是仇视英国的。在她的《新杂志》里,像莱昂·都德这样被贴上反动标签的人物都能发表文章,尽管他父亲阿尔丰斯·都德被认为是忠实的民主派——不过,亚当夫人相当令人称道,她将父子二人都视为沙龙的座上宾。

沙龙里的反犹太论战因何而起始终无人知晓,但这一话题总能把沙龙的气氛推向高潮。难道是源自社会主义者对犹太资本主义的仇恨?那位颇负盛名的图斯内尔就是这种言论的代表性人物。或是源自朱莉亚娜·格林卡到处宣扬的神秘反犹太主义?她与俄国神秘主义的圈子过从甚密,至今念念不忘当她还是个小姑娘的时候在巴西看过的坎东布莱教[1]仪式，那时候她父亲在那里当外交官，后来她与巴黎神秘教派的预言家布拉瓦茨基夫人[2]关系非常密切（大家私底下议论）。

朱丽叶特·亚当对犹太世界的疑忌并非遮遮掩掩，西莫尼尼曾参加过一个公开朗读晚会，当晚朗诵的是俄国作家陀思妥耶夫斯基的几段作品，内容明显出自布拉夫曼，也就是在与西莫尼尼的一次会面时，向他揭露的关于卡哈尔的秘密。

"陀思妥耶夫斯基告诉我们，在多次失去领土和政治独立之后，他们的律法几乎成了他们的全部信仰，为了存活下去，他们比以往更加团结，这些生命力如此顽强，具有异于常人的力量和能量的犹太人，永远无法抗拒在固有国家之上建立国家，建立所谓国中之国，这是他们自始至终的理想，即便在受到最残酷迫害的日子里，无论他们身处何方，他们始终坚持自我隔离，不与他人混居，认真坚守着一条基本戒律：'即使流离失所，也没关系，你要执守信念，一切应许给你的终将实现，此时此刻你要生活下去，无视苦难，团结一心，赚取财富，然后耐心等待，等待……'"

"这位陀思妥耶夫斯基是一位修辞大师，"图斯内尔评论说，"您看，他开门见山地表明了对犹太人的理解、同情，我敢说还有对犹太人的尊重：'难道我也成了犹太人的敌人？难道我永远不会成为这个不幸民族的敌人？恰恰相反，出于人道情感和基督信

---

① Candomblé，巴西第二大宗教。原为非洲尼日利亚、贝宁等地流行的一种原始宗教，供奉祖先和信仰自然神，随着黑奴贩卖而传到巴西，但后来这种原始宗教与天主教、印第安宗教相互渗透，形成了坎东布莱教。

② Helena Blavatsky（1831—1891），神秘主义者，一八七五年在巴黎创建通灵学会。

念的要求，我要说出并写下表达人类情感与正义立场的一切诉求，以及应该为犹太人所做的一切努力……'多漂亮的开场白。但接着他就开始陈述这个不幸的民族如何一心想要摧毁基督教世界。这一招真是绝了。但无独有偶，或许您没有读过马克思的《共产党宣言》，那一开头就富于巨大的戏剧张力：'一个幽灵，共产主义的幽灵，在欧洲游荡。'随后，作者带我们回顾了从古罗马至今的社会斗争史，接着，把资产阶级描述为革命阶级的文字会令读者束肩敛息。马克思告诉我们，这股势不可挡的新生力量已遍及全世界，就像《创世记》一开始上帝创造人类时吹出的气息。就在这篇鼓舞人心的文章（说实话，确实令人钦佩）最后，被资产阶级胜利而唤起的地下力量开始登场：资本主义在其腹中孕育了自己的掘墓人，无产阶级。他们言之凿凿地宣称：'现在我们要摧毁并夺取曾属于你们的一切。'多妙啊。陀思妥耶夫斯基就是这样对付犹太人的，他先是对历史上他们为了生存而策划的阴谋表示理解，然后将他们斥为必须刈除的敌人。陀思妥耶夫斯基是真正的社会主义者。"

"他不是社会主义者，"朱莉亚娜·格林卡笑着插话道，"他是个有远见的人，所以他才讲真话。您看他对这个貌似正确的反对意见持何种态度，有人认为即便是在数百年中真的有一个国中之国，那也是由于对犹太人的迫害而产生的，倘若犹太人能与本土居民在法律上保持平等，这个国中之国就会自动消失。错！陀思妥耶夫斯基告诫我们，就算犹太人获得了与其他公民同等的权利，他们也绝不会放弃弥赛亚终将携剑降临人世、使万民臣服的执念。所以犹太人最喜欢的营生就是黄金和珠宝交易，这样，

1re Année. — N° 25 Paris et Départements, le Numéro : 10 Centimes. Samedi 30 Décembre 1893

LA LIBRE PAROLE

ILLUSTRÉE

La France aux Français!

RÉDACTION
14 Boulevard Montmartre

Directeur : EDOUARD DRUMONT

ADMINISTRATION
14, boulevard Montmartre

……现在他们掌控了证券交易所，又成了信贷银行的大老板……

当弥赛亚降临时，他们就不会贪恋寄居的土地，可以轻松地带走属于自己的全部财产，正如陀思妥耶夫斯基富于诗意的论断一样：当晨曦闪烁，这个被选中的民族将带上大键琴、鼓和风笛，还有他们的钱财和圣物返回故土。”

“在法国我们对他们太宽容了，”图斯内尔最后说，“现在他们掌控了证券交易所，又成了信贷银行的大老板……假如犹太人在法国大获全胜，而与此同时英吉利海峡对岸的资本主义新原则也获得蓬勃发展，这绝不是偶然。”

“您把问题想得太简单了，图斯内尔先生，”格林卡说，“在俄国，您所称赞的那个马克思，他的革命思想影响了不少人，其中很多就是犹太人。这些人无处不在。”

说着，她回头看向客厅的窗户，仿佛犹太人正手执匕首在街角等着她出现。此时，西莫尼尼被童年恐怖的记忆摄住，回想着末底改半夜爬楼梯的场景。

为秘密警察工作

西莫尼尼很快便发觉格林卡有可能成为他的客户。起初他只是坐在格林卡身边，向她适度地献献殷勤——这已经相当难为他了。我们这位先生并不太善于识别女人的魅力，但他还是看得出，这个女人的口鼻像貂一样突出，而双眼又距离鼻根太近，不像朱丽叶特·亚当，尽管已不再是二十年前西莫尼尼刚认识她时的样子，但仍然是一位仪态万方、端庄迷人的贵妇。

尽管如此，西莫尼尼与格林卡并没有多少瓜葛，确切地说，他只是听格林卡滔滔不绝地说，对她云山雾罩地讲的在乌兹堡[1]亲眼得见一位喜马拉雅山宗师做了一件天晓得什么启示，他努力做出感兴趣的样子。不管怎么说，那些符合其神秘主义爱好的反犹太素材倒是可以提供给她。特别是因为外面风传朱莉亚娜·格林卡是奥泽耶夫斯基将军的侄女，她这位叔叔是俄国秘密警察部门有头有脸的人物，因为叔叔的关系，她也多少为秘密警察组织（帝国的情报机构）卖命。她凭借这一身份，联系上了（谁知道是作为下属、合作伙伴还是直接竞争者）分管所有外国调查事务的新任负责人彼得·拉奇科夫斯基。左翼报纸《激进报》质疑格林卡依靠流放国外的俄国恐怖分子的活动情报来维持生计，这就意味着她不仅经常光顾亚当家的沙龙，还出入一些西莫尼尼没有涉足过的场合。

布拉格公墓的情节需要按照格林卡的口味，删掉关于经济计划的繁缛文字，强调犹太拉比的发言中多多少少与弥赛亚有关的东西。

西莫尼尼从古热诺和其他当代文学作品中借鉴了一点东西，然后借犹太拉比之口，杜撰出上帝选中的统治者作为以色列国王降临人间，奉命扫除一切异教徒罪恶行为的故事。关于这一点，他在布拉格公墓的故事里至少加入了两页弥赛亚的奇幻行迹，诸如“伴随着撒旦的强权与恐怖，凯旋的以色列王正朝我们这个未获重生的世界迈进。出自锡安血脉的君王，敌基督，将坐上宇宙最高权力的宝座”。但是，考虑到任何与共和沾边的思想都会让

① Würzburg，德国巴伐利亚州美因河畔城市。

沙皇派吓得面色发青,他又补充说,只有实行公民投票的共和制度才有可能让犹太人在购得多数席位的前提下,引入符合他们意图的法律。这些愚蠢的老好人,公墓中的犹太拉比们说,他们认为共和体制下的自由要多于专制体制。恰恰相反,在专制体制下,统治国家的是明智贤达之人,而在自由政体之下是庶民治国,犹太间谍轻易就能煽动他们。但是一个共和国怎么能与一个世界之王同时存在呢?这个似乎不用担心,拿破仑三世的例子还在眼前,证明共和国也能创造出皇帝来。

然而,西莫尼尼记起了他爷爷讲的那些事,于是有了一个主意,他写了一篇长文来概述世界各地的神秘机构是如何运行的,或者应该如何运行,来充实犹太拉比们的谈话内容。奇怪的是,格林卡丝毫没有意识到,这些论点和陀思妥耶夫斯基的一模一样——或许她已经意识到了,所以她才这么高兴,因为陀思妥耶夫斯基的观点得到了一份古老文献的印证,这说明他的观点是有凭有据的。

就这样,布拉格公墓的故事里就有了犹太神学家启发十字军东征,好让耶路撒冷重获它作为世界中心的尊严,当然,圣殿骑士团的功绩也不能不提(在这方面,西莫尼尼知道,有非常丰富的文献供他抄袭)。但遗憾的是,后来阿拉伯人把十字军赶到了海上,而圣殿骑士也迎来了有史以来最坏的结果,否则这项计划早在几百年前就成功了。

遵循这样的思路,布拉格的犹太拉比们一一回顾了人文主义、法国大革命和美国独立战争如何削弱了基督教原则和对君主的敬意,从而为犹太人征服世界做准备。当然,为了实现这个计划，犹太人需要为自己树立一个受人尊敬的门面，于是共济会便应运而生。

西莫尼尼巧妙地让老巴吕埃尔再度出现，格林卡和她那些俄国委托人显然不知道这个故事，实际上，格林卡已经把报告寄给了奥泽耶夫斯基将军，将军认为这份报告来得正是时候，可以从里面摘出两篇文章：一篇较短，大致关于布拉格公墓的最初景象，然后刊登在当地杂志上——他忘了（或是推测读者们忘了，要么就是假装不知道）有一篇犹太拉比的发言摘自古德切的著作，早在十多年前就在圣彼得堡发表过，几年之后又出现在西奥多·弗里希①的《反犹太主义学说问答手册》中；另一篇较长的文章以小册子的形式出版，书名为《犹太人的秘密》，奥泽耶夫斯基亲自写了序言，使之身价大增。序言中说，这本终于问世的小册子第一次揭示了共济会与犹太主义之间密切的关系，而此二者皆为虚无主义的代言人（在当时的俄国这是极其严厉的指责）。

不用说，西莫尼尼从奥泽耶夫斯基那里获得了相当合理的报酬，格林卡也主动提出愿意用自己的身体当报酬，感谢他让这次行动如此成功（令人毛骨悚然），西莫尼尼双手颤抖，连连发出处男般的叹息，好让她明白，他的命运就和司汤达笔下的奥克塔夫②，那个数十年来被所有读者说三道四的人物一样，借此逃过了一劫。

从那时起，格林卡就对西莫尼尼失去了兴趣，西莫尼尼对格

---

① Theodor Fritsch(1852—1933)，德国出版家、记者。他的反犹太主义著作在十九世纪末和二十世纪初深刻影响了德国人对犹太人的看法。

② Octave，司汤达长篇小说《阿尔芒丝》中的男主人公。

林卡也一样。但有一天，当西莫尼尼走进和平咖啡馆，正打算享用一顿简单的烧烤午餐(烤肉排和腰子)时，就看见格林卡正坐在一张桌旁，与一个身材肥胖、面貌俗鄙的中产阶级男子在一起，看样子，他们正在紧张地谈论着什么。西莫尼尼停下脚步去打招呼，格林卡不得不向他介绍拉奇科夫斯基先生，而那人则饶有兴趣地望着他。

当时，西莫尼尼不明白此人这样审视他是何用意，不过后来，当他听见自家店铺的大门被人敲响，而上门的正是这位拉奇科夫斯基本人的时候，就完全明白了。他脸上挂着笑，旁若无人地穿过店铺，自己沿着楼梯上了二楼，进入书房，大模大样地坐在了书桌旁的一张单人沙发上。

“麻烦您，”他说道，“我们来谈谈生意。”

拉奇科夫斯基有一头俄国人的金发，然而和所有年逾三十的男人一样，发色已有些灰白。他的嘴唇丰厚性感，鼻子高挺，眉毛有如斯拉夫魔鬼，笑容显现出内心的凶残，而说话的声调却甜美圆润。与其说他像狮子，毋宁说是猎豹，西莫尼尼在笔记里写道——他问自己，到底哪个选择会让人少几分顾虑：是连夜被奥斯曼·贝伊叫到塞纳河边，还是一大早被拉奇科夫斯基叫到格勒奈尔路俄国大使馆他的办公室里？他断然回答：奥斯曼·贝伊。

“如此看来，西莫尼尼上尉，”拉奇科夫斯基开口说道，“您大概还不太了解被你们西方人拼错，而被俄国移民戏称为保安部的到底是什么组织。”

“我听人背地里议论过。”

“用不着在背地里说，一切都光明正大。这是一个负责安全的部门，就是所谓安全局，是我们内政部下属的搜集情报的机构。一八八一年，在沙皇亚历山大二世遇刺后成立，任务是保卫皇室成员。但久而久之，它也不得不负责防御虚无主义者的恐怖威胁，不得不在流亡分子和移民众多的国外地区成立起各种各样的监察部门。这就是为什么我会在这里，为了保卫我的国家的利益。一切都光明正大。凡是躲躲藏藏的都是恐怖分子。明白了吗？”

“明白。可与我何干？”

“我们照顺序来。假如您有什么关于恐怖集团的情报，不要害怕，你大可和我畅所欲言。我知道您曾经向法国情报部门告发过反波拿巴分子，其实我们能告发的只有朋友，或至少是经常来往的熟人。我不是什么君子。我那会儿也和俄国恐怖分子有来往，当然这都是陈年旧事了，但也正是因为这个我才在反恐部门谋得职位，在这里，只有那些曾与颠覆分子为伍的人才能胜任他的工作。为了有效地维护法律的尊严，一定得先违法。在你们法国，那个维多克就是个例子，不先蹚遍罪恶的浑水，怎么能当上警察头子。怎么说呢，要小心提防的恰恰是那些过于干净的警察。那都是些纨绔子弟。现在言归正传。近来我们发现在恐怖分子里加入了一些犹太知识分子。我受沙皇身边某些人的指派，正想办法揭示那些损害俄国人民高尚品格、威胁他们生命安全的人就是犹太人。您以后会听说，我是财政大臣维特[①]眼前的红人，但他素有自由派之名，对于这些事他不会用心听我讲。可是永远没必

① Sergei Witte(1849—1915)，俄罗斯帝国末期的财政大臣，保守派改革家。

要伺候现任老板，您知道，而是要做好准备伺候下一任老板。总之，我不想浪费时间。我看了您给格林卡女士的东西，我认为那大部分都是垃圾。这很正常，您拿开旧货铺当幌子，给旧货开的价钱比新货还高。几年前，您在《当代》杂志上抛出了一些从您祖父那里得到的令人不安的资料，别告诉我您只有这些。据传您掌握的信息多得很，各个方面的都有（这里，西莫尼尼享受到了他这项计划带来的回报，他想让自己看上去不仅仅是一个间谍）。所以，我希望从您这里得到可靠的资料。我会区分良莠。我会给钱。不过要是货色不佳，可别怪我翻脸。清楚了吗？”

“可您具体想要哪方面的资料呀？”

“我要是知道，就不拿钱来找您了。我手下有人很会编纂文件，但前提是我得提供内容。我总不能对善良的俄罗斯人说犹太人正等着弥赛亚降世，这事与农民和地主都没有关系。就算犹太人在等候弥赛亚降世，也得说成与他们口袋里的钱有关系。”

“可为什么非要和犹太人过不去呢？”

“因为在俄国也有犹太人。如果我在土耳其，针对的就是亚美尼亚人了。”

“这么说您希望犹太人被消灭，就像——您也许认识——奥斯曼·贝伊那样。”

“奥斯曼·贝伊是个狂热分子，此外他也是犹太人。最好离他远点。我并不想消灭犹太人，我敢说犹太人是我最好的同盟。我关心的是俄罗斯人民的道德秩序，我（或者说我打算讨好的那些人）不希望人民将不满情绪投到沙皇身上。因此，他们需要一个敌人。没必要像先前专制的君主们那样，非要跑到蒙古人或鞑靼人那里去找敌人，那是没用的。最容易被识别和最可怕的敌人应该就在自己家门口，或者已经登堂入室。这就是为什么非得是犹太人不可。既然是天意所赐，我们就要好好利用，活该，让我们祈祷世上永远有几个犹太人让人害怕或让人憎恨。有敌人才能给人民希望。有人说爱国主义是流氓无赖最后的避难所：丧失道德底线的人总是往身上披一面旗帜，杂种总会宣称自己种族纯正。民族身份是穷人最后的资源。这种身份认同是建立在仇恨之上的，对那些非我族类的仇恨。需要将这种仇恨培育成全民的热情。敌人是人民的朋友。我们总是需要一个仇恨的对象，当作我们不幸境遇的理由。恨是真正的原始情感，爱则是一种反常的状态。因此基督才会惨遭杀害：他的言论违背人性。我们对一个人的爱持续不了一辈子，这种不可能的期盼滋生了通奸、弑母、背叛……相反，我们对一个人的恨却可以持续一辈子。只要他一直在那里，不断地激发我们的恨意。仇恨让我们的心保持热度。”

德吕蒙

这番对话让西莫尼尼惴惴不安。拉奇科夫斯基不像是在开玩笑，如果不给他一些一手资料，他大概真的会“翻脸”。目前，西莫尼尼手上的资料还未枯竭，他甚至还为自己的多重方案搜集了很多资料，但他也感觉还需要更多的东西，不仅是像格林卡这样的人喜欢的敌基督，而且还需要一些与现实咬合得更为紧密的东西。总之，他不想廉价出售他修订过的布拉格公墓的资料，而是想抬高价格。所以他要等待时机。

他把这件事对贝尔加马斯基神父讲了，其实神父也在追着他索要反共济会的材料。

“看看这本书，”这位耶稣会神父对他说，“这是爱德华·德吕蒙的《犹太法兰西》。好几百页。显然，这就是一个知道的比你多的人。”

西莫尼尼打开书翻了几页：“这和老古热诺十五六年前写的一模一样啊！”

“那又怎样？这本书畅销得很，明摆着它的读者不知道谁是古热诺。你以为你的俄国客户读过德吕蒙的书吗？你不是循环利用的大师吗？去挖挖那个圈子里人都在说什么或者做什么。”

与德吕蒙搭上线很容易。在亚当家的沙龙，西莫尼尼受到了阿尔丰斯·都德的青睐；都德邀请他，趁亚当家沙龙的空当到他在香普罗赛的家中，加入他们的晚间聚会，转由朱丽亚·都德[①]款待。经常光顾的名流有龚古尔兄弟、皮埃尔·洛蒂、左拉、弗雷德里克·米斯特拉尔[②]，恰恰还有德吕蒙，他在出版了《犹太法兰西》之后声名鹊起。此后的几年时间里，西莫尼尼先是经常光顾德吕蒙创建的反犹太联盟，后来又经常出入他创办的《自由言论报》编辑部。

德吕蒙有一头狮鬃一样的头发，满腮黝黑的大胡子，鹰钩鼻，双眼明亮，你完全可以说（如果你相信近来流行的肖像学研究）他是一位犹太先知。实际上，他奉行的反犹太主义确实有一些先知、弥赛亚的味道，就好像万能的上帝给他一项特殊的任务，让他

---

① 即都德的夫人，原名朱丽亚·阿拉尔（Julia Allard，1844—1940），法国诗人、记者。
② Frédéric Mistral（1830—1914），法国诗人，一九〇四年获诺贝尔文学奖。

1re Année. — N° 23 | Paris et Départements, le Numéro : 10 Centimes. | Samedi 16 Décembre 1893

LA LIBRE PAROLE

ILLUSTRÉE

La France aux Français !

RÉDACTION
14 Boulevard Montmartre

Directeur : EDOUARD DRUMONT

ADMINISTRATION
14, boulevard Montmartre

SI NOUS LES LAISSONS FAIRE ....

……西莫尼尼先是经常光顾德吕蒙创建的反犹太联盟，后来又经常出入他创办的《自由言论报》编辑部……

消灭这些上帝的选民。西莫尼尼被德吕蒙反犹太的怨恨情绪深深吸引。德吕蒙憎恨犹太人，怎么说呢，是出于爱，出于上帝的选定，出于虔诚——出于一种可以取代性欲本能的原始冲动。德吕蒙不是图斯内尔那种哲学和政治角度的反犹太主义者，也不像古热诺那样从神学出发，他反犹太是基于性欲。

只要听听他在编辑部那些冗长无聊的会议上的发言就清楚了。

“我很乐意为德波特神父这本讲犹太人血腥秘闻的书写序。书的内容不仅涉及中世纪的宗教活动。时至今日，那些组织沙龙的犹太贵妇还在用基督教小教友的血做点心，给邀请来的客人们吃。”

此外还有：“犹太人唯利是图、贪婪成性、诡计多端、谨小慎微、阴险狡诈，而我们雅利安人则为人热情、有英雄气概和骑士精神、公正无私、坦诚直率、信任他人到了天真幼稚的地步。犹太人只重视尘世生活，看不到今生以外的世界，你们在《圣经》里看到过对死后世界的暗示吗？而雅利安人则始终饱含激情地追求灵魂的超越，是理想之子。基督教的上帝在天宇之上，而犹太人的上帝却时而出现在山上，时而出现在荆棘丛生的荒原，从来不曾出现在更高的地方。犹太人是商人，而雅利安人是农夫、诗人、僧侣，尤其是战士，因为他们敢于向死亡发起挑战。犹太人没有创造力，你们可曾见过犹太音乐家、画家或诗人吗？你们见过有哪个犹太人做出了重大的科学发现？雅利安人是发明家，而犹太人则攫取雅利安人的发明成果。”

他还引用瓦格纳的话：“很难想象犹太人在扮演一个古代的

或现代的角色，扮演英雄或情人时不会因滑稽可笑而让我们无奈地感受到打击。最令人反感的是犹太人说话时特有的那种腔调。我们的耳朵饱受这种语言尖利刺耳和窸窣之声的煎熬。显然，犹太人的性格天生枯燥无味，令我们厌恶，这种性格在他们的歌唱中尽显无遗，然而歌唱本该是生动的，是个人情感最真实的表达。我们可以承认犹太人在其他艺术门类中的禀赋，但在歌唱艺术领域却不敢恭维，他们似乎是被自己的天性否定了。”

“那么，”有人问道，“犹太人在音乐的舞台上人才济济，这又该做何解释呢？罗西尼、梅耶贝尔①、门德尔松以及朱迪塔·帕斯塔②，全都是犹太人……”

“或许因为音乐是高级艺术这种说法有问题，”有人提议说，“不是有个德国哲学家说过吗？音乐逊于绘画和文学，因为它会搅扰那些不愿意听的人。要是有人在你耳边演奏你不喜欢的旋律，你也只能去听，就像有人从口袋里掏出一条带香味的手帕，那气味却令你作呕一样。雅利安人的骄傲是文学，但如今正面临危机。而音乐，这种为智力退化者和病人服务的感官艺术却如日中天。继鳄鱼之后，犹太人是所有动物中最迷恋音乐的物种，所有犹太人都是音乐家。钢琴家、小提琴家、大提琴家，统统是犹太人。”

“没错，但他们只是伟大作曲家的演绎者和寄生虫，”德吕蒙反驳道，“您刚刚提到的梅耶贝尔和门德尔松都是二流音乐家，而

① Giacomo Meyerbeer(1791—1864)，德国作曲家，一八二六年定居巴黎，成为法国式大歌剧的创始人和主要代表。

② Giuditta Pasta(1797—1865)，意大利著名女高音歌唱家。

德利布[1]和奥芬巴赫就不是犹太人。”

这番话引发了一场大讨论，大家争论犹太人是不是音乐的门外汉，音乐是不是典型的犹太艺术，看法很难统一。当埃菲尔铁塔的构想问世时，反犹太联盟内部的反对之声上升到了极致，到了铁塔竣工时，那状况就可想而知了。“一个德国犹太人的作品，竟想和圣心教堂分庭抗礼。”德·彼耶说，他或许是这群人中最激进的反犹太主义者，他从犹太人的书写方式与常人相反这一事实出发，阐述他们的低劣，“这个巴比伦式建筑的形状本身就证明了他们的大脑构造和我们不一样……”

接着，话题又转到了酗酒问题，这是时下法国社会最大的疮疤。据说在巴黎，每年可以喝掉一千四百一十万升酒！

“酒，”有人说，“是犹太人和共济会传播开的，犹太人改进了他们传统的毒剂——托法娜仙液。现在他们还生产一种像水一样的毒药，里面含有鸦片和斑蝥素。这种毒药会让人倦怠、迟钝，最终导致死亡。他们把这种毒药加入酒精饮料里，促使人们自杀。”

“还有色情书刊吧？图斯内尔曾经写过，下流是犹太人的标志，他们恬不知耻地沉溺在卑鄙与丑陋中。此外，《塔木德》里还说梦见粪便是个好兆头。所有的淫秽书刊都是犹太人出版的。你们去可颂大街看看那个色情报刊市场。（犹太人的）摊子一家挨着一家，满眼都是淫荡的画面。行人从店铺门前笑着经过，其中还有带着孩子的家庭！请原谅我说句脏话，这简直是屁

① Clément Philibert Léo Delibes（1836—1891），法国作曲家。

CROQUIS PARISIENS, — par DAUMIER (suite).

— Dire qu'il y a des gens qui boivent de l'absinthe dans un pays qui produit de si bon vin que ça!

……“酒，”有人说，“是犹太人和共济会传播开的，
犹太人改进了他们传统的毒剂——托法娜仙液……”

眼儿的胜利。”

另一个经常讨论的话题是犹太人漂泊的生活方式。

“犹太人四处流浪，不是为了探寻新的陆地，而是为了逃避什么，”德吕蒙提醒大家，“雅利安人也四处旅行，他们发现了美洲，未知的大陆，而犹太人则等着雅利安人发现新大陆之后去那里攫取财富。仔细看看那些寓言故事。姑且不论犹太人向来缺乏足够的想象力，构思不出优美的寓言，不过他们的闪族兄弟阿拉伯人就能讲出《一千零一夜》的故事来，比如有人发现了满满一袋子黄金，山洞里盗贼藏匿的钻石，还有一个盛有善良精灵的瓶子——这一切都是从天上掉下来的。然而在雅利安人的寓言中，有人想要获得圣杯，但一切都要通过斗争和牺牲。”

“可即便如此，”德吕蒙的一位朋友说，“犹太人还是在经历了种种苦难以后活了下来……”

“当然，”德吕蒙差点气疯了，“完全消灭他们是不可能的。其他任何一个民族，当他们迁到一个新的环境中时，都适应不了气候的变化和食物的改变，所以日渐消弱。但犹太人每到一个新的地方都会更强大，就像昆虫一样。”

“他们就像吉卜赛人，从来不会生病，即便是以吃动物的尸体为生。也许是吃人肉的习俗帮了他们，所以他们才会偷小孩……”

“可并不是说吃人肉就能延年益寿啊，您看那些非洲的黑人：他们吃人肉，但照样会像他们村子里的苍蝇一样死掉。”

“那么您如何解释犹太人的免疫力呢？他们的平均寿命是五十三岁，而基督徒只有三十七岁。从中世纪起就有人注意到这个现象，他们似乎比基督徒更能抵御传染病的侵袭。好像在他们体内永远有一种疫病，能够帮他们抵御普通的传染病。”

西莫尼尼指出，古热诺已经讨论过这个问题，但在德吕蒙他们这个圈子里，大家不会特别在意见解是否独到，而是更加关注它们的真实性。

“好吧，”德吕蒙说，“他们在抵御疾病方面优于我们，却比我们更容易患上精神疾病。终日生活在交易、投机和阴谋中，会使他们的神经系统产生变异。在意大利，每三百四十八个犹太人中就有一个精神病患者，而天主教徒中精神病患者的比例则是七百七十八分之一。夏尔科曾经对俄罗斯的犹太人做过非常有意思的研究，我们从中了解到，这是因为他们很穷，而在法国的犹太人都很富有，他们会花大价钱把他们的病情隐藏在布朗什医生的私人诊所里。你们知道莎拉·伯恩哈特[1]在自己的房间里放着一口白色棺材吗？”

“他们正在以我们两倍的速度繁衍后代。在全世界他们的人数已超过了四百万。”

“《出埃及记》里已经讲过，以色列人的儿子像庄稼一样繁衍，他们将变得非常强大，遍及大地。”

“现在他们就在这里。从前他们也在这里，那时候我们对他们的存在还没有产生怀疑。马拉是谁？他的真名应该是 Mara，而不是后来的 Marat。他来自一个被逐出西班牙的塞法迪犹太家庭，为了掩盖自己的犹太血统，他改信了基督教。马拉生前饱

① Sarah Bernhardt(1844—1923)，法国女演员。

受麻风病的折磨，死得很不光彩，一个具有迫害狂和杀人狂症状的精神病人，典型的犹太人，他报复基督徒，将他们大批大批地送上断头台。你们看看卡那瓦雷博物馆里他的那幅肖像，马上就会看出他神情恍惚，是个精神病人，就像罗伯斯庇尔和雅各宾派的其他人一样，他面部左右不对称，说明他精神错乱。”

“我们都知道，法国大革命主要是由犹太人搞起来的。但是拿破仑，他痛恨教皇，和共济会结盟，他是犹太人吗？”

“应该是，就连迪斯雷利也这么说过。巴利阿里群岛和科西嘉岛是被逐出西班牙的犹太人的避难所，犹太人在那里被迫改信天主教，换上他们主人的姓氏，比如奥尔西尼和波拿巴。”

每个团体里都有不合时宜的家伙，总在错误的时间提出错误的问题。这会儿就有人抛出了一个别有用心的问题：“那么耶稣呢？他是犹太人，却英年早逝，而且对金钱无动于衷，一心向往天国……”

雅克·德·彼耶回答了这个问题：“先生们，‘基督是犹太人’的说法是犹太人自己到处散布的一个传说，像是圣保罗和四位福音书的作者。实际上，耶稣是凯尔特人，就像我们法国人一样，到了很晚近的时候才被拉丁人征服。在被拉丁人去势之前，凯尔特人都是征服者，你们难道没听说过来自希腊的加拉太人[①]吗？当时高卢人把那里变为了殖民地，加利利这个名字就是他们起的。另外，处女产子的神话源自凯尔特人和德鲁伊教的神话。至于耶

① Galatian，古时凯尔特人的分支，居住在小亚细亚的中部。

稣，只要看看我们现有的所有画像就能知道，他是金发碧眼。他倡导移风易俗，破除迷信，摒弃犹太人的陋习，与犹太人等待弥赛亚降世的主张截然相反，因为耶稣说他的王国不在这片土地上。犹太人奉行一神论，而耶稣则抛出三位一体的思想，这是受到了凯尔特人多神论的启发。为此犹太人杀害了他。指控耶稣有罪的该亚法是犹太人，出卖他的犹大是犹太人，否定他的彼得也是犹太人……"

就在《自由言论报》创立的同一年，德吕蒙凭借幸运和直觉，深挖巴拿马运河的丑闻。

"这很简单，"他在发起媒体攻势前向西莫尼尼解释道，"斐迪南·德·雷赛布[1]，就是开通苏伊士运河的那个人，又受委托开通巴拿马地峡。这个项目预计花费六亿法郎，雷赛布为此成立了一家股份有限公司。一八八一年动工，一开始便困难重重，雷赛布需要更多的资金，于是他发起了公众集资。但是他用一部分募集来的钱贿赂记者，隐瞒工程中逐渐出现的困难，比如一八八七年刚挖到地峡的一半，就用掉了十四亿法郎。雷赛布向埃菲尔求援，也就是建造了那座丑陋铁塔的犹太人，然后他继续募集资金，继续花钱贿赂媒体和各个部长。就这样，巴拿马运河公司倒闭，参与投资的八万五千个聪明的法国人血本无归。"

"这个故事众所周知。"

"没错，但现在我要说明的是，和雷赛布合谋的是那些犹太金

---

① Ferdinand de Lesseps(1805—1894)，法国外交官、实业家。

融家，其中包括雅克·德·雷纳克男爵（普鲁士人封的男爵）。明天出版的《自由言论报》会造成轰动。”

轰动已经造成了，这桩丑闻把新闻记者、政府官员和前任部长都卷了进来，雷纳克自杀，几位重要人物被送进监狱，雷赛布因追诉期已过而侥幸逃脱，埃菲尔差一点受到牵连，而德吕蒙却因打击贪腐而大获全胜，更重要的是他为自己的反犹太活动提出了具体的论证。

几枚炸弹

早在有机会接近德吕蒙之前，西莫尼尼就被埃布特尔纳叫到巴黎圣母院见面，地点依旧是中殿的那个老地方。

“西莫尼尼上尉，”埃布特尔纳说，“几年前，我曾派您去鼓动塔克希尔投身一次像马戏一样滑稽的反共济会运动，把矛头指向那些俗不可耐的反共济会人员。那个以您的名义向我保证行动尽在掌握的达拉·皮科拉神父，我在他身上可是花了不少的钱。但现在，我觉得这个塔克希尔已经太过分了。鉴于神父是您派给我的，您必须想办法给他施加些压力，当然还有塔克希尔。”

于此，西莫尼尼承认自己的脑子里一片空白：他隐约记得，达拉·皮科拉神父理应负责塔克希尔的事，但是他一点也不记得曾派他去做了什么。他只记得自己曾经对埃布特尔纳说过，他对这事有兴趣。然后又告诉他，眼下他依然对犹太人的事感兴趣，他正设法打入德吕蒙的圈子。他惊讶地发现，埃布特尔纳有多么欣赏这群人。西莫尼尼不禁反问，埃布特尔纳到底有没有对他反复讲过政府一点都不想介入反犹太运动的话？

“时过境迁，上尉先生，”埃布特尔纳回答他，“您看，就在不久前，犹太人还要么是生活在犹太聚居区的穷鬼，就像生活在俄国和罗马的那些人，要么是我们这里的那些大银行家。没钱的犹太人靠放高利贷和行医为生，而走了运的犹太人就会给皇室投资，也借钱给国王，向他提供打仗需要的钱。如此看来，他们一直站在权势一边，但并不掺和政治。虽然他们对金融感兴趣，但从不致力于实业。至于后来发生的一些事，连我们都是后知后觉的。在大革命之后，政府对资金的需求量远远超出了犹太人的能力范围，因此他们逐渐丧失了金融借贷的垄断地位。慢慢地，我们也是才意识到，大革命传播了所有公民一律平等的思想，至少在我们这里是这样。当然，住在犹太人聚居区的那些穷鬼还是老样子，其余犹太人都变成了资产阶级，不仅有大资本家那样的大资产阶级，还有小资产阶级，他们从事各行各业，或属于军队等国家机器。您知道如今有多少犹太裔军官吗？比您想象的要多得多。而且不仅是在军队里，犹太人渐渐地融入了无政府主义和共产主义的世界。如果说当初那些为赶时髦而参加革命的人是为反对资本主义而反犹太人，而犹太人归根结底始终与当权者站在一起的话，那么今天当个反对派的犹太人就变成了时髦。我们不要忘了，比方说，整个高等教育都在他们的掌控之中，从法兰西学院到高等研究院，他们手上还有巴黎所有的剧院以及大部分报纸，您去看看《辩论日报》[1]，那就是金融集团的官方刊物。”

---

① *Journal des débats*，一七八九年至一九四四年间在巴黎出版的一份社会批评与评论类报纸，期间多次改名。

西莫尼尼还是不明白，既然犹太资产阶级已势不可当，埃布特尔纳干什么还去招惹他们。对于这个问题，埃布特尔纳未置一词，只做了个模棱两可的手势。

“我不知道。我们只要多加小心就行。问题是我们要弄清楚是不是可以信任这个新兴的犹太阶层。要注意，我现下考虑的可不是什么以色列人阴谋征服世界的天方夜谭！这些犹太资产阶级已经不被他们原先的族群所承认，所以常常感到羞愧，但同时他们也不是可靠的公民，因为他们前不久才成为完完全全的法国人，明天说不定就会叛变，和普鲁士的犹太资产阶级穿一条裤子了。普鲁士入侵法国那会儿，大多数奸细都是阿尔萨斯的犹太人。”

告别的时候，埃布特尔纳又加了一句：“顺带提一句，拉格朗日在的那会儿，您和一个叫加维亚里的家伙有点过节。您叫人把他逮捕了。”

“对，他是于歇特大街那帮歹徒的头子。好像他们都被送到卡宴去了，要么就是更远的地方。”

“加维亚里除外。他最近逃跑了，有人在巴黎见过他。”

“居然能有人从那个魔鬼岛逃出来？”

“任何地方都能逃得出来，只要有那个胆识。”

“您为什么不抓他？”

“因为他是个做炸弹的高手，眼下可能对我们有用。我们已经锁定了他的行踪：他在克里尼昂古尔[①]靠捡破烂为生。您何不

---

① Clignancourt，现巴黎十八区的一条街，毗邻克里尼昂古尔门。

找他回来呢?”

在巴黎找捡破烂的人并不难,虽然他们分散在全城的各个角落,但穆夫塔大街和圣美达大街之间的地带一度是他们的王国。现在,至少是那些被埃布特尔纳盯上的拾荒者都在克里尼昂古尔门一带活动,住在一个用荆条做屋顶的破窝棚里,谁也不知道为什么,在那令人作呕的环境里,遇上美好的季节,向日葵也能开出花来。

在这个角落里,从前有一间人称“汗脚”的餐馆,因为顾客要在外面的马路上排队等着,进去后花上一个苏,就能拿一个大叉子插进一只大汤锅里,里边的东西随便你叉,运气好了能叉到一块肉,运气不好就只能是块胡萝卜——然后滚蛋。

捡破烂的人也有属于他们自己的旅馆。陈设不多:一张床、一张桌子、两把不成对的椅子。墙上贴着圣人像,或者是在垃圾里翻到的旧小说的插图版画。一面镜子,是礼拜天去教堂前整装时不可或缺的。捡破烂的人首先要在这里把捡到的东西分类:骨头、瓷器、玻璃、破布条、碎绸子。他们的一天从清晨六点开始,晚上七点以后如果巡警(或者条子,如今大家都这么叫)发现有人还在干活的话,就会罚他的款。

西莫尼尼去加维亚里应当会出没的地方去找他。最后他来到一家廉价酒馆,这里不只卖葡萄酒,还卖一种据说有毒的苦艾酒(就好像一般的苦艾酒没那么大毒性一样)。在酒馆里有人指给他一个人。西莫尼尼想起,当初认识加维亚里的时候,自己还没有胡子，于是他取下了假胡子。一晃过了二十多年，但他觉得自己还能被认出来。然而加维亚里却变得认不出了。

他脸色煞白，满脸皱纹，胡子很长。泛黄的领带更像是一条绳子，挂在他满是油渍的领子上，从领子里伸出的一截脖子极细。他头上戴着一顶破破烂烂的帽子，身上穿一件发绿的外套，里面的马甲已经卷了边，鞋子上沾满泥土，仿佛多年没有擦过，鞋带也满是泥污，与鞋面的皮子粘在了一起。但是那些捡破烂的人谁也没多看加维亚里一眼，因为没有一个人比他穿得体面。

西莫尼尼表明身份，期待着重逢的热情问候。但加维亚里却用犀利的目光盯着他。

"您还有胆量出现在我面前，上尉?"面对不知所措的西莫尼尼，加维亚里继续说，"您以为我是笨蛋吗？那天我看得清清楚楚，宪兵来了，朝我们开枪，您给了那个请来做线人的家伙致命的一枪。后来，我们都侥幸活了下来，被押上一条帆船驶往卡宴，而您却不在船上。这不是明摆着嘛。在卡宴无所事事的十五年让我变聪明了：就是您策划了我们的秘密行动，为的是最后告发我们。这应该是个赚钱的买卖。"

"那又怎样？您想报仇吗？您已经沦为人渣了，就算您的假设成立，警察也会听我的意见，到时候只要我和相关人士打个招呼，您就得回到卡宴去。"

"行行好，上尉。在卡宴的那些年已经让我学乖了。谁要是想搞阴谋诡计，就得料到会有告密之人，这就像警察抓小偷的游戏。可是您看，有人说时过境迁，革命者全都变成了皇权和教权的卫道士。于我而言，皇帝的宝座也好，教会的祭坛也罢，都无关紧要，在我看来，为伟大理想而奋斗的时代已经结束了。在这个所谓的第三共和国时代，就连该杀的暴君也没地方找了。我唯一擅长的就是做炸弹了。您今天来找我，意味着您想要炸弹。好啊，只要您肯给钱。您看到了我住的地方，只要给我换个住处和吃饭的地方就行。我该去要谁的命呢？和那会儿所有的革命者一样，我也变成了一个谁给钱就投靠谁的人。这种买卖您应该非常了解。”

“我想要您做炸弹，加维亚里，但我还不知道要哪一种，也不知道用在什么地方。我们到时候再说。钱我可以答应您，您过去的记录也可以一笔勾销，还有新的身份证件。”

加维亚里表示，谁给的钱多就为谁效劳，西莫尼尼当即给了他一笔钱，够他至少一个月不用捡破烂就能维持生计。没有什么比牢狱生活更能让人学会听从命令的了。

加维亚里该做什么，过了很久埃布特尔纳才告诉西莫尼尼。一八九三年十二月，无政府主义者奥古斯特·瓦扬[1]将一枚小型爆炸装置（内部塞满了钉子）扔进了国民议会，并高喊：“资产阶级去死吧！无政府主义万岁！”这只是一次象征性的行动。“假如我真想杀人，就往炸弹里填上铅弹了。”瓦扬在受审时说，“我当然不会说谎，给你们愉快地砍我的头的机会。”但为了以儆效尤，他们还是砍了他的头。不过，问题不在于此，情报部门担心这样的行为会给人以英雄主义的印象，招致人们模仿。

① Auguste Vaillant(1861—1894)，法国无政府主义者，因用炸弹袭击法国国民议会而闻名于世。

"有一些恶劣的大人物,"埃布特尔纳对西莫尼尼解释说,"为恐怖活动和扰乱社会秩序的行为辩护并予以鼓励,而他们自己则舒舒服服待在俱乐部或餐馆里,谈着诗歌,品着香槟。您看这个不值钱的蹩脚记者,洛朗·泰雅德[①](由于他也是参议员,所以对公众舆论具有双倍的影响力)。关于瓦扬他写文章说:'如果行为是高尚的,死了人又有什么关系呢?'对于国家而言,泰雅德这样的人比瓦扬更加危险,因为他们的脑袋是很难被砍下来的。必须给这样从来不交税的知识分子一个公开的教训。"

这个教训要西莫尼尼负责筹划,当然还有加维亚里。几个星期后,在富瓦约餐厅的一个角落里,就在泰雅德享受一顿价格不菲的大餐的时候,一枚炸弹爆炸了。泰雅德失去了一只眼睛(加维亚里简直是个天才,炸弹设计得不会炸死人,而只是让他恰到好处地受些伤)。官方报刊不失时机地发表评论讽刺泰雅德,诸如:"怎么样,泰雅德先生,这个行为高尚吧?"无论对于政府,还是对于加维亚里和西莫尼尼来说,这都是一次漂亮的出击。泰雅德不仅失去一只眼睛,还丢掉了颜面。

最得意的要数加维亚里。西莫尼尼觉得,让一个因生活的悲惨遭遇而不幸失去生活和信誉的人重获这两样东西,实在是件好事。

这些年里,埃布特尔纳还给了西莫尼尼另外一些任务。巴拿马运河的丑闻已经无法再刺激公众舆论,因为当新闻没有新意的时

① Laurent Tailhade(1854—1919),法国讽刺诗人、无政府主义评论家、散文家、翻译家。

候,过不了多久就会让人厌倦。德吕蒙对这件事已然失去兴趣,但还有人在继续煽风点火,显然政府很担心这些火焰复燃。一定要设法把公众的注意力从这些陈谷子烂芝麻上移开,所以埃布特尔纳要求西莫尼尼策划几起漂亮的骚乱,好占领小报的头版位置。

策划骚乱绝非易事,西莫尼尼说。埃布特尔纳建议他说,最容易闹事的是学生。最恰当的做法是,先让学生开个头,然后安插几个专门破坏公共秩序的家伙。

西莫尼尼和大学生界素无往来,不过他马上想到,学生们对有革命倾向的人,或更确切地说,对无政府主义者感兴趣。那么有谁比别人更了解无政府主义者那个圈子呢?当然是以渗透其中而后告发他们为职业的人,非拉奇科夫斯基莫属。于是,他找到拉奇科夫斯基,这家伙咧嘴笑,露出满口的板牙,以示友好,他问西莫尼尼所为何来。

“我想找几个能遵照命令制造骚乱的学生。”

“这个容易,”这个俄国人说,“去一趟红堡就成了。”

表面上,红堡是拉丁区穷学生的一个聚点,位于加兰德街,开在一座院子的最里面,外墙被涂成断头台般的血红色,一走进去就会闻到一股令人窒息的臭味,混合了变质的油脂、霉味和陈年老汤的酸腐味。经年累月,这些气味凝结在满是油污的墙上,几乎成了可以触摸的痕迹。令人费解的是,来这个地方需要自带食物,因为里面只供应酒和盘子。烟草散发的烟雾和煤气嘴泄漏的气体混合成一团令人厌恶的雾霾,隐约可见室内有几十个“流浪汉”昏昏欲睡,他们三五成群地坐在桌边,有些人正伏在同伴的肩头酣睡。

然而，在里边的两个大厅里却不见流浪汉，反倒有不少佩戴丑陋饰品的老妓女，还有些十四五岁满脸傲慢神态的雏妓，这些小女孩眼圈发青，脸色惨白，典型的肺结核症状。再有就是当地的地痞流氓，他们手上的戒指大得惹眼，上面镶着假宝石，身上的外套要比前厅里那些人身上的破布好得多。在这个混乱肮脏的地方，也会有穿着考究的淑女和身着晚礼服的绅士往来穿梭，因为参观红堡业已成为不可或缺的刺激体验：当暮色已深，剧院散场后，豪华马车便接踵而至，全巴黎的人都会来此体验流氓窝里的花天酒地——可能大多数地痞流氓都是老板花钱雇来的，为他们提供免费的苦艾酒，为的是吸引那些正经的市民来此娱乐，而同样的苦艾酒，普通客人要花上双倍的价钱。

在红堡，西莫尼尼根据拉奇科夫斯基的指示，找到了一个叫法约勒的人，他的职业是贩卖胎儿。这是一个老头，每晚都在红堡度过，来这里喝八十度的烈酒。白天他出去赚钱，游走于各家医院之间，收集胎儿和胚胎，转手卖给医学院的学生。他浑身散发着酒精和腐肉的臭味，这种气味让别人都不愿靠近他，即使在本已臭气熏天的红堡里。但据说他在学生圈子里有不少熟人，尤其是那些上了多年学仍未毕业的"职业学生"，他们更喜欢四处惹是生非，而不是去研究胚胎，一有机会就准备大闹一场。

机缘巧合，这些天拉丁区的学生正对一个老古板十分恼火，这个人就是参议员贝朗热，他很快就被起了个外号——假道学神父。他刚刚提交了一项法案，旨在抑制伤风败俗的行为，因为(他说)第一个深受其害的就是学生。这件事的起因是某个叫萨拉·布朗的女人的表演，她半裸身体，活色生香(没准还微微有些出

……然而，在里边的两个大厅里却不见流浪汉，反倒有不少佩戴丑陋饰品的老妓女，
还有些十四五岁满脸傲慢神态的雏妓，这些小女孩眼圈发青，脸色惨白，典型的
肺结核症状。再有就是当地的地痞流氓，他们手上的戒指大得惹眼，
上面镶着假宝石，身上的外套要比前厅里那些人身上的破布好得多……

汗，西莫尼尼打了个寒噤)，在巴黎年度“四艺”舞会[1]上展示舞姿。

小心，切不可剥夺学生们的偷窥乐趣。至少是法约勒掌控的那群学生，已经开始计划在哪天夜里去参议员家的窗子下面闹上一次。现在只要知道他们打算什么时候行动，让那些想要大打出手的人待命就行。只不过一笔小钱，法约勒什么都考虑妥当了。西莫尼尼现在只剩下通知埃布特尔纳日期和具体时间了。

就这样，学生们刚刚开始叫嚷，士兵或宪兵就赶到了。不管到什么地方，都没有比警察更能激起学生斗争热情的人了，于是石块朝他们飞去，但主要还是叫喊。不过，一名士兵想发射一颗烟幕弹制造些烟雾，却不巧打到了一个路过的倒霉蛋的眼睛。这回可死人了，这是必不可少的环节。可以想见，街垒迅速筑起，一场真真正正的暴动开始了。事已至此，法约勒招来的打手投入了战斗。学生们拦住一辆公共马车，彬彬有礼地请车上的乘客都下来，解开马匹，推翻车厢作为路障，但那些狂徒立刻跑过来，一把火烧了车厢。很快，一场吵吵嚷嚷的抗议活动就升级为骚乱，又从骚乱变成一种革命的迹象。各家报纸的头版在今后很长一段时间都有内容可登了。永别了，巴拿马。

清单

一八九四年是西莫尼尼挣钱最多的一年。几乎都是偶然的机会，尽管偶然也往往需要有人推一把才行。

那时候，军队里有太多犹太人，这个事实让德吕蒙的不满情

---

① Bal des Quat'z Arts，始于一八九二年，最后一届在一九六六年举行。所谓“四艺”，就是参加舞会的均为学习建筑、绘画、雕塑和雕刻的学生。

绪日益激烈。

“这事也没人提，”德吕蒙抱怨道，“因为如果我们说这些潜在的叛国者就在我们体制内部最光荣的部门里，然后到处说我们的军队已被大批这样的犹太人（当他说到‘犹太人’这个词的时候，嘴唇噘得老高，好像立刻要与整个臭名昭著的以色列民族决一死战一样）污染，这势必会使我们的军队丧失信誉，可这事也得有人说啊。您知道现在犹太人是如何让自己受人尊敬的吗？投身军旅，或是以艺术家和同性恋的身份出入各种贵族沙龙。哈，这些公爵夫人已经厌倦了让老派绅士或道貌岸然的神父当她们的奸夫，她们永远都会津津有味地接受稀奇古怪的新鲜事物，她们任由那些油头粉面、异香满襟、不男不女的家伙勾引自己。不过，就让良善的社会堕落吧，这不关我的事，和不同的路易通奸的侯爵夫人也算不了什么，然而，如果我们的军队堕落了，法兰西文明的末日也就到了。我个人坚信那些犹太裔军官属于普鲁士间谍网络，但是我还没有证据，证据。”

“你们给我找出证据来！”他对报社的编辑们吼道。

在《自由言论报》编辑部，西莫尼尼结识了埃斯特拉齐少校，此人是个十足的花花公子，总是没完没了地炫耀自己的贵族血统和维也纳教育背景，动辄谈起他已经经历或尚未进行的决斗。大家都知道他欠了一屁股债，编辑们看他神秘兮兮地走过来，都唯恐避之不及，因为大家都预感到他要开口借钱，而谁都知道，钱一旦借给他就别想再要回来。埃斯特拉齐略显柔弱，总带着一条绣花手绢掩嘴，有人说他患了肺结核。他的军旅生涯很离奇，先是一八六六年在意大利战场上担任骑兵军官，然后供职于为教皇服务的朱阿夫兵团，后来又随外籍军团参加了一八七〇年的普法战争。大家私下里说，他与军中的反间谍组织有来往，但显然这从他的制服上是看不出来的。德吕蒙很看重他，或许是为了保证自己与军方的联系。

一天，埃斯特拉齐邀请西莫尼尼到一家时尚的牛排馆吃饭。他点了一道小羊排配生菜，在研究了酒单之后，便切入了正题："西莫尼尼上尉，我们的朋友德吕蒙苦苦寻找证据，他是永远也找不到的。问题并不在于揪出军队里的犹太裔普鲁士间谍。老天，这个世界上到处是间谍，多一个少一个我们也不会放在心上。但从政治角度出发，关键是要'证明'他们存在。您一定同意，要逮住一个间谍或一个阴谋家，根本不需要找到证据，最简单也是最经济的方法就是编造证据，若有可能，还能直接造个间谍出来。所以，为了民族的利益，我们应该物色一名犹太军官，他因为自身的某些弱点而备受世人怀疑，然后我们证明他将重要情报传递给普鲁士驻巴黎大使馆。"

"您说的'我们'指的是谁呢？"

"我是在以法兰西情报局统计处的名义和您讲话，处长是桑德尔中校。也许您知道这个处，它有个很中性的名称，主要分管德国人的事务：起初我们只关心他们在自己家里做些什么，情报来自方方面面：报纸、出差官员的报告、宪兵队，还有我们安插在国境两边的人员，我们设法知道关于他们军队组织的信息，比如他们有多少骑兵师，军队里有多少士兵，总之，应有尽有。但是近来情报局决定，我们也要了解德国人在我们境内都做些什么。有人抱怨说这么做是混淆了间谍与反间谍的概念,但这两种活动是紧密相连的。我们有必要知道发生在德国大使馆里的事,因为那是外国领土,这就属于间谍情报工作,但在那里收集的又是关于我们的情报,掌握这样的情报又属于反间谍活动。如今,在德国大使馆有一位巴斯蒂安女士在为我们工作,她是那里的清洁工,假装目不识丁,实际上连德文都能读懂。她的工作是每天倾倒大使馆办公室的字纸篓,这样她可以把普鲁士人(您知道他们有多迟钝)以为已销毁的笔记和文件传给我们。所以现在要做的就是制造一份文件,内容是我们的一位军官泄露了关于法国军备状况的绝对机密。这样我们就能推测这个泄露机密的人应该是能接触到这些保密文件的人,最后我们就可以撕下他的面具。如此说来,我们只需弄一张字条,短短的明细清单。这就是我来找您的原因,据说您在这方面是一位行家。”

西莫尼尼没有问埃斯特拉齐情报局是如何知道他有这种才能的。想必是从埃布特尔纳那里知道的吧。他对对方的恭维表示感谢,然后说:“我想我要做的是伪造某个人的笔迹吧。”

“我们已经物色了理想的人选。是一名叫德雷福斯的上尉,阿尔萨斯人,目前正在本处实习。他娶了个有钱的老婆,总是一副大众情人的样子,所以同事们很难支持他,就算他是天主教徒,也不会有人帮他说话。绝对不会有人站在他那边。所以这是一个最理想的牺牲品。一旦我们拿到清单,就会拿去做鉴定,最终将确认笔迹就是德雷福斯的。然后就轮到德吕蒙这样的人把这件丑闻公之于众,揭发这个危险的犹太人,同时为军方挽回颜面,

……然后就轮到德吕蒙这样的人把这件丑闻公之于众……

军方也会英明地揪出叛徒，绳之以法。清楚了吗？”

再清楚不过了。十月初，西莫尼尼得到了桑德尔中校的接见。此人面如土色，相貌平平。这是间谍和反间谍部门领导的最佳外貌。

“这里是德雷福斯笔记的样本，这是要誊写的内容，”桑德尔拿着两页纸对西莫尼尼说，“您看见了，这张便条是写给德国使馆武官冯·施瓦茨科本的，告诉他关于120 mm加农炮液压制动器的军事资料已到，以及其他一些细节。德国人垂涎的就是这个。”

“再加入一些技术细节不是更好吗？”西莫尼尼问道，“显得危害更大。”

“我希望您能意识到，”桑德尔说，“这桩丑闻一旦曝光，这份清单就要公之于众，因此我们不能把技术性资料向报纸公布。有劳了，西莫尼尼上尉。为了让您安心，我给您准备了一个房间，以及一切书写工具。纸张、鹅毛笔和墨水都是在我们办公室常用的。我希望看到一份精心之作，所以慢慢来，多练几次，务求笔迹完美无缺。”

西莫尼尼照做了。薄薄的书写纸上，一共三十行文字，正面十八行，背面十二行。西莫尼尼精心地将正面的行距留得比背面宽松些，背面的字迹也稍显潦草，因为这样一来便能做出一封在匆忙状态下完成的书信，开始的时候比较放松，越到后来就越仓促。同时他还考虑到，这样一封信在被扔进字纸篓之前，想必已经被撕掉，所以统计处到手的信件应该是一些碎片，后来重新拼贴在一起，因此最好在字迹之间留些空隙，以便黏合起来更容易。但这些空隙又不能太大，以免与笔迹样本不符。

总而言之，他做得天衣无缝。

桑德尔随后把这份清单交给了陆军部部长梅尔西耶将军[①]，同时下令调查与该处所有官员的往来文件。最终，他最信任的搭档告诉他，这是德雷福斯的笔迹，于是德雷福斯于十月十五日被捕。但这个消息被狡猾地封锁了两个星期，只是偶尔吹出一些风来，吊足记者的胃口，然后再通过小道消息传出一个人名，起初还碍于机密的约束，最后还是承认罪犯就是德雷福斯上尉。

埃斯特拉齐一得到桑德尔的许可，就立刻告诉了德吕蒙，德吕蒙挥舞着少校的信函在编辑部各个办公室边跑边喊："证据，证据，这就是证据！"

十一月一日的《自由言论报》上用斗大的标题赫然写着："重大叛国案。犹太裔军官德雷福斯被捕。"一场战斗拉开了序幕，怒火燃遍了整个法国。

但是，就在当天的上午，当报社上下举杯欢庆的时候，西莫尼尼的眼睛扫到了埃斯特拉齐传达德雷福斯被捕消息的那封信函。信就在德吕蒙的桌子上，已被酒杯沾湿了，但字迹清晰可辨。西莫尼尼曾花了一个多小时来模仿那份假定为德雷福斯的笔迹，但现在真相昭然，自己花功夫练习的那种笔迹竟和埃斯特拉齐的一

---

① Auguste Mercier(1833—1921)，法国将军，曾任陆军部部长。

模一样。没有人能像伪造者一样对这些东西更加敏感。

这是怎么回事？难道桑德尔给我的不是德雷福斯的字，而是埃斯特拉齐的笔迹？可能吗？奇怪，令人费解，但真相不容置疑。难道是他弄错了？或是有意为之？但这么做是为什么呢？还是说，桑德尔本人也被手下骗了，给他弄了一份错误的样本？假如是有人骗取了桑德尔的信任，那一定要通知他调包的事。可万一桑德尔居心不良，让他知道伎俩被自己识破，那就太危险了。要不要告诉埃斯特拉齐呢？如果桑德尔故意调换了笔迹，为的是除掉埃斯特拉齐，那么给被害人通风报信的西莫尼尼就会成为整个情报局的死敌。要不就保持沉默？可万一哪一天情报局把调包的事嫁祸于他，又当如何是好？

这个错误不是西莫尼尼的责任，他决心要去澄清事实，尤其是，这么说吧，他特别坚持自己伪造的笔迹必须是真实的。他决定冒这个险，登门求见桑德尔，可桑德尔从一开始就表现出不愿见他，可能是他怕西莫尼尼来敲竹杠。

后来，当西莫尼尼把真相（这桩由谎言构成的事件中唯一的真相）告诉桑德尔时，桑德尔的脸色比平时更加土灰，显出一副不敢相信的表情。

“中校先生，”西莫尼尼说，“您一定保留着那份清单的照片，请您找一份德雷福斯字迹的样本，再找一份埃斯特拉齐的，我们把三份材料对比一下。”

桑德尔命人去找，不一会儿，三份材料都出现在了他的办公桌上，西莫尼尼为他指出了一些证据：“您看，比如说这里，在所有出现双写 s 的单词中，比如 adresse（地址）或 intéressant（有意思的)，埃斯特拉齐写的第一个 s 总是小一点，第二个则比较大，而且几乎是从不连在一起的。这是我今天早上注意到的，因为这种风格在我写那份清单时格外地关注过。现在您再看看德雷福斯的笔迹，这是我第一次看到：真令人吃惊，双写的 s 第一个大，第二个小，而且总是连在一起。您想让我接着说吗?"

"不用了，到此为止吧。我不知道怎么会发生这样的误会，我会调查的。可是现在的问题是这份材料已经到了梅尔西耶将军手上，他可能会想将这份清单与德雷福斯的笔迹进行比对，但他并非笔迹鉴定专家，这两份笔迹中总会有相似之处吧。现在只要别让他产生比对埃斯特拉齐笔迹的念头就行了。但依我看，他怎么也不会想起埃斯特拉齐来——只要您守口如瓶。请尽量忘掉这件事，也拜托您别再到办公室来。您的报酬将会有相应的调整。"

此后，西莫尼尼再也不用靠内部消息了解事态的进展了，因为德雷福斯事件已经占据了所有的报纸。在参谋部里也有处事谨慎的人，他们要求提供确凿的证据，证明那份清单出自德雷福斯之手。桑德尔找来了一位著名的笔迹鉴定专家——贝蒂荣，专家指出，清单上的笔迹的确与德雷福斯的不完全相符，但这是一个明显的自我伪造案例：德雷福斯改变了(尽管只是一部分)他的字体，为了让人相信这封信的作者另有其人。这些细节完全可以忽略不计，这份文件肯定出自德雷福斯之手。

《自由言论报》每天都在进行舆论轰炸，甚至怀疑事件将趋于缓和，理由是德雷福斯是犹太人，所以会受到犹太人的包庇。"军中有四万名军官,”德吕蒙写道,“梅尔西耶怎么能把国防机密交给一个四海为家的阿尔萨斯犹太人呢?”梅尔西耶是个自由派,德吕蒙和标榜民族主义的媒体已经有一段时间对他不断施压,指责他同情犹太人。他不能落个包庇犹太叛徒的名声。所以他不但没有搁置调查的意思,反而表现得非常积极。

德吕蒙发起猛烈攻击:“很长一段时间里,犹太人都未曾进入军队,军队保持着纯正的法兰西血统。可现如今,他们已经渗透进了国家军队,将成为法国的主人,罗斯柴尔德将通过他们传达动员计划……大家知道他居心何在。”

局势紧张到了极点。龙骑兵①上尉克雷米厄-福阿写信给德吕蒙,说他这样做是在侮辱所有的犹太裔军官,要求他道歉。于是,二人约定决斗,克雷米厄-福阿大概嫌不够乱,你们猜他把谁请来当见证人?埃斯特拉齐……接着,《自由言论报》编辑部的莫雷斯侯爵也向克雷米厄-福阿发出战帖,但是这位上尉的上司们禁止他参加新的决斗,把他关在了军营里,于是梅耶上尉就代他出征,结果肺被穿了个窟窿,死了。激烈的辩论随即爆发,人们纷纷抗议宗教战争的卷土重来……西莫尼尼欣喜若狂,仅凭他一个钟头的抄写,就换来了如此喧嚣纷乱的结果。

十二月,陆军委员会召开会议,与此同时,又有一份文件冒了出来,是一封意大利使馆武官帕尼扎尔迪写给德国人的信,信中提到“D那个混蛋……”原本会卖给他一些防御工事平面图。“D”

---

① 欧洲一些国家对骑马步兵的统称,后来逐渐演变为机动步兵。

是德雷福斯吗？没人敢表示怀疑，直到后来人们才发现，这是一个叫杜布瓦的家伙，陆军部职员，以每份十法郎的价钱兜售情报。但为时已晚，十二月二十二日德雷福斯被判有罪，一月初他在军事学院被革职。二月他就要被押上驶往魔鬼岛的船了。

西莫尼尼列席了革职的仪式，在他的日记里记录了这耐人寻味的一幕：庭院四周士兵排列整齐，德雷福斯步入会场，他要在一排排威武勇士的面前走上将近一公里的路程，官兵们虽然面无表情，但似乎都向他投以轻蔑的目光。达拉斯将军抽出军刀，军乐响起，一身戎装的德雷福斯朝将军走来，将军身旁有四名炮兵在一名中士的率领下保驾护航。将军宣读了革职的决定，一名身材魁梧、头盔上插有羽毛的宪兵军官来到上尉身边，摘下他的军衔、徽章、番号牌，取下他的佩剑，在膝盖上用力折断，扔在这个叛徒的脚下。

德雷福斯神情麻木，很多报纸认为这就是他背叛祖国的标志。西莫尼尼确认，在德雷福斯被革职的那一刻，他听见那家伙喊了一声："我是清白的！"但是喊得很有节制，并未影响立正的姿势。总之，西莫尼尼讽刺地观察到，这个犹太小伙子是那样竭力维护自己作为法国军官(已经被剥夺)的尊严，以至于不能对上司的决定提出质疑——就好像即便他们认定他是叛徒，他也必须接受，不能有丝毫的迟疑。也许在那一刻，他真的以为自己当了叛徒。对他而言，声明自己无辜只是仪式上一个必不可少的环节而已。

西莫尼尼认为自己记得的情况就是这样，但他在一只大纸箱

Le Petit Journal

Le Petit Journal

Le Supplément illustré

SUPPLÉMENT ILLUSTRÉ

Huit pages : CINQ centimes

DIMANCHE 13 JANVIER 1895

Numéro 217

LE TRAITRE

Dégradation d'Alfred Dreyfus

……一名身材魁梧、头盔上插有羽毛的宪兵军官来到上尉身边，摘下他的军衔、徽章、番号牌，取下他的佩剑，在膝盖上用力折断，扔在这个叛徒的脚下……

里找到了一篇次日发表在《法兰西共和报》上的文章，作者叫布里松，文章的内容与他的记忆大相径庭：

> “当将军把可耻的宣判劈头盖脸地抛向他时，他振臂高呼：‘法兰西万岁，我是清白的！’
>
> “这名下级军官尽了自己的义务。挂满制服的金色徽章坠落在地，他们连红色的臂章也没给他留下。他的制服变成了纯黑色，军帽也突然黯淡了，德雷福斯仿佛已经换上了囚服……他继续高喊：‘我是清白的！’围栏外围观的群众勉强能看到他的身影，他们高声咒骂着，吹着刺耳的口哨。德雷福斯听到了，更是怒不可遏。
>
> “当他走过一群军官面前时，清楚地听到了这样的话：‘滚吧，犹大！’德雷福斯愤怒地转过身，重复道：‘我是清白的，我是清白的！’
>
> “现在终于可以看清他的面容了。我们目不转睛地看着他，希望能从他身上发现什么天大的秘密，或是真情的流露，发现他心底最隐秘的东西，毕竟到目前为止，只有法官有机会接近他。但愤怒布满了他的面容，一种难以遏制、势必排山倒海的愤怒。他双唇紧闭，双眼通红，一副吓人的面孔。我们明白了，如果这个罪犯能表现得如此坚定，步伐如此雄健，是因为他正经受着怒火的煎熬，这种愤怒会让他神经紧绷直至崩溃……
>
> “这个人心底到底有什么秘密？他的反抗出于什么动机，为什么要以近乎绝望的力量，通过这种方式申明自己的清白？或许他希望混淆视听，引起公众的质疑，给审判他的那些法官播下怀疑的种子？一个念头划过我们的脑海，犹如闪电一样强烈：假如此人无罪，那将是何等恐怖的刑罚！”

西莫尼尼一点也没感到内疚，他确信德雷福斯有罪，因为这个罪名就是由他定的。当然，他的记忆与那篇文章的描述大有出入，这说明这一事件在全国引起了巨大的轰动，每个人都以自己主观的视角看待事态的发展。

但是，无论德雷福斯是去见了魔鬼，还是去了魔鬼岛，都与他毫不相干了。

那笔报酬在适当的时机神不知鬼不觉地到了他的手上，果真超出了他的预期。

盯住塔克希尔

当这些事情正在进行的时候，西莫尼尼非常清楚地记得，他并未因此忽略塔克希尔正在捣什么鬼。特别是因为德吕蒙那个圈子里的人总是在谈论他，起初他们以一种好笑的怀疑目光看待塔克希尔做的事，后来就变成了怒不可遏。德吕蒙自认为是一个严肃的反共济会、反犹太人的天主教徒——以他个人特有的方式——他不能容忍一个无赖来支持他的事业。塔克希尔是一个无赖，德吕蒙一直以来都这么认为，而且在《犹太法兰西》里就已经这样抨击过他，他认为塔克希尔所有反教会的书都是犹太出版商出版的。在这些年里，由于政治原因，他俩之间的关系进一步恶化。

我们已经从达拉·皮科拉神父那里得知，这两个人都曾是巴黎市议员某次竞选的候选人，面对的是同一批选民。因此，他们之间的战争就变成公开的了。

塔克希尔写了《德吕蒙先生心理研究》一文，语带嘲讽地批评他的对手超乎寻常的反犹太主义，文章认为反犹太主义与其说是天主教徒的特点，不如说是社会主义和革命报刊的典型特征。德吕蒙撰写了《反犹太主义者的遗书》一文予以回击，质疑塔克希尔改信天主教的动机，提醒世人他曾玷污过神圣的事业，并以令人焦虑的口吻质问他为什么不愿与犹太世界开战。

如果我们想一想，在一八九二年问世的《自由言论报》敢于揭露巴拿马运河丑闻，具有政治斗争精神，相较之下，同期出版的《十九世纪的魔鬼》实在难登大雅之堂，如此就不难理解为什么德吕蒙报社编辑部对塔克希尔的嘲讽与日俱增，冷笑着等候塔克希尔接二连三地迎来灾祸。

德吕蒙看得出，正在毁掉塔克希尔的并非正面的抨击，而是那些不期而至的支持。以神秘的蒂安娜一事为例，就有几十个相当不可靠的好事者参与其中，争相吹嘘自己与这个他们多半从未谋面的女人关系非同一般。

有个叫多梅尼科·马尔焦塔的人出版了一本《第三十三级大师、共济会最高会长阿德里亚诺·莱米[1]回忆录》，他寄了一本给蒂安娜，宣称自己要与蒂安娜并肩抗争。在信中，马尔焦塔自称佛罗伦萨共济会撒沃纳罗拉会所的秘书、帕尔米共济会乔尔丹诺·布鲁诺会所的会长、最高检察官、古老正统苏格兰礼第三十三级大师、孟菲斯礼至尊王子（第九十五级）、卡拉布里亚和西西里地区米斯拉伊姆会所检察长、海地国家大东方社荣誉社员、那不勒斯联盟最高委员会理事、三卡拉布里亚地区共济会会所总检

① Adriano Lemmi(1822—1906)，意大利复兴运动政治家、金融家。

察官、米斯拉伊姆或巴黎埃及东方共济会终身大师(第九十级)、全球共济会守卫骑士团指挥官、巴勒莫意大利联盟最高全会终身荣誉议员、那不勒斯中央领导机构常务检察官及最高代表,以及改良的新帕拉斯会会员。他应该是共济会内部德高望重的会员,却说自己刚刚脱离了共济会。德吕蒙说,他改信天主教是因为他未能如愿获得共济会最高秘密领导层的职位,而是让那个阿德里亚诺·莱米占了先机。

据马尔焦塔说,那位闷闷不乐的阿德里亚诺·莱米最早是当小偷的,后来在马赛伪造了一份那不勒斯法尔孔奈公司的信用凭证,又趁一位医生朋友的太太在厨房里为他准备茶水的时候,偷走一包珍珠和价值三百法郎的金子。蹲了一段时间的监狱以后,他乘船去了君士坦丁堡,在那里给一个贩卖蔬菜的犹太老人打工,他说已准备好背离自己的天主教信仰,接受犹太教的割礼。后来他借助犹太人的帮助,在共济会内部成就了我们今天看到的事业。

"所以,"马尔焦塔总结说,"受诅咒的犹大后裔,人类的所有恶行都源自他们,他们会发挥自身全部的影响力为本民族中的一员,即最邪恶的那个人在共济会组织中谋取全球最高统治地位。"

马尔焦塔的控诉在基督教世界反响热烈,他在一八九五年出版了《帕拉斯神秘教派,共济会三角统治中的撒旦-路西法膜拜》一书,开篇就是一系列来自格勒诺布尔、蒙托邦、埃克斯、利摩日、芒德、塔朗泰斯、帕米耶、奥朗、阿讷西等地主教的贺信,甚至耶路撒冷的主教卢多维科·皮亚韦也来信鼓励。

问题就出在马尔焦塔揭露的信息把半数意大利政坛人物都

牵扯了进去，尤其是克里斯皮，他曾是加里波第的副官，那些年担任意大利王国的首相。无论你出版和贩卖多少关于共济会仪式的奇闻异事，都不会引起轩然大波，可一旦触及共济会与政治权力之间的关系，就会有激怒某些睚眦必报之人的危险。

塔克希尔本该清楚这一点，但显然他想尽力收复马尔焦塔退让给他的土地，于是一本将近四百页的书以蒂安娜的名义出版了，书名是《第三十三级大师克里斯皮》，书中汇集了很多著名事件，诸如克里斯皮被卷入罗马银行丑闻，还有关于他与恶魔哈拜利[①]之约的消息，以及他参加帕拉斯会组织的集会，在会上索菲亚·沃尔德宣布自己怀有一女，而这个女儿日后将会诞下敌基督。

“简直是闹剧，”德吕蒙愤怒地说，“政治斗争可不是这么搞的！”

然而梵蒂冈方面却欣然接受了这场闹剧，这变本加厉地激怒了德吕蒙。原来，梵蒂冈与克里斯皮有一笔账要清算：克里斯皮在罗马的一个广场上为被教会迫害致死的乔尔丹诺·布鲁诺建了一尊雕像，揭幕那天教皇利奥十三世一整天都在圣彼得雕像脚下做赎罪祷告。可以想见，在读到那些揭露克里斯皮的资料时教皇是何等欣慰：他授命他的秘书，萨尔迪神父大人，不仅要按通常的做法给蒂安娜送去“教廷赐福”，还要向她致以诚挚的谢意，激励她继续创作有价值的作品，揭露这个“邪恶教派”的丑行。根据蒂安娜书中的描述，这一教派的邪恶之处在于，恶魔哈拜利现身时会有三头：一个头发为火焰的人头，一个猫头，一个蛇

① Haborym，所罗门七十二柱魔神，司掌火灾之地狱。

头——虽然蒂安娜本着科学的严谨明确指出，她从未见到过哈拜利以这样的形象现身（应她召唤出现的只是一位银髯飘洒、风度翩翩的可敬长者）。

“他们一点也不在乎看起来是否属实！一个刚来法国不久的美国女孩，”德吕蒙气愤地说，“怎么可能会了解意大利政坛的全部秘密？当然，老百姓可以不去理会这些，让蒂安娜如鱼得水，可是教皇呢，教皇今后会背负听信荒唐言论的恶名！必须捍卫教会，避开其自身弱点！”

最先对蒂安娜存在与否提出的公开质疑出现在《自由言论报》上。随即，像《未来与宇宙》这样明确站在教会一边的媒体加入了论战。其他一些天主教团体为了论证蒂安娜的存在而牵强附会，《圣母玫瑰》杂志刊登圣彼得岛律师行会会长洛提埃的证言，证明他曾经见过蒂安娜与塔克希尔、巴塔耶以及为她画肖像的画师在一起，但这是很久以前的事了，那时候蒂安娜还是帕拉斯会会员。不管怎么说，果断地改信天主让她面带荣光，正像有作者描述的那样：“这是一个二十九岁的年轻女子，优雅、出众，身材较常人高挑，举止大方，坦率而真诚，眼中闪烁着智慧的光芒，表明她善于决断和惯于掌控全局。她衣着优雅，富于品位，既不矫揉造作，也没有大多数外国贵妇一身珠光宝气的滑稽特征……她的眼睛非同一般，时而湛蓝如海水，时而明亮如黄金。”每当有人为她献上查特酒，她都会拒绝，因为她憎恨一切沾有教会味道的东西，那时她只喝白兰地。

一八九六年九月，塔克希尔花了许多时间到特伦托组织了一场反共济会的大型会议。就是在那里，德国天主教徒对蒂安娜身份的怀疑与批评开始加剧。一位叫鲍姆加滕的神父要求出示蒂安娜的出生证明，以及见证她弃绝原本信仰时在场神父的证言。塔克希尔宣称这些证据都在他手上，却并未拿出来。

特伦托大会结束一个月之后，一位叫卡尼尔的神父在《法兰西人民报》上发表文章，直言怀疑蒂安娜就是共济会在故弄玄虚。无独有偶，有位叫贝伊的神父在最有影响力的《十字报》上表达了对此事的审慎态度。《科隆人民报》也提醒读者，就在《十九世纪的魔鬼》各分册开始出版的那一年，巴塔耶还在亵渎天主和所有的圣徒。参与论战支持蒂安娜的有那位慕斯特尔神父、《天主教文明》杂志和代理枢机主教帕罗基的一个秘书，他给蒂安娜写信"鼓励她经受住恶意诽谤的暴风骤雨，那些人竟然肆无忌惮地对她是否存在表示怀疑"。

德吕蒙与各个圈子交情匪浅，本身也不乏对新闻的灵敏嗅觉，西莫尼尼不明白他是如何做到的，反正他成功地揪出了巴塔耶的底细，或许是在那家伙酩酊大醉时偶然发现的，现在巴塔耶越来越喜欢借酒浇愁、忏悔罪恶。激动人心的一幕到来了：巴塔耶先是在《科隆人民报》上，后来又在《自由言论报》上承认他在弄虚作假。他诚挚地写道："当教皇的《人类》通谕发表后，我觉得是时候利用天主教徒的轻信和不可思议的愚蠢捞点钱了。只要找到一个儒勒·凡尔纳式的人物，给这些古怪的故事加上恐怖的包装。而我自己就充当了这个凡尔纳，就是这样……我把这些装神弄鬼的情节放置在了异域的环境里，当然没有人会去核实……天主教徒就这样照单全收了。这些人简直愚蠢到即使现在我承认是我捉弄了他们，他们也不会相信我。”

洛提埃在《圣母玫瑰》杂志上写文章说，也许他弄错了，他看到的那个女人并非蒂安娜·沃恩。最终耶稣会士也首次发文出击，由一位叫波塔利耶的神父撰文发表在非常严肃的学术期刊《研究》上。这似乎还不算完，有几份报纸报道了查尔斯顿（共济会的大会长派克应该就住在这里）的诺斯罗普主教大人亲赴罗马，以个人名义向教皇利奥十三世保证，他所在城市的共济会会员都是良善之辈，而且在他们的会所里也没有一座撒旦的雕像。

德吕蒙大获全胜，塔克希尔被打倒在地。反共济会和反犹太斗争再度回到正经人手里。

二 四

弥撒之夜

一八九七年四月十七日

亲爱的上尉，

在您最后这几页日记里记载的事件数量惊人，显然在您经历这些事件的同时，我也经历了另外一些事。毫无疑问，您对我身边发生的事了如指掌（势必如此，鉴于塔克希尔和巴塔耶的事已闹得沸沸扬扬），也许您记录的比我能回忆起来的还要多。

如果现在是一八九七年四月，那么我和塔克希尔以及蒂安娜的故事已经持续了十二年，这其中发生了太多的事。比如，我们是什么时候让布朗消失的呢？

应该是在《十九世纪的魔鬼》出版后不到一年的时间里。一天晚上，布朗来奥特伊找我们，他惊慌失措，一直用手绢擦着唇边泛出的浓密白沫。

“我死定了，”他说，“他们要杀我。”

巴塔耶医生决定给他一大杯烈酒，好让他回过神来，布朗没有拒绝，喝下后便语无伦次地给我们讲了一个与巫术及魔法有关的故事。

他曾和我们说过，他和斯坦尼斯拉斯·德·瓜伊塔及其玫瑰十字喀巴拉会之间积怨很深，还有那个约瑟凡·佩拉当，后来，他在分裂思想的驱动下创立了天主教玫瑰十字会——显然这些人物都在《十九世纪的魔鬼》里露过面。依我之见，佩拉当的玫瑰十字会和后来布朗当上大祭司的温特拉斯教派没什么区别，他们都穿着印有喀巴拉符号的白袍子到处跑，没人搞得清楚他们是属于天主这边，还是站在魔鬼那边，但或许正因如此，布朗才与佩拉当那一派打得不可开交。他们争夺同一个地盘，伺机引诱同一批迷失的灵魂。

瓜伊塔忠实的朋友都说他是一位高雅的绅士（他是侯爵），专门收集布满五芒星的魔法典、卢尔①和巴拉塞尔苏斯②的著作，还有他导师埃利法斯·莱维③留下的关于黑白魔法的手稿，以及其他各种珍奇罕见的著作。据说，他整天待在特鲁丹大街一楼的公寓里，在家里他只接待神秘主义者，有时一连几个星期足不出户。但是还有人说，他就在家里对抗一个被他关在衣柜里的灵魔，在享受了足量的酒精与吗啡之后，他就会让那些由他的幻觉制造出来的鬼影现身。

他经常接触恐怖的学说，他那些题为《被诅咒的科学》的文章就能说明这个问题，文章揭露布朗那些路西法或路西法教派、撒

① Raymond Lulle（约 1235—1316），加泰罗尼亚作家、逻辑学家、方济各会士和神秘主义神学家。
② Paracelsus（约 1493—1541），瑞士医生、炼金术士，现代医疗化学学科的鼻祖。
③ Eliphas Lévi（1810—1875），法国作家、神秘主义魔法师。

……他就在家里对抗一个被他关在衣柜里的灵魔，在享受了足量的酒精与吗啡之后，他就会让那些由他的幻觉制造出来的鬼影现身……

旦或撒旦教派、恶魔或恶魔教派的阴谋诡计，把他描述成一个“将通奸纳入礼拜仪式”的堕落之人。

这个故事由来已久，那还是在一八八七年，瓜伊塔和他的拥趸组织了一个“入会法庭”，宣判布朗有罪。这是道德审判吗？可布朗却始终认为这是肉体的惩罚，他不断感觉到被神秘的气流袭击、殴打、伤害，瓜伊塔和其他人正向他掷来无形的标枪，即便他们不在近旁。

眼下布朗感到自己已是穷途末路。

“每天晚上，我睡意正浓的时候，总感觉有人打我，一顿拳头或几记反手耳光——并非我的感官出了毛病而产生幻觉，您要相信我，因为与此同时，我的猫也会躁动不安，就像是被电击了一样。我知道，瓜伊塔用蜡做了一个人偶，然后用针扎它，于是我就感觉到针扎般的疼痛。我想以其人之道还治其人之身，用魔法把他弄瞎，但瓜伊塔识破了我的计策，在这些法术上他比我要厉害，于是他就用巫术来对付我。我的视力模糊了，呼吸也变得沉重，我真不知道自己还能活几个钟头。”

我们不能确定他讲的这些是否属实，但这不是重点。这个可怜的家伙真的很难受。此刻，塔克希尔灵光一现。“您干脆装死，”他说，“然后让可靠的人散布消息，说您在来巴黎的旅途中身亡。您别再回里昂了，就在这里找个地方藏身，把胡子完全刮掉，变成另外一个人。就像蒂安娜一样，一觉醒来成了一个新人，但与蒂安娜不同，您要保持这个身份，直到瓜伊塔和他的同伴都认为您死了，不再加害您。”

“那我靠什么生活呢，如果不回里昂的话？”

……他不断感觉到被神秘的气流袭击、殴打、伤害，瓜伊塔和其他人
正向他掷来无形的标枪，即便他们不在近旁……

"您就住这儿,和我们一起住在奥特伊,至少等到这场喧闹趋于平静,您的仇人原形毕露。其实蒂安娜一直都需要有人帮助,您能每天留在这里比单纯登门造访对我们更为重要。"

"不过,"塔克希尔补充道,"如果您有信得过的朋友,在装死之前您要给他们写信,突出您死亡的征兆,矛头明确指向瓜伊塔和佩拉当,这样您那些悲痛欲绝的追随者才会对凶手大加讨伐。"

一切按计而行。唯一了解真相的是蒂博夫人,布朗的助手、女祭司、亲信(或许还有什么别的关系),她向巴黎的朋友们详细讲述了布朗临终前的情况,感人至深,我不知道她是如何敷衍那些里昂的信众的,或许她让人下葬了一口空棺材。不久后,布朗的一位朋友和死后的捍卫者雇蒂博夫人当了管家,此人叫于斯曼[1],是一位相当受欢迎的作家。我确信当我不在奥特伊的时候,有时蒂博夫人会趁晚上来看望她这位老相好。

听到布朗的死讯,记者儒勒·布瓦[2]在《吉尔·布拉斯》[3]杂志上讨伐瓜伊塔,指控他是对布朗实施巫蛊之术的杀人凶手,接着《费加罗报》刊登了一篇对于斯曼的专访,原原本本讲述了瓜伊塔是如何实施巫术的。还是在《吉尔·布拉斯》上,布瓦再次控诉瓜伊塔,并请求为布朗验尸,看看他的肝脏和心脏是否留有瓜伊塔无形针刺的伤痕,同时呼吁展开司法调查。

瓜伊塔也在《吉尔·布拉斯》杂志上予以还击,他调侃了自己的致命法力("就算我有这本事吧,那我就用这恶毒的技艺制成最

① Joris-Karl Huysmans(1843—1907),法国小说家,后成为现代派文学的先锋。
② Jules Bois(1868—1943),法国作家、记者。
③ *Gil Blas*,德吕蒙创办的文学刊物。

为细微的毒药，让它挥发成有毒的蒸汽，从千里之外飘进与我不睦之人的鼻孔里，我就是下个世纪的吉尔·德·莱斯。”）。他向于斯曼和布瓦同时发出了决斗的挑战。

巴塔耶暗自窃笑，他观望着这些徒有魔法的人，无论哪一方，没有一个人能伤及对方的汗毛，然而图卢兹的一家报纸却暗示有人真的使用了巫术：载布瓦去决斗的四轮马车有一匹马莫名倒地不起，换马之后，新换的马也突然扑倒在地，致使马车翻倒，布瓦到达决斗现场的时候已然鼻青脸肿。此外，据说他的一颗子弹在一股超自然力的作用下卡在了手枪里。

布朗的朋友们也向小报透露，佩拉当的玫瑰十字会成员在巴黎圣母院举行了一场弥撒，然而，仪式进行到举扬圣体的时候，他们居然凶恶地向祭坛挥舞起匕首。天晓得是不是真的。对于《十九世纪的魔鬼》而言，这些新闻相当夺人眼球，比读者习以为常的那些消息要可信得多。只是也要连带扯上布朗，而且是毫不客气的质疑。

“您已经死了，”巴塔耶对布朗说，“无论别人再怎样评价死者，应该都与您无关。再说，万一哪一天您需要复活，我们会为您打造一个神秘的光环，这将对您有益而无害。所以您不用担心我们会写什么，我们写的人都不是您，而是那个叫布朗的人，现下他已经不在人世了。”

布朗同意了，或许他已沉浸在自恋的狂喜中，巴塔耶不断炮制的关于他神秘活动的天书奇谈，他也读得津津有味。但实际上，他似乎只被蒂安娜所吸引，他成天心怀鬼胎地追着蒂安娜，我都要为她感到担心了，而蒂安娜也被布朗天花乱坠的谎话弄得愈发神魂颠倒，就好像她还不够脱离现实似的。

后来发生的事您已经巨细靡遗地讲过了。天主教世界分为两派，其中一派质疑蒂安娜·沃恩是否确有其人。巴塔耶叛变了，塔克希尔构筑的城堡也正在坍塌。我们现在被一群死对头叫着喊打，同时折磨我们的还有很多蒂安娜的模仿者，比如您回忆过的那个马尔焦塔。我们知道这次太过火了，长三个头的魔鬼与政府首脑一同赴宴确实很难令人信服。

与贝尔加马斯基神父见过几次面之后，我已经完全相信，就算《天主教文明》的那些罗马耶稣会士决定继续支持蒂安娜，法国的耶稣会士（从您引用过的波塔利耶的那篇文章可见一斑）已经决定作罢了。和埃布特尔纳的简短交谈也使我相信，共济会方面也迫切希望这场闹剧尽快结束。对于天主教徒而言，他们希望悄无声息地了结此事，以免再度使教会颜面扫地。至于共济会，相反，他们要求一份言之凿凿的声明，以此证明这些年来塔克希尔的反共济会宣传都是纯粹的污蔑。

于是，有一天我同时收到了两封信札。一封来自贝尔加马斯基神父，信上说："我授权您给塔克希尔五万法郎，让他完全了结此事。以耶稣基督之名，致以兄弟般的问候，贝尔加马斯基。"另一封来自埃布特尔纳，信上说："那么，还是了结此事吧。您可以给塔克希尔十万法郎，如果他公开承认这一切都是他编造的谎言。"

我肩负两边的嘱托，剩下的就只有去执行了——当然要在双方委托人许诺的资金到账之后。

巴塔耶的背叛让我的任务变得更加容易。我只要说动塔克希尔改变或者说再次改变信仰就可以了。就像当初一样,我又有了十五万法郎可以支配,给塔克希尔七万五就够了,因为我有比金钱更具有说服力的理由。

"塔克希尔,我们已经失去了巴塔耶,让蒂安娜抛头露面可能会有困难。我会想办法让她消失。但我最担心的却是阁下:根据我得到的消息,共济会已决定和您做一个了结,您自己的书里也写过他们的报复行为是如何的血腥。先前天主教的公共舆论是站在您这一边的,但现在您看到了,耶稣会士纷纷回避。不过现在正有一个难得的机会在等着您:一个会所,您别问我是哪个,因为这要严格保密,愿意给您七万五千法郎,条件是您要公开宣布您欺骗了世人。您知道这会使共济会占据优势:可以洗刷掉您泼在他们身上的污秽,还可以把污秽泼向天主教徒,让他们背负上偏听偏信的名声。至于您,这么富于戏剧性的变故会引起巨大的广告效应,让您以后的著作卖得比以前还要好,反正您以前的书在天主教徒那里的销量已经每况愈下。您只需重新开拓共济会与反教会的读者市场。这对您有好处。"

我无需多费口舌:塔克希尔是一个跳梁小丑,一听到有机会再度表演闹剧,顿时眼睛发亮。

"您听我说,亲爱的神父,我去租一个场地,通知媒体说某一天蒂安娜·沃恩即将现身,还将当众展示一张魔王阿斯莫德的照片,是路西法亲口同意她拍摄的!这么说吧,在海报上承诺与会者有机会参与抽奖,奖品是一台价值四百法郎的打字机。当然没必要真的去抽奖,因为到时候我会上台宣布蒂安娜根本不存在——假如她不存在，自然也就不存在打字机这回事了。我都能想象出来那个场面：我一定会登上各大报纸的头版。太棒了！您给我一点时间筹备，如果您不介意的话，帮我从那七万五千法郎里预支些钱，作为活动经费……”

第二天，塔克希尔找到了场地，就在地理学会，但一直要到复活节星期一那天才能用。我记得我是这么对他说的：“这么说还有将近一个月。这段时间请您别到外面闲逛，以免招致别的什么非议。我也利用这段时间考虑一下该如何安置蒂安娜。”

塔克希尔迟疑了片刻，嘴唇颤动了一下，唇上的小胡子也随之颤动。“您不会……除掉蒂安娜吧？”他说。

“开什么玩笑，”我回答，“您不要忘了我是神职人员。我只是要送她去我带她出来的地方。”

听说要失去蒂安娜，他看上去有些怅然若失，但对于共济会报复的恐惧胜过了他现在或往日对蒂安娜的迷恋之情。除了是个无赖，他还是个懦夫。假如我告诉他，是的，我正有意除掉蒂安娜，他会作何反应呢？也许出于对共济会的惧怕，他也会接受这个现实。只要不是让他去执行这个任务。

复活节星期一那天是十九日。如果我辞别塔克希尔时告诉他要等一个月，那么这件事应该发生在三月十九日或二十日。今天是四月十六日。在我一点一点梳理近十年来发生的事件的过程中，我的记忆恢复到了将近一个月前的时候。这本日记不只对您有用，对我也应该很重要，它可以帮我找到迷惑的根源，然而如今什么都没有发生。或许关键事件就发生在最后等待的这四个星期里。

此刻，我似乎很怕再多想起什么来。

四月十七日，拂晓

当塔克希尔在屋子里怒气冲冲地走来走去，狂躁不安的时候，蒂安娜却对正在发生的一切浑然不知。她正处于两种状态交替的过程中，她睁大眼睛看着我们窃窃私语，只有当一个熟悉的人名或地名像一道微弱的闪电划过她的脑海时，她才看上去清醒一些。

她的情况越来越接近植物人的状态，唯一存留的动物性表征，只有越来越强烈的淫欲，发泄对象分别指向塔克希尔、巴塔耶——当他还和我们在一起的时候、布朗，当然也有我，尽管我尽量不给她提供任何机会。

蒂安娜刚刚加入我们的时候才二十出头，现如今她已年过三十五岁。“不管怎么说，”塔克希尔边说边露出了淫荡的笑容，“她越成熟就越迷人，似乎过了三十岁的女人更能撩人欲望。也许是她那有如乔木的生命力为她的眼神中平添了一缕近乎神秘的魅力。”

但这些都是伤风败俗的行为，我在这方面并不在行。我的主啊，为什么我要详细描述那个女人的肉体呢？对我们而言，那只是一个不幸的工具而已。

我刚才说蒂安娜对正在发生的一切浑然不知。或许是我错了：三月间，可能是由于很久没见过塔克希尔和巴塔耶，她变得异常激动。她陷入歇斯底里，(据她讲)魔鬼残酷地附了她的身，伤害她，撕咬她，扭她的腿，打她的脸——她给我看了眼睛周围青紫的伤痕。她的手掌上开始出现类似圣痕的伤疤。她自问为什么地狱中的力量偏偏如此严厉地对待一个崇拜路西法的帕拉斯会会员，她抓住我的衣服，像是在向我求救。

我想到了布朗，对这种妖魔鬼怪之事他比我在行。事实上，我刚把他叫过来，蒂安娜就抓住了他的双臂，开始浑身颤抖。布朗双手托住她的脖颈，温柔地和她讲话，安抚她，然后向她的嘴里吐口水。

“是谁告诉你，我的孩子，”布朗对她说，“让你经受这些折磨的是你的圣主路西法了？难道你没有想过吗，你的敌人就是那个受到你帕拉斯信仰蔑视和惩罚的，被基督徒称为耶稣基督的那个家伙，要不就是他们尊称为圣人中的一个。”

“神父先生，”蒂安娜迷茫地说，“我之所以成为帕拉斯的信徒，是因为我看不出那个渎职的基督有什么本事，于是有一天我拒绝用匕首刺圣体饼，因为我认为承认圣体真的就在那么一块面饼里简直是荒唐可笑。”

“这是你错了，我的孩子。你看那些基督徒都做了些什么，他们承认他们的基督有至高无上的权力，却并未因此而认为世界上不存在魔鬼，甚至他们还惧怕魔鬼施诡计，仇视和诱惑他们。所以我们应该做的是：如果我们相信我们圣主路西法的力量，那是因为我们认为他的敌人阿多奈——把他说成基督之流又有何不可——是一种精神的存在，通过人的劣迹现身。所以你要服从命令，去践踏敌人的形象，以虔诚的路西法信徒允许的唯一方式。”

“是什么方式呢？”

"黑弥撒。如果你没有通过黑弥撒表明你拒绝基督教天主的决心,就不会获得我们的圣主路西法的福佑。"

我感觉蒂安娜被说服了,布朗提出想带她出席一场撒旦信徒的集会,以借此说服她,无论是崇拜撒旦还是路西法,或者参加帕拉斯会,其目的都是一样的,都有净化灵魂的作用。

我并不想让蒂安娜走出家门,但我也必须让她换换空气。

我看见布朗神父正在和蒂安娜谈心。他问:"昨天你喜欢吗?"

昨天发生什么了?

布朗神父接着说:"那好,明天晚上,我要再主持一场盛大的弥撒,地点在帕西的一座改做俗用的教堂里。会是一个精彩的夜晚,正好在三月二十一日春分的当天,这是一个富于神秘色彩的日子。如果你愿意来,我要给你做一些精神方面的准备,现在你一个人去告解吧。"

我出去了,布朗留下和她待了一个多小时。最后他又来叫我,告诉我蒂安娜次日晚上要去帕西的教堂,但她希望我能陪同。

"是的,神父先生,"蒂安娜对我说,她眼睛里闪烁着异乎寻常的光芒,脸颊也红了起来,"是的,请您也一起去吧。"

我本该拒绝的,但好奇心占了上风,再说,我不能被布朗看作一个不食人间烟火的古板教徒。

我一边写字,一边颤抖,我的手几乎是自己在纸面上滑动,这已经不再是回忆了,我再次身临其境,仿佛我讲述的事情此时此刻正在发生……

那是三月二十一日晚上。上尉，您的日记始于三月二十四日，您说我可能是在二十二日清晨失去记忆的。所以，假如发生了什么恐怖的事情，那应该是在二十一日晚间。

我尽量回忆着，但非常吃力，我怕是发烧了，我的额头滚烫。

到奥特伊接上蒂安娜之后，我给了马车夫一个地址。马车夫斜眼看了看我，似乎觉得我这样的顾客有些可疑，尽管我穿着教士的袍子，还答应给他一笔丰厚的小费。他驱动了马车，什么也没说。马车离市中心越来越远，沿着越来越幽暗的道路朝郊区驶去，最后转入一条小路，两旁净是废弃的破旧房屋。终于，马车停在了一条死胡同里，面前是一座正立面已破烂不堪的老教堂。

我们下了车，马车夫好像急着要走，于是我付了车费，正打算从口袋里再摸出几个法郎酬谢他时，他喊道："没关系，神父先生，同样非常感谢！"他连小费都没要就慌忙走了。

"真冷，我害怕。"蒂安娜说着紧靠在我身上。我后退了一步，与此同时，虽然她没有伸出胳膊，我还是感觉到她的手臂下面藏了什么东西。此时我才注意到，她的衣服很奇怪：她穿了一件带风帽的斗篷，从头到脚捂得严严实实，以至于在那样的一片漆黑中，很容易就被当成僧侣。这身打扮与本世纪初开始流行的哥特风格小说中描述的修道院地下通道里冒出来的修士一模一样。我从没见她穿过这身衣服，不过我也承认，我从来就没想过要检查她箱子里的东西，那是她从迪穆里耶医生那里随身带过来的。

教堂的小门虚掩着。我们走进唯一的殿堂，照明的光源来自祭坛上燃着的一排蜡烛，以及许多三脚支架形火炬。这些支架在祭坛旁边，沿着小小的半圆后殿围成了王冠的形状。祭坛上盖着一块黑布，就像葬礼上用的那种黑色呢绒绸。祭坛上本该摆放十字架或圣像的位置，如今放着一座山羊模样的魔鬼雕像，阳具前伸，很不合比例，至少有三十厘米长。这里的蜡烛既不是白色的，也不是牙黄色的，而是黑色的。在正中央的圣体柜里赫然放着三颗骷髅。

“布朗神父告诉我，”蒂安娜小声说道，“那是东方三博士的圣骨，是真的，也就是泰欧本、门塞尔和萨伊尔。他们得到警示，一颗流星即将陨落，于是就动身离开巴勒斯坦，以免成为基督诞生的见证人。”

一队少年男女面对祭坛围成半圆，男孩在右，女孩在左。他们都是青涩的年纪，还几乎分辨不出他们的性别，这个温馨的圆形剧场仿佛成了优雅的两性人栖居的场所。人人头上戴着一个枯萎的玫瑰花环，这愈发模糊了他们的性别差异，若非男孩们全身赤裸，能看到他们暴露在外相互炫耀的器官，而女孩们则穿着近乎透明的短袍，衣服轻抚着她们小小的乳房和曲线尚不明显的臀部，其实什么也遮掩不住。他们都很漂亮，尽管脸上流露出的邪恶要多于天真，但这显然为他们增添了魅力——我应该忏悔（这是多么奇怪的境地，我，一个教士，居然要向您忏悔，我的上尉），当我面对一个业已成熟的女人时，我的感觉虽不能说是恐惧，但至少是胆怯，然而我却很难逃脱一个尚未发育成熟的女孩的诱惑。

这些怪异的唱诗班少男少女依次绕过祭坛，取出一些小香炉发给祭典助手，然后有几个孩子走近那些用含有树脂的树枝搭成的三角支架，点燃它们，然后拨旺香炉里的火，弄出了股股浓烟，那种异域香料的气味使人浑身软弱无力。另外一些赤裸的男孩正在分发小酒杯，我也分到了一只。“喝吧，神父先生，”一个眼神挑逗的男孩对我说，“这有助于进入仪式的精神境界。”

我喝了下去，现在我所见所感的一切都恍如雾里看花。

布朗出场了，身披一件白色短披风，上面有一颗红色的行星，十字架倒插在上面。在十字架长短臂交叉的位置，有一个黑山羊的图案，靠后腿直立着身躯，犄角朝天……就在这位主祭者进行仪式第一项的时候，不知是有意为之，还是一时疏忽，但确实是在邪恶地卖弄，他的斗篷敞开，露出了比例硕大的阳具。我未曾料到这东西能长在布朗这种䆸人的身上，它已经勃起，显然这位神父事先服用了什么药品。他双腿包裹着黑色的长袜，但几乎是透明的，就像塞莱丝特·莫加多尔[1]在马比耶舞厅跳康康舞时穿的那种（唉，现在已登在了《沙里瓦里》和其他胡闹的周刊上，就连神父和修士也能看见，不管他们想不想看）。

这位主祭转身背对信徒，开始用拉丁文做弥撒，而下面的少男少女则随之应和。

“以亚斯她录、阿斯莫德和别西卜之名。我将登上撒旦的祭坛。”

“是他赐予我们希望的喜悦。”

“路西法，万能之神，驱散阴霾并粉碎你人民的敌人。”

“主啊，撒旦，让我们看到上主的力量，听到我对自己的

---

① Céleste Mogador（1824—1909），法国著名舞女。

宽纵。”

“愿你能听到我亵渎神明的呐喊。”

布朗从他的斗篷下面抽出一个十字架，放在自己脚边，在上面踏了好几脚：“啊，十字架，我要将你粉碎，以纪念圣殿的先师们，并为之复仇。”

就在这时，蒂安娜毫无预警的，仿佛突然受到了神启（但这一定是昨天布朗趁她告解时教给她的），她穿过殿中两侧的信徒，径直来到祭坛脚下。随即，她转向众信徒（应该是不信神的叛徒才对），庄严地将风帽和斗篷一并脱去，赤裸的身体熠熠发光。我不知该说什么好，西莫尼尼上尉，但这场景依然历历在目，她像伊西斯女神一样一丝不挂，只有脸上蒙着一条轻薄的黑色面纱。

平生第一次看到一个女人完全不能自已地裸露身体，我就像打了个嗝一样，一下怔住了。她那红金色的头发平时都简简单单挽成发髻，现在散落下来，轻抚着她魔鬼般完美的丰臀。你看，在这尊异教的雕像上，精致的脖颈像石柱一样高傲地立在她洁白如玉的双肩之上，双乳（我是第一次看到女人的乳房）魔鬼般傲然挺立。胸前仅剩一件没有肉欲的东西，就是蒂安娜从不离身的项坠。

蒂安娜转过身，以淫荡的身姿沿祭坛下的三级台阶走上去，然后在主祭者的帮助下平躺在祭坛上，头枕在了一个四周有银色流苏的黑色天鹅绒枕头上。她的长发垂过了祭坛的边缘，腹部微微隆起，双腿叉开，露出遮隐她阴部的黄铜色毛发，此时，她的身体在微红烛光的映照下闪烁着诡异的光芒。我的主啊，我不知该用怎样的语言来描述我眼前这一幕，仿佛我生来对女性身体的厌恶和她们带给我的恐惧已荡然无存，为我留下了承载全新感受的空间，就像一种从未品过的烈酒沿着血管流遍了我的全身……

布朗在蒂安娜的胸口放了一个用象牙雕成的小阳具，又在她的腹部铺了一块有刺绣的织物，最后在上边摆放了一只用黑色石头雕成的圣杯。

他从圣杯里取出一块圣体饼，西莫尼尼上尉，这当然不是您用来做生意的那种祝圣过的圣体饼，而是布朗正要在蒂安娜肚子上予以祝圣的饼，虽说布朗已遭教会驱逐，总归当过神圣罗马教会名副其实的神父。

他用拉丁文念诵道："请接纳吧，上主，撒旦，收下这份祭品，这是我，您不肖的仆人奉献给您的。阿门！"

说着，他拿起圣体饼，向地面轻挥两下，再往空中举两回，然后向左右各划一圈，展示给信徒说："向南方，我召唤撒旦的慈恩，向东方，我召唤路西法的慈恩，向北方，我召唤彼列[①]的慈恩，向西方，我召唤利维坦[②]的慈恩，愿地狱之门敞开，让那深渊之井的守护者在这些名字的呼唤下，朝我而来。我们的圣父，您身处地狱，您的名字遭人诅咒，您的王国被人毁灭，您的意愿被人蔑视，虽在人间，却犹如地狱！愿魔兽之名得到颂扬！"

坛下的孩子们齐声呼喊："六六六！"

这是魔兽的数量！

这时布朗高喊："赞美路西法，他的名字代表灾祸。啊，撒旦，贤于罪恶、反自然之爱、乱伦和神圣鸡奸的法师，我们崇拜的就是

① Belial，犹太教传说中的地狱之王。
② Leviathan，《圣经》中象征邪恶的一种海怪，通常被描述为鲸鱼、海豚或鳄鱼的形状。

您！而你，耶稣，我命你化身于这圣体饼中，能让我们为你重现苦难和再一次被钉上十字架的酷刑，用郎吉诺的长矛将你刺穿！[①]”

“六六六！”孩子们再次喊道。

布朗举起圣体饼，说道：“起初这是肉，这肉追随路西法左右，这肉便成了路西法。这肉最初便在路西法左右：一切都是它造就的，没有它现存的一切将无以成就。此肉化为圣言，来居于我们中间，在黑暗之中，我们看到路西法独生女儿朦胧的光彩，她身上满是呐喊、愤怒与欲望。”

他让手中的圣体饼划过蒂安娜的腹部，然后朝大殿高高举起，高喊道：“你们拿去吧，吃掉它！”

两个男孩拜倒在他面前，掀开他的斗篷，一同亲吻他扬举的阴茎。随后，所有少男少女都快速跪倒在他脚下。空气里也弥漫着别的气味，强烈得越来越让人无法忍受，渐渐地，在场的所有旁观者先是发出情欲的喘息，接着就变成了纵欲的叫喊，他们纷纷脱光衣服，无论男女老幼，两两交媾起来。

我不停地发抖，四下张望着，想要知道如何能逃出这淫窝。这个空间里充满了有毒的气息，我蜷缩在一角，就像被罩在一团浓密的云雾中，我开始时喝的那东西肯定有毒，我无法理智地思考，看眼前的一切已然像隔着一片泛红的雾霭。透过这层红雾，我发现了蒂安娜，她依旧赤裸，已没有面纱，她从祭坛上下来，径直朝我走来。

我生怕自己也沦落得像那帮信众一样，所以直往后退，直到

---

① 郎吉诺是罗马总督派去处置耶稣的行刑兵，耶稣被钉在十字架上时，他用长矛刺透耶稣的肋。后来他悔过自新，皈依了天主。

一根柱子挡住了我的去路。蒂安娜喘息着向我逼近,我的主啊!我手上的笔在抖动,我头脑浑浊,因厌恶自己而几近落泪(就像当时一样)。我甚至无法叫出声来,因为某种不属于我的东西侵入到我的口中,我发现自己在地上翻滚,四周的香气令我眩晕,这是试图与我融合的躯体为我带来了一种濒死般的刺激感,我着了魔,宛若萨尔佩提耶尔医院里的歇斯底里症患者,我正触摸着(用我自己的手,就像我真的愿意)那个与我无关的肉体,我以外科医生般狂热的好奇心进入了她那伤口,我恳求那位女巫放过我,我为了保护自己而咬她,她却大声喊着叫我再来,我拼命把头往后仰,脑子里想着提梭医生的话,我知道这样的错误会导致全身瘦削、面如死灰、视力模糊、惊醒失眠、声音嘶哑、眼球刺痛,因腐气侵入而导致满脸红斑,吐出灼烧物质,心悸不止——最终是患上梅毒,双目失明。

就在我什么都看不见的时候,我却猛然体会到了有生以来最痛苦、最难以言表的感觉,仿佛我全身的血液一股脑从我身体的各个部位——鼻子、耳朵、指尖,乃至肛门的伤口中喷涌而出。救命啊!救命!我确信自己知道了这就是所有人一心逃离的死亡,尽管世间生物都在违反自然本能,不断地繁衍后代。

我再也写不下去了,此刻已不是在回忆,而是再度体验,那段经历我实在无法忍受,真希望再次忘掉一切……

我仿佛是在昏厥之后苏醒过来,我看见布朗在我身边,他拉着蒂安娜的手,此时的蒂安娜已重新穿上了斗篷。布朗告诉我门外有辆马车,我得带蒂安娜回家,因为她累坏了。蒂安娜浑身颤抖,嘴里叨咕着谁也听不懂的话。

布朗格外殷勤，起初我还以为他是想寻求原谅——毕竟是他将我拖入这令人作呕的场合。但当我告诉他可以走了，蒂安娜有我照顾的时候，他却执意陪着我们，还提醒我说他也住在奥特伊。他好像是吃醋了。为了刺激他，我告诉他我不去奥特伊，而是去别的地方，我要带蒂安娜去一个信得过的朋友家。

布朗脸色煞白，好像我夺走了本来属于他的猎物。

“没关系，”他说，“那我也去，蒂安娜需要照顾。”

我上了马车，想也没想就把大阿尔伯特街的地址给了车夫，似乎我已经决定，从那晚起，蒂安娜就要从奥特伊消失。布朗一头雾水地望着我，但没有作声，他上了马车，紧紧抓着蒂安娜的一只手。

一路上我们一句话都没说，我把他们带进了我的公寓。我把蒂安娜按倒在床上，抓住她的一只手腕，在我们之间默默地发生了所有那些事之后，我第一次开口对她说话。我对她咆哮道：“为什么，为什么？”

布朗试图阻止，但我用力将他推到墙边，看着他滑倒在地——直到那时我才发现，这个恶魔是多么羸弱的病秧子，在他面前我简直就是赫拉克勒斯。

蒂安娜挣扎着，她的斗篷敞开到了胸前，我无法容忍自己再次看到她的肉体，试图帮她遮住，手却碰到她胸前的挂坠，这瞬间的撕扯让链子断开了，项坠滑落在我手中，蒂安娜想要夺回去，但我退到了房间的角落，打开了那个小圣物盒。

映入我眼帘的是一幅金色图案，无疑是《十诫》马赛克版的复制品，另外还有用希伯来文写的东西。

……“妈妈,”她出神地喃喃自语,“妈妈是犹太人……”

“这是什么意思?”我靠近蒂安娜,她躺在床上,睁大着眼睛,“你母亲肖像后面的这些符号是什么意思?”

“妈妈,”她出神地喃喃自语,“妈妈是犹太人……她信奉阿多奈……”

原来如此。和我交媾的女人不仅有魔鬼的血统,还是一个犹太人——我知道,犹太人是靠母亲传承香火的。这么说,假如通过这次交合,我的精子在这个杂种女人的腹内孕育的话,我将会有一个犹太后代。

“你不能这样对我。”我叫喊着扑向这个淫妇,掐住她的脖子,她用力挣扎,我掐得更紧了。布朗缓过力气,朝我扑来,我一脚踢在他小腹上,让他摔出老远。我看他晕倒在角落里,便再次扑向蒂安娜(噢!我真的完全失去了理智),渐渐地,她的眼睛好像要从眼眶里鼓出来,舌头伸出,垂在嘴外边,我听到她发出最后一丝喘息,然后她的身体就瘫软下来,没有了生气。

我镇定了下来,考虑着自己这一举动的严重后果。布朗在墙角呻吟着,近乎被阉割的样子。我努力振作精神,笑道:“这样也好,反正我永远不会给犹太人当爸爸了。”

我镇定了下来,告诉自己应该让这个女人的尸体消失在下水道里——那里已然变得比您的布拉格公墓更受欢迎,上尉先生。但那底下漆黑一片,我要拿一盏油灯,穿过整条走廊走到您家,然后再下到您的店铺里,从那儿到下水道去。我需要布朗的帮助,他正努力从地上站起来,像个疯子一样也呆呆地盯着我。

刹那间我想起，我不能让这个目睹我杀人的证人离开这座房子。我记起巴塔耶送给我的那支手枪，于是打开我藏枪的那个抽屉，用枪指着仍用呆滞目光望着我的布朗。

“我很遗憾，神父，”我对他说，“如果您想活命，就帮我把这个柔软的身体处理掉。”

“行，行。”他说，好像一副极度销魂的样子。在慌乱的挣扎中蒂安娜死了，舌头耷拉在外边，眼睛瞪得大大的。在布朗眼中，这个蒂安娜与那个赤裸着身体在我身上寻欢作乐的蒂安娜一样令人销魂。

话说回来，我那时头脑也不清醒，就像在梦中。我用蒂安娜自己的斗篷将她卷起，把一盏点燃的灯递给布朗，然后抓住死者的双脚，将她拖过走廊直到您家，然后从小楼梯下到店里，再从那里到下水道，每下一级楼梯，尸体的头就会撞击一下，发出恐怖的声音，最后终于将尸体安放在了达拉·皮科拉（另一个）的遗体旁边。

我觉得布朗好像疯了。他露出了笑容。

“好多死人，”他说，“也许这底下要比外面的世界好些，瓜伊塔还在外面等着我……我能留在这里陪蒂安娜吗?”

“瞧您说的，神父，”我对他说，“求之不得。”

我拔出枪，射击，正中眉心。

布朗歪歪斜斜地倒下，几乎是倒在了蒂安娜的腿上。我得弯腰将他抬起来，放在蒂安娜身边。他们就像一对恋人并排长眠。

以上就是到此刻为止，我在失忆前，焦躁地回忆起的事情经过。

这个圈总算画圆了。现在我明白了。这会儿是四月十八日，复活节周日的清晨，我写下了三月二十一日深夜我经历的一切，给我认为是达拉·皮科拉神父的那个人……

二 五

真相大白

摘自一八九七年四月十八日和十九日日记

到了这里，站在西莫尼尼身后偷看达拉·皮科拉手迹的人应该可以看出文字至此中断了，仿佛他已握不住手中的笔，他的身体瘫倒在地，笔继续在纸上滑动，在日记里留下很长一段不知所云的涂鸦，直至超出纸的边缘，弄脏了书桌的绿色毡垫。而后，在下一页纸上，似乎是由西莫尼尼上尉接着写了。

那个穿着教袍、头上戴着达拉·皮科拉假发的人再次苏醒过来，现在他已没有疑虑，确定自己就是西莫尼尼。他马上看到书桌上摊开的日记，最后几页纸上写满了狂乱的字迹，渐渐变得无法辨识，出自那个人称达拉·皮科拉神父的笔下。他一边看，一边出了冷汗，心怦怦地跳着，他记起来了，在神父写完这些内容时，他（神父）或他（西莫尼尼）……更确切地说，是他自己昏了过去。

他一清醒过来，头脑中的迷雾就渐次散去了，一切都水落石出。随着意识的恢复，他明白了，自己和达拉·皮科拉是同一个人，昨晚达拉·皮科拉记述的一切，如今他也想起来了，也就是说，他记得自己穿着达拉·皮科拉的衣服（不是被他杀死的那个大龅牙，而是他自己多年来创造并演绎的那一个）经历了恐怖的黑弥撒。

那后来发生了什么呢？或许是在蒂安娜挣扎的时候，碰巧扯下了他的假发，或许是为了把受害者遗体拖进下水道，他不得不脱去神父的长袍，然后，大概是在盛怒之下，他本能地回到了自己在大阿尔伯特街的房间，并于三月二十二日早上苏醒过来，却无法记起那身衣服的下落。

与蒂安娜的肉体接触，蒂安娜透露自己卑贱的血统，以及他迫于无奈、近乎仪式性的杀人灭口，这一切让他难以承受，于是那一夜他丧失了记忆，或者说，达拉·皮科拉与西莫尼尼共同丧失了记忆，这两个人格在那个月里不断交替。这大概和蒂安娜的情况一样，通过一次癫痫发作，一次昏厥，从一种状态过渡到另一种状态，但自己却浑然不知，每次醒来都是不同的身份，还以为自己只是睡了一觉而已。

弗洛伊德医生的疗法很奏效（尽管他自己可能永远都无从知道）。西莫尼尼通过同另一个自己对话的方式，慢慢地，从麻木的记忆中抽丝剥茧，终于讲到了最关键的时刻，讲到那件给他带来创伤的事，那件事把他分裂为两个完全不同的人，而每一个都只记得他过去的一部分，如果没有他，或那个其实一直都是他自己的人，他们就无法重新构建完整的过去。他们各自都试图向对方隐瞒令记忆消失的那个可怕而不堪回首的理由。

回忆起过去的一切，西莫尼尼当然会感到筋疲力尽。为了证实自己真的获得了新生，他合上日记本，决定走出家门。既然他已经知道自己是谁，就无需害怕碰见任何人。他感到自己需要吃一顿像样的饭，但那天他还不想放纵自己去大肆饕餮，因为他的感官刚刚经历了严峻的考验。像一位底比斯的隐修修士一样，他觉得需要自我惩罚。他去了福利科多餐馆，只花了十三个苏，吃得很差，但这合乎情理。

回到家后，他匆匆把刚刚想起的一些细节记在了纸上。他已经没有任何理由继续写日记了，因为当初是为了回忆现在已经知道的那些过去，但如今写日记已经成了习惯。先前他假设在他之外还存在一个达拉·皮科拉，所以在差不多一个月的时间里，他一直幻想有一个人在和他对话，而通过对话他才意识到，自己从小到大有多么孤独。也许（叙述者斗胆推测）他之所以人格分裂，只是想有个能交谈的对象。

此时此刻，他认识到另一个人并不存在，就连这本日记也是在自言自语。但他已习惯于唱这样的独角戏，并决定继续唱下去。并不是因为他异乎寻常的自恋，而是别人的厌恶使他不得已而为之。

当拉格朗日让他监视布朗时，他让达拉·皮科拉登场了——这是他自己的达拉·皮科拉，真的那个早已被杀死。在他看来，在很多事上一个神职人员引起的怀疑会比一个世俗之人少得多。他并不介意让一个他亲手干掉的人重回人世。

他买下莫贝尔死胡同里的房子和店铺时没花什么钱，但他并没有立刻启用大阿尔伯特街上的房间和出口，他更喜欢把家设在死胡同里，为的是可以掌控店铺。达拉·皮科拉刚一登场，他就用廉价家具布置了那个房间，将那里变成了他的幽灵神父的幽灵住所。

达拉·皮科拉的身份除了能让他打探到撒旦信徒和神秘教派的内部消息，还能让他应临终者至亲（或远亲）的邀请，出现在病榻前，而那些亲属都将是西莫尼尼伪造遗嘱的受益人——这样，万一有人质疑那份遗嘱来路不明，就会有教会中人出来作证，他将证明遗嘱与死者临终时向他小声表达的最后意愿完全一致。当塔克希尔的事出来以后，达拉·皮科拉就变得更加重要，实际上，十多年来，他担负起了整项工作。

穿着达拉·皮科拉的服装，西莫尼尼得以接近贝尔加马斯基神父和埃布特尔纳，因为他的伪装十分成功。达拉·皮科拉没有胡子，淡金色头发，眉毛浓密，特别是他总戴一副天蓝色镜片的眼镜，遮住了他的目光。就好像这些还不够，他还天才地创造了一种笔迹，字体更小，几乎像出自女人之手，此外他还改变了自己的声音。的确，当他是达拉·皮科拉的时候，不但说话与写字方式与西莫尼尼不同，就连思维方式也发生了变化，他完全投入到了这个角色中。

只可惜现在达拉·皮科拉要消失了（所有以此为名的神父好像都要面临这样的命运），但西莫尼尼必须完全摆脱这件事，不仅是为了彻底忘记那些对他造成伤害的耻辱，也是为了复活节星期一塔克希尔能履行承诺，宣布放弃现在的信仰，最后也是因为蒂安娜已然不在人世，最好让这桩阴谋的一切蛛丝马迹荡然无存，以免有人提出令人不安的质疑。

他能利用的时间只有这个星期天和星期一上午了。他再一次穿上了达拉·皮科拉的服装去见塔克希尔，近一个月来，那家伙每隔两三天就跑一趟奥特伊，但既没见到蒂安娜，也没见到他，那个老妇人什么也不知道，塔克希尔开始担心他们被共济会绑架了。他告诉塔克希尔，迪穆里耶给了蒂安娜家人的真实地址，在查尔斯顿，他已安排好让蒂安娜乘船回美国。一切就绪，正好让塔克希尔准备就绪，公开他的骗局。他从答应支付的那七万五千法郎里预支出五千给了塔克希尔，他们约好第二天下午在地理学会见面。

随后，他仍旧以达拉·皮科拉的身份去了奥特伊。老妇人见到神父大吃一惊，因为她已经快一个月没看见神父和蒂安娜了，她不知该对屡次上门的可怜的塔克希尔先生说些什么。他对老妇人讲了同样的故事，蒂安娜找到了自己的家，回美国了。他慷慨地付了一大笔遣散费，封住了这个老妇人的口，她收拾好衣物，当天下午就走了。

当晚，西莫尼尼烧掉了这些年来与这群人有关的所有文件和线索。深夜里，他把一只装有蒂安娜所有衣物和首饰的箱子拿去送给了加维亚里，这个捡破烂的人一旦有货到手，从不过问来路。第二天一大早，他去找房东，称自己临时有任务要出远门，他解除了租约，甚至二话没说，赔付了六个月的房租。房东和他一起去房子里查看家具和墙壁是否完好，然后收回钥匙，上了两道门锁。

现在只剩下“杀死”（第二次）达拉·皮科拉了。这轻而易举。

西莫尼尼脱去教袍,将它放回走廊里,就这样,达拉·皮科拉就从人间蒸发了。小心起见,他还把房间里祷告用的跪凳和天主教书籍搬走,挪到了自己的店铺里,作为出售的货物卖给那些不太可能上门的收藏爱好者。这样,他就有了一个为他另外某种身份准备的落脚点,要用的东西一应俱全。

与这个故事有关的痕迹荡然无存,只有塔克希尔和巴塔耶会记得。不过巴塔耶当了叛徒,之后肯定不会再露面了,至于塔克希尔,今天下午故事就会见分晓。

四月十九日下午,西莫尼尼穿着他平时的衣服来欣赏塔克希尔上演公开反悔的好戏。除了达拉·皮科拉,塔克希尔只认识一个化名福尼耶的公证员,没有胡子,栗色头发,还有两颗金牙,他见到西莫尼尼留胡子的面孔仅有一次,就是他来请求伪造雨果和布朗书信的那次,但那已是十五年前的事了,或许他早就忘了那个伪造文书的人长什么模样。但西莫尼尼为了确保万无一失,还是贴上了白胡子,戴上了绿色的眼镜,让人们以为他是学会成员,这样他就可以安安静静地坐在后排,尽情享受这场表演。

所有报纸都发布了活动的消息。大厅里人山人海,聚集了好事者、蒂安娜·沃恩的忠实崇拜者、共济会会员、记者,甚至还有大主教的代表和教皇特使。

塔克希尔的演讲尽显法国南方人的胆识与口才。听众都期待蒂安娜现身,等待塔克希尔确认这十五年来他出版的书都是可信的,然而出乎他们的意料,塔克希尔一开始就谈起了他和天主教记者的论战，然后用一句“各民族的智慧都告诫我们，与其哭，不如笑”引出了他要揭秘的核心问题。他谈到自己对于招摇撞骗的兴趣（“我们马赛的孩子可不是闹着玩的！”他的话引起了观众的阵阵笑声）。为了让大家相信他是一个爱无中生有、搬弄是非的人，他津津有味地讲述了马赛鲨鱼事件和日内瓦湖底古城事件。但什么也比不了他一生中设下的这个最大的骗局。于是他就开始讲起他怎样表面皈依天主，以及他如何欺骗那些前来确认他悔改诚意的告解神父和灵魂导师。

其实，演说一开始就被打断，先是几次哄堂大笑，后来是各方神职人员的怒斥，他们恼羞成怒，有些人愤而退场，有些人抓起椅子，仿佛要扔过去砸他。总之，现场乱作一团，然而塔克希尔的声音还能听得见，他在讲述他是如何在教皇发布《人类》通谕后，为了讨好教会，决定诋毁共济会。“但归根结底，”他说，“共济会应该感谢我才对，因为我将那些仪式公之于众与他们淘汰落后习俗的决定不无关系，这些落后习俗已经成为每一位寻求进步的共济会友人的笑柄。说到天主教徒，在我改教之初就已查明，他们中很多人都相信宇宙的伟大建筑师——共济会的最高主宰——就是魔鬼。那好，我只要渲染这个信念就行了。”

混乱仍在继续。当塔克希尔引述他与利奥十三世的谈话时（教皇问我：“我的孩子，你想要什么？”塔克希尔回答：“圣父，此刻死在您的脚边将是我的至福！”），台下叫声一片，有人高喊：“请对利奥十三世有些敬意，你没有权利直呼其名！”有人怒吼：“我们在听什么东西？简直令人作呕！”有人大叫：“喔！……这个无赖！哦！……这个肮脏的狂徒！”而大多数人都在一旁冷笑。

“就这样，”塔克希尔讲道，“我让当代路西法信仰的大树苗壮成长，我把帕拉斯会的仪式安在了他们头上，这一切都是我杜撰的，从头到尾。”

接着，他讲述了如何让一个酗酒的老朋友充当巴塔耶医生，又如何编造出索菲亚·沃尔德或萨福的角色，最后讲了所有署名蒂安娜·沃恩的著作都出自他的笔下。“蒂安娜，”他说，“只是一个新教徒，打字员，美国一家打字机公司的代表，一个聪明的女人，幽默、朴素而端庄，就像所有新教女教徒一样。”他起初拿魔鬼这一套来吸引她，她入迷了，成为自己的同伙。后来她对这种邪恶的勾当上了瘾，去给主教和枢机主教写信，并收到了教皇机要秘书的回信，告诉梵蒂冈要认清路西法的阴谋……

“但是，”塔克希尔接着说，“我们也看到，共济会方面相信了我们编造的这些谎言。当蒂安娜揭发阿德里亚诺·莱米被任命为查尔斯顿的大法师，成为继任的路西法会至尊大祭司时，一些意大利共济会会员，其中还包括一位参议员，都信以为真，纷纷抱怨莱米为什么不事先通知他们，他们在西西里、那不勒斯和佛罗伦萨成立了三个独立的帕拉斯会最高委员会，任命沃恩小姐为荣誉委员。那位臭名昭著的马尔焦塔先生写文章说认识沃恩小姐，其实是我和他谈起可以见面，但未曾兑现，于是他谎称，或者认为自己真的有这样的经历。就连那些出版社也上了我的当，但是他们没有什么好抱怨的，因为我向他们打了包票，出版的这些作品肯定能与《天方夜谭》相匹敌。”

“先生们，”他接着说，“当我们发觉自己被戏弄了，最好的办法就是跟旁观者一起一笑了之。卡尼尔神父先生（他指的是在场

……“蒂安娜，”他说，“只是一个新教徒，打字员，美国一家打字机公司的代表，一个聪明的女人，幽默、朴素而端庄，就像所有新教女教徒一样。”……

的一位，此人是批他最凶的人之一），您要是发火的话，只会让别人更加笑您了。”

“你这个流氓！”卡尼尔挥舞着手杖怒斥道，朋友们纷纷劝阻他。

“话说回来，”塔克希尔继续说，“我们不能苛责那些在入会仪式上对魔鬼的现身信以为真的人。善良的天主教徒或许不会相信是撒旦带着耶稣基督登上了山顶，让他俯瞰大地上的所有王国……可如果地球是圆的，他又怎能让耶稣看到所有的国家呢？”

“好！”一些人叫道。

“起码您没有亵渎神明！”另一些人叫道。

“先生们，”塔克希尔准备收场，“我承认我犯下了扼杀幼童罪：帕拉斯信仰已死，因为它的父亲亲手断送了它的性命。”

眼下，会场里的喧嚣到达了极点。卡尼尔神父站在椅子上，试图向在场的人发表激昂慷慨的演讲，但他的声音被一些人的大笑和另一些人的威胁淹没了。塔克希尔站在演讲台上，沾沾自喜地望着吵闹的人群。这是他最荣耀的时刻。倘若他想要加冕为欺诈之王的话，那么他的目的已经达到了。

他骄傲地注视着从他面前经过的人，那些人挥舞着拳头或手杖对他喊道：“你不感到羞耻吗？”每人都是一副难以理解的样子。他为什么要羞耻呢？大家不都在谈论他吗？

最开心的要属西莫尼尼了，因为他正想着未来几天里塔克希尔将迎来怎样的命运。

这个马赛人四处寻找达拉·皮科拉，想跟他要钱，但他不知道究竟该到哪里去找。如果他去奥特伊，等待他的只有一所空房子，或者已经住进了其他人。他根本不知道达拉·皮科拉在大阿尔伯特街的那个地址。他不知道去哪里寻找公证员福尼耶，也根本不会把多年前帮他伪造雨果书信的那个人和福尼耶联系在一起。布朗已经踪迹全无。他根本不知道埃布特尔纳，这位他并不熟识的共济会大佬，和他的事有什么关系，也永远不会知道贝尔加马斯基神父的存在。总之，塔克希尔不知道该找谁去要他那笔报酬。这样，被西莫尼尼揣入囊中的钱就并非一半，而是全部了（只可惜少了预支的那五千法郎）。

西莫尼尼一想起这些就觉得好笑：这个可怜的骗子在巴黎大街上四处游荡，寻找着压根就不存在的神父和公证员，寻找着尸体已匿于秘密下水道的撒旦信徒和帕拉斯会女会员，寻找那个即便神志清醒也什么都说不出来的巴塔耶，以及一包名不正言不顺的法郎。他遭到了天主教徒的咒骂，共济会会员也用怀疑的目光看待他，因为他们有理由担心他再一次变脸。大概他还欠了印刷厂很多债务，正焦头烂额，不知道该上哪儿去撞他那个可怜的脑袋。

然而，西莫尼尼想，这个马赛无赖罪有应得。

二 六

最终的解决方案

一八九八年十一月十日

我从塔克希尔、蒂安娜，以及最关键的达拉·皮科拉的牵绊中解脱出来已经有一年半之久了。就算那时我生了病，现在也已经痊愈了。这要归功于自我催眠术，或者说弗洛伊德医生。然而近几个月来我却生活在各种焦虑之中。假如我是信徒的话，我会说我感到内疚并备受折磨。但又是因何内疚，被谁折磨呢？

就在我欣然戏弄了塔克希尔的那天晚上，我怡然自得地庆祝了一番。唯一遗憾的是，我的胜利无法与别人分享，不过我也习惯了自娱自乐。就像从马尼餐厅分流出的那些大人物一样，我去了布雷邦小牛咖啡馆。我因塔克希尔惨败而挣到的钱可以供我为所欲为。餐厅领班认出了我，但更重要的是，我也认出了他。他为我介绍了弗朗西沙拉，这道菜是大仲马在作品大获成功之后创造的，噢，应该是他的儿子小仲马才对，天啊，我真是老了。先把土豆煮熟，切成片，趁热加入盐、胡椒、橄榄油和奥尔良醋调味，外加半杯白葡萄酒，可以的话最好是滴金酒庄的酒，然后撒上各种香草末。与此同时，把顶级贻贝放入葡萄酒奶油汁里烹煮（只拌进三分之一土豆），外加一根芹菜。最后将所有食材一起拌匀，撒上一层用香槟煮熟的松露薄片。这一切要在食用前两小时完成，等凉了再上桌。

然而，我的内心并不平静，我觉得有必要重新开始写日记，以理清我的思绪，就像在继续接受弗洛伊德医生的治疗一样。

但事实是，令人不安的事情接连发生，我一直处在没有安全感的状态下。首先，我惴惴不安地想要知道下水道里躺着的那个俄国人是谁。他，或许有两个人，四月十二日曾经来过这里，就在这个房间。其中一人是否又来过第二次呢？有好几回，我都找不到想要的东西——东西并不值钱，一支笔或一沓纸之类——后来都找到了，只是出现在我敢保证没有放过的地方。有人来过这儿，翻检、挪动我的东西。后来他找到了吗？会是什么呢？

俄国人，也就是拉奇科夫斯基，一个神秘莫测的人物。他来找过我两次，都是来催我交出他认为是我祖父遗留的从未公开的材料。我再三搪塞他，一则是因为我还没有编出一份令人满意的文献，二则是为了吊吊他的胃口。

他最后一次上门的时候对我说，他已经没有耐心再等下去了。他执意想要知道是否只是价码的问题。“我并不贪心，”我告诉他，“祖父真的留给我一些文件，是关于布拉格公墓那晚的会议纪要，但没在我手边，我得离开巴黎去某个地方拿。”“那您去吧。”拉奇科夫斯基对我说。随后他相当隐晦地暗示我，德雷福斯事件的进展会给我带来麻烦。关于这件事他都知道什么呢?

事实上,虽然德雷福斯已被解往魔鬼岛,但人们对这一事件的议论并未终止。甚至那些认为德雷福斯冤枉的人,也就是那些所谓的挺德雷福斯派,已经开始为他说话,一些笔迹鉴定学家也自发地讨论起贝蒂荣的专业鉴定水平。

一切始于一八九五年底,当时桑德尔中校已经离任(他好像患上了慢性瘫痪,或是类似的病症),取而代之的是一个叫皮卡尔[①]的人。此人一上任就表现出一副好事者的模样,很明显他还在反复思考德雷福斯事件,尽管此案已告结数月之久。就在去年三月,他弄到了德国大使馆字纸篓中的一份电报草稿,是一名德国武官想要发给埃斯特拉齐的。草稿内容没什么危害性,可是为什么这个德国武官要和一名法国官员取得联系呢?皮卡尔加紧了对埃斯特拉齐的监视,找来他的笔迹样本,结果发现这位少校的笔迹与德雷福斯的那份清单非常相似。

我知道此事,是因为有人将它透露给了《自由言论报》,德吕蒙对这个多管闲事的家伙很是恼火,因为他想重新调查一件圆满了结的案子。

"我知道他把这件事报告给了布瓦岱弗尔[②]将军和贡斯[③]将军,但幸好他们未予理睬。我们的将军又不是神经病。"

快到十一月的时候,我在编辑部见到了埃斯特拉齐,他非常

① Marie-Georges Picquart(1854—1914),法国将军,曾任陆军部部长。
② Raoul de Boisdeffre(1839—1919),法国将军。
③ Charles-Arthur Gonse(1838—1917),法国将军。

紧张，想和我私下聊聊。一个叫亨利的少校陪他来到我家中。

“西莫尼尼，背地里有人说那份清单上的字是我写的。您是按照德雷福斯的信件或笔记上的字体抄写的，难道不是吗？”

“当然啦。范本是桑德尔给我的。”

“我知道，不过为什么那天桑德尔没叫上我呢？为什么他不核查一下德雷福斯的字体样本呢？”

“我是按要求做的。”

“我知道，我知道。可是您最好帮我解开这个谜题。您万一被什么我没有识破的阴谋诡计所利用，就很可能会有人想除掉您这个危险的证人。您有危险了。”

当初我真不该和这些军人搅和在一起。我忐忑不安。后来埃斯特拉齐讲了他希望我做什么。他给了我一份意大利使馆随员帕尼扎尔迪的亲笔信，还有一份我要伪造的信件内容，也就是帕尼扎尔迪和那位德国武官谈论与德雷福斯的合作事宜。

“亨利少校将会负责找到这份文件，然后转呈贡斯将军。”埃斯特拉齐最后说。

我做完我的工作，埃斯特拉齐给了我一千法郎，后来发生了什么我就不清楚了，但在一八九六年年底，皮卡尔突然被调到突尼斯第四步枪军团。

然而，就在我忙着摆平塔克希尔的时候，皮卡尔似乎动用了一些朋友，事态变得更加复杂了。当然，这都是些非官方的消息，通过某种渠道泄露给了报纸，声援德雷福斯的媒体（为数不多）将其当成确切消息登载，反对德雷福斯的媒体则斥之为造谣惑众。

后来有几封发给皮卡尔的电报浮出水面，人们由此推断，德国人发给埃斯特拉齐的那封臭名昭著的电报就是皮卡尔一手炮制的。然而就我所知，那是埃斯特拉齐和亨利的一个计策。其实大可不必给对手罗织罪名，就像一场精彩的网球比赛那样，只要把向你飞来的球回击给对手就行了。神圣的主啊，让军方介入间谍活动（和反间谍活动）真是过于严肃了，像拉格朗日和埃布特尔纳这样的专业人士绝不会闹出这样的乱子，但是这些军方人士，今天还是情报部门的红人，明天就跑到了突尼斯第四步枪军团，或者从教皇的朱阿夫军团跑到外籍军团，如果都是些这样的家伙，你还能指望什么呢？

此外，他们这最后一计几乎落空，对埃斯特拉齐的调查也随即展开。如果是为了摆脱所有嫌疑的话，这家伙会不会说出那份清单是我写的呢？

我整整一年都没有睡个安稳觉。每天夜里都能听到家中传出异响，我很想起身下楼到店里看看，但又怕在那里撞见俄国人。

那年一月，经过一场非公开的审讯，埃斯特拉齐洗清了各种指控和嫌疑。皮卡尔被罚去守六十天要塞。但声援德雷福斯的那些人还不肯让步，一个叫左拉的粗俗至极的作家发表了一篇火药味十足的文章（《我控诉！》），一群三流作家和所谓的科学家纷纷投入战斗，呼吁重审此案。普鲁斯特、法朗士、索雷尔[1]、莫奈、

---

[1] Georges Sorel(1847—1922)，法国哲学家、革命工团主义理论家。

列那尔[①]、杜尔凯姆[②]都是什么人呢？在亚当家的沙龙上从来没见过他们。那个普鲁斯特据说是一个二十五岁的娘娘腔，他写的东西幸好都没有发表过；莫奈则是一个蹩脚的画家，我看过他一两幅画，好像是在用一双糊满眼屎的眼睛看世界。军事法庭上的判决和一个文人或一个画家有什么相干？唉，可怜的法国啊！德吕蒙感慨道。假如这些所谓的"知识分子"——输掉官司的律师克莱蒙梭这样称呼那些人——能专注于自己力所能及的那点事儿……

左拉迎来了一次审判，谢天谢地，他被判一年徒刑。在法国还是有公正可言的，德吕蒙说，五月间他当选了阿尔及尔参议员，所以议会中将会出现一大帮反犹太主义者，这将有助于捍卫反德雷福斯的论调。

一切都似乎越发顺利，七月，皮卡尔被判八个月监禁。左拉逃往伦敦，我琢磨着再也不会有人重提此案了，但一个叫基涅的上尉出面作证，帕尼扎尔迪借以指控德雷福斯的那封信是伪造的。我不知道基涅凭什么说那封信是假的，因为我伪造得天衣无缝。不管怎么说，高层采纳了他的意见，鉴于信是由亨利发现并传播出去的，人们便又开始议论关于"亨利造假"的传闻。八月底，走投无路的亨利招供了，他被关进了瓦莱利安山的监狱，第二天就用剃须刀割喉自尽了。我就说过，有些事永远不要交给军方去办。没错吧？你们关押一个有叛国嫌疑的犯人，居然还留剃须刀给他？

---

① Jules Renard(1864—1910)，法国作家，龚古尔学院成员。

② Émile Durkheim(1858—1917)，法国犹太裔社会学家、人类学家，法国首位社会学教授。

……参谋部里还是有太多的犹太人！……

"亨利不是自杀,是被自杀的!"德吕蒙坚决这样认为,他简直怒不可遏,"参谋部里还是有太多的犹太人!我们要发动公众捐款,要求重新审理亨利一案!"

然而四五天以后,埃斯特拉齐逃往比利时,又从那里逃往了英国。这几乎等于承认了罪行。问题是,他怎么没有出于自保而把罪过推到我身上呢?

就在我内心煎熬的时候,一天夜里,我又听见家中传来异响。第二天一早我发现,不只是店里,就连地下室里也是一片狼藉,通往下水道那道小楼梯的门敞开着。

正当我寻思是否也应该像埃斯特拉齐一样逃之夭夭的时候,拉奇科夫斯基按响了我店铺的门铃。这回他没有上楼,而是坐在店里一把准备出售的椅子上,那架势像是在说:"看谁还敢要它。"他开口说道:"如果我告诉安全部,这下面的地窖里有四具尸体,略去其中一个就是我正在四处寻找的手下,您说怎么样?我等得不耐烦了。再给您两天时间,去弄来您说的那些会议纪要,我可不会忘记在这下面看到的东西。我觉得这是一笔公平的交易。"

就算拉奇科夫斯基已经知道我下水道里的全部秘密,我也不会感到惊讶。倒不如尽量从他提出的这笔交易里谋得一些别的利益,反正我早晚也要给他一些东西。于是我斗胆回复他说:"您能不能也帮我一个忙,解决一个我和军方情报部门之间的问题……"

听罢他笑了起来:"您是怕有人发现是您伪造了那份清

单吧？”

的确，这个人什么都知道。他双手合十，像是在整理思路，然后讲给我听。

“这件事或许您根本没搞清楚，只是怕有人把您牵扯进来。这您只管放心。出于国家安全的考虑，法国上上下下都必须相信那份清单是真实的。”

“为什么？”

“因为法国炮兵部队正在研发最新武器，75 mm 加农炮，他们需要让德国人继续以为他们仍然在研制 120 mm 加农炮。所以必须让德国人得到消息，有个间谍正在出售关于 120 mm 加农炮的机密情报，从而认为这就是问题的要害。您头脑清醒，想必会这么想，德国人会说：‘噢，天啊，早知道这份清单是真的，我们应该在把它扔进字纸篓以前了解一下内容才对！’这样的话，他们真应该把这张纸条吞进肚子里。然而他们还是落入了圈套，因为在情报部门，从不会有人把自己知道的悉数告诉别人，他们永远在猜想邻桌的同事没准是一个双重间谍，他们可能会相互指责：‘什么？这么重要的一份报告竟然连武官本人都不知道，他似乎是这封信的收件人啊，要么就是他知道内容却绝口不提？’想想看，相互猜忌，乱作一团，而有人就会因此丢掉脑袋。所以无论是当时还是现在，都必须让所有人相信那份清单。这就是为什么要十万火急地把德雷福斯解往魔鬼岛，不让他有机会为自己辩解，如果他真是间谍，不可能放着 75 mm 加农炮不搞，而去搞 120 mm 加农炮的情报。甚至听说有人把手枪放在他面前，让他以自杀来逃避即将临头的耻辱。这样也就避免了公开审判的种种危险。但德雷福斯这家伙一根筋，坚持为自己辩护，因为他深知自己无罪。一个军官永远都不能有自己的想法。不过，在我看来，关于75 mm加农炮的信息这个倒霉蛋真的一无所知，我们很难想象这样的东西会跑到一个见习军官的办公桌上。不过，凡事还是小心点好。您明白吗？假如让人知道这份清单是您一手炮制的，这个障眼法就会被揭穿，德国人也会知道120 mm加农炮是虚晃一枪——德国佬头脑迟钝没错，但也不是完全盲目。您会说，实际上不只是德国的情报部门，法国的也是一样，都掌握在一帮糊涂蛋手里。这是自然，除了为秘密警察工作的人，这个组织会稍好一些，如您所见，我们在双方内部都有眼线。”

“那么埃斯特拉齐呢？”

“我们这位花花公子是一个双重间谍，假装为德国使馆的人刺探桑德尔的情报，实际上是为桑德尔监视那些德国人。他精心设计了德雷福斯案件，但桑德尔考虑到此后他的处境江河日下，德国人会开始怀疑他。桑德尔心知肚明那份笔迹样本是埃斯特拉齐的，因为他考虑这虽然是要栽赃德雷福斯，但万一出了状况，随时都可以把责任推到埃斯特拉齐身上。显然，埃斯特拉齐知道自己落入圈套的时候已经太迟了。”

“那他为什么不干脆把我供出来呢？”

“因为他们会揭穿他，那样的话就算他不沉尸河底，也会被发配到某个要塞。然而照现在这样，他还可以在伦敦优哉游哉地过日子，拿着一份情报部门提供的不错的俸禄。但无论是继续将此案归咎于德雷福斯，还是判定这个卖国贼是埃斯特拉齐，那份清单都应该是真实可信的。绝不会有人把罪名安在您这样一个造假者头上。这一点您尽管放心。但我却可以利用下面那些死尸给您制造些麻烦。所以，就交出我要的那些资料吧。后天会有一个为我干活的小伙子来找您，他叫戈洛文斯基[①]。您不需要弄出最终版的原始资料，因为资料将会是俄文的，这事由他来办。您只要给他提供一些真实可信的新鲜材料，以充实您那份早已尽人皆知的关于布拉格公墓的资料。我的意思是，把这份揭秘材料的来源设定在那座公墓里召开的会议，我觉得不错，但会议召开的时间您要处理得含混一些，要多涉及现实问题，而不是中世纪的传说。”

这下我可得好好动动脑筋了。

我用了整整两天两夜的时间整理了几百份笔记和剪报，这些资料都是我和德吕蒙过从甚密的这十几年来收集的。我没想到它们能派上用场，因为这些全都是《自由言论报》上发表过的东西，不过对于俄国人来说可能会是未经披露的材料。关键在于甄别和筛选。无论是那个戈洛文斯基，还是拉奇科夫斯基，感兴趣的当然不会是犹太人在音乐或探险方面的无能。他们更感兴趣的恐怕是犹太人疑似图谋让善良的人们倾家荡产。

我检查了哪些材料曾经被我假托犹太拉比之口使用过。犹太人试图攫取铁路、矿山、森林、税收和土地田产，他们觊觎司法界、律师界和公共教育界，妄图渗透哲学、政治、科学、艺术，尤其是医学领域，因为医生比神父更容易走入千家万户。他们需要逐

---

① Matvei Golovinski(1865—1920)，俄罗斯裔法国作家、记者和政治活动家。

渐削弱宗教的力量，传播自由思想，取消教学大纲中的天主教课程，垄断酒类买卖，控制新闻出版。主啊，他们还想要什么啊？

不是我不能再次使用这些材料，因为关于犹太拉比的那些言论，拉奇科夫斯基应该只了解我给格林卡的那个版本上的内容，那上面仅仅谈论了宗教和一些恐怖的话题。但现在我确实要在以前的文本中添加一些新的内容。

我把所有题材的文章认认真真地翻阅了一遍，这些内容都能引起一般读者的兴趣。然后我用看起来有半个世纪之久的漂亮字体在一张泛黄得恰到好处的旧纸上抄写了下来：于是，祖父留给我的文件就有了，就像一份真的会议纪要，就像在那个犹太人聚居区，他年轻时曾经住过的地方，真的召开了犹太民族会议，并在布拉格公墓会议之后将会议纪要翻译了过来。

次日，当戈洛文斯基踏进店里时，我有些吃惊，拉奇科夫斯基居然把这么重要的任务交给一个孱弱而又近视的年轻农民，他穿着丑陋，一副全班倒数第一的呆相。但谈起话来我才发现，他要比看上去精明得多。他法语讲得很烂，有浓重的俄罗斯口音，但他马上就提出疑问，为什么都灵犹太人聚居区的犹太拉比要用法文做记录。我告诉他，那时候在皮埃蒙特有文化的人都讲法语，这总算让他信服了。事后我琢磨我那些公墓里的犹太拉比是否该讲希伯来语或意第绪语，但既然现在这些文件都用的是法语，这个问题也就没有任何意义了。

“您看，”我对他说，“比如说这一页，他们强调推广无神论的哲学思想，从而削弱非犹太教徒的意志。听听这里写的：‘我们要拔除基督教精神乃至上帝的概念，然后用数字计算和物质需求取而代之。’”

我估摸着不会有人喜欢数学这种东西。我想起了德吕蒙对于色情刊物的抱怨，我认为，至少是对于具有正统观念的人而言，向大众传播这种简单乏味的娱乐简直就是居心叵测。“您听这段，”我对戈洛文斯基说，“‘为了避免人民自己寻求这样或那样的政治运动新路线，我们要用各种娱乐来分散他们的注意力：体育锻炼、休闲娱乐、各种爱好、餐厅酒馆，我们将邀请他们参与各种艺术与体育竞赛……鼓励人们追求无节制的奢华生活，我们还会提高工资，但这并不能减轻工人阶级的负担，因为与此同时我们会以农业减产为由，提高生活必需品的价格。我们会在工人阶级中间播撒无政府主义的种子，吹捧他们对酒的品位，以逐步破坏工业生产的基础。我们还要努力引导公众舆论，倡导各种貌似进步或自由的虚幻理论。’”

“好，好，”戈洛文斯基说，“可是除了这段关于数学的文字，有没有适合大学生的内容？在俄国，大学生很重要，都是些需要管控的热血青年。”

“这不是嘛：‘等到我们掌权的时候，我们将从教学大纲中删除所有能够扰乱青年思想的内容，我们要把青年改造成听话的孩子，爱戴他们的领袖。与其让他们学习古代典籍和古代历史这些坏榜样多于好榜样的东西，不如让他们研究未来。我们要从人类记忆中删除千百年的历史中对我们不利的东西。通过系统的教育，肃清那些我们在某个时期为达成目标而广泛利用的独立思想的余毒……对于那些不足三百页的书籍我们将加倍征税，这项规定将迫使作家出版大部头的作品，而读者将少之又少。而我们自己将会出版一些便宜的书籍，以教育大众的思想。重税可以减少出版纯消遣性的文学作品，想用笔杆子攻击我们的人因而找不到出版商。’至于报纸，犹太人计划先营造一个虚假的新闻自由，以此来大规模地控制社会舆论。拉比们说，必须垄断尽可能多的期刊，借以表达看似各异的观点，给人留下一种自由交流思想的印象，但实际上所有刊物都是在反映犹太统治者的意愿。犹太人发现收买记者并非难事，因为他们自成一个团体，没有一个出版商敢于揭露他们互相勾结的丑事，事实上，如果不是私生活中有些不清不楚的地方，无论是谁，也不会被记者的圈子所接纳。‘当然，我们必须严禁报纸刊登犯罪新闻，要让人民相信新政权已杜绝了所有的犯罪行为。不过，我们也不必担心对新闻的限制超过一定限度，因为新闻自由与否民众根本不会觉察，他们已被工作和贫穷缚住了手脚。那些乱说话的无产阶级劳动者有必要获得随便说话的权利吗？’”

“说得很好，”戈洛文斯基评论道，“我们那里的热血青年总是抱怨政府有所谓的新闻检查制度。要让他们知道，如果换了犹太政府，情况会更糟。”

“关于这个，我还有更好的：‘我们应该考虑到群众狭隘、善变和不够沉着的特点。群众的力量是盲目的，缺乏理性的判断，他们一会儿听这边的，一会儿又听那边的。让他们管理国家事务而不掺杂个人利益，这有可能吗？他们有能力组织力量抵御外敌吗？绝不可能，因为一项计划在有各种想法和意见分歧的情况下必然会支离破碎，从而失去原有的价值，变得令人费解，难以执行。唯有专制君主才能构想出庞大的计划，然后分派给国家机器的各个职能部门……若没有绝对的专制，文明也就不复存在，因为文明唯有在统治者的庇护下才能得到发展，而这个统治者谁都可以，但不能是群众。'您再看这另一份文件上说的：'鉴于从未见过哪部宪法是出自人民的意志，那么治国大计也应该是由唯一一个头脑来完成的。'您再看看这个：'我们将掌控一切，就像千手毗湿奴[①]一样。我们甚至连警察也不需要，因为我们国民中的三分之一会监控另外的三分之二。'"

"太精彩了。"

"还有呢：'群众是野蛮的，他们在任何场合都举止粗鲁。想想那些丧失理智的醉鬼，他们被酒精变成了白痴，是自由在纵容他们这样无节制地痛饮！我们能够允许自己或我们的同胞做出这样的事吗？信奉基督的民族被酒精引入了歧途，他们的年轻人在我方间谍的教唆下过早地放纵自己……只有纯粹的力量才能赢得政治上的胜利，暴力应该成为我们的原则，而狡诈和虚伪则要作为我们的守则。恶是通往善的唯一途径。面对腐败、欺诈和背叛，我们不应畏手畏脚，我们为达目的不择手段。'"

"我们那里成天谈论共产主义，布拉格的拉比们对此是怎么看的？"

"您看这段：'从政治角度讲，我们应该毫不犹豫地没收私有财产，这样我们才能获得他人的服从，巩固自身的权力。我们将

① Visnu，印度教三相神之一，是"维护"之神，常化身各种形象拯救危难的世界。

继续被视为工人的解放者，假意本着我们共济会鼓吹的手足情深来爱护他们。我们会说，我们来的目的是把他们从压迫中解放出来，我们会建议他们加入我们的社会主义者、无政府主义者和共产主义者的军队的行列。那些剥削劳动者的贵族老爷感兴趣的是让工人阶级有饭吃，身体健康强壮。而我们的目的正好相反，我们想要看到的是这些贵族的衰亡。我们将致力于让工人永远处于贫困和无助的状态，因为只有这样，我们才能让他们服从我们的意志，在他们的群体里将永远不会产生反抗我们的力量和能量。'还有这一段：'我们将借助手中掌握的所有黄金，利用一切可能的地下方式，制造一次全球的经济危机。我们将在整个欧洲让各国庞大的工人群体一蹶不振。到那时，这些无知的普罗大众就会兴高采烈地扑向那些他们从小就嫉妒的人，抢夺他们的财产，让他们付出血的代价。而我们却没有任何损失，因为经济危机何时来袭我们会非常清楚，我们将采取必要措施来保护自己的利益。'"

"就没有什么关于犹太人和共济会的内容吗？"

"当然有。这段文字讲得非常清楚：'在取得政权之前，我们将设法在世界各地建立并大量增加共济会会所。这些会所将是我们获取情报的主要机构，也是我们的宣传中心。在这些会所中，我们将把所有社会阶级和革命阶级紧密联系起来。国际秘密警察的几乎所有警员都将加入我们的会所。加入秘密社团的大部分成员都是投机分子，他们希望以这样或那样的方式为自己开辟道路，丝毫不喜欢认真严肃。有了这些同道中人，我们的目标将更容易实现。当然，我们应该是共济会各项事业的唯一领导者。’”

“精彩!”

“您应该还记得,那些有钱的犹太人饶有兴趣地关注着反犹太主义运动在贫穷的犹太人之间展开,因为反犹太主义能唤起心肠最软的基督徒对整个犹太民族的恻隐之心。您看这里:‘反犹太的示威游行对于那些犹太人的小头目是非常有用的,因为这些行动会唤起一些异教徒对于一个民族的怜悯之情,从表面上看,这个民族遭受了不公正的待遇。这将有助于他们进一步博取异教徒对于犹太复国事业的同情。反犹太主义表现为对社会底层犹太人的迫害,这可以帮助犹太领袖控制他们,使他们产生敬畏之心。犹太领袖默许了对犹太人的迫害,因为他们在等待时机,拯救这些与他们有共同信仰的人。请注意,犹太领袖从不会在反犹太的动荡局势中吃苦头,无论是在他们努力晋升之时,还是在获得正式领导职位之后。正是这些犹太领袖在唆使基督教的看门狗去攻击最底层的犹太同胞。这群看门狗维护了犹太群体的秩序,因此有利于巩固锡安的稳定。’”

我还整理出了很多专业性的文件,都是若利关于贷款和利率机制的研究。对此我懂得不多,也不敢肯定从若利写的那会儿到现在利率没有发生变化,但我自己要相信这些资料。我把它们一份一份地递给戈洛文斯基,它们或许会在负债累累,甚至已经深陷高利贷漩涡的商人或工匠中间,找到一位愿意看下去的读者。

最后,这些日子里我一直关注着《自由言论报》上关于巴黎修建地铁线路的话题。这事由来已久,人们已经议论了几十年,但直到一八九七年七月才获得正式批准，而且最近从樊尚门到马约门之间的线路才刚刚开挖。工程尚未见什么进展，却已经成立了一个地铁公司。一年多以来，《自由言论报》发动了一场针对该公司众多犹太股东的声讨。于是我觉得有必要将犹太人的阴谋与地铁工程联系起来，因此我试着写道："有朝一日，所有的城市都将拥有地下铁路和地下通道：从这些地方，我们将能够把世界上所有的城市都炸飞，一道摧毁它们的行政机构和文献。"

"但是，"戈洛文斯基问道，"布拉格的会议是很久以前的事，那些犹太拉比怎么能知道关于地铁的事呢？"

"首先，如果您去看看十几年前在《当代》上发表的犹太拉比讲话的最后那个版本，就会知道布拉格公墓的会议是一八八〇年召开的，我记得那一年伦敦已经有地铁了。只要这项计划带有一些预言色彩就够了。"

戈洛文斯基对这段文字赞许有加，他觉得字里行间充满了无限可能。随后他又注意到："您不觉得这些文件里有许多思想是自相矛盾的吗？比如，一方面主张禁止奢华和过度的享乐，严惩酗酒；另一方面又大力推广文体活动，还让工人嗜酒成性……"

"犹太人总是一会儿这么说，一会儿又那么说，他们都是天生的骗子。不过要是您编出一份很厚的文件，人们是不会一口气读完的。我们的目标是培养厌恶情绪，一次一样，如果有人因为今天读到某些东西深感共鸣义愤填膺的话，他通常早已忘记昨天因为什么而生气。况且，要是您认真读的话，会看到那些布拉格的犹太拉比只是现在希望利用奢华、娱乐和酒精来让百姓沦为他们的奴隶，但当他们取得政权之后就会迫使百姓移风易俗了。"

“说的没错，对不起。”

“唉，这些资料我酝酿了好几十年，从小时候就开始了，因此我了解其中所有的细节。”我怀着一种天经地义的自豪感总结道。

“您说的没错。可我还是想用一些强有力的论断作为结尾，一些可以留在人们脑子里的东西，作为犹太人恶毒行径的象征。比如：‘我们野心勃勃，贪得无厌，怀有无情的雪耻之心和一腔怒火。’”

“用在连载小说里还不错。但犹太人绝不是傻瓜，你觉得他们会说出这种给自己定罪的话来吗？”

“这方面我不是太担心。那些拉比在公墓里说话，当然不担心被外人听见。他们没有廉耻可言。不管怎么样，一定要让群众感到气愤才好。”

戈洛文斯基是一个出色的合作伙伴。他相信或假装相信我这些资料的真实性，但需要的时候，他也会毫不犹豫地加以删改。拉奇科夫斯基算是找对人了。

“我认为，”戈洛文斯基最后说，“材料已经相当丰富，足够放在一起成为一份布拉格公墓拉比会议纪要了。”

布拉格公墓正从我手中溜走，但没准我正在与它获得的胜利为伍。我轻舒了一口气，邀请戈洛文斯基去位于绍塞昂坦大街和意大利人林荫大道交汇处的帕亚餐厅共进晚餐。价格很贵，但美味可口。面对王子鸡和血鸭，戈洛文斯基表现出赞赏的神情。但对于这样一个来自大草原的农民而言，或许酸菜也同样能让他吃得津津有味。我本可以省点钱，那样也能避免服务员们对这样

……可我还是想用一些强有力的论断作为结尾，一些可以留在人们脑子里的东西，作为犹太人恶毒行径的象征。比如："我们野心勃勃，贪得无厌，怀有无情的雪耻之心和一腔怒火。"……

一位嘴吧唧得山响的顾客投来的怀疑目光。

他吃得很开心,不知是借着酒劲还是出于对宗教或政治的热情,他的眼睛里闪烁着兴奋的光芒。

“一个可圈可点的文本即将问世,”他说,“让他们深沉的种族和宗教仇恨浮出水面。仇恨将从字里行间汩汩涌出,仿佛满满的胆汁从锅中溢出……很多人将会明白,到了提出最终解决方案的时刻了。”

“我听奥斯曼·贝伊用过这个说法,您认识他吗?”

“只闻其名而已。不过明摆着,应该不惜一切代价连根拔除这个可恶的种族。”

“但拉奇科夫斯基似乎不这么看,他说还需要犹太人活着,以便有一个劲敌。”

“胡说八道。劲敌随处可见。您别以为我为他干活就得接受他的全部想法。还是他教给我的,要随时准备为明天的老板效力。拉奇科夫斯基并不是永恒的。在神圣的俄罗斯,有比他更激进的人。西欧的年轻人太过胆小,无法拿出一个最终的解决方案。然而俄国却是一个充满激情和梦想的国家,始终在考虑发起一场彻底的革命。我们只能期盼俄国人采取果断的行动,而不能指望没完没了地叫嚷平等博爱的法国人,或干不成什么大事的鲁莽的德国人……”

自从与奥斯曼·贝伊那次夜谈之后我就有了这样的直觉:在看了我爷爷那封信之后,巴吕埃尔神父并未支持信中的控诉,因为他害怕引起大屠杀,但我爷爷的想法或许就是奥斯曼·贝伊和戈洛文斯基他们所预见的结果。可能我爷爷老早就选中我去替他实现梦想。啊，主啊，当然，并不是要让我一个人去消灭整个民族，但尽管贡献微不足道，我还是尽了一份力。

况且，这也是一项有利可图的活动。我心想，反正犹太人永远不会给我钱，让我消灭所有的基督徒，因为基督徒太多了。就算有可能，他们也会自己想办法。相反，消灭犹太人却是有可能的。

我无法灭绝他们，我（一般情况下）是厌恶暴力的，但我当然知道该如何去做，因为我经历过巴黎公社那段日子。你带上一帮训练有素、思想过硬的强徒，一见到鹰钩鼻、满头鬈发的人就当场处决。被杀的人中可能会有基督徒，但正如在人们即将进攻被阿尔比派占领的贝济耶城时，那位主教大人所说的："以防万一，我们要将他们尽数杀光。然后天主会辨识谁是他的仆人。"

他们的会议纪要里也写着，为达目的，不择手段。

二 七

中断的日记

一八九八年十二月二十日

当我把手上的布拉格公墓会议纪要的材料悉数交给戈洛文斯基以后，有一种被掏空的感觉。就像年轻时拿到法律系毕业证书后那样，我问自己："现在该干什么呢？"自我从人格分裂的状态痊愈后，我连个倾诉的对象都没有了。

我为自己一生的事业画上了句号，早年我在都灵躲在阁楼里读大仲马的《约瑟夫·巴尔萨莫》时就已开始的事业。我想起了祖父，想起他在提起末底改时那茫然空寂的眼神。多亏了我的创作，全世界的末底改都将奔赴恐怖的火刑柱。那么我呢？我有一种完成使命后的忧伤，比人们在远行的轮船上感到的那种忧伤来得更不着边际，更莫可名状。

我继续伪造遗嘱，每周还能卖出几十个圣体饼，但埃布特尔纳再没找过我，或许他觉得我太老了，至于军方的那些家伙就别提了，我的名字应该已被还记得我的那些人从头脑中彻底删除了——即便还有人记得，也无非是瘫痪在医院里的桑德尔和在伦敦高级妓院里玩纸牌的埃斯特拉齐了。

我并不需要钱，我攒的钱已经够多了，但我感到烦闷。我忍受着胃病的煎熬，甚至不能以珍馐美味来慰藉自己。我自己在家煮汤，因为只要去餐馆吃饭，我就会彻夜难眠。有时我还会呕吐。小便也比以前频繁了。

我还是经常去《自由言论报》编辑部，然而德吕蒙反犹太的狂热已不再能让我激动。布拉格公墓里发生的那些事现在已经成了俄国人的工作。

德雷福斯事件依然余波未平，今天，一个支持德雷福斯的天主教徒突然在报纸上写文章发难，而这份报纸以前一直是坚决反对德雷福斯的，就像《十字报》一样(那时候，《十字报》在蒂安娜的协助下奋勇论战：多么美好的时光啊)。昨天，报纸头版都被协和广场上的反犹太暴力事件占满了。在一份幽默小报上，卡兰·达士[1]发表了两帧连续漫画：第一帧上是一个人口众多的家庭围坐在餐桌前，一家之主警告大家不要谈论有关德雷福斯的事，第二帧下方写着“谈论之后”，画面上则是愤怒的群殴场景。

德雷福斯事件让法国人彼此对立，也让世界其他地方能读到相关报道的人们泾渭分明。此案会被重审吗？而此时德雷福斯本人还远在卡宴。活该他倒霉。

我去找过贝尔加马斯基神父，我发现他老态龙钟，非常疲惫。可不是嘛，我都六十八岁了，他应该已经有八十五岁了。

---

① Caran d'Ache(1858—1909)，法国漫画家，原名埃马努埃尔·普瓦雷(Emmanuel Poiré)，生于俄罗斯，被视为现代漫画艺术的缔造者之一。

……我去找过贝尔加马斯基神父，我发现他老态龙钟，非常疲惫……

“我正想去看你，西莫尼尼，”他对我说，“我要回意大利，找个教堂度过余生。我已为天主的荣耀殚精竭虑。难道你还想活在这到处都是尔虞我诈的地方吗？我已经恨透了尔虞我诈。还是你爷爷那个时代好，一切都明明白白，烧炭党在那边，我们在这边，大家都知道敌人是谁，在什么地方。现在早就时过境迁了。”

他已经老糊涂了。我友善地拥抱了他，然后离开了。

昨天晚上，我从穷人圣朱利安教堂前经过。教堂的大门前坐着一个人，一个双腿瘫痪的瞎子，秃头上满是青一块紫一块的伤痕，他用一个鼻孔吹一支小笛子，勉强吹出一些旋律，而另一个鼻孔则发出沉闷的嘶嘶声，因此只能张大嘴巴呼吸，就像一个快要淹死的人。

不知为什么，我当时非常害怕，仿佛活着已经成了一件龌龊的事。

我无法安睡，常做噩梦，梦见蓬头垢面、脸色惨白的蒂安娜出现在我面前。

我经常清晨就出门，去观察那些捡烟屁股的人。他们的行为令我着迷。天一亮，你就会看见他们四下转悠，每人腰间用绳子拴着一个发臭的布袋，手里拿一根尖端包铁的棍子，用它可以扎起烟蒂，即便是桌子底下的也不费力。观察他们很有意思，比如在室外的咖啡座，服务员用脚踢他们，甚至有时候用苏打水的吸管往他们身上洒水。

他们中很多人都在塞纳河边过夜，清晨可以看见他们坐在码头上，把被口水浸湿的烟丝从烟灰中分离出来，或是在河水里清洗被烟油污染的衬衫，等到在太阳下晾干后继续他们的工作。那些胆子最大的不仅捡卷烟的烟屁股，还去捡拾雪茄和香烟，这时他们将浸湿的烟纸与烟丝分离的举动更加让人恶心。

随后，你会看见他们涌入莫贝尔广场及周边地带，兜售他们那些破烂货，刚赚上几个钱，就一头钻进一家小酒馆，去喝那穿肠的毒药。

我观察别人的生活，以此来消磨时间。我真是过上了退休的生活，或者说是退伍啦。

说来也怪，我好像在怀念那些犹太人。我很想他们。从年轻时代起，我就一碑一碣地构筑我的布拉格公墓，而如今它就像被戈洛文斯基盗走了一样。天晓得他们在莫斯科会把它变成什么样子。或许我的那些会议纪要会被他们改编成一份干巴巴的官方文件，失去了里面的怀旧氛围。没有人愿意读这样的资料，我耗尽一生就做出了一份无用的证明材料。抑或，这样一来我那些拉比（他们永远是属于我个人的犹太拉比）的思想就能伴随着这最终的解决方案传播到世界各地。

我曾在什么书上读到过，在弗兰德大街尽头一座古老的庭院里，有一座葡萄牙犹太人的公墓。从十七世纪末开始，一个叫卡莫特的人在那里建起了一家旅馆，他允许犹太人，大部分是德国人，在那里埋葬他们去世的亲友，埋一个成年人五十法郎，一个孩子二十法郎。后来，旅馆被转手给了一个叫马塔尔的皮货商，他把剥了皮的牛马的尸体埋在犹太人墓地的旁边，犹太人提出抗议，于是有葡萄牙犹太人在那附近买了一块地安葬他们的逝者，而北欧各国的犹太人则在蒙鲁日另寻了一块土地。

本世纪初，公墓关闭了，但人们还是可以进去。里边还有二十几块墓碑，有些刻了希伯来文，有些刻了法文。我看到一篇相当诡异的铭文："至高的天主在我生命的第二十三个年头召唤我过去。我宁可选择受奴役的状态。此地长眠着萨穆埃尔·费尔南德斯·帕托，卒于唯一的一统的法兰西共和国二年四月二十八日，永念。"原来是个共和派，无神论者，犹太人。

这地方肮脏不堪，但有助于我想象布拉格公墓的模样，那座公墓我只是看过几张图片而已。我曾是一个很会讲故事的人，那会儿我很可能成为艺术家：我根据一点点蛛丝马迹创造了一个神奇的舞台，全球阴谋的黑暗太阴中心。我怎么会让自己的创作就这么溜走呢？我大可用它衍生出许许多多别样的故事……

拉奇科夫斯基又找上门。他对我说他还需要我。我火了："您言而无信。我还以为我们两清了，我给了您那些没人看过的资料，您为我家下水道的事保密。其实我才应该另有所图才对。您不会以为这么珍贵的资料是免费的吧。"

"明明是您言而无信。那些文件是换我保持沉默。如今您还敢要钱。好吧，我不想多费口舌，就用钱来买那些文件吧。这样的话也还得给我点什么，让我对下水道的事保持沉默。好了，西莫尼尼，咱们别再讨价还价了，惹烦了我可对您没什么好处。我告诉过您，对法国来说，那份清单必须被视为真实的，但对俄国而言就不是这样了。把您的事向媒体公开对我来说不费吹灰之力。到时候您的余生将在法院的审判室里度过。噢，我还忘了，完全是为了了解您的过去，我和贝尔加马斯基神父还有埃布特尔纳先生都谈过了，他们告诉我您曾经给他们介绍过一位达拉·皮科拉神父，由他负责塔克希尔的事。我想尽办法寻找这位神父，但他似乎凭空消失了，和他一起消失的还有奥特伊寓所中共同参与此事的所有人，只有塔克希尔本人还在巴黎四处游荡，他也在寻找这位失踪的神父。我完全可以让您因为杀人而吃官司。”

“可是没有他的尸体。”

“这下边还另有四具呢。能在一个下水道里放上四具尸体的人，完全可能在别的地方处理掉一个死人。”

我落在了这个卑鄙小人的手里。“好吧，”我认输了，“您想干什么？”

“在您给戈洛文斯基的材料里有一个环节让我印象深刻，就是利用地铁线路炸毁大型城市。不过，为了让这项计划更加可信，需要有炸弹真的在地下开花。”

“在哪儿？伦敦吗？巴黎这儿还没有地铁啊。”

“不是已经开挖了吗？在塞纳河畔已经凿了一些洞了，我不需要把整个城市都炸上天。我只要炸断两三根支撑梁就行了。最好再加上一块路面。一次小小的爆炸，但响动却被视为一次威胁与郑重的警告。”

“明白了。但这与我何干？”

“据我所知，您接触过炸药，而且手下还有一些爆破专家。所以您要欣然接受才好。在我看来，您万无一失，因为这些刚刚开挖的洞夜间都无人看守。但我们也必须承认，要是特别不走运的话，这个作案之人也有可能被发现。这个人如果是法国人，最多坐几年大牢，但要是俄国人，就会引发两国之间的战争。所以这个人不能是我们的人。”

我本打算做出激烈的反应，因为我不能让自己卷入如此疯狂的行动中，我是一个温文尔雅的人，而且已经一把年纪了。但是我克制住了。几个星期以来我那种空虚感是从何而来的呢？难道不是由于感觉自己不再是主角的缘故吗？

我接受了这项任务，重返一线。借此我可以让我的布拉格公墓的故事更具说服力，让它比以往任何时刻都更加真实。我将再一次以一己之力击败一个种族。

“我得去找我需要的那个人，跟他谈谈，”我回答说，“过几天给您答复。”

我去找加维亚里，他还在捡破烂，但多亏了我的帮助，他有了合法的身份证明，手头也有些积蓄。可惜还不到五年的时间，他已经老得吓人了，卡宴的岁月为他留下了不少痕迹。他双手颤抖，我频频为他斟酒，他却要费很大力气才能举起酒杯。他举步维艰，几乎不能弯腰，我不禁产生疑问，他这副样子怎么能捡破烂呢？

他对我的提议表现出很大的热情：“现在可不是那会儿了，那时候有些炸药您不能用，因为没有足够的时间脱身。现在全都是优质的定时炸弹了。”

“怎么用呢？”

“这个简单。随便拿个小闹钟，调到想要的时间。等时间一到，闹钟的指针一弹，但并非启动闹铃，而是触动事先连接的引爆装置。引爆装置引爆炸药，然后‘砰’的一声。这时候您已经在百里开外了。”

第二天，他来找我，若无其事地带来一个简单得可怕的玩意，简直难以想象，用那么一小团线和一只神父用的大怀表就能造出一枚炸弹吗？“就是这么做的。”加维亚里拿着怀表说。

两天后我去那些施工中的洞穴踩点，装出一副好奇的样子，问了工人们一些问题。我物色好一个洞，很容易就可以从离地面不深的走道通到有许多柱子支撑的隧道。我不想知道这条隧道通向何方，如果它能通向什么地方的话，只要在隧道口装上炸弹就大功告成了。

我面对加维亚里劈头盖脸地说：“我极其敬佩您的本事，但您双手颤抖，腿脚也不利索，不可能下得去，谁知道该怎么鼓弄您说的那些东西。”

他眼圈湿润：“没错，我已经是个废人了。”

“有什么人能代您去吗？”

“我谁也不认识了，您别忘了，我最好的伙伴现在还在卡宴，还是您把他们送去的。所以您就只能自己承担责任了。您不是想让炸弹爆炸吗？那就自己去安装吧。”

“开玩笑，我又不是这方面的专家。”

“您用不着成为专家，只要有个专家指导就行了。认真看看我放在桌上的东西，都是让一枚优质定时炸弹起爆的必不可少的材料。无论什么样的闹钟，比如这个，只要懂得在设定好的时

……我不想知道这条隧道通向何方，如果它能通向什么地方的话，
只要在隧道口装上炸弹就大功告成了……

间启动闹铃内部的机械构造就好了。再有，这是一个电池，闹钟驱动后，一并启动引爆装置。我是个老派的人，所以愿意用这种丹聂耳电池，这种电池跟伏打电池不一样，特别之处在于它里边装的是液体。用的时候要往小容器里注入一半硫酸铜，一半硫酸锌。在铜的那边插入一个小铜片，在锌的那边插入小锌片。金属片的两端显然就是电池的两极。您明白吗？”

“到目前为止都明白。”

“好的。唯一的问题是您在移动丹聂耳电池的时候要多加小心。至此，电池还没有与引爆装置和炸药连在一起，所以无论如何也不会出问题，不过一旦连接起来，我希望一定要放在平坦的地方，要不然操作的人就是个白痴。对于引爆装置而言，填再少的炸药也是足够的。最后，我们说说真正的炸药。您记得吧，从前那会儿我还夸黑火药好使呢。如今，大约十年前吧，人们发明了无烟火药，用百分之十的樟脑，等量硝化甘油和胶棉。一开始，这种炸药的问题在于樟脑容易挥发，从而导致成品不稳定。但自从意大利人在阿维利亚纳①制造出这种火药，似乎就变得稳定多了。英国人发明柯达型炸药，可以用百分之五十的凡士林取代樟脑，另外还有百分之五十的硝化甘油，百分之三十七溶于丙酮的火棉，然后全都拉成丝，就像粗面条一样。现在我就要看看该选哪种了，但差别并不大。总之，首先要把指针调到确定的时间，然后把闹钟和电池还有这个引爆器连接在一起，再把引爆器接在炸药上，最后启动闹钟。注意，操作程序千万不能颠倒。显然，如果

① Avigliana，意大利北方都灵附近小城。

有人先连接再启动，最后才调指针的话……砰！明白了吗？安装完毕您就可以回家、上剧院、下馆子了。剩下的事，炸弹会自行完成。明白了吗？”

“明白了。”

“上尉，我不敢说这连孩子都会，但一位加里波第手下的退伍上尉肯定能胜任。您手稳、眼神好，只要完成我告诉您的程序就行了。只要按照正确步骤完成各项操作。”

我接受了任务。如果我做到了，将瞬间变得年轻，能让这世界上所有的末底改都折服在我的脚下。还有都灵犹太人聚居区的那个小妓女。婊子，看见了吧？让你看看我的厉害。

我需要除去身上蒂安娜那发情的气味，在这夏天的夜晚，这气味已经折磨了我一年半之久。我开始意识到，我的存在只是为了消灭这个该死的种族。拉奇科夫斯基说得对，只有仇恨让我们的心保持热度。

我要身着大礼服去完成我的使命。我穿上了燕尾服，贴上了当初在朱丽叶特·亚当家出席晚会时用的胡子。凑巧在一个橱柜里我还发现了一点派德药厂的可卡因，这点存货本来是为弗洛伊德医生准备的，谁知道怎么会在那里。我从来没有尝试过，如果他说的没错，这东西或许可以助我一臂之力。此外，我还喝了三小杯香槟。现在我感觉自己就像一头雄狮。

加维亚里本想和我一起去，但我没答应，他的行动速度太慢了，可能会拖累我。

我非常清楚行动的步骤。我将准确安置一颗创造历史的炸弹。

临走时，加维亚里还一再告诫我：您要小心这里，您要小心那里。

该死，我还没老糊涂呢。

无用的学术说明

历史方面

这个故事中唯一虚构的人物就是主人公西莫内·西莫尼尼，然而他的爷爷西莫尼尼上尉确有其人，只是历史对他的认识仅限于他是一封写给巴吕埃尔神父的信件的神秘作者。

其他所有人物（个别无足轻重的小人物除外，诸如公证员勒博当戈和尼努佐）也都是真实存在的，他们也的确说过书里的话，做过书里安排他们做的事。这项原则不限于那些在书中以真实姓名出现的人物（尽管会有很多人感觉不真实，但他们的确是真实存在的，甚至是里奥·塔克希尔这样的人物），也包括以化名出现的角色，这仅仅是因为出于精简叙事的考虑，我把原本两个人（真实历史人物）说过的话和做过的事放在了一个人（虚构人物）的身上。

然而，仔细想想，尽管西莫内·西莫尼尼的形象是用很多真实人物的所作所为拼贴而成的，但在某种程度上也是真实的存在。甚至，干脆跟你说了吧，他仍然活在我们中间。

历史与故事情节

叙述者意识到，书中转录的私人日记，情节相当混乱（有许多的倒叙，也就是电影工作者称之为“闪回”的片段），读者可能无法将这些事件按照其发生的顺序串联起来，从小西莫内出生直到日记结束为止。这就是盎格鲁-撒克逊人所谓的story(故事)与plot(情节)之间致命的失调,或者更糟,就是那些俄国形式主义者(清一色的犹太人)以前常说的fabula(故事)与sjužet(情节)之间的问题。说实话,就连叙述者本人也经常为此费尽周折,但在他看来,一位优秀的读者怎么也能参破这些玄机,依旧享受这个故事。然而,倘若遇到一位格外固执的读者,或是理解力不是很灵光的读者,下边这张图表则有助于大家厘清故事与情节之间的关系(其实,正如以前人们常说的那样,对于任何一部严密的小说,这都是很平常的事)。

下表"情节"一栏按照先后顺序逐页记录了日记的内容,并与各章一一对应,一如读者阅读的顺序。但在"故事"一栏,事件的真实顺序则被重新安排,完全是西莫尼尼或达拉·皮科拉在不同时刻回忆与重新建构出来的。

章　节	情　节	故　事
一 阴霾晨曦中的行人	叙述者开始关注西莫尼尼的日记	
二 我是谁	1897年3月24日日记	
三 马尼餐厅	1897年3月25日日记(回忆1885年至1886年在马尼餐厅吃饭时发生的事)	
四 爷爷的年代	1897年3月26日日记	1830年至1855年 童年与少年在爷爷身边,直到爷爷去世
五 烧炭党人小西莫内	1897年3月27日日记	1855年至1859年 在公证人勒博当戈那里工作,与秘密警察的最初接触

续　表

章　节	情　节	故　事
六 为秘密警察效力	1897 年 3 月 28 日日记	1860 年 与皮埃蒙特秘密警察头目的对话
七 追随千人军	1897 年 3 月 29 日日记	1860 年 与大仲马共乘“爱玛号” 抵达巴勒莫 遇见涅沃 第一次回都灵
八 赫拉克勒斯号	1897 年 3 月 30 日至 4 月 1 日日记	1861 年 涅沃失踪 第二次回都灵 逃亡巴黎
九 巴黎	1897 年 4 月 2 日日记	1861 年 初到巴黎的几年
十 困惑的达拉·皮科拉	1897 年 4 月 3 日日记	
一一 若利	1897 年 4 月 3 日深夜日记	1865 年 狱中探视若利 陷害烧炭党人
一二 布拉格之夜	1897 年 4 月 4 日日记	1865 年至 1866 年 布拉格公墓故事的第一个版本 分别与布拉夫曼和古热诺会面
一三 达拉·皮科拉自称不是达拉·皮科拉	1897 年 4 月 5 日日记	
一四 比亚里兹	1897 年 4 月 5 日上午晚些时候的日记	1867 年至 1868 年 与古德切在慕尼黑会面 达拉·皮科拉被杀
一五 另一个达拉·皮科拉	1897 年 4 月 6 日和 7 日日记	1869 年 拉格朗日谈布朗

续　表

章　　节	情　　节	故　　事
一六 布朗	1897 年 4 月 8 日日记	1869 年 达拉·皮科拉在布朗那里
一七 巴黎公社的那些日子	1897 年 4 月 9 日日记	1870 年 巴黎公社的日子
一八 会议纪要	1897 年 4 月 10 日和 11 日日记	1871 年至 1879 年 贝尔加马斯基神父归来 布拉格公墓故事的补充 若利被杀
一九 奥斯曼·贝伊	1897 年 4 月 11 日傍晚日记	1881 年 与奥斯曼·贝伊会面
二〇 是俄国人?	1897 年 4 月 12 日日记	
二一 塔克希尔	1897 年 4 月 13 日日记	1884 年 西莫尼尼遇塔克希尔
二二 十九世纪的魔鬼	1897 年 4 月 14 日日记	1884 年至 1896 年 塔克希尔反共济会事件
二三 没有虚度的十二年	1897 年 4 月 15 日和 16 日日记	1884 年至 1896 年 西莫尼尼眼中的这些年(在此期间,西莫尼尼在马尼餐厅遇精神病医生,如第三章所述)
二四 弥撒之夜	1897 年 4 月 17 日日记(结束于 4 月 18 日)	1896 年至 1897 年 塔克希尔之举失败 1897 年 3 月 21 日黑弥撒
二五 真相大白	1897 年 4 月 18 日和 19 日日记	1897 年 西莫尼尼知道真相,除掉达拉·皮科拉
二六 最终的解决方案	1898 年 11 月 10 日日记	1898 年 最终的解决方案
二七 中断的日记	1898 年 12 月 20 日日记	1898 年 筹备破坏行动

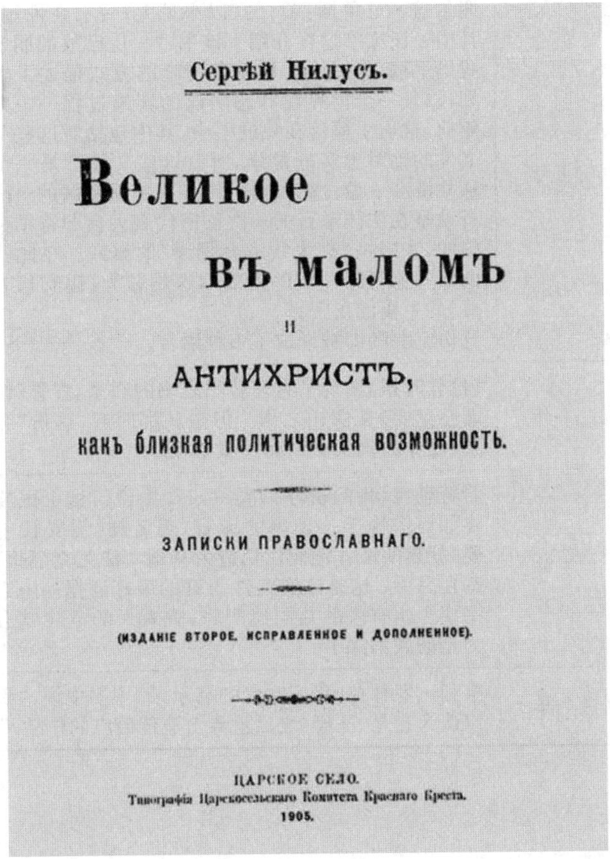

Сергѣй Нилусъ.

Великое

въ маломъ

и

АНТИХРИСТЪ,

какъ близкая политическая возможность.

ЗАПИСКИ ПРАВОСЛАВНАГО.

(ИЗДАНІЕ ВТОРОЕ, ИСПРАВЛЕННОЕ И ДОПОЛНЕННОЕ).

ЦАРСКОЕ СЕЛО.
Типографія Царскосельскаго Комитета Краснаго Креста.
1905.

第一版《锡安长老会纪要》出现在俄罗斯作家
谢尔盖・尼鲁斯所著《以小见大》一书中

日　　期	后 续 事 件
一九〇五年	谢尔盖·尼鲁斯撰写的《以小见大》一书在俄国出版，其中一段文字这样介绍了该书："一位已故的朋友送给我份手稿，他以极其精确和清晰的方式描述了这项计划，以及一个世界性邪恶阴谋的实施过程……大约四年前，这份手稿落在我的手中，其中包括对这些（原始）文件的绝对忠实的翻译，所有这些文件都是一个女人从共济会一位位高权重的领导人那里偷来的……盗窃行动是在法国举行的一次秘密代表大会即将结束时实施的，法国是'犹太共济会阴谋'的巢穴。在此我斗胆向那些愿目睹耳闻的人揭示这份题为《锡安长老会纪要》的手稿的秘密。" 这份纪要随即被译成了多种语言。
一九二一年	《伦敦时报》发现了它与若利之书的联系，宣称《锡安长老会纪要》是伪托之作。但是从那时起，这份"会议纪要"便作为真实史料而一版再版。
一九二五年	希特勒在《我的奋斗》（卷一，11）中说："这个民族的存在如何依赖于一连串的谎言，著名的《锡安长老会纪要》就是明证。他们以伪造为基础，《法兰克福报》每周都在哭诉：这是证实文件为真的最好证据……当这本书成为所有人的共同遗产时，犹太人的危险就会被认为是彻底消除了。"
一九三九年	亨利·罗林在《我们时代的启示录》一书中说："我们可以认为它是《圣经》之后世界上流传最广的作品。"

参考图录

第 149 页　*Vittoria a Calatafimi*，1860 © Mary Evans Picture Library /Archivi Alinari.

第 195 页　Honoré Daumier，*Un giorno in cui non si paga* ...（Il pubblico al Salon，10，per *Le Charivari*），1852 © BnF.

第 415 页　Honoré Daumier，*E dire che ci sono persone che bevono assenzio in un paese che produce buon vino come questo*!（*Croquis parisiens* per *Le journal amusant*），1864 © BnF.

第 441 页　*Le Petit Journal*，13 Janvier 1895 © Archivi Alinari.

其余插图均选自本书作者私人图片资料库。

图书在版编目(CIP)数据

布拉格公墓 /（意）翁贝托·埃科（Umberto Eco）著；文铮，娄翼俊译. —上海：上海译文出版社，2020.5（2024.2 重印）
（翁贝托·埃科作品系列）
ISBN 978-7-5327-8376-2

Ⅰ.①布… Ⅱ.①翁… ②文… ③娄… Ⅲ.①长篇小说—意大利—现代 Ⅳ.①I546.45

中国版本图书馆 CIP 数据核字(2020)第 046301 号

Umberto Eco
Il cimitero di Praga

图字：09-2011-146 号

布拉格公墓
Il cimitero di Praga

UMBERTO ECO
翁贝托·埃科 著
文 铮 娄翼俊 译

出版统筹 赵武平
责任编辑 李月敏
装帧设计 尚燕平

上海译文出版社有限公司出版、发行
网址：www.yiwen.com.cn
201101 上海市闵行区号景路 159 弄 B 座
苏州市越洋印刷有限公司印刷

开本 890×1240 1/32 印张 16.75 插页 5 字数 265,000
2020 年 6 月第 1 版 2024 年 2 月第 4 次印刷

ISBN 978-7-5327-8376-2/I·5137
定价：88.00 元